一个女兵的西藏人生

李国柱　著

中国藏学出版社

李国柱 1932年8月出生于重庆市歌乐山镇。1949年12月重庆解放后，考入中国人民解放军第十二军军政大学三分校学习，1950年6月毕业分配时申请调入进军西藏的部队，分配在十八军五十二师政治部。曾参加过昌都战役，执行战勤运输任务，修建川藏公路。1952年8月集体转业到西藏地方工作。1950年9月15日加入中国共产主义青年团，1956年9月加入中国共产党。

在部队时，曾在五十二师政治部组织科任干事，转业后在西藏江孜分工委（即地委）社会部、统战部、政策研究室（农牧政治部）、边防办公室任干事、秘书。1963年10月在西藏自治区党委统战部、政策研究室（农牧政治部）任秘书、调研员。能说一口流利的拉萨藏语。1972年5月调福建省委宣传部任干事，1976年8月调山东省委宣传部任干事、巡视员。1980年12月调广播电影电视部教育司任干事、副处长，1983年7月任中央人民广播电台民族部副主任。1989年退休。

退休后曾受聘在西藏自治区驻北京办事处经联处暨西藏“一江两河”项目办公室工作。曾任《首批进军西藏的女兵们》一书主编、编委会主任，还编著出版了《西藏江孜：1904年抗英斗争的历史记忆》一书，并在多种报纸杂志上发表过大量回忆西藏军旅和地方生活的文章。

序一

割不断的情缘　看不够的画卷

——为李国柱同志《一个女兵的西藏人生》而作

拉巴平措

李国柱同志把自己过去所写的文章和作品汇集成册，准备出版，约我撰写序言。我欣然从命。这是因为她和她的战友们在我家乡的每一寸土地上和每一个角落里，都留下了深深的脚印，为我家乡的发展和进步付出了心血，给我留下了难忘的回忆。我和我的老乡们认识中国人民解放军、认识中国共产党、认识新中国和社会主义，就是从她和她的战友们的形象和言谈举止开始的。他们是我和家乡父老乡亲十分敬重的老同志、老前辈，是人们常常以敬佩的口吻提起的“老西藏”，是我和我的同辈们人生道路上的导师和指路人。

首先，我认识李国柱同志是通过阴法唐同志认识的。因为法唐同志是当时驻守江孜的解放军当中最大的“本布啦”（官员），而李国柱同志是法唐同志的夫人。在江孜所有重大活动中都能看到他们的身影，听到他们的话语，感受到他们的风采。

其次，我认识李国柱同志是通过我家主人吉普老爷和夫人认识的。因为李国柱同志当时做统战、妇女工作，经常出入于吉普先生的住宅，同吉普先生和夫人在一起。我作为吉普家的百姓，住在吉普府邸隔壁，经常在老爷家当差，所以见到他们的机会较多。

再次，江孜人认识和了解李国柱同志，还有一个非常重要的因素，那就是她能说一口流利的藏语，而且是地道的江孜方言。

当时，解放军“本布啦”学藏语、说藏语蔚然成风。长期以来，李国柱同志只要是跟藏族同志打交道，一定用藏语交谈，到现在都是如此，十分自然，十分有亲和力。

除了情谊之外，我应约欣然写序，还有一个更重要的因素，那就是，尽管这本书不是学术著作，也不是一部系统的回忆录，但却真实地记录了近六十年来我的家乡——江孜这个古老城市以及整个西藏的种种往事。她把包括抗英故事在内的近一个世纪的时间里青藏高原所发生的许多故事汇集起来，让我们仔细品味。其中包括我家的老爷吉普及其家人的故事、解放军进驻江孜前后的故事、江孜成立《十七条协议》学习委员会的故事、1954 年江孜暴发洪水以及救灾的故事、江孜成立爱国青年文化联谊会和爱国妇女联谊会的故事、1957 年头人本根却珠毒打农奴旺杰平措的故事、江孜民主改革的故事、女活佛的故事、“一江两河”的故事，等等。本书的特点是：一、所写的内容都是亲身经历或耳闻目睹的事情，而不是文学创作，真实可靠；二、文章前后连贯，具有一定的系统性和完整性；三、很多文章虽然篇幅短小，所写事情不大，但对认识当时西藏大背景，具有很高的史料价值和学术价值。读到这些故事，我仿佛看到历史画卷，一幅幅真实的历史故事展现在眼前，令我心潮澎湃；一个个历史人物栩栩如生，令我倍感亲切。我的心情久久不能平静，对在这片热土上“献了青春献终生，献了终生献子孙”的人们肃然起敬，对我的父老乡亲们在共产党的领导下敢于冲出黑夜、走向光明的大无畏精神深深敬佩，也勾起了我对包括我家吉普老爷和夫人在内的开明人士与时俱进精神的由衷感佩！

本书不仅真实记录了西藏发展的历史进程，而且还广泛记述了这一时期西藏文化深刻而巨大的变迁，藏族传统文化是怎样得到广泛继承和发扬的。比如李国柱等同志学习藏语文，他们两口子穿藏装的故事，等等。同时我们也看到，许多藏族中青年人刻苦学习汉语文，不懂拼音字母，就用藏文标记汉语发音。这一时期，人们的思想观念发生了巨大变化，比如民主、自由、科学的思想深入人心，革命、人民、翻身、解放等词汇成为时代最强音；新的社会组织大量出现，比如中国共产党、共产主义青年团、爱国青年文化联谊会、爱国妇女联谊会、学习《十七条协议》委员会、互助组等；制度文化发生了质的变化，比如在政治上废除了人身依附关系，实现了人人平等、男女平等，开展了普选和民主选举，成立自治区筹备委员会、基巧（地区）办事处、地区分工委，召开人民代表大会，成立各级人民政府，等等；在经济上，土地等生产资料被分到农奴手中，做到了耕者有其田、牧者有其畜，消除了产生人头税、乌拉差役、高利贷等的剥削制度，出现了公路交通、汽车运输，修建起机场、开辟了航线，等等；在社会文化领域，创建现代学校、医院、广播、报纸，普及电影，开展体育活动，等等；在风俗习惯方面也发生了多方面的变化，如一妻多夫制度受到挑战，妇女节、儿童节、八一建军节、十一国庆节等成为人们生活中的一部分，在饮食习惯中增加了馒头、米饭、炒菜等，在服饰装束中出现了中山装、西装革履，还有剪辫子、理头发，等等。总之，这个时期是新旧文化、新旧思想、新旧观念、藏汉文化大交流、大交融的时期，是藏族文化最活跃最开放的时期，也是藏族现代文化大发展大繁荣的时期。《一个女兵的西藏人生》用具体而生动的事例诉说着西藏文化的变迁。

新西藏，新景象，新文化，新风俗。这是无数像李国柱同志一样的汉族同志和我的父老乡亲一样的藏族以及其他民族同志共同造就的。西藏人民将在这一伟大征程上继续前行，续写辉煌。

2010 年 1 月

序二

六十载，激情飞扬的西藏情怀

阴法唐

今年是西藏实行民主改革50周年，距中共中央和毛泽东主席命令中国人民解放军进军西藏、解放西藏、经营西藏已近60年，全国各地举办了很多纪念活动。回顾西藏获得和平解放、实行民主改革、进行社会主义革命、建设的艰辛历程和取得的举世瞩目的成就及翻天覆地的变化，既感慨又欣慰。

恰在此时，李国柱同志这本《一个女兵的西藏人生》交付出版，为我们从另一角度了解西藏革命和建设的历程，提供了资料。巧合的是，这本书完稿的时间，也正好是国柱同志参加革命60年。我很欣喜地翻阅了这本书的手稿，感到语言纯朴自然，事例生动亲切感人，带我重新回到当年的岁月。

国柱同志在书中忠实地记载了她自1950年参加进军西藏、解放西藏及后来的西藏革命和建设过程中所亲身经历的一些真实情况及生动的典型人物和事件，勾画出了她精彩的几十年西藏革命和工作的人生经历。

在世人看来，号称“世界屋脊”的西藏高原，拥有神奇壮丽的雪山景色，具有极富特色的人文景观，令人无比向往。今天，如要去那里，可以有多种选择，可以坐飞机，可以乘火车，也可以坐汽车。而60年前，从四川通过康区进西藏，在2000多公里的路途中，要跨过地形奇特的横断山脉，攀越重重终年积雪的高山，蹚过条条峭壁夹岸的激流，涉过人烟稀少的草地，经受令人窒息的稀薄空气。

当年，在第一批进藏部队的行列中，有一个特殊的英雄群体，她们是1100多人的年轻女兵。虽然在进藏部队中所占比例不大，但因进藏途中情况复杂，条件太差，补给特别困难，因而她们大都超负荷负重，要同男同志一样，爬雪山，蹚冰河，披荆斩棘，风餐露宿，这对有各种特殊情况的年轻女兵们来说，实属难上加难。但她们硬是凭着对党和人民的无限忠诚，凭着对解放西藏人民、保卫祖国边防的献身精神，背起背包，踏上征途，跨越这条自古就被商旅和兵家视为畏途的康藏古道，徒步跋涉两三千公里到达西藏各国防要地。

国柱同志就是这个让世人惊叹的英雄群体中的一员。在进军西藏初期，以战促和的昌都战役中，她是康藏工作队（由30多名女兵组成）的队员，担负赶牦牛驮运银元、粮食等物资的任务。在横断山脉，她和战友们顶风冒雪，顽强拼搏，克服重重困难，出色地完成了上级交给的各项任务，为部队胜利进军西藏特别是昌都解放做出了积极的贡献。

1952年，中共西藏江孜分工委成立。国柱同志转业到地方工作，后来调到江孜分工委，先到社会部，又到统战部，还在政研室工作过。在统战部工作时，负责上层妇女统战工作。她克服工作经验不足等困难，积极想办法了解西藏的情况，努力学习党的方针、政策，以及如何同西藏上层打交道，以团结、争取爱国人士包括学习如何与核心反动人物作斗争的方式方法和策略等。边工作，边学习，边摸索，及时总结经验、教训，不断提高工作能力。从开始经常出差错，工作被动，到逐渐能够应对各种复杂情况，独自完成任务，胜任了本职工作。通过长期与江孜上中层妇女共同学习、一起进行各种政治和文艺等活动，合作共事，争取团结了很多朋友。这些朋友与她无话不说，成为好友，有的至今还经常保持联系。

熟悉藏语是在西藏做好工作，特别是统战工作和农村工作很重要的一个前提。国柱同志也是从最初的不懂不会，工作需要配翻译，到后来能用一口流利的藏语同藏族同志交流，为不懂藏语的同志做翻译，以至于不熟悉她的人一听她说话还以为她是地地道道的拉萨藏族。在工作实践中，国柱同志深深体会到不会藏语的难处，所以下决心攻克藏语关。为了学好藏语，她随身装着小本本，做学习的有心人，一有机会就背生词，注意听别人讲，不会就问，不怕出丑；有机会就用藏语说，错了再改，反复练习纠正。功夫不负有心人，通过刻苦学习，她终于能说一口流利的标准藏话，为她在西藏更好地开展工作提供了有利条件。

50 年前，随着西藏革命和建设的发展，在原西藏地方政府发动叛乱后，中央决定在平息西藏叛乱的同时，进行民主改革。此时，农奴要求改革的热情很高，但对改革的意义、方针政策和方法知之甚少，需要对他们进行启发帮助、教育引导，特别是对积极分子进行培养。中共西藏工委很重视这项工作，创办了很多训练班。江孜分工委于 1959 年 7 月在江孜镇郊区仲吉林卡办了一个政训班，主要是培训农牧区（含城镇）在民主改革中涌现的积极分子、基层干部和党团员。李国柱是这个政训班的主要负责人。最初是她一人负责，同时兼做辅导、翻译、管理等工作，后来调来其他同志协助她一起办班。在近两年的时间里，国柱和同事们克服了办班场地条件不好、生活困难、没有教材、藏族学员基础差等很多困难，自己动手，解决问题，取得了很大的成绩。她亲自办了约 15 期培训班，共培训两千多人，使学员们懂得了很多新鲜的革命道理，思想产生了飞跃，政治热情高涨，成了基层工作的骨干，为民主改革培养了大量人才。

再一个值得提及的事，是她带工作组在亚东县嘎林岗乡（边境地区）蹲点的事。当时，是为贯彻中共西藏工委《关于目前边境工作的指示》（即《边境十条》），她和工作组在嘎林岗乡蹲点时，组织当地基层干部学习文件，统一思想；访贫问苦，进行调查研究，宣传发动群众；贯彻落实政策，解决实际问题。国柱同志在那里坚持了一年多，最后因饮用水缺碘患上了当地人常患的粗脖子病，还染上了肺结核病，以至于粗脖子病后来虽做了手术，至今也未痊愈。一个女同志，能在斗争复杂、生活艰苦的边境地区，带领工作组，在一个点坚持那么长时间，这在江孜分工委是唯一的，在全西藏也是少有的。可以说，正是由于工作组积极有效的努力工作，使嘎林岗乡发生了很大变化，稳定了群众情绪，制止了群众外流现象，使当地生产得到发展，群众生活得到改善，党的政策在边境地区得到很好的贯彻落实。至今她当年的房东女儿还和她保持着联系。

忆往昔，峥嵘岁月。国柱同志在西藏的工作经历很丰富，在机关和农村都工作过，并在基层蹲过点，任过机关干事、秘书，担任过一些重要任务的负责人，和西藏的上层人物、基层干部、农奴群众都有广泛的接触，协助领导或独立承担并完成很多重要事务的处理工作，也积累了丰富的工作经验，有很多实际有意义的工作和精彩的故事。

这本《一个女兵的西藏人生》，是国柱在查阅了大量的资料和她自己所作记录的基础上，本着实事求是的精神，回忆整理撰写而成。每一件事，都是她亲身经历的，真实生动地记录了她在西藏几十年来所走过的人生历程。可以说，这本书既是她对人生中最美好、最精彩的那段时光的回顾，也是她在西藏工作几十年践行而得的实际工作经验和体会的结晶。这些亲历亲闻的事情，虽是局部的，又多属事件的一个侧面或片断，但这些鲜活生动的事例，犹如一块块“活化石”，以小见大，可以管窥出西藏的革命和建设事业的艰难曲折，为我们研究西藏现代历史上的一些重大事件提供了大量有价值的、原生状态的第一手资料或线索。

国柱同志在这本书里，撷取一个个独立的事件单独成篇，作为珠，以情为线，串成精美的项链，充分表达了她对西藏无比炙热、难以割舍的情感。书名取为《一个女兵的西藏人生》，从情处着眼，以事寓意。书中选取的她从进军开始到参与西藏革命和发展建设的每个历史阶段所经历大事小事，无不充溢着她风风雨雨、激情飞扬的近六十载的西藏情怀。正是这种对西藏深深的眷恋和强烈的责任感，激励着她即使调离了西藏，甚至是退了休，仍然关心西藏不止，研究西藏不止，奉献西藏不止。这么多年来，她把大量的精力都投到关注西藏的发展和建设事业中，参与到藏学研究行列，凡和西藏有关的书籍报刊和信息都极为注意和留心，广为涉猎，记笔记，收集每条有价值的资料，整理史料，为现实工作服务。也可以说，她的这本《一个女兵的西藏人生》不仅为我们进一步了解西藏历史提供了有价值的资料，也是她自始至终关注西藏、情系西藏，树立了长期建藏牢固思想的人生写照。

我希望，当年参加过进军西藏的老兵和关心西藏以及有兴趣的朋友，不妨读一读这本书，在受益之余作出补充和纠正。

2009 年 5 月

目　录

自　述

我出生在日本帝国主义侵略中国的烽火年代，刚记事就目睹了日寇对我国重庆市民的连续大轰炸。从 1938 年 10 月 4 日到 1943 年 8 月 23 日，日机共空袭重庆 218 次，出动飞机 9513 架次，投弹 21593 枚，炸死市民 11889 人，炸伤 14100 人，炸毁房屋 17608 栋，使繁华的重庆市区大半化为废墟。当时重庆市区满街都躺着尸体，树枝上挂着人的肠肚，处处都能听到同胞找寻亲人的哭叫声。我们所住的郊区虽未被炸，但房子摇动，玻璃破碎，不敢入住，还经常看到市内被炸的惨景，听到受害者悲惨的诉说。为躲避轰炸，经常整夜睡在室外的野山坡上。

我国东北沦陷后，国民政府从南京迁至重庆，大批机关、难民也随之南迁。我家所在的歌乐山镇住满了国民党中央机关、大学、中学、医院和大量外省人。我们与他们为邻，歌乐山政府为难民中的孤儿开办了三所保育院和小学、中学。当时我家因子女多，家境贫穷，上不起学，父亲趁机将我们兄妹五人送进为难民办的免费幼儿园、中小学，即“振济幼儿园”“振济小学”，那里的同学都是失去亲人的孩子。学校教唱的歌、演的文艺节目都是“我的家在东北松花江上，那里有森林煤矿、大豆高粱，还有那年迈的爹娘”，“打回老家去”，“打倒日本帝国主义”，“不做亡国奴”之类内容，我也和同学们一起参加演出，他们哭我也哭。在我幼小的心灵中种下了憎恨日本帝国主义、爱我中华的种子。

1945年日本投降后，国民党政府机关迁回南京，学校解散停办，我转学到基督教徒办的“广益小学”上学。这个学校宣传美国的文明、基督教神圣之类的内容，并规定六年级开始学英语，星期天住校学生要求统一做礼拜。我不住校，为得到彩色歌片，偶尔也参加礼拜。

在这个学校又读了一期，小学毕业后，考入歌乐山脚下的育英中学。这里离家40华里，学校规定学生品学兼优者，前三名可减免学杂费。我刻苦学习，每期都是前三名。在初一年级下学期结业时，因我是班上的经济委员，结账时我发现学校有贪污现象，我们几个经济委员商量后发通知转告同学，在通知已刻成蜡版，即将付印时，高年级的男生不准印发，并威胁说：“如查不出问题，一切后果由你李国柱负责。”这时我害怕妥协了，通知

1948年冬于重庆歌乐山相伯中学。第三排右二为作者

没发出去。初二年级开学时，学校宣布我成绩为优等生、品行为乙等生，不能免学杂费。同学们不知道我出了什么事，父母也不知道，万一知道后也不知会如何处置我。在面临辍学危机时，我向已工作有收入的大哥求援，他理解我的处境，慷慨解囊相助，既免于辍学，又掩人耳目。这次斗争的失败，让我领悟到政府机关贪污腐败、官官相护，更加深了对国民党腐败政府的憎恨。

初二下学期我转学到离家100多里的乡村，在姑妈金永华、表哥王朴校长办的志达中学（原名莲华中学）上学。学校是共产党地下党办的，老师多数是共产党员，教的内容很新鲜，图书都是进步的、苏联的，唱的歌是解放区的，我在这里初步受到革命的影响，开始写作文揭露旧社会的黑暗。可是后来被国民党当局发现，校长王朴被捕，老师转移，进步图书全部转入地下。父亲害怕我们受影响，坚决不准我们姐妹俩继续在那里上学。我们虽留恋那里的一切，也只能遵从父命，转学到歌乐山附近的相伯中学，读了两期至初中毕业。这个学校是天主教徒办的，国民党、三青团在学校活动得很厉害，共产党地下党也在学校活动，双方争夺青年。我当时也有选择地参加了学校进步老师胡元臣（新中国成立后才知道他是共产党员，看过他向领导写的信中曾提到准备发展进步学生李国樑和李国柱兄妹入党的文字）主办的相伯合唱团，唱进步歌曲，还参加了进步学生办的几何社，写文章，出墙报。

人的一生，长身体关键是在青少年时期。从我懂事时起，家里就不富裕，既无房亦无地，靠租房住，所以经常搬家。全家靠母亲在镇上开小面馆，维持一家老少十几个人的生活，母亲经常为断炊发愁。我们吃饭多数是素菜、咸菜，有时吃客人的剩饭菜。上学时一般吃两顿，中午饿着不吃饭，有时大人给一毛钱买一碗面条。放学时沿途采些猪饲料，回到家立刻干家务活，洗菜洗衣服，做完家务后才能做作业。早上天不亮就起床吃饭，再背着小弟弟一块上学。因缺乏营养，曾在周一集体聚会做“纪念周”时，站不稳晕倒过两次。下雨天怕湿了鞋没换的，就脱鞋光脚走。由于家中经济困难，父母让大哥13岁出去当学徒后当兵，还曾把我和三哥国樑过继给有钱人家当干儿子干女儿，弄点钱和衣服。我过继后改名换姓，定期去那家拿取他家孩子不穿的衣服。三年后，我自己把姓名又改了回来。我们隔壁不远是政府粮店，在装卸粮食时，经常会漏些米在地上，我们兄妹经常等着去扫米，淘洗后煮饭吃。生病没钱买药是常事，记得有一次发高烧，烧得天晕地转，一连烧了几天，就喝些土茶水才慢慢缓过来……这就是我青少年时的真实写照。

青少年时期匆匆过去，1949年夏天，我初中毕业，已是年满17岁的大姑娘，面临择业还是继续升学。父母意见：如果能考上免费学校就继续上学，希望我报考护士学校，工作有保证，能挣钱糊口。后因凑不齐考护校的条件，如必须有带秒针的手表、一套白衣、一双白力士鞋等，只能作罢。剩下的唯一出路，是报考师范学校（免学杂费、食宿费，发校服一套）。

后来得知当年全重庆市仅有国立女子师范学院附属中学师范部招30名考生。我横下一条心，决心考进去。那些日子我临时住在外婆家，安上电灯，苦心攻读“升学指导”等有关书籍，奋战一个多月，人瘦了很多。考试结束后，在《重庆日报》上发榜，我被录取了，排在第25名。我看后高兴得跳起来。谢天谢地，真不容易！据我所知，歌乐山小区同龄女生中仅我一人被录取。

8月末，我背着行李去学校报到，学校在距离家100多里的北碚。报到后，老师首先宣布学校纪律，用剪刀将头发剪至耳垂以上，发给一套校服（深蓝色长旗袍，左上角绣有“国立女师附中师范部”字样），并规定平时一律穿校服，上体育课时穿长裤。全校学生一千多人，共同特点是家境较贫困，易于接受进步思想影响。校长是国民党党员，对学生管理很严格，就这样也挡不住学生间进步思想的传播。记得入学不久，我的言行引起高年级大龄学生的注意，学生会负责人戴国芬两次找我单独谈话，让我参加他们这个共青团外围组织，我表示可以参加活动。当时，在国民党、三青团密布的校园里，从事进步活动谈何容易，一不小心就会招来开除之灾。随着年龄的增长，加之学校的环境，见的想的多了，看到市场物价天天飞涨，学校伙食一天不如一天，从四个菜降到两个菜、一个菜，最后只能吃辣椒盐水泡饭。群众生活更苦，怨声载道，街上乞讨、卖儿卖女、偷盗现象也增多，而政府官员却花天酒地，醉生梦死，不管百姓死活。中国怎么办？中国将向何处去？谁能拯救中国？各种问号填满脑中，也看不到别的书报，整天闷闷不乐，也不能公开同别人探讨。

三个月过去了，情况发生了突变。11 月下旬的一天，学校紧急通知，全体学生集合，打着小红旗排队，到江边码头欢迎国民党军队，美其名曰是胜利归来，其实是败退。又过两天，学校再一次紧急通知，全体学生集合，打着小红旗排队，到江边欢迎中国人民解放军，只见解放军同志面黄肌瘦、疲惫不堪。群众敲锣打鼓，欢迎亲人，情绪很激昂，北碚宣布解放了。

解放之初，由于群众受谣言蛊惑，一时间大街上商店关门闭户，行人很少，工厂停工，学校停课……总之像时钟似的，一切停摆，像个死城。为了改变现状，揭露谣言，戴国芬等大龄同学组织我们立即行动起来，开展针锋相对的宣传。我们根据解放军的布告、各种政策、三大纪律和八项注意等精神，编成短剧和秧歌在街头、工厂、农村宣传演出、演讲。我个子高，每次都演男角。我还到相辉学院去演讲（国樑兄在那里就读，他后来还为此写过文章谈及此事）。经过强大的宣传攻势，群众解除了顾虑，商店开了门，工厂开了工，学校复课了。这时我看到解放军张贴的招生广告：军政大学招收女兵，真高兴，当然我更看重的是不交学费、管吃管穿，就立即报考了十二军军政大学。经两次口试、一次笔试后，我被录取了，心情无比激动——今后再也不会为吃穿、交学费发愁了。

此时此刻，我首先想到的是感谢亲爱的母亲，是她摒弃世俗偏见，起早贪黑、含辛茹苦养育女儿上学识字，打下文化基础，我才能走进解放军这所大学校；我还要感谢共产党、解放军解救全国人民于水深火热，也救了我这个穷学生出苦海。我庆幸拨开乌云见太阳，历史翻开了新的一页。

我在解放军大学这座熔炉里学了半年，经受了锻炼，改造了旧思想，学到了革命知识，树立了革命的人生观，奠定了全心全意为人民服务的思想基础。毕业分配时，我放弃留在大城市重庆工作的机会，选择了加入解放西藏的行列。

从 1950 年进藏到 1972 年离开，我在西藏一干就是 23 年，克服了常人难以想象的各种困难，与藏族人民建立了深厚的感情；学会了藏语，学到了西藏优秀的传统文化，从而更加热爱西藏，树立了长期建藏、边疆为家的思想；在高原建立了自己幸福的小家庭，养育了三个女儿。三个女儿，本想让她们继承我们的事业长期建藏，还给她们取了象征汉藏民族团结的名字，不料她们生下来就不适应我们工作的西藏江孜海拔 4000 多米的高原气候，没能实现我们的愿望。后来，她们长期在内地生活、学习，我们长期在西藏工作，她们从小就没能享受到家庭温暖，这也是我们无法弥补的遗憾。

回顾在西藏工作的 23 年，概括起来做了两件事：

1. 贯彻《中央人民政府与西藏地方政府关于和平解放西藏办法的协议》（以下称《十七条协议》）。开展统战工作，广交朋友，团结一切可以团结的人，推进西藏革命和建设的进程。也做了一些影响群众的工作，如发放农贷等。

2. 参加平息叛乱和民主改革的斗争。搞调查研究，下乡蹲点和培训基层干部。

在历史的非常时期，即“文化大革命”中，1972 年法唐同志突然调离西藏。我们依依不舍地离开了美丽的雪域高原和勤劳勇敢的西藏人民，以及和我们并肩战斗多年的战友。

离开西藏到内地后，我先后调动了三个地方。第一站是 1972 年 5 月到福建省委宣传部；第二站是 1976 年 8 月到山东省委宣传部；第三站是 1980 年 12 月到国家广播电影电视部，直至退休。也就是说，从祖国的西南边陲到东南沿海，最后来到祖国

1950年8月，进藏前夕在眉山

的心脏北京。

人们常说到西藏工作，高原反应这一关难过，可是我在高原住久了，刚调到福建时因海拔太低反而不适应，整天昏昏沉沉得很难受，差不多半年才适应，算是度过了“低山反应”关。我虽是汉族，却没有在汉族地区工作过，各省情况差别大，社会发展阶段不一样，政策也不一样，我到哪个省工作都得从头学起，看什么都很新鲜。福建有的地方语言还不通，工作更有难度。为了尽快熟悉情况，增加感性认识，我不论到哪里都争取多下基层，曾在福建省长乐县三星大队蹲点半年多，直到肝病复发，住院治疗，至今我还保存着三星大队党支部写给我的信；在山东省宁阳县我也曾蹲点两个多月。两个省群众中的生动语言令我至今记忆犹新。在山东、福建工作时间虽然都不长，可是两省自然环境优美，出产丰富，特别是人民和同事热情朴实、诚恳宽厚的美德，让我至今崇敬，难以忘怀。

到国家广播电影电视部，又是一个新的工作领域，一切又要从头学起。在教育处主抓在职人员培训，初期抓全系统职工文化补课，以后做各行各业专业培训，提高办班的水平、组织协调工作，还曾从事过一段民族广播工作……可惜，还没熟悉过来就退休了。

1989 年退休后，我受聘在西藏自治区“一江两河”办（在西藏驻京办事处办公）工作了5 年；其后又用5 年的时间同当年进藏的女兵们一起写书，与西藏自治区党史研究室共同出版了《首批进军西藏的女兵们》一书；还同原江孜分工委谢广庭同志商量，将 1957 年调查到的抗英材料编写出版了《西藏江孜 1904 年抗英斗争的历史记忆》一书。此外，我还参与了《周恩来与西藏》和《为和平解放西藏而战》等书的编务工作。

到北京后经常有机会去各省出差、开会，视野拓宽了，特别是法唐同志 1980 年重返西藏工作后，接触西藏的人和事多了，从那时起到现在，我曾返藏 12 次，更加深了对西藏的感情。

60 年前第一次进入雪域高原，我就深深地爱上了这块神奇迷人的地方，漫长岁月里，我同“第二故乡”结下了不解之缘，雪域西藏也留下了我锻炼成长的足迹：18 岁赶着牦牛进藏，分享过昌都战役告捷的喜悦；经历了党在西藏民族地区开展工作初期的各个历史阶段。在藏二十多年的峥嵘岁月，西藏正处于伟大历史变革时期，我有幸参与这段实践，真是千载难逢。

经历是一笔宝贵的精神财富。如今历史已经远去，但那些难忘的往事却深深地留在我的记忆中，好像发生在昨天……

2009 年是新中国成立 60 周年华诞、西藏民主改革 50 周年，又恰逢我参加革命 60 周年，为纪念这三个吉祥的日子，我拿起笔，把自己走过的路，经历的事，回顾梳理，记录下来，献给伟大的祖国、亲爱的党和我的第二故乡——西藏，感谢党和人民对我的养育之恩。

祝愿祖国更加富强！祝愿西藏的明天更加幸福美好！

2009年6月15日于北京

走向西藏

投笔从戎

1949年重庆解放后，我考入中国人民解放军十二军军政大学，这是我人生的一大转折，从此，步入一个崭新的学习环境。军政大学名为大学，却没有任何的教学设施和教材，不分科不分系，无论学员原有文化基础（初中、高中、大学）是什么，一律统一上课，讲同一个内容。上大课坐在地上，小组讨论坐铺上，写字时把本子放在腿上。睡觉没床，在地上铺草打地铺，以区队（约30人）、分队（约10人）为单位集体住。军政大学是个革命大熔炉，主要任务是学习政治，改造思想，转变立场观念，辅以参加生产劳动，树立劳动观念，并参加有革命意义的活动。

学校的校训是"团结、紧张、严肃、活泼"，实际过得是紧张的军事化生活（类似于连队）。早上5点起床，大约15分钟后集合，必须打好背包并背上，服装要整齐，系上武装带，打好绑腿，带着洗漱用具，集体列队跑步到部队附近的河边，先跑步洗漱后，听队长讲话，即早点名，由队长宣布当天安排和注意事项。早饭后上课或开大、小会，有时军、师领导亲自作报告。晚饭后自由活动片刻，睡前集合晚点名，由区队长小结一天的活动，点名表扬好学员，批评差的。由于学习紧张，女学员很多都剪掉了长头发。为了让学员树立劳动光荣的观念，学校安排学员每周劳动一次，内容有挑煤、挑米、挑菜，去伙房帮厨等。起初，女兵用小包，装很少一点，走在大街上低着头，怕人看见不好意思，逐步地变成争着干，挑重的、脏的干。这些微妙的变化，说明思想转变的步伐。

星期天休息，安排打扫集体、个人卫生。一般不准外出，规定必须请假，经批准才能外出。上街时必须两人同行，还必须着装整齐，我有一次忘了戴军帽，风纪扣、袖扣都忘了扣，被纠察抓住了，弄得脸红羞愧，还在班务会上作了检讨。

在军大三分校学习时，所在中队合影及照片后各自的签名。第二排左第七位为作者

学校经常教唱革命歌曲，大家也特别喜欢唱，每次学校开大会时，队与队之间互相拉歌，这个队唱完，那个队接着唱，大家都争着喊：“再来一个好不好?”“好!”好似歌咏比赛，气氛很活跃，大家很高兴，看谁唱得好，谁的歌新。

记得1950年春节，是学员们第一次离家过节，很不习惯，校领导担心学员闹情绪，特意给加了几个菜会餐，组织学员们兵演兵，开同乐晚会，应该说很热闹了，但是部分人思家心切，仍闷闷不乐，女兵中有的偷着哭，我也躲在被子里偷偷地哭了好一阵。往后过年就习惯了，再没发生过类似的情况。

参军第二个月开始给学员发津贴，每人发8角9分钱，大家很不理解，说部队管吃管穿已经很满足了，又没干活，不应该接受，学员们纷纷把钱退回去。经过领导解释大家才收下。我的津贴除买牙膏、牙刷、肥皂、卫生纸外，都存起来寄回家，补贴弟妹和母亲的生活用。

记得当时学习上主要是上政治课，我们学了《社会发展史》，毛泽东主席的《新民主主义论》、《论人民民主专政》、《中国革命与中国共产党》、《为人民服务》，刘少奇的《论共产党员的修养》等。通过半年的学习，学员们提高了认识，认清了形势，明确了国家前途命运与个人的关系，初步树立了革命的人生观，树立了远大理想和全心全意为人民服务的思想，决心为中国革命奉献一生。

直到现在，军政大学火热的生活还让我时常想起。

申请进藏

军政大学毕业分配前夕，有一天，学校召开“支援兄弟部队进军西藏动员大会”，会上，政委和进藏部队——18军的代表吕松同志讲述了党中央毛主席做出解放西藏决策的重要意义，并介绍了西藏的历史、地理、政治、军事、民风民俗、自然条件等情况。他说：西藏自古就是我国神圣领土不可分割的一部分，藏族同胞是我国多民族大家庭的成员之一，向西藏进军是中国人民解放战争的继续，解放西藏是完成祖国统一大业的神圣事业。近百年来，英帝国主义侵略西藏，签订了诸多的不平等条约，现在美帝又在插足，难道我们能任凭帝国主义侵略而漠不关心？西藏高寒缺氧，条件艰苦，补给困难，要爬雪山过草地，走红军走过的路，确实艰苦，可是西藏人民世世代代在农奴主残酷剥削压迫下，过着牛马不如的生活，他们岂不是更苦？解放军以解除人民痛苦为己任，我们怎能眼看着藏胞受苦而无动于衷？最后，政委要求学员们认真讨论，理论联系实际，正确对待国家利益和个人利益的关系，用实际行动支援兄弟部队。

会后，学员们讨论非常热烈，校园里像开了锅一样，三三两两地都在议论是否申请报名这个话题。我的思想斗争也非常激烈，是留在重庆过安稳的生活，还是到艰苦环境中去磨炼成长？结果我选择了后者，向领导提交了书面申请。申请之后既担心被人挤掉，又担心思想反复倒退，心情一直处于矛盾和激动之中，坐立不安，直至进藏名单宣布后，心情才平静下来。欢送大会上，和其他获准进藏的100名女兵戴着大红花，心里特别的高兴。我暗下决心，一定要排除艰难险阻，勇敢向前不后退，力争获得解放西藏的光荣纪念章，誓把五星红旗插到喜马拉雅山上！

到18军后，我们10个女兵被分配到52师政治部康藏工作队。这个师是进军西藏的先遣队。我们到后就随着大部队紧张地投入了进藏前的各种准备工作中，包括思想准备，学习民族、宗教政策和法规；学习藏语文，还有体力准备，每天负重行军跑步；物资准备是领取进藏物资，精简多余物品。我们队是为进藏而成立的，是清一色的女同志，共30人，另有3位工作人员是男同志。记得师政治部主任周家鼎同志在作报告时说过，我们52师机关除文工队外，历史上从来没有女同志，你们是第一批，一定要迈好这第一步，要准备吃大苦、耐大劳，不让男同志看笑话，为妇女争光，给部队留下好印象……每当遇到困难时，这些语重心长的话语经常回荡在耳边，成为我战胜困难的动力。

1950年8月28日，在四川眉山举行了进军西藏誓师大会。9月1日正式出发，眉山、新津等各地人民敲锣打鼓隆重欢送，沿途所经过的城镇，群众都出来迎送，那种热情的场面，使人终生难忘。

由于先遣部队和民工辛勤劳动，修通了成都到甘孜（当时属于西康省）的公路，我们才能乘坐汽车舒舒服服地走了半个月，到达第一站甘孜镇。头几天，车在四川境内行进，气候较好，青山绿水，城镇村庄不少，人烟稠密，同志们在车上欢歌笑语，情绪高昂。几天后慢慢进入高原，空气稀薄，人烟稀少，海拔渐渐高起来，大家开始头痛胸闷恶心，说笑的也少了。大家还穿上了棉衣。虽说主要是坐车，其实当时有的路没完全修好，有的桥没修好，如二郎山、折多山就是徒步走过的。泸定桥及其吊桥也是走过去的。我记得过泸定桥时难度最大，只有两根铁索，每隔一尺铺一块木板，中间是空的，桥高几十米，桥下的水在奔腾呼啸，前进难，后退也不行，往下看，吓得全身发软，内衣都

“送给亲爱的母亲大人留念，女国柱敬于四川眉山进军西藏前夕”。1950年8月

让冷汗湿透了。但想到当年红军，在“坚持就是胜利”的意念中，总算跌跌撞撞地过去了。

进军西藏，解放西藏，关键问题之一是交通运输问题。为迅速抢修雅安至甘孜这段公路，西南军区抽调部队18000人，西南公路工程大队等单位投入施工，他们克服了高山缺氧、施工条件极差的困难。我们沿途看见修路同志很辛苦，风餐露宿，吃得很简单，衣衫褴褛，不少同志打着绷带，带伤施工，有的同志则献出了宝贵的生命，已长眠在路旁和桥头。记得宿营在炉霍的那天晚上，师政治部办公室通知我加班写东西，一是为忠烈桥命名写会标，二是以52师政治部名义给修路英模题写纪念册，给牺牲的烈士填写烈士证书。记不清填了多少份，只记得写到半夜才写完。

到甘孜后，团支部通知我入团申请已被批准，我特别高兴，暗下决心，要在困难中磨炼意志，做一名名副其实的共青团员。

甘孜是藏民族聚居区，除高寒缺氧外，当地的建筑风格、民风民俗、饮食、着装、语言等都和内地完全不同，既罕见又新奇，特别是语言不通，无法交流思想感情，感到很别扭，不是滋味。本想给房东多做些好事，但是语言不通有时候造成误解；想给群众打水，藏式背水桶又不会用，弄得满身是水，加之高山反应，走路困难，真正是心有余而力不足。

那时，党中央、毛主席决定解放西藏是争取用和平方式，并已做好了一系列政治争取的工作，但西藏亲帝分裂主义分子控制地方政府扩军备战，在入藏咽喉要道昌都部署重兵与解放军对峙，迫使我军不得不进行昌都战役。因此，要求我队在甘孜不得久留，积极做好解放昌都的准备，随部队一道执行解放昌都的任务。我们在高山缺氧、呼吸困难、胸闷不想吃东西的情况下，硬是锻炼负重行军，学搭帐篷，学习生活高原化，吃酥油糌粑，吃了吐，吐了再吃。补充了各种装备，有皮衣裤、皮大衣、毛皮鞋、皮护耳、风雪镜、毛毡垫、隔潮帆布、急救包、各种干菜，搭帐篷用的布、棍、钉，食用的米、干菜、蛋黄粉、代食粉、酱油膏、茶膏，还有行军用炊具、固体燃料、锅、勺等等，应该说是应有尽有。党中央和全国人民对进藏部队关心得真周到。但

团结互助，蹚过冰冷刺骨的激流

是，大家心里明白，从甘孜到昌都没有公路，要徒步行军约1000公里，到目的地是3000公里，全要靠两腿和将装备扛在双肩上走，要追击敌人，还有运输任务，所以发的东西再好，也不敢全留，连在四川发的东西和私人带的东西也全上交了。记得当时我只留下了皮大衣、毛皮鞋、皮帽、雨衣、防潮帆布、床单、被里被面布（棉絮上交了）、内衣裤、一个笔记本，还有炊具和搭帐篷用具，就这样，加上食品一共有四五十斤，行动起来很笨。由于精减过分，曾发生过没衣服换，在河边等衣服晒干才走的尴尬情况。领导关心体弱的同志，动员她们留下，但谁也不干，都表示身体很好，能坚持。记得医生检查出一个有心脏病的留在甘孜了。这样12军进藏女兵成了99人。

昌都记忆

挺进昌都

1950年9月22日，18军52师师部在甘孜举行解放昌都誓师大会，师直机关、各团、军直部配合52师行动的部队都参加了，声势很大，庄严肃穆，藏族同胞给部队献哈达、敬青稞酒，为我们送行。25日，部队正式出发，我们康藏工作队同师直机关在一块，行动时完全听从司号员指挥，统一走，统一休息。

头两天，部队阵势很雄伟，走时一大片，夜里宿营帐篷一大片，有做战地鼓动工作说快板的，还有战地快讯传达，真有战地气派。两天后就是另一种状况了。根据战役战斗分工，各部队路线任务不同，要求行进速度也不同。我们原随师直机关走，此时由于各部门不同的任务，大都紧跟着各部队到前面去了，最后只剩下我们康藏工作队，任务是赶着分给我们的牦牛驮子，开始时有十几头，几天后增到200多头，驮着前方部队所需的粮食、银元等，每人又负重约50斤，每天走四五十里，速度较慢。路不好，不是上山下山就是过河，真不知翻了多少山，过了大小多少河，也不知这些山叫什么名，河叫什么名，正像有首歌唱的那样："过一山又一山，山山不断，过一河又一河，河河相连。"记得有一天就过了13道河，最初过河是脱鞋光着脚走，赤脚进到河里，就与水中的小石沙粘到一起，上岸后拔石沙，肉也跟着下来了，痛得扎心；后来不脱鞋，不卷裤腿，整天鞋裤全湿着，睡一夜，靠身上的温度暖干。晚上，四人住一个帐篷，没被子没垫子，仅铺一块隔潮帆布，不御寒，两人共盖两件大衣，夜间经常冻得打哆嗦，只得当“团长”（蜷缩成一团的意思）。尤其是住在雪山坡上，冻得更惨。有几次夜间睡时没下雪，早上醒来时雪已把帐篷压垮，只剩下嘴出气的位置没雪。行军期间吃饭是各分队自己做，我分工在炊事组，每天得扛着全分队的炊具，粮食干菜各人分扛，做饭本身不费事，因没什么可做的，主要是烧开水、烧茶，吃糌粑，初期有米、干菜，做点米饭干菜，后来这些都吃光了，就煮点死牦牛肉、野菜给大家吃。关键是烧柴困难，每到宿营地后，大家分头在山上拾点草根、树枝、牛粪，多数都不干，很难点着，我每天都得跪着在地上不停地吹火，本来就有慢性喉炎，长期受冻、烟熏，进军一路，我的嗓子哑了一路，说话很不方便，只得学吹口哨，吹歌曲，学藏胞吹口哨，唤牦牛。做饭弄得棉衣比谁的都脏，棉花暴露在外的比谁的都多，真成了个名副其实的炊事员。

10 月 1 日，我们在玉隆开了一个军人大会，庆祝新中国成立一周年，会上领导讲完话后，藏族爱国头人夏克刀登也讲了话，会后文工队同志表演文艺节目。藏族群众是第一次观看解放军演出，他们怎么评价我们听不懂，但从表情上看很高兴。会上领导说从收音机里得知，重庆市庆祝“十一”很隆重，光游行的队伍就走了两个多小时。一个信息，把大家的思绪立即引回到内地，大家都不约而同地想象着各自家乡庆祝“十一”的欢乐情景。几个重庆参军的同志在一起讨论，勾起了思乡之情，大家谈到重庆解放一年的变化，从学生到革命军人，从内地到青藏高原……同时谈到西藏的未来，祝愿明年的今天，能在西藏首府拉萨庆祝“十一”，谈到深夜，久久不能入睡。

对我们这些刚出校门的女学生来说，在缺氧的高原负重徒步行军，说不苦是假的，强迫自己承受锻炼补上这一课是真的，“苦不苦，想想长征二万五”，想想连队战士，他们每人负重七八十斤，还要扛枪、扛炮，追击敌人，同敌人交战，有时还忍饥挨饿。比起他们的苦，我们的真是微不足道。出发以来，我们女兵表现都很坚强，我也不例外。虽然有的女兵被牦牛抵伤、抵倒，有的战士因心脏病倒下死去，也没影响大家的情绪。进军途中，我们队里来了一位姓郑的指导员，他是老红军，经常在队前点名会上给大家讲红军长征中女战士战胜困难的故事，如讲到康克清长征时的情况……老前辈的精神也鼓舞着大家战胜困难的决心。

我们离前线战斗部队很近，经常是刚打完仗，我们就到达战斗现场了。10月18日，我们来到金沙江边，刚给渡金沙江的伤员写完慰问信，领导让我们去看烈士墓。这是10月8日解放岗托渡江时，被击中掉入水中牺牲的一船烈士，共7位同志，埋在山坡空地上，每人立了一块木牌，写着他们的籍贯、姓名、单位、职务。看完牌子后大家都很难受，在墓前默哀，心里默默地说：战友啊，你们为解放西藏的伟大事业献出了年轻的生命，西藏人民会永远记住你们的，全国人民也会永

组织科刘韵华、李国柱、时颖、邹玉芳在一起。她们已是相处快一年的伙伴

远记住你们的！

1951年，阴法唐在昌都住地

11月2日在觉雍，我们还看到了同样的情景，刚打过仗的战场上，到处都有死马、死牛的尸骨，各处堆着稀烂的杂物，这里也埋着我们牺牲的13名烈士。血的事实证明，西藏亲帝分裂主义分子控制的地方政府，是顽固地抵制人民解放军解放西藏的正义事业的，正义的事业必定要付出血的代价，阶级斗争是残酷的，烈士的鲜血必定会带来西藏明天的光明。

10月20日，我们队在岗托休整，得知10月19日20时昌都解放的快讯后，立即召开群众大会，庆祝昌都解放，大会上大家情绪非常高涨，文工队演出后，我们共同欢歌跳舞，表达这无比喜悦的心情。昌都战役这一仗打得真漂亮，自1950年10月6日开始，至24日胜利结束，聚歼了金沙江以西，类乌齐、恩达以东地区的藏军，计有藏军5个代本（相当于团的建制）全部，3个代本大部，一个代本起义，加上一些民兵，共计5700余人，其中代本以上高级官员20余名；俘获在藏军中服务的英国人福特、柏尔及印度人两名。缴获山炮3门，重机枪9挺、轻机枪48挺、其他长短枪3200余支，子弹58700余发，电台2部，战马2000匹。我军伤亡114人。

祝捷大会结束后，几位藏族同胞到工作队驻地，热情帮助我们烧火、弄柴、打水、看管牦牛，久久不愿离去，并用不太通顺的汉语问各种问题，打听各种情况，在西藏听到会讲汉语的藏族，是很稀罕的事，立刻引起了我们的关注，他们究竟是什么人？什么民族？他们身着当地藏装，男女都留着长辫，说藏话完全一样，看不出与藏族有什么两样。细问方得知，他们都是1936年红军长征时的伤病员，大部队远去后，等国民党兵不再追究后，才从山里出来，找到村民相助，治疗养伤，为求生存学会了藏语，习惯了高原生活，与藏族妇女通婚成家，在这里已扎根，对内地及家乡情况、部队情况、革命发展形势，一无所知。经介绍后，他们惊喜交加，勾起了对当年红军长征时艰苦斗争岁月的回忆。我听了他们讲述离开部队后的遭遇，很受感动，觉得能活下来很不容易，他们的顽强精神很值得我们学习。只可惜他们现在用纯汉语讲话已比较困难，加之多年来部队运用革命词汇的演变，互相表达都很吃力。分别时大家都依依不舍，很想留点什么作个纪念，可实在找不出什么，只能留下革命战友一颗赤诚的心和深深的记忆。毛主席说："红军是种子，红军是播种机。"只希望今后在这一带开展工作时，几位革命老前辈会成为种子、骨干，祝愿他们健康地活着。

10月22日，得知前方战士缺粮，要求我们工作队加快运输速度，三天路程缩短两天走。这段路，海拔4500米以上的高山还是那样多，河流也不少，每天起早摸黑，几次住在雪坡上。由于早出晚宿营，牦牛吃不饱，饿死累死的数量天天增加，死牛的物资只好加在其他牛身上。队里带的粮食干菜也基本吃完，做饭没粮下锅，我反复翻同志们的粮袋，再也翻不出东西了，只能找点野菜做汤，煮死牛肉（因柴火少肉煮不烂），开饭时每人发一块半生不熟的牛肉。吃不饱体力不行，加之每天要走六七十里路，有的同志跟不上，掉队的人越来越多，收容同志的任务加大。整个行进队伍拉得很长，领导要求大家克服困难，争取不掉队，少掉队，万一掉队，必须两三人一起，担心遇见情况不好对付。这段时间是最困难的，我们给前方运的物资里有粮食，可是不敢动用，一是前方战士比我们更困难，据说有的两三天没吃的，只能吃一个圆根，还要急行军，追击敌人，打仗。再说也有纪律约束。10 月 27 日到达江达县，我们赶紧到兵站领了一点大米，做了顿米饭，大家吃得很香，情绪马上高了。爱逗趣的同志说："唉！唉！人是铁来，饭是钢，一天不吃饿得慌！"逗得大家都笑了。

10 月 29 日爬大雪山，死了几头牛，晚上做了肉丸子，大家吃得很香，爬山时很有劲，60 里的山路，下午很快就宿营了。住下得知这里是觉雍，10 天前部队在这里打了一仗，还能看到抬担架的和缴获的美式衣服、英国布匹。我们牺牲了不少同志。

这里有个天然温泉，可以洗澡。从四川出发整整两个月没洗过澡，洗脸机会也很少，大家高兴得想马上去洗，但天没黑无法去洗，只能天黑前让男同志去洗，天黑后女同志派值班看守，轮流洗，水温很好，洗得真是痛快，消除了多日疲劳。后来得知西藏这种温泉很多。

荣获“解放西藏”纪念章

11月2日，上级通知要求把牦牛、粮食、大洋全部上交，迅速赶到昌都接受新任务。女兵们同野性十足的牦牛相处多日，已摸清了牦牛的脾气，似乎产生了感情，要分手还有些舍不得。办完物资交接手续后，大家轻松多了。经过几天的急行军，队伍赶到昌都，大家高兴地喊着“我们胜利了!”女兵们从9月1日到11月7日，66天走了约1500里，多不容易呀，在她们短暂的生命中是多么难忘的66个日日夜夜啊！可是我们才刚刚走进西藏的东大门，万里长征仅仅走完第一步，尚有更艰巨的任务在等着大家。

在昌都进行了工作总结，领导对同志们讲，康藏工作队全体女兵进军中经受了艰苦考验，胜利完成了任务，都合格，现在宣布工作队撤销，给大家重新分配工作。师政治部决定把大家全部分在师直各机关。我和周玉芳、时颖三人分在政治部组织科，我和周玉芳做干部工作，时颖做青年工作。组织科工作范围很宽，相当于现在的组织、人事、监察、纪委、团委几个部门，我在老同志指导下做些具体的工作，首先给我交办的是，统计昌都战役期间牺牲的烈士的数字、名单、遗物，填写烈士证寄回家……

昌都战役后，旧政府停止工作，昌都成立解放委员会，全局工作是准备继续进军，和平谈判，宣传党的方针政策，扩大我党我军政治影响，修筑公路，恢复生产。我们普通一兵的任务是天

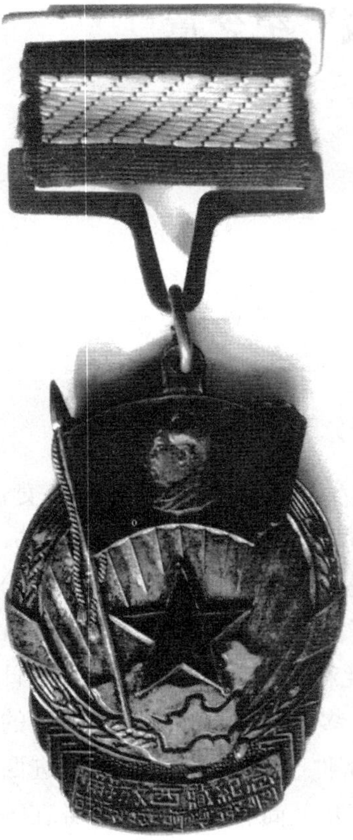

解放西藏纪念章

天紧张地上山割草、打柴、烧炭，准备过冬，各单位分配的各项任务以数字体现，要求完成。给我印象深的有两件小事，一次上山砍柴，背柴下山的路很险，往下看是几十丈深的悬崖，往下滑吧，全身骨肉都会磨烂，好容易抓住一块小石头，就用劲贴住石山，慢慢向旁边移动，最后终于脱险了。山下同志们看着我大声喊，我什么也没听见。事后同志们开玩笑说："差一点就要给你填写烈士证了。"有一次是挑木炭，要走几十里路，我不愿示弱，可能挑了八十多斤，开始走得很好，越走越掉队，腰压得怎么也直不起来，人也好像变矮了一截，到家后同志们取笑我说："今后开文娱晚会，就表演李国柱挑炭。"弄得我实在羞愧，说明太缺乏锻炼。加之，当时粮食问题还未得到解决，每人每天定量 4 两（相当于现在二两半）只能喝稀糊糊，吃时很饱，很快就饿了，体力实在跟不上。这样的伙食好像延续了 3 个月。

昌都战役的重大胜利，对美帝制造舆论否认西藏是中国的领土，要求联合国进行干涉，以及西藏上层反动集团抵制人民解放军解放西藏的美梦，都是沉重的打击，为解决整个西藏问题奠定了有力的基础，迫使西藏地方政府派人来京进行谈判。经过半年多的艰辛工作，1951 年 5 月 23 日达成《中央人民政府和西藏地方政府关于和平解放西藏办法的协议》（简称《十七条协议》），宣告了帝国主义阴谋的彻底破产。中央人民政府军事委员会主席毛泽东于5月25日发布训令：“我人民解放军为保证协议的实现和巩固国防的需要，决定派必要的兵力进驻西藏。”由西南和西北各路进藏部队经过深入思想动员和充分的物资准备之后，从1951年7月下旬，开始了从云南、青海、新疆、四川四个方向向西藏拉萨以及边防要地的和平大进军。我们18军进藏二梯队——52师所属155团，10月2日从昌都出发，11月7日到太昭（今工布江达）等地。52师所属154团于11月15日进驻江孜、日喀则地区；155团一部于1月24日进驻则拉宗，翌年1月23日进驻山南隆子宗。18军军直10月26日到达拉萨，独立支队12月1日到达拉萨。

解放西藏纪念章（1952）、慰问袋与和平鸽丝巾（1952），以及西藏和平解放20年、40年、50年纪念章等

从昌都到拉萨行程1100公里，这段路很难走，高海拔的山多，又多为冰雪覆盖，气候恶劣，缺氧，高山反应强烈，战线长，补给不足，难度更大，所不同的是我们经过一段时间的锻

炼，适应性逐渐加强，又无战勤任务，思想较为轻松，比较顺利地到达太昭。师直机关及所属部队到太昭后，军部命令休整待命，在此期间，组织访问团到 9 个宗（相当于县）宣传协议，宣传政策，开展统战工作，为群众治病，研究支援解放军进藏等问题。我留在机关坚持工作。

1952 年 3 月，拉萨伪人民会议骚乱事件出现后，军部命令我部队赶到墨竹工卡驻防，事件平息后，5 月决定部队整编，师机关除留少数在部队继续工作外，其余全部集体转业到江孜下地方工作，分配到江孜的同志 6、7 月份陆续分批从墨竹工卡出发，7 月底到江孜，我们一行是 6 月 13 日到达江孜的。

52 师师直机关包括我们女兵 1950 年 9 月 1 日从四川眉山出发，走走停停，停停走走，历时两年多，行程 3000 多公里，1952 年 7 月到达目的地——西藏江孜，胜利完成了党交给的进军西藏、解放西藏的任务。西南军区 1952 年 8 月 10 日颁发给我一枚金光闪闪的“解放西藏”纪念章。这枚纪念章特殊之处是用汉藏两种文字写成，它的颁发，向世人昭示：西藏是中华人民共和国领土不可分割的一部分，《十七条协议》的签订，实现了驱逐帝国主义侵略势力出西藏，从此，五星红旗永远飘扬在西藏上空。这枚纪念章来得多不容易啊，它凝聚着党和国家对西藏人民的关怀，凝聚了多少人的艰辛，汗水，甚至鲜血！每当我翻看这枚纪念章时，心情都很不平静，思绪万千，是它的诱惑与冲动，使我远离父母兄妹，加入到进藏部队行列，当时感到爬雪山，过草地，走红军长征路，像诗一般的美好动人，实践后才尝到了高寒缺氧、忍饥受冻的滋味。可以告慰父母的是，你们的女儿挺过来了，她将珍惜这份荣誉，继续把青春奉献给西藏高原。

西南军区送的纪念品有小皮夹笔记本一个，有印有和平鸽子的绸手绢一条、绒衣一件（印有“巩固国防”字样），我至今保存完好，没想到这是我最后一次享受部队慰问品了。

下连队锻炼

部队在昌都驻防期间，我们组织科的几个女同志经常谈论：当兵已多时，还没打过仗，没扛过枪，没听过枪炮响，尤其分配到机关后，除摊上出公差外，全是做文字工作，不够味，没当兵的感觉。于是积极要求下连队锻炼，科长刘月亮听取大家意见，满足了我们的要求。

3 月初通知刘韶华、时颖和我三个人下连队体验生活。我们很高兴地带着行李到了 155 团二营六连，在离昌都镇几十里的山沟里，住在连部集体宿舍，白天随着各班排分别活动。六连是步兵普通连队，没特殊的武器，每人仅有一支步枪，数发子弹，有的子弹还是用木棍代替，部分人有手榴弹。他们平时的主要任务是练兵练体力，准备应付战斗需要。清晨爬山、跑步、走快步，饭后练打靶（多数是假打，偶尔实弹射击），晚饭后学文化、唱歌，睡前集合，连长、指导员点名讲话，总结全天情况，表扬好的批评差的。战士一般二十多岁，多数不识字，个别上过小学的，被分到连队当文书，他们在家受过地主的压迫剥削，每家都有一本血泪史，吃过苦，种过地，干活很有劲，觉悟很高，讲起革命道理人人都是一套一套的，战士在一块儿讲起战争的故事，打开话匣子就关不住。可是一见到我们几个女兵，就不说话了，脸红，扭头就走。我们早上跟着爬山，出操跑步，怕跟不上战士，被他们看笑话。尽管已经努力了，但体力还是跟不上，总是

负重行军中的女兵

掉队，经常很不好意思。练打靶时，领导不发话谁也不敢把枪借给我们，只能站在旁边看看，连摸摸枪也不好意思提出来。战士把枪看成是命根子，我们也怕动不对出问题不好交代，只能在擦枪的时候问问这问问那，从理论上，学点枪的知识。虽然在连队，扛枪打枪这一课是补不上了（记得1959年平叛时补上了这一课，第一次打靶得了个优秀，终于圆了打枪的梦）。上文化课教唱歌时，我们才发挥了一点作用，也正是在这时，战士们才没感到我们是多余的。我们也才感到女兵下连队的价值。记得有一次，指导员交给我一个任务，我很高兴地接受了，任务是同一个准备退伍的老兵谈话。我原以为这个任务不难，可以完成，没想到我的估计错了。见到这位老兵后开始说了几句，问他是哪里人，多大，兄弟几个，父母健在吗，等等，一般的问题，再往下就没词了，怎么问他也不说，他看我，我看他，他急得直擦汗，而我满肚子的话，就是不知怎么说才对路子，互相看了好一阵子，实在进行不下去了只好罢休。刚到连队吃饭时，与战士共用一个菜盆，发现凡是我们女兵在，战士不好意思吃菜，吃不饱，以后就改成我们女兵单独吃。

下连队锻炼，向战士们学习，是我们的愿望，可现实是战士们不习惯，弄得我们很尴尬。这究竟是为什么呢？可能得归结到中国封建社会统治太久了，虽然压在人们头上的三座大山已被推倒，但封建意识仍然残存在人们头脑里……一个月的连队生活收获不小，增长了知识，强壮了体魄。对连队、战士情况有了初步的了解。这以后，我们很安心地在机关工作，再也不提下连队去的意见了。

修筑康藏公路

解放前西藏地区没有公路，边疆与祖国内地关山阻隔、交通闭塞、道路艰险，这不仅使西藏长期处于封闭状态，严重阻碍了西藏的经济文化发展，也给解放西藏、建设西藏带来巨大的困难。为此，党中央、毛主席在决策向西藏进军时，提出“一面进军，一面修路”，并决定修筑康藏公路[①]和青藏公路。尽快修通公路是争取进藏部队在西藏站稳脚跟、经营与建设西藏的关键所在，是实现《十七条协议》及整个西藏军事、政治、经济、文化建设的重要问题，必须尽最大努力实现。我们52师师直、155、156、157团分工负责康藏公路的昌都段，即自昌都向东修建达马拉公路。

这段公路是康藏公路中甘孜至昌都的一段，全长455公里，为加速修通，东西各段于1951年5月6日同时动工。52师155团、156团和53师157团分别在昌都东达马拉山、金沙江西矮拉山地段投入施工。我们分工的这段虽地势很高，海拔4800米以上，但山势不险，主要是挖土、抬土、填方、砸碎石子、炸石头等活。那时没有现代化的机器，工具很简单，有钎、镐、筐、扁担、钻等，主要靠手、肩、腿，应该说主要是靠为西藏人民服务的思想和毅力。我技术活不会干，只能做些挖、挑、担的活。

① 西康省撤销后，“康藏公路”改为“川藏公路”。

1954 年春,53 师工兵八团在悬崖上施工,打通然乌沟通道。

开始挖了一段手起了泡，改为挑、抬，抬的对手多是男同志（当时机关女兵少，参加工地劳动的更少），他们个高劲大，想努力比试总是不如他们，肩磨得青一块紫一块的，垫上毛巾继续干。在工地上鼓着劲干，不让男同志看笑话，可是回到女同志帐篷里就全成“狗熊”了，那个狼狈相真是不好形容。这段路是座大山，施工现场成梯形，山上山下同时施工，处处是紧张的场面。修路期间没分配机关的工作，思想很轻松，劳动时大家有说有笑，重活都抢着干，谁也不甘落后，有时学着喊劳动号子，南腔北调的很有味道。在野外的工地附近山坡上搭帐篷住，天不太冷，野花野草开始露头，自然环境很美。晚上没灯，除开会外没法看书学习，有时就凭借月光写点日记，有时坐在野地里聊天赏月，或躺在帐篷里将头伸出来数天上的星星，领略高原独特的秀丽风光，真是别有一番情趣。

1951 年 10 月 26 日，进藏部队经过数千公里的艰苦跋涉，终于到达拉萨。这是入城部队行进在布达拉宫脚下

工地有些地段的危险性很大，劳动强度也大。记得有一天，我们上方的一个连队，在执行爆破土石任务时，有两个战士因没有掌握好引线点着爆破时间，返回察看时，当场就牺牲了，血肉横飞，同石头泥土混在一起，尸骨没找到几块，惨不忍睹，大家都很悲痛。高路段牺牲的战友更多。康（川）藏公路以成都为起点，拉萨为终点，全长 2416 公里，整个康藏公路修筑过程中，广大军民携手奋战，五易寒暑，共挖土填土、石方 2900 万立方米，修筑桥梁 430 座，涵洞 3781 道，战胜 14 座大山，跨越 16 条大河。5 年中近两万人立功受奖，3000 多名干部、战士、工人牺牲，相当于每公里牺牲一个人。其工程之浩大、艰苦，施工之艰险，实属世界公路史上的奇迹。经费支出，据说相当于当时用

的大洋，用两块重叠，能从拉萨铺到北京。西藏有今天的发展，怎能忘记这些无名英雄们的无私奉献。他们的丰功伟绩，永远镌刻在历史的丰碑上。如今汽车走在这条路上，经常可见烈士墓、烈士亭，处处浸透着英雄们的汗水和血迹。

故地情

2000年10月19日是西藏昌都解放50周年纪念日。

1950年，为了完成祖国统一大业，党中央、毛主席向西南局和中国人民解放军第二野战军发出进军西藏、解放西藏的命令后，二野把任务交给了我们18军。在西藏地方当局拒绝派代表来北京和平谈判时，当年10月被迫举行了昌都战役，18军把作战任务交给了我们52师等部队。昌都战役的胜利震动了西藏地方当局，促成了西藏问题的和平谈判，进而实现了西藏的和平解放。昌都成为西藏摆脱黑暗、最早获得新生的地方，也是五星红旗飘扬最早的地方。

我是参加昌都战役战勤工作的一名女兵，这次能同参加昌都战役的18军52师的老领导、老战友一道应邀参加昌都解放50周年庆典，心情特别激动。

我们北京一行4人，有当时18军52师副政委阴法唐（后任西藏自治区党委第一书记、第二炮兵副政委）、师政治部主任周家鼎（后任国防大学纪委书记）、师作战参谋吴晨（后任西藏军区副参谋长、军事科学院研究员），我是师康藏工作队队员（后在国家广播电影电视总局工作），我们于2000年10月14日从北京出发抵成都。成都同行赴昌都的还有师154团团长郄晋武（后任西藏军区司令员、成都军区司令部顾问）、师政治部宣传科长魏克（后任成都军区步校副政委）和李本信、赵云堂等同志。8 位老同志中年愈 80 岁的 2 人，其余均 70 多岁，我算最年轻的也 60 多岁。身体基本可以，高山反应、血压轻度波动在所难免。唯独吴晨同志血压升高至 120～210，不得不住院一天，输液 4 天，其实他在成都血压已升到 100～180。本来医生不同意他进藏，但他出于对西藏的感情，坚持要去，幸好输液后情况好转，坚持参加了大庆各项活动。

10 月 16 日，大家乘飞机离蓉赴昌都。当我坐在舒适的机舱里时，各种往事不断浮现在眼前，我仿佛看到 50 年前战士们负

2000 年 10 月于昌都解放 50 周年庆祝大会上

重扛着炮追击敌人的情景，他们有的献出了年轻的生命；仿佛看到女兵赶着牦牛为前方运输，睡在雪山草地上。更加感慨的是，1950 年进军西藏时走了 66 天才从成都到昌都，而今一个多小时就从成都双流机场飞到昌都的邦达机场了。说起邦达机场，我还算和它有缘哩！这个机场本来早就修好了，是西藏军区 11 师等单位参加施工的，但因长期未用，已不能使用。1993 年初中央批准修复扩建。1993 年 2 月 8 日，在北京召开西藏邦达机场初步设计审查会，我有幸参加了这个会（当年我退休后，受西藏

自治区人民政府聘请，在西藏“一江两河”驻京联络处工作)。到会的有来自解放军总参谋部、空军、国家计委、民航总局和西藏自治区的人员共57人。西藏自治区的杨松副主席出席，讲话、并宣读了中央关于修复扩建邦达机场的指示。到会同志态度积极，发言踊跃，都感到是政治任务，不仅有经济意义，对安定团

1990年10月19日，参加昌都解放50周年纪念活动的老同志合影

结和西藏地区的发展也有重要意义。各单位既作了具体分工，还强调军地各方面相互要配合好。会后由于各方努力，很快开始施工，竟然用了不到两年的时间，就于1994年建成通航。这条航线从成都双流至昌都邦达全长1000公里，飞行1小时。邦达机场是世界海拔最高（4618米)、跑道最长、离市区最远（130公里）的机场，到昌都市区途中还得翻过两座高山（郎拉山、年拉山)。我还联想到，50年前自己还是个年轻姑娘，如今已变成祖母了……正回忆到兴头上，不觉已到了昌都邦达机场，本想仔细体会一下机场几个“最”字，可是一下飞机，就受到自治区副主席、昌都地委书记杨松及其他领导带领的昌都地区的欢迎队伍献哈达、“切马”，群众载歌载舞的欢迎，我们在机场根本顾

不上停留就驱车往市里去了。邦达机场坐落在群山环抱中唯一较宽阔的平地上，附近全是牧区，无树木，气候较差。车子下坡约半小时后，气候才开始好转，树也多起来。车行至察雅县吉塘镇时，情况就更好了，镇建得不错，镇里的群众很热情地站在公路两旁，形成欢迎队伍，我们下车，跟群众握手、点头，互致问候“扎西德勒”，当有的群众得知我们这些老同志是当年解放昌都的解放军时，更显热情，主动要同我们打招呼，特别是老人，从人群中挤出来同我们握手，我用藏语同他们对话，他们更感亲切，从群众满面笑容的表情看得出那鱼水情深的内涵。我们的车开动了，群众还依依不舍地目送着，我也一直回头看，直到模糊不清，但眼里仍晃动着欢迎人群的笑脸……驱车前行约20分钟，终于到了阔别50年的昌都镇。我特别激动，此时此刻真想大喊一声：“昌都，我回来了！”以表达当年女兵姐妹们喜悦的心情。

随着汽车的前行，我们过了一座新桥，接着穿过整齐宽广一下子数不清的大小街道、楼房、商店、机关、学校，到处张灯结彩，一片节日气氛，来往人群身穿节日盛装，鲜艳夺目，女人头上装饰华丽，男人头上盘着英雄结，使我感到真的回到了昌都。

惊人的巨变

解放前的昌都同西藏全区一样，广大农奴和奴隶在三大领主的层层盘剥、压迫下，过着牛马不如、没有人身自由的悲惨生活。昌都镇号称西藏四大城市之一，城区只有0.3平方公里，没有一幢砖瓦房，没有一条像样的路，且街道狭窄、尘土飞扬，水电设施更谈不上，商店很少，商品除砖茶外多是从印度、尼泊尔过来的东西，商店没铺面，多是从一个小窗口售货。当时四川坝仅供放马用，云南坝仅有“沙王府”（西藏地方政府驻昌都总管府）及周围一点房子，从镇通向四川坝、云南坝各有一座木石结构的大桥，过桥时晃晃荡荡使人提心吊胆。

2009年藏历土牛新年，与帕巴拉·格列朗杰合影

50年来，在党的亲切关怀下，昌都地区发生了翻天覆地的变化。到1999年底，全地区生产总值达14.5亿元，粮食总产量15亿吨，牲畜存栏346万头，农牧民人均收入达到1393.87元，现代工业、交通、通讯、能源、教育、卫生等事业从无到有，蓬勃发展。基础设施建设方面，初步形成了“三纵一横”的交通格局，通车5240公里，开辟了昌都至成都、昌都至拉萨的航线；消灭了无电县；全区11个县均开通国内、国际直拨电话，昌都、八宿、察雅三县开通了数字移动通信和无线寻呼业务；昌都及各县市场繁荣、流通活跃、购销两旺。教育事业有很大发展，有各级各类学校81所，教学点985个，在校学生74000多人，形成幼儿教育、中小学教育、职业技术和师范、成人教育在内的多层次教育体系。全地区已有设备先进的各类医疗机构241个，医务人员1400余人，基本形成了医疗卫生保健网络。昌都镇的变化更是惊人，建设了多条宽阔漂亮的新街道，新建了五座坚固宽阔的几辆车并行的大桥、三座人行吊桥，据说计划还要建几座大

汉译文：李国柱同志关于西藏工作的体验，反映了老一辈西藏工作者对党的民族宗教政策的贯彻及密切民族团结的事迹。这将对新一代西藏工作者起到积极的引导。

帕巴拉·格列朗杰

帕巴拉·格列朗杰题词

桥。各处新房（包括楼房）林立，四川坝、云南坝房子早就盖满了，又新添了个马草坝，有的房子向立体发展，最高盖了16层，用上了电梯。街上商店较多，商品丰富，多是上海、北京、广州的名牌货，应有尽有，蔬菜品种也很齐全。电灯、电话、电视机、电冰箱、自来水等早就不在话下，现在移动电话、出租车又成了新的时尚，据统计，昌都出租车近200辆。昌都坝已成为金融中心，云南坝成为行政办公中心，马草坝建设正在朝着文化、卫生教育中心发展。总之，宽阔整洁的街道，一幢接一幢的现代化商店、住房和办公设施，以及一座座如彩虹出世的“汉藏连心桥”，把昌都装饰得更大更美了。昌庆街的建成和使用，将成为昌都的商贸中心、旅游景区和物资交流集散地，是独具地方风情的现代商业步行街。昌都镇这座昔日的古老驿站，变成了各项基础设施基本齐全的高原新城，像一颗璀璨的明珠，镶嵌在藏东高原。这些惊人的巨变，正如自治区副主席、地委书记杨松所说，昌都50年来取得的成就超越了过去几百年，甚至上千年。这是党的民族政策和民族区域自治制度的巨大成功。事实雄辩地证明，没有共产党的领导，就没有今天欣欣向荣的社会主义新昌都，就没有昌都人民的翻身解放。

丰富多彩的庆典

庆典活动共5天，除庆祝大会外，还安排了不少很有意义的活动，如悼唁烈士墓，参观昌都解放50周年成就展，参观儿童福利院、个体企业观看大型文艺表演、服装表演、昌庆街工程竣工，参观昌津桥、昌蜀桥、马草坝康乐新村，参加革命传统报告会、老干部座谈会、慰问老干部会等等。每天上午、下午排得满满的，我们除随大会安排活动外，还挤时间拜访老干部、老战友、老房东，这样活动就更紧张。

庆祝大会是10月19日在地区体育场举行的。场内约一万人，场外还有几千人，会场很大，很气派，会场中间启用了现代化的大屏幕，不停转换，显示各种标语。庆祝大会一开始奏完国歌后，鸣礼炮50响，在群众的欢呼声中，上千只和平鸽和无数个气球腾空而起，飞向天空。参加大会的有中央机关、友邻地区、对口支援省、市等以及老干部代表团，向大会发来贺信、贺电、贺礼的不少，我们参加大会的老干部代表团向大会赠送了一组当年解放昌都时的珍贵照片（放大，用玻璃镜框装好）。会上，自治区党委常务副书记热地和杨松副主席讲了话，他们都着重谈到昌都解放的重大意义和50年变化。庆祝大会结束后，进

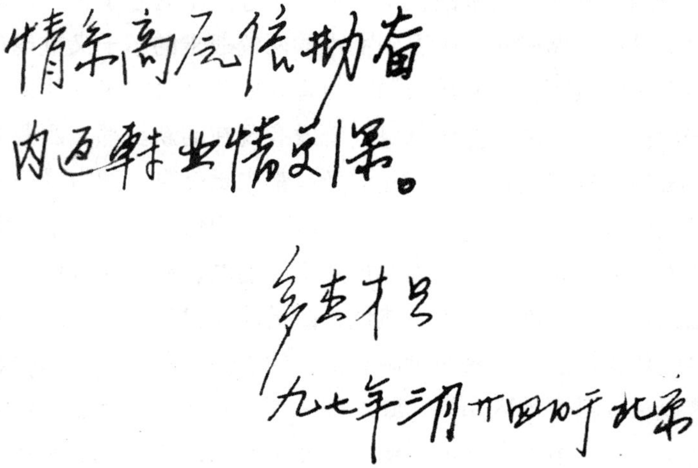

曾任西藏自治区政府主席和中国藏学研究中心总干事的多杰才旦赠言

行了大型广场演出《康巴魂》，充满浓郁康巴风情的群众歌舞，赢得全场观众一次又一次热烈的掌声，整台演出在《歌唱祖国》的乐曲声中闭幕。我为这个庆祝活动拍了一组照片，送到机关组织的《广播电影电视总局老干部摄影展览》参展，得到机关领导好评，不少记者拍了照，还在中央电视台播出。

我们 18 军老干部代表团还到军分区部队驻地看望、慰问军分区领导及部队干部，同他们一起座谈，共同回顾当年部队解放昌都时的情况，并谈到要继承发扬老传统、老西藏精神，为建设边疆、保卫国防而献身。

悼念烈士

10 月 20 日上午，参加庆祝昌都解放 50 周年的全体代表们驱车来到马草坝昌都革命烈士陵园，排着整齐的队伍，胸前佩戴着白花，庄严肃穆地向在解放昌都、平叛改革、平息叛乱、保卫祖国及各个建设时期光荣牺牲的烈士们默哀致敬，敬献花圈。就在默哀的一刹那，昌都战役中牺牲的年轻战士的影子，和在昌都修筑达马拉公路时我亲眼看到牺牲的两位战士的影子又重现在眼前……是解放军代表开始致词的声音才使我回过神来。他说，没有先烈们浴血奋战、光荣献身，就没有现在的新昌都，西藏人民要学习他们的崇高精神，在建设新昌都中贡献自己的力量……话毕，少先队员、共青团员举行了入队、入团仪式，仪式毕，大家围绕烈士墓绕场一圈。当天参加致敬活动的，有自治区代表团顾问帕巴拉·格烈朗杰、团长热地，团员均为自治区各部门各地委行署的负责同志，还有中央国家机关代表团、我们老干部代表团全体成员、昌都地区领导、驻地部队等一共几百人。烈士陵园建在马草坝的山坡上，环境很幽静，烈士们在山坡上俯视着昌都在改革开放中前进的新步伐。

讲传统

10 月 21 日下午，在昌都地区行署礼堂，地委、行署和部队干部、战士和学生及各界代表共 600 余人集会，听取 50 年前曾参加指挥过昌都战役，并在昌都和西藏长期工作过的原自治区党委第一书记阴法唐作革命传统报告。他主要讲了以下几个方面：

（一）党中央、毛主席下令中国人民解放军进军西藏。毛主席根据当时国际形势，指示“进军西藏宜早不宜迟”。全国大陆各地都解放了，还能让西藏继续受帝国主义侵略奴役、继续让西藏人民受苦吗？还讲了部队接受任务后积极准备的情况。

（二）昌都战役和解放西藏。主要讲党中央、毛主席原来想用和平谈判办法解决西藏问题，但西藏地方政府在帝国主义怂恿、支持下拒绝谈判，阻挡解放军进藏，才不得不下令进行昌都战役。接着讲了作战部署和参战部队英勇作战的情况，昌都战役的胜利以战促和，为和平谈判奠定了基础。和谈达成《十七条协议》后，党中央、毛主席又下令进军西藏，和平解放全西藏。

（三）西藏和平解放以来所经历的几个大事和以史为鉴问题，动员大家在新的历史时期特别是在西部大开发机遇中奋发向上，争取新的胜利。

（四）“老西藏精神”。主要讲老西藏精神的形成过程及内涵，即长期建藏、边疆为家、一不怕苦、二不怕死、自觉遵守政策纪律、自力更生、艰苦创业的“特别能吃苦、特别能忍耐、特别能战斗、特别能创业、特别能奉献”的老西藏精神。

这样，就使台下听众对当年进军西藏首先是解放昌都和胜利来之不易，有所理解，从而对党和毛主席产生感激之情。他们报以长时间热烈的掌声，表达了对艰苦奋战、将五星红旗插在昌都城头的解放军的崇敬之情。

最后，军分区政委和行署专员多吉次仁强调指出，今天的革命传统报告，是继承和发扬光荣革命传统、继往开来的动员大会，要求大家为振兴藏东再创辉煌。

孤儿的新家

10 月 18 日上午，我们参观了昌都县俄洛镇新建成的儿童福利院，听完院领导介绍情况后，大家饶有兴致地参观了宿舍、教室、餐厅、伙房等，还详细询问了 100 名孤儿的学习、生活情况。看到美观的院落、宽大明亮的住房和教室、暖和的被褥，以及健康活泼的孩子们快乐地做健身操，怎么能看得出他们曾是孤儿。本想和孩子们谈谈在福利院的感受，因他们是集体活动，上课铃催着孩子们回教室，未能如愿，仅同走在最后的一个孩子照了张相留念。一同参观的热地书记说，我到过自治区很多孤儿院，但像今天昌都地区儿童福利院这么好条件的，这还是第一个。看看院容，看着远去孩子的身影，我仿佛又看到西藏旧社会在领主家里端菜倒水被领主打骂的小农奴的情景；在拉萨街头蓬头垢面光着屁股哭着乞讨并和狗抢食的孩子……孤儿院的建立充

2000 年 10 月 18 日，李国柱同昌都儿童福利院的小朋友在一起

分体现了党中央、国务院和全国人民及全社会对孤儿的关心，过去无人照顾的孤儿，今天能过上这么好的生活，这在旧社会是无法想象的。祝愿西藏的孤儿都能有这样的“新家”，祝“新家”越办越好，把孤儿培养成建设西藏、建设昌都的有用人才。

心系教育

当得知昌都解放后由我党和政府创办的第一所新型小学，也是西藏第一所小学即现在的昌都地区实验小学 50 年的发展变化很大后，我同魏克同志 10 月 19 日下午专程到小学看望了师生们。魏克是这个学校第一任董事，在与老师们座谈中，他谈了当年办学的艰难历程，谈到已告别人世、当时负责办学的董事李安宅、于式玉两位教授和为建校舍带领民工去森林伐木被病魔夺去生命的校董事甲本慈诚的情况，谈到第一任专职教师、班主任娜珍、龙珍、宋挚、雍金拉木等的情况，魏克同志说我们不要忘记为学校做过重大贡献甚至流血牺牲的同志。校长德青措姆向我们介绍了学校现在的情况，还领我们参观了语音教学室、电脑室、德育教学展览室等。我感到这样的教学条件和师资力量，在内地也不多见。

我向阴法唐同志介绍了在实验小学看到的情况，认为需要向昌都教育献爱心。他说江孜阴法唐教育基金会的章程规定，基金增加以后可向其他地区扩展，昌都实验小学在西藏很有代表性，应先对他们予以帮助。在和基金会董事长们商讨后，我们于10月23日到昌都实验小学表达了我们的心意，从西藏江孜阴法唐教育基金会的款中划拨出5万元赠送给这所小学，作为教学奖励基金。在捐赠仪式上，阴法唐说，昌都地区实验小学不仅有光荣历史，在西藏也有很大影响，希望继续努力，在原有的基础上更上一层楼，为昌都的发展建设培养栋梁之才。

在这项举动的影响下，正在昌都参加建设的3个公司以及地区教委也分别给学校捐了款，连同我们基金会的共计20万元。

捐赠仪式结束后，我们和师生合影留念，并观看了藏东少儿艺术团的文艺表演。

杨松、多吉次仁等地委、行署领导参加了捐款仪式。

参加上层爱国人士座谈会

自治区统战部部长桑珠说要去地区统战部参加上层爱国人士座谈会，我说想去听听，学习学习，一则久不用藏语讲话，想考考自己的听力，再则我在江孜地委统战部和工委统战部门工作过，和爱国上层朋友有着广泛频繁的交往，但和藏东的爱国朋友从未交往过。22日下午，我到统战部参加了座谈会。

会上大家发言很踊跃，可惜，讲的都是昌都话，我仅能听懂30%～40%，太遗憾了。

会上，泽培副书记提出让我也说几句，我担心讲不好，更担心藏语表达不准确，犹豫后还是鼓起勇气讲了几句感想。我谈到离开昌都50年了，今天看到这里发生了翻天覆地的变化，特别高兴，成就的取得有上层爱国人士的一份功劳；昌都是武装解放的，我是昌都战役的参加者，也是见证人之一，因为有昌都战役的胜利，才可能和平谈判，才有全西藏的和平解放。在支援昌都解放，以及全西藏的和平解放工作上，上层爱国人士出了一份力，有一份功劳。最后希望为把昌都建设得更好而共同努力。

同姐妹们畅谈

10月23日上午，在地区妇联主任汪秀珍同志的安排下，我有幸同昌都几十位各族、各界、各行业的姐妹们欢聚一堂，共同谈心。阴法唐书记和王建副专员也出席了。

互相介绍认识后，大家的话题很自然谈论到妇女在参加西藏革命和建设中的作用，汪秀珍主任首先发言，她谈到昌都地区妇女参加工农业、机关工作情况，特别是改革开放后给妇女开辟了更广阔的就业门路，妇女在计划生育、学文化、学技术、争创五好文明家庭、妇幼卫生保健、妇女权力保护、妇女发展纲要的贯彻等方面的情况。

紧接着，我向大家作了自我介绍，说，1950年我在昌都住过，赶着牦牛参加了昌都战役，在昌都参加过修筑达马拉公路，在藏工作20多年，离昌都后没机会来，这次来后看到昌都发生的巨大变化，特别高兴，成绩的取得和在座的姐妹们以及历代姐妹们的辛勤劳动分不开，打江山难，坐江山更难。发言中还介绍了同我一块进藏的几十位女同志在进军西藏、解放西藏、参加昌都战役时徒步负重行军遇到的种种艰难险阻，包括缺氧、忍饥受冻，特别是妇女的特殊困难，大家怎么克服，不怕苦不怕累，保持旺盛的革命乐观主义情绪，其实大家当时都是十几岁刚离开家、出学校门的年轻姑娘，多数是志愿申请要求进藏的。回忆这

2000年10月22日，阴法唐、李国柱同昌都退休干部座谈

段历史都认为“青春无悔”，能为解放西藏出力，是一生的光荣。还介绍了几百名女兵在修甘孜机场、修川藏公路、参加平叛、土改、自卫反击战等西藏各项建设中发挥的作用。还讲到我们这批女同志现在都离退休当祖母了，仍关心西藏，心系西藏。个别身体好的，仍在发挥余热。

最后，阴法唐书记对女同志进行了鼓励，他充分肯定了女同志在西藏各项工作中起的作用，勉励大家在改革开放、西部大开发中充分发挥半边天作用，再创辉煌。还谈到他支持关心妇女工作的一些情况。

甲容，你在哪里

到昌都后，找了很多人打听我当年的房东，由于说不清街名、人名，只记得在强巴林寺下面，河的上面，离吊桥不远。但桥已几次移位，街道也几次改动，多数人估计已拆迁，到哪里找，都说难。虽信心不大，但仍不甘心，因为意识到这次去昌都

与当年的昌都房东甲容合影

是最后一次机会了。陪同我们的人大副主任和立仕同志看到我着急的样子，积极想办法帮助我。21 日上午，我们去参观成就展时，他找了一位很熟悉情况的民警带路，在几条很狭窄的老街里转来转去，仍找不到，原来老街房子已几经翻修认不出来了。以后向群众打听哪家住过解放军，群众说各家都住过。正为难的时候，突然发现一位年龄较大、手持转经筒的妇女，向她打听时，给她描述了当时房东的特点、长相、房子朝向等情况，她马上判断说“是不是甲容家”。“甲容”名字一出口，立即勾起了我的回忆，好像是这个音。她说“向左转再向右转，看看 47 号是不是你要找的人?”我们觉得有希望，就顺着她说的路去找，又想西藏同名的很多，是不是呢?走着走着，到了 47 号，进去一看，正是我要找的“甲容”。两人相见，都高兴激动地流下了眼泪，拥抱了很长时间。分别 50 年了，做梦也没想到能再见。我们互相叙述着离别之情和别后各自 50 年的变化。不用说，都从姑娘变成祖母了。她父母已去世，有 4 个孩子，她当了镇政协委员，家里整修过，格局有变动，但我们当时住的房子全在。这里是当时 52 师政治部组织科的办公室兼宿舍，住有 6 个男同志（其中有科长刘月亮和冯新民、祝荣厚、胡明安、魏洪勋、蔺金华），已知去世 4 人；4 个女同志（周玉芳、刘韵华、时颖、李国柱），前两位已去世。想起这些，就感到惋惜和难过。接着她领我看了当时我们 4 个女同志住的小屋，现堆放杂物，办公房安装了玻璃已出租。然后就一起照了相作纪念。

返驻地后把见到房东的喜讯转告给一块来的老同志，他们根据发现线索的方位，也去拜访了各自的房东。

23 日，我又抽时间去了甲容家一趟，我们两人再次促膝谈心。她详细地给我谈了分别后共产党、解放军对他们全家和对宗教信仰等方面的态度，表示特别感激。我谈到当年住在她家时，她们全家对我们的支持关心帮助，将永记在心。我们之间相处有

1990 年，阴法唐书记看望当年的昌都房东铁宝星

过很多动人的小故事，尤其是当时我不会藏语，比划着说不清时出现过不少笑话和误会。这天她特意把孩子、孙子都叫来，我们又照了相作为永久的纪念。

这期间我还随阴法唐同志抽空看望了老战友、老房东、老干部。虽然比大家晚走了两天，仍感到时间不够用，该看望的没时间看，该参观的新面貌没看够。最后，祝愿昌都明天更美好，人民更幸福安康！

2000 年 12 月

江孜岁月

在江孜做妇女统战工作

1952 年 8 月 1 日，中共江孜分工委成立了，工作人员基本上是 52 师师直属机关司令部、政治部、后勤部机关转业下来的，我也是其中的一员，虽然还穿着原有的军装，但是摘掉了中国人民解放军胸章和八一帽徽，不算现役军人，真不是滋味。

值得一提的是,当时因为天天接触群众,老百姓对我们的疑虑和惧怕心理逐渐在改变,后来竟称我们是“锡维玛”(即“和平兵”)了。

我们当时的主要工作是本着“慎重稳进”的方针，宣传、执行和维护《十七条协议》，以统战为中心，并做影响群众的工作。

1952 年 11 月，江孜分工委决定调我到统战部当干事，分管上层妇女统战工作。当时我思想不通，对统战工作是党的三大法宝之一的重要性认识不足，对工作对象全是剥削阶级更不理解，认为自己是个还未退掉学生味的青年，要与比自己年龄大一至两倍、经验也比较丰富的上层人士打交道缺乏经验。统战工作既要做团结争取工作，还要和顽固分子斗，心里很不踏实：怕斗不过顽固分子，怕给党的工作带来损失，怕犯立场错误，怕整天与领主打交道机关同志不理解，加上不会藏语、不会骑马（马是主要交通工具），于是向领导提出干不了，被领导拒绝后，才不得不接受。

20 世纪 50 年代的江孜小镇

怎么完成任务呢？我首先了解西藏情况，学习政策、策略、斗争方式、斗争艺术，分析研究怎么做统战工作，包括工作方法、谈话艺术等等。虽然这样，开始有出访、会客任务时，心情仍很紧张，不得不事先反复预习，请教老师或有经验的同志，事后请他们批评、提意见，不断总结改进。遇大会小会需讲话时，事先认真准备稿子，事后检查，听反映。我的体会是，在机关内部讲话时，若讲得不合适，同志们可以谅解，纠正也方便，可是在上层人士面前，就可能因小失大。我们的言行是代表共产党、解放军的，要达到好的效果就要避免出差错。就这样也出过差错，甚至闹过笑话，特别在风俗习惯和语言问题上出的问题更多。

语言是做好统战工作的重要桥梁之一。为解决不懂藏语问题，领导派了一位藏族女同志配合我的工作。我藏语文不行，她的文化知识及藏文水平也低，配合起来困难很多。有时我们两人都急得满头大汗，也没将意思表达清楚。遇到政策策略性很强的用语就更难。后来又选了一位藏文系刚毕业的大学生，他藏汉文水平都很好，可惜听、说反应慢，一时发挥不出来，且对西藏情况不熟悉。最后又选调了益西卓玛同志，才缓解了上述不足之处，使工作得以顺利开展。益西卓玛思想好，能吃苦，领会问题快，西藏情况熟悉。我俩互帮互学，她教我藏语和骑马，向我介绍西藏民风民俗；我教她学汉语文及她不懂的知识。两人形影不离，亲如姐妹，工作上配合默契，发现问题互相补台，生活上互相关心照顾，都能全身心地致力于搞好妇女工作。实践中我尝到不懂藏语的难处，才真正懂得分工委强调学习藏语文的重要意义，就努力争取实现分工委提出的“一个人能顶一个用”的要求，下决心攻克藏语关。从此，我身上经常装着小本本，死记硬背藏语生词，有机会就学，见人就问，有机会就讲，讲错了就改，大小会上别人翻译时认真听，学习词句的运用和翻译艺术。那时对会藏语的，无论藏族、汉族，我都把他们当成我的老师，逢难必问。

骑马也是一关。有时马不好，有的马还会欺负人，因骑马技术不行摔下来的事还不少。记得有次冬天出访，本来半天路程，可是马却找麻烦，不走或横着走，益西卓玛我俩怎么吆喝都不走，气得我们拿起鞭子抽打，马飞跑起来，我骑的马打前蹄，把我摔下来两次，连小便都惊吓出来了，身上多处红肿，幸好没摔着骨头。整整走了一天，天黑才到达目的地，下马时脚冻得麻木难行，臀部红肿得不能坐，狼狈不堪。

1954年，江孜水灾后在嘎康楼顶上留影

初期开展妇女统战工作时，我们主要采取

走出去上门拜访谈问题，请进来学习、开会（各种纪念会）、听报告、开展文娱活动、进行联欢等方式，以联络感情、结交朋友，扩大宣传面，达到团结教育的目的。无论哪种形式，宣传内容都是围绕宣传《十七条协议》、伟大祖国、伟大的中国共产党、伟大领袖毛主席、伟大的中国人民解放军、党的民族宗教等各项方针政策，提高上层妇女反帝爱国、团结进步的觉悟。统战人士初期顾虑很多，不少人对我们是不即不离，又因一个家庭内部的政治态度相互影响，妇女随着男人转，男人随着拉萨整个政治形势转，拉萨情况直接影响着江孜，几次拉萨骚乱事件都很快波及江孜。在开始拜访她们时，普遍表现冷淡，或不冷不热，或应付、不欢迎，更有甚者拒绝和我们见面。为了开展工作，不管她们是哪种态度，我们都去接触，去联络。这样次数多了，对我们了解了，情况就变化了。对于个别顽固的，我们仍硬着头皮去做工作。

记得我们有次去拜访大贵族帕拉夫人，已经走到她家门口

1954 年江孜水灾后合影。右起尼雪夫人、吉普·阿旺白姆、李国柱、嘎霞德吉

了，她却派佣人通知说自己不在家。我们估计她不可能不在，就在附近观察了解。她慌了手脚，赶忙又派佣人来说自己在家请我们进去。

在走访中，其他困难也不少。江孜专区贵族多，且住得很分散，有的需走半天路，有的需一天，当天回不来，不得不在外边过夜，我们两个女同志难免担惊受怕，怕途中遇到不测或在拜访对象那里出现什么情况……

做工作时，有的贵族家吐唾沫用衣袖擦碗给我们倒酥油茶，不喝怕他们不高兴，喝又不舒服，最后还是从工作出发，勉强喝下去。

我们请客，有的不到，故意摆架子，开会通知两三遍都不到；有的即便到了，在会上也不发言，或互相观望，或光应付“是、是、是”，或不认真听讲，议论服饰。请他们吃饭时，有些人不管多好的菜，总是只吃一点或干脆不吃，我们感到很为难，眼看着一桌桌的好饭菜浪费实在心痛。其实当时我们物资紧缺，做这些菜是很不容易的。

随着西藏整个形势的好转，我党影响的扩大，经过反反复复耐心地宣传教育，以吉普·阿旺白姆为代表的一部分上层妇女和青年开始表现出向党靠近和要求进步的愿望，后来成为江孜地区早期举起爱国进步旗帜的带头人，成为学习《十七条协议》、开展文娱活动的中坚分子。我们组织文娱活动、举办舞会，排练节目，与文工队同台演出，下乡宣传，她们都积极参加。

随着形势的发展和统战工作的需要，继江孜于1952年10月1日成立的“学习十七条协议委员会”和1954年11月26日成立的“江孜爱国青年联谊会”后，1955年5月23日，“江孜爱国妇女联谊会”也成立了，吉普·班旦金宗任主任，扎西林·白马普赤、乃堆·次仁玉珍和我任副主任。这个爱国妇女联谊会是在妇女学习会的基础上发展起来的，不仅带动了上层中的老年妇女，还带动了一部分中下层妇女，结成了一个爱国进步的妇女团体。至此，江孜上中层妇女在学习和推动江孜各项工作中发挥了积极的作用。

经过长期团结学习合作共事，她们中的大多数人成了与党合作共事的同路人，有的成了同我们无话不说的知心朋友，几乎都成了自食其力的国家干部，个别的还当上了领导干部。

通过几年工作，最大的收获是结识了不少朋友，有的至今仍保持联系，学到了不少知识，特别是能用藏语独立工作，同藏民族的心更贴近了，难能可贵的“桥梁”把我和西藏人民紧紧地联结在一起了。

老领导会见老朋友

曾在西藏工作过的老同志，都亲切地把西藏称为“第二故乡”。在庆祝和平解放西藏40周年大庆活动的日子里，这种老乡见老乡的亲切情景随处可见。应邀参加庆祝活动的内地代表，都是曾在藏工作多年又离藏多年的老同志。怎样在既不耽误总体活动安排，又能满足众多战友、“老乡”的思念之情，自治区党委统战部部长郑英同志（藏族）为我们提供了一个很好的机会，邀请老领导和老朋友在该部召开座谈会，以便大家在一块相聚见面。

1991年5月25日这天，西藏自治区党委统战部四楼会议室里坐得满满的，他们都是当年江孜专区贯彻和平解放西藏《十七条协议》学习委员会的委员、爱国青年联谊会的会员、爱国妇女联谊会的会员（以下简称“三会”）。其中有当年的西藏地方政府僧俗官员，有曾经的贵族和夫人、少爷、小姐，还有僧尼活佛。现在他们大多在拉萨工作，也有的是外地临时来开会、办事的工作人员。其中有：自治区政协副主席吉普·平措次登，自治区政协副秘书长吉普·顿珠平措，中学教员（原江孜白居寺堪布）强巴丹达，自治区政协委员乃堆·次仁玉珍、德门·雍仲卓玛、德门·土登洋培，中学教员扎西林·旺多，日喀则政协副主席桑林·索朗多吉、色觉·阿旺洛旦等约30人。闻讯到场的还有新华社、中央人民广播电台、中国国际广播电台驻拉萨记

1983 年在拉萨与吉普·平措次登一家

者站、西藏日报、西藏电视台记者等。当原江孜分工委阴法唐书记和侯杰副书记走进会场时，大家不约而同地站了起来，有说“恰帕朗穹（驾到啊）”的，有点头的，有握手的，也有说“身体这么好哇”，总之，情绪特别激动。两位领导也激动得时而用汉语时而用藏话说：“你们好，身体好吗?”“扎西德勒!”并和大家一一握手致意。个别腿脚不灵的，也坚持站着等候握手，恨不得把多年未见的情感，通过握手传递过去，特别是妇女们高兴得直擦眼泪。同时到会的还有当年江孜分工委统战部干事、现任自治区党委统战部部长的郑英和当年江孜分工委妇女干事、爱国妇联副主任、现任广播电视部副处长的作者本人，以及自治区统战部全体干部。一阵寒暄过后会场便安静下来，郑英部长宣布座谈会开始。他首先对两位老领导在庆祝“5・23”大会的百忙中抽空来看望老朋友表示非常感谢。接着说，大家都是当年江孜专区“三会”的老会员，今天聚会一则共同庆祝和平解放西藏 40 周年，再则大家在一起见见面。

阴法唐同志接着说：同江孜的老朋友见面，很高兴。原江孜学习协议委员会、爱国青年联谊会、爱国妇女联谊会的部分会员同志在这里聚会和共同纪念和平解放西藏40周年，有其特殊意义。江孜人民在历史上为抗英做过贡献。江孜是英帝国主义侵略西藏的桥头堡，江孜解放后仍留有帝国主义侵略的残余痕迹，如驻扎印度军队的兵营、邮局、驿站等，西藏地方政府并设有专门机构即商务总管（冲基）为其服务，群众还要固定为他们支差等。这些在西藏和平解放后逐步得到解决。从当时来看，学习、执行《十七条协议》是十分重要的。江孜的爱国上层人士和“三会”组织在这方面做了大量工作，起了很好的作用，为后来的工作奠定了很好的基础。现在江孜县的工作在全区是比较好的，与当时打下的基础分不开，也和大家合作共事、积极工作分不开。

接着，大家踊跃发言。

德门·雍仲卓玛说：阴书记和李国柱原在西藏工作，现在人虽调回内地仍时常关心西藏。今天同我们见面很高兴，很感谢。签订《十七条协议》是西藏走向幸福进步的开始，过去西藏是个什么样大家都知道，现在是什么样大家也清楚。我常告诉青少年，现在要什么就有什么，今天的生活来之不易。老同志人走了政策没有变。我调拉萨，很高兴，经常想念阴书记。统战部像父母一样，这些都是在共产党领导下才得来的。

德门·土登洋培说：见到老领导很高兴。我的每一点进步，都离不开党的培养。有人说“人一走茶就凉”，我说“人走了茶没凉”。我们虽然退休了仍然跟党走，做一些力所能及的工作。阴书记和李国柱在江孜走遍了农村牧场，到处都留下了他们的脚印。现在江孜各方面工作都不错，这些发展成就都同当年工作分不开。我已79岁了，现在生活这样好是过去从未想过的。西藏现在发生了翻天覆地的变化，与内地差不多，内地有的拉萨也有，物资很丰富，人民安居乐业，没有共产党的领导，就没有西藏今天的一切。

桑林·索朗多吉说：过去常听阴书记讲话，今天又听到了，很高兴。40年来西藏变化很大，今后还会比现在更好。但分裂主义分子过去一直阴谋搞分裂，今后还会搞。我们必须反对分裂，要安定团结。我在有生之年一直要为反分裂而努力奉献。我的6个孩子都有工作，这是党的恩情。我教育孩子说，今后日子会越来越好，当然不可能再是少爷、小姐，等等，今后再不能剥削别人。我到死都要听党的话，一辈子跟党走。

2005年，在拉萨同统战人士合影

吉普·顿珠平措说：今天阴书记夫妇、侯书记来看我们很高兴，很感动。老领导不忘老朋友很好。阴书记过去是江孜地区领导，后来是区党委领导，西藏有今天的变化是和党中央关心支持分不开的。我爱人（阿旺白姆）去世这是自然规律，她对阴书记很尊敬，我代表她表示感谢，她走反帝爱国道路是党教育的结果。我本人一直受到党的关心，今后要继续跟党走，走社会主义道路。

色觉·阿旺洛旦说：听说阴书记到拉萨了，我带着哈达去罗布林卡没见到，今天在这里见到了，很高兴。这些年我虽受过挫折，也没忘记阴书记的教导。总想见见阴书记,怕不能如愿,今天终于让我见到了,很激动,谢谢！今后我一定积极工作。我过去跟党走,今后也一定跟党走,为西藏的现代化建设而努力工作。

原白居寺堪布强巴丹达说：我是50年代初学习《十七条协议》的，是江孜学习委员会会员，在江孜任职期间，是积极学习贯彻协议的。1956年调到拉萨，在干校、拉萨中学当教员直到现在。在江孜参加学委会时间虽然不长，但江孜没有忘了我，今天叫我参加会，很高兴，说明共产党说到做到。我是跟党走，拥护党的，今后永远跟党走。

侯杰同志在会上也发了言。他说：看到大家很高兴，今天的座谈会开得很好，发扬了老作风、老传统。我是31岁进藏，至今还在西藏工作。我在江孜两年，分工抓修路，后来在自治区交通局，一直抓西藏修路，走遍了西藏的山山水水，为西藏做了点贡献。从历史上看江孜是名城，与帝国主义斗争是英雄城，江孜人民保卫西藏领土，捍卫祖国有功。解放军进驻江孜后，上层爱国人士与进藏工作人员合作共事，对江孜工作贡献大。修路时，江孜民工表现很好。几十年跟党走，这一代人跟党走，下一代也要跟党走，保持荣誉，把西藏建设好。

最后阴法唐同志说：大家谈得很好。过去在江孜合作共事，与大家肝胆相照，荣辱与共，经得起时间的考验。长期共存，互相监督，过去是这样说的、做的，今后还是这样。

西藏解放40年成绩很大，但也有缺点和失误。党的十一届三中全会以后有很大发展。总之，就全局来说，党在解决西藏问题上在全世界上可称典范，问题与成绩比较，成绩是主要的。在革命前辈的领导下，西藏没有发生全局性的错误。

下面再讲几点与大家共勉：

第一，西藏民族是一个有悠久历史、灿烂文化的民族，但由于腐败落后的封建农奴制度的统治，西藏人民长期处于痛苦的深渊。和平解放后，西藏获得新生，经过贯彻协议、平叛和民主改革，改变了生产关系，发展了生产力，改善了生活，各项事业都有了新的发展。这是党的民族政策的胜利，不仅在中国而且在世界历史上也是值得大书特书的。在座的各位在各个历史阶段都做过贡献，起了作用。社会在前进，历史在发展，希望大家要推动历史不断向前发展。

第二，要相信党的领导，坚持接受党的领导。在西藏爱国与分裂、团结进步与分裂，这种斗争过去有，将来在较长时期也还会有，应该把握好自己。正如大家所说的一样，跟着党走不动摇。

第三，凡是给共产党和人民做过好事，党和人民是不会忘记的。如“文革”中不少人受委屈，就要落实政策。工作有了缺点我们党是会改正的，有的为人民做过好事，可能一时被误会，但终究会得到承认的。这是历史，不承认是不现实的。

西藏制订了2000年的发展规划，大家提了很多好的建议，这里是我们的第二故乡。你们对工作负责，有意见还可向中央、自治区继续反映，我是人大代表，当然也可以反映。

阴法唐同志最后说：我人虽走了，心还是和西藏连在一起的。大家目标是一致的，共同为建设团结、文明、富裕的新西藏而努力。凡是我能做的，能起作用的尽量去做。

我在发言中希望大家有空应写写江孜“三会”的情况，水灾救灾情况，把宝贵遗产留下来，教育后人。

我又见到了女活佛桑顶·多吉帕姆

我是1972年调离西藏到福建、山东工作，1980年底从山东调北京工作的。1981年秋，当得知和我熟悉而关系密切的女活佛桑顶·多吉帕姆已到北京参加全国政协会议的消息后，就急迫地想见见她，一直等到会议后期才如愿。记得那是一天晚上，在友谊宾馆她的住处，我们见面了，两人都特别高兴，激动得眼圈都湿了。没想到30年后会在首都北京再相见，按她的原话说："尼朗来麻穹"（做梦也没想到）。我们相互不停地询问分别后这些年的情况。20世纪70年代在西藏分别时我俩都年轻，她还是少女，而今已步入中年，不过她仍保持了当年的文静慈祥常带笑容的风貌，身着尼姑便装，独辫依然伴随着她。此情此景使我们共同回忆起桩桩往事。

那是1956年春，江孜专区基巧办事处筹备成立江孜宗教事务委员会时，统战部邀请专区所属主要寺庙负责人来江孜议事。女活佛桑顶·多吉帕姆的寺庙位于浪卡子县，属江孜地区。桑顶·多吉帕姆也在被请之列。当时我在分工委统战部工作，任江孜专区爱国妇女联谊会副主任，我们商议决定，趁桑顶·多吉帕姆女活佛在江孜开会之际，邀请她同江孜上层妇女见见面。征得她的同意后，将见面地点定在分工委统战部会客室。记得那天女活佛由她母亲陪着，身穿紫红色新袈裟，黄绸上衣，藏靴，梳着粗粗的大辫子，手里拿着亮亮的佛珠，严肃端庄地坐在会客室的上方，其母亲陪坐一旁，我陪坐在另一旁。这天，江孜上层贵族妇女都身着盛装等候在门外，由贵族中地位高且年长的夫人带头逐个缓慢往里进。第一个进来的是贵族扎西林夫人，进门后她双手合十，先全身贴地叩首，口头喃喃地说：“仁波且恰拍郎穹”（活佛驾到了），低头吐舌，站起，弯腰向女活佛敬献哈达，尔后在一旁的垫子上坐下。这时女活佛坐着，双手合十，点点头，用很小的声音说：“拉月”（是的）。同时给扎西林夫人摩顶。接着第二个贵族夫人按同样的方式施礼，一个接一个，直到最后一个。大家安静地坐下，共十几个人，多数是贵族夫人，个别是贵族小姐。大家都没说话，好像等着女活佛祈祷、赐福。女活佛因年幼，也没经历过如此众多贵族妇女集中的场面，不知该说什么好，看了看她母亲，她母亲耳语手势后，女活佛用很小的声音说：“今天见到大家很高兴，为你们祝福。”接着大家说：见到活佛很高兴，见到活佛贵体这么健康，很高兴。问活佛在江孜住多久，今后希望常见面，等等。临别时妇女们再次表示能见到活佛很高兴，祝活佛和活佛母亲保重贵体。

女活佛接见江孜贵族妇女的消息很快传出，不少民众妇女也很想见见她，在分工委大院门外等着，女活佛从机关出大院去住所的路上，又被民众团团围住，要求摩顶祝福、给她献哈达。她满足了大家的要求，逐一摩顶。不少人抱着小孩来要求女活佛给孩子取名，这时女活佛先要看看母亲，尔后赐给一个名字。不远的路程走了近一个小时。这天的活动我全过程都陪着，我看到无论是上层贵族妇女，还是平民百姓，对女活佛的态度都是那样虔诚，发自内心的尊敬。这是为什么，带着这个问题，我找专家咨询后才明白，原来桑顶·多吉帕姆女活佛是浪卡子县桑顶寺的活佛，名德钦曲珍，桑顶寺是藏传佛教噶举派香巴噶举支派的古老寺庙，多吉帕姆，藏语意为“金刚亥母”，地位很高，德钦曲珍是第十二世转世女活佛，能见到她很不容易。地位这么高的女活佛，在西藏是唯一的，据说世界其他国家也没有，可谓举世无双。这个教派在不丹也有寺庙，但无活佛。她宗教地位虽高，但只在寺内讲经，很少外出做佛事活动，所以难得见到。她也很少有机会见到民众。接触共产党机关女同志我是第二个。第一个是我们部的罗宗英同志，她曾去见女活佛并接她出来在浪卡子县委看电影。

位于羊卓雍湖西的桑顶寺，是西藏唯一女活佛的驻锡地

那次相识后，我们就交上了朋友，来往密切。不久她被选为自治区宗教事务委员会常委，江孜基巧办事处宗教事务委员会主任。因她和她全家都很爱国，所以全家人都被安排了工作，父亲任江孜县基巧办事处副主任，母亲任江孜专区妇联卫生部长，姐姐格桑卓玛任江孜专区妇联常委，姐夫强巴格桑在江孜基巧办事处民政科当秘书。后来他们全家搬到江孜县城居住。她参加活动多了，同大家见面接触增多，神秘感逐步减小，思想也愈来愈进步，特别是她两次到内地参观、开会后眼界大开，知识面扩大，也不拘谨了。

女活佛还谈到两次去内地看到伟大祖国繁荣昌盛，更加热爱社会主义祖国了。谈到在北京幸福地见到毛主席、周总理、朱总司令等党和国家领导人，聆听他们教导的情况。其中两次受到毛主席接见并一起照相的幸福情景，让她终生难忘。

多吉帕姆还谈到1959年西藏叛乱时，她被叛乱分子劫持到印度，沿途所经历的艰难，尔后经过努力终于回到祖国怀抱的喜悦心情。还说：她是1959年9月29日回到北京的，9月30日晚，光荣地参加了国庆宴会，又幸福地见到了敬爱的毛主席、周总理和朱德委员长。她说：国务院专门为我举办了欢迎晚会，周总理亲自陪我看文艺节目，并在宴会上对我说："祝贺你回到了祖国的怀抱，你的爱国行动，党和人民是欢迎的，走社会主义道路，是西藏唯一的光明前途。"还教导我："要学习毛主席的著作，为人民服务。"后来国家民委举行了一次欢迎大会，欢迎我回到祖国。不久，又安排我到全国各地参观。自治区党委和政府对我更是十分关怀，让我在自治区政协担任副主席，还在自治区人大任过副主任。二十多年过去了，每当回忆起我被劫持去印度的前后，心里总是充满对党、对人民的衷心感谢。

1983年夏，与多吉帕姆在她家花园里

她还回忆说，在"文革"中受到了冲击，批判她是牛鬼蛇神，给她加上从印度回来是搞特务活动等罪名，她当时害怕得连同毛主席合影的照片也烧了……现在一切都澄清了，好似雨过天晴。还谈到平时念经、常回寺庙去做佛事活动等情况。

我联想到德钦曲珍，从一个山村寺庙的活佛，成长为今天的全国政协委员和佛协委员也真不容易，她唯一的法宝就是坚信中国共产党伟大，社会主义祖国好，决心永远跟党走。只要有这个信念，无论过去和将来定能排除前进道路上的一切艰难险阻。

正在做法事的桑顶·多吉帕姆

此后，每年我们总要见面一至两次，不是我去西藏出差、探亲，就是她来京开会。只要有机会我总是设法联系见面，有时把她请到我家做客，1985 年她来京开会时，我把她在印度失去自由时，政府安排的驻印度使馆一等秘书陪她回国的张昌同志请到家一块聚会合影，她很高兴。鉴于她对北京不熟悉，多数是我去宾馆看望她。1990 年，得知她腿患病，专门捎去中药，1992 年她在京住院做白内障手术时，又专程去医院看望她。有时实在忙不过来，也通电话，互致问候。

1993 年得到她连任全国政协常委的消息后，我很高兴。老朋友又可以经常见面了。

这些年，她一直担任全国政协委员、全国佛协委员、西藏自治区政协副主席、西藏自治区人大副主任，经常往返北京与西藏开会，我也常去西藏。我们见面多，一起合影也多（也有其他亲人），完全是能说心里话的朋友，相互感情也与日俱增。2005年我去西藏，她让我参观新修的经堂，讲解她做佛事活动的情况，并合影留念，还请我和女儿一块吃藏餐，我买藏装后，她亲自上街挑选了两件藏装上衣送我，我将作为珍贵的纪念品保存。

这些年虽然经历了几次磨难，但她始终旗帜鲜明，认准跟共产党走的目标不变，她的成长进一步证明了党的宗教信仰自由政策在西藏的胜利。愿我同桑顶·多吉帕姆德钦曲珍女活佛的友谊像雅鲁藏布江的水一样长流。

2008年夏

攻克藏语关

早上，太阳冉冉升起时，还有几分寒意，学员们朗读藏语的声音回荡在江孜分工委大院里，好似晨歌，日复一日，年复一年，懂行的人一听就能区别出来，音调节拍不一样，原来分工委机关干部藏语文学习班分高、中、低三个班次。学的深浅程度区别很大，高级班以学文法造句为主，中级班学单词，低级班学字母拼音。高级班多数是经过短训班学习的；中级班多数是学习字母拼音过了关的；初级班多数是从未接触过藏语文的。进藏初期，领导上对学习藏语文就非常重视。中共江孜分工委成立后，西藏工委和江孜分工委曾对机关干部学习藏语文问题专门做过决定，发过指示，要求大家为长期建藏做好本职工作，必须攻克藏语文关。大家深深感到，在西藏工作不懂藏语文将寸步难行，也不能把西藏建设好。分工委还要求领导带头学，大家参加，并要生活高原化、藏语化。所以那时每天学习藏语文六十到九十分钟，已成为雷打不动的制度，组织定期考试，奖勤罚懒，表彰优秀，推动学习，掀起高潮。每天早上分工委书记、部长、处长、科长都以学员的身份跟班听课、应考。由于领导决心大，常抓不懈，加之工作发展的需要，以及干部自觉性高，从分工委成立时会藏语文的人甚少到逐步增加，尤其工作性质同藏胞联系频繁的单位，干部的藏语文水平提高得更快。一个时期被藏胞誉为“通司切嘎”（半个翻译之意）的人数大增，在江孜各项工作中发挥了重要作用。在干部思想认识、藏语文水平提高的基础上，分工委又提出“一个人顶一个人用”，“丢掉拐棍闹革命”，促使“通司切嘎”们的水平更上一层楼；机关生活藏语化蔚然成风，出现了你争我赶的新气象。江孜专区干部学藏语文坚持得好，成绩显著，还归功于有一支认真负责、藏语文水平较高的教师队伍。

我是江孜分工委学习藏语文热潮中的浪花之一，能做到基本过关，是从逐步克服私心杂念到树立全心全意为西藏人民服务的过程，犹如学跳舞的三部曲一样，“一边站，试试看，拼命干”。最初只是按上级规定办，叫学就跟着学，走走形式，没有上进心，也觉得没多大必要，特别看到西藏荒凉、落后、生活贫困，心想假如学会藏语文，势必要在西藏工作一辈子，私心开始作怪，对学习藏语文消极抵触，应付差事，就是学也只学语言和生活上急需常用的简单词句，怕学会了文字今后不让回内地了。私心杂念和毫不利己、专门利人之间的思想斗争很激烈。当时机关政治思想工作声势很大，各种英模事迹感人之深，很快抓住了我

学习藏语文

们这些年轻人的心。错误观点逐步得以纠正，党指向哪里就奔向哪里。我学藏语文真正进入角色，是在 1952 年分配做统战工作期间。那个时期随着工作的开展，对西藏社会开始有所了解，对人民的生活疾苦亲眼所见，油然而升起一种强烈的责任感，加上工作压力，我得出的结论是：不会藏语文无法宣传党的方针政策，无法完成党赋予的神圣使命，一句话，无法解救西藏人民出苦海。自觉地、如饥似渴地学习行动，始发于思想的真正成熟。

在我的脑海里，对藏语文学习的感性认识要更早些。记得 1950 年 8 月，我们从 12 军调 18 军 52 师政治部康藏工作队时，在入藏教育学习民族政策时，就学了一周藏文，教了 30 个字母，音读得不准，却印在脑子里了，但分不清哪个字是哪个音。因进藏事务繁忙，没老师，没课本，再也没机会学。1953 年分工委组织机关干部学藏语文，才重新开始学习。接触藏语的机会从 1950 年进入藏区后，可以说天天都能碰上，只是开始藏胞回避我们，不接触，慢慢交往了，开始打手势，比比划划学说哑语，又怕说不明白，违反纪律、违反民族政策，不敢比划了。听说部队不会藏语闹过不少笑话。记得部队在昌都驻扎时，我很喜欢同房东女主人相处，当然也是用手比比划划代替语言，把从她那里学的单词加比划来表达意思。久而久之，房东熟悉我表达的意思，同样一件事别的同志比划的手势，她看不懂，我的她就懂，机关每次需要向房东借东西，都派我去；房东须讲什么也指着要我去比划，房东称我为“通司”，即翻译之意（其实不会讲，只是比划翻译）。简单的可以，复杂的就没有办法了。记得 1951 年春，在昌都时，我们要去四川坝山上修达马拉公路，头天晚上我去向房东告别，说明天要去修路，修完就回来。这两句话比划了半个小时，才勉强说清。中间还出了错误，她以为部队要走，走后不回来了，引得伤心掉泪。因为“明天”这个词不好表达，费了很大劲，我比划一个太阳转下去，双手合十作睡觉闭眼姿势，太阳转个圈又出来，大家睁眼醒来了，表示明天走，房东终于明白，连说“桑尼”（明日）。次日，房东给我们要去参加修路的几个女同志饭包里塞进了饼子，比划着说干活饿时吃，我们不敢收，想比划着解放军有三大纪律八项注意，不拿群众一针一线，句子太多比划不了，只比划不要不要。房东想说不要就不讲团结，看不起藏族，也比划不清，只说不要“稀稀拉拉”（不好之意），互相推拉半天，领导看推脱不掉，点点头表示同意收下，这才算罢休。还记得 1952 年春，部队在太昭驻扎时，我同房东贵族小姐（宗本的妹妹）经常用手比划着聊天，因她有文化，我想谈得深一点。因为当时拉萨发生伪人民会议事件，西藏地方政府内个别反动官员反对中央，分裂祖国统一，喊出赶走解放军、赶走汉人的口号，还提出汉人侵略西藏等论调。我针对这些论调给她比划着说：祖国多么伟大，社会主义如何好，解放军是毛主席派来为西藏人民翻身求解放的，今后西藏人民生活一定比现在好等。我比划了半天，她也针锋相对地比划说：“我家有一百匹马，可是我是走路来的。”她的意思是怀疑我说的一切，讽刺部队官兵衣着破烂，以马料圆根充饥的艰苦状况。我非常生气，但也无法解释清楚。诸如此类事使我更深地体会到要为西藏人民服务，宣传党的各项政策，密切军民关系，加强民族团结，必须学会在西藏工作的语言“工具”。

做统战工作初期，我和益西卓玛同志分工做上层妇女工作，她说藏话，我主要钻研怎样向上层贵族夫人、小姐、少爷、僧尼宣传党的政策，学习团结—斗争—团结的斗争艺术，碰上她有事或生病不在时，我用手势难以比划复杂的意思，工作就会受影响。形势鞭策我必须加快学会藏语文，方能表达想说的一切，也才能实现分工委的要求：“丢开拐棍闹革命。”于是，我下了狠心，刻苦奋斗，用了一年多时间，经过主观努力和同志们的帮助，终于攻下了藏语关，从“比划通司”、“通司切嘎”到能用藏语独立工作，真不容易啊！在这个新的领域里，我的知识得到丰富和延伸。随着工作变动、工作面扩大，藏语文水平进一步提高，而越提高，越觉得知之甚少，更须精益求精。从实践中我体会到，语文翻译工作是一门高难度的综合文化艺术，政治、经济、文化、天文、地理、科学、宗教等无所不包，要丰富各个方面的知识，才能把工作做好。还体会到学会藏语后，同藏族人民的感情更近了，互相能讲知心话，对增进汉藏民族团结，做好工作都有利。

当我学习藏语文刚取得一点成绩时，领导就给了我很大鼓励，被评为全专区机关藏语文学习一等奖，奖笔记本一个，钢笔一支，机关党委书记在笔记本上还题了词。这份礼物一直保留至今，它是我辛勤劳动的结果，是光荣的记录。

回顾我攻克藏语关的经历，有以下体会：

1. 必须虚心刻苦学习。制订计划，严格照办，手勤嘴勤，

1961 年笔者获江孜地区藏语学习一等奖。此为奖品笔记本上江孜机关党委书记李胜考的题字。另一奖品为钢笔。

拜大众为师，多方汲取营养，要有虚心请教的精神，不怕丢面子，对不懂的语、句，碰见会藏语文的就问，无论贵族、农奴，还是干部。凡学到新词、生字，要死记硬背，吃饭、走路都拿着生字本背诵，纠正读音，无限反复，加深记忆。让生字、新词逐步积累，与日俱增，然后才能运用自如流畅。注意造句，学一个新词，多方联想组合，学一句发展成多句。注意向同行学，向报刊学，听别人翻译，学习借鉴研究别人的成果，以提高自己的水平。还体会到，年轻时学到的东西不容易忘。我离开西藏已经二十多年了，藏语的听说能力基本保持了。为了保持听说能力，我经常注意听藏语广播，看藏语电视，碰见会藏语的同志喜欢用藏语对话，就这样还得不断地学习新名词。总之，语文是随着社会发展而发展的，要想不掉队，必须永远刻苦学，虚心学。

2. 坚持学习西藏普通话，为全西藏人民服务。西藏语言文字阶级烙印较为突出，上层贵族和劳苦大众用语区别很大，有的词汇不得混用，用后引来的责难往往令人啼笑皆非。如民主改革前农奴对领主用语如果用错就要兴师问罪。语言的地区性也很分明，而拉萨话是西藏的普通话，在全西藏乃至有藏族居住的地区都通用。我在学习时，注意尽量学拉萨话。如有一年在亚东蹲点时，为了方便工作，我注意学听亚东话，但不说亚东话，尤其是开大会宣传讲解政策时仍用拉萨话。在做统战工作时，上层贵族都有文化，他们习惯于较文气的敬语，我也学习用他们惯用的语言做工作；做基层群众工作时，注意用人民大众的用语。我体会只有这样才能有利于开展工作，不脱离群众，不使群众反感。同时还体会到，学会用藏语工作后，加深了和藏民族的感情，更坚定和增强了全心全意为西藏人民服务的决心和信心。

3. 做好语言翻译工作必须全面丰富各种知识。我学会藏语后主要是独立用藏语工作，每开展一项工作或讲一个新课题，首先弄通弄懂工作的政策界限或新课题的本意再进行。只有这样才能收到良好的效果。有时开大会需给领导同志翻译时，我一般都能做到一丝不苟，把领导讲的全部内容用速记法写下，再逐段翻译，才不会出现遗漏、忘记现象，或自己随意添枝加叶乱翻译的情况。这样做需要精力高度集中，既紧张又辛苦，脑子得不到一点休息，领导一个小时说完的事，我得翻译一个半小时。不过可以翻译的争取让它不走样。搞好两种语文工作的同时，也是增长各类知识的过程。

4. 正确处理汉藏语文中继承与革新的关系，直译与意译的关系。藏民族是我国有悠久历史的少数民族之一，也有悠久的民族文化，词汇很丰富，但现代科学词汇少，无产阶级革命理论、唯物论、辩证法、社会主义、共产主义等方面的新词汇，从语文上必须创新，就是现有的部分特别是外来借用语，也有个继承与创新的问题。关于这方面，西藏和平解放后，双语战线工作的同志已经做了大量工作，理顺了不少关系，但翻译工作毕竟处于变革和革新的过程中，即使对同一个新字、新词，广播以及各种报刊的译法都各不相同，既要择优又要根据接收对象，处理好必须革新（创新）与暂时继承的关系。我是这样掌握的：（1）凡是西藏过去没有的革命新词句，立足于创新，运用新词汇，反复用，经常用，并逐步形成习惯，推而广之。特别是开始几乎是硬灌，久而久之，形成自然。（2）对过去有的，有的是带有封建迷信色彩，有的是有损民族团结的，逐步革新或予以纠正，用新的词语逐步代替。（3）对现存的外来借词，因为群众已使用习惯，一般应保留。如遇词不达意的、有歧视性的，群众不想再沿用愿改革的也可酌情改，或顺其自然。改革过程中，文字同语言要求步调应有所区别，文字要求全是更新的；对有文化的人要求语言和文字同步，对文化低或不识字的人步子可以放缓。（4）直译与意译是翻译工作中的两种主张。根据不同词义，有的需直译，有的需意译，有时交替使用，其实并无固定格式，况且社会在发展，各个时期新工作新政策不断出现，翻译工作既要体现革新又要符合民意，必须随着社会进程不断前进。要搞好翻译工作，提高藏语口语水平，必须不断学习，刻苦学习，吸收新词汇新译法，丰富自己，提高翻译水平。

我在学习、使用藏语中，还切实感受到应注意变化了的情况。现在西藏藏族干部特别是领导层，一般都有较高的汉语文水平，他们为与汉族同志交流，多不说藏话，甚至你向他们说藏语，他们仍用汉语回答，所以需视情况处理。至于对熟悉的同志就无所谓了，完全可以藏汉语混合使用。

创办江孜政治训练班

1959 年 3 月，西藏地方上层反动分子发动了武装叛乱。在中国共产党和毛泽东主席的领导下，西藏在平息叛乱的同时，很快开展了轰轰烈烈的民主改革运动。农奴要求改革的热情很高，但从道理上认识改革的原因和掌握改革的方针政策与方法知之甚少，有的跃跃欲试，有的顾虑重重。

在此情况下，中共西藏工委江孜分工委，为了满足翻身农奴的要求，一开始就很重视对积极分子的培养，开办了各种训练班。我们那个在江孜镇郊区仲吉林卡办的政训班，就是在这种情况下根据江孜分工委的决定开办的。

（一）

1959 年 7 月，组织上要我创办专区政治训练班，主要培训农牧区（含城镇）在民主改革运动中涌现出的积极分子、基层干部、党团员。时间为每期十几天、二十几天，后期三十几天。人数每期一百多、二百多，唯独第一期是 25 人。从 1959 年至 1961 年 5 月我调离政训班前，在近两年的时间里，我亲自办了 15 期，共培训约 2000 人次，占江孜全专区总人口的千分之二三。学员结业后，除了第一期全部送北京到中央政法干校深造外，其余都是哪里来回哪里去。回去后一般都担任农村牧区（含城镇）的组长、委员、妇联主任、治保主任、农会主任、乡长、区长，有的成为脱产干部，50%—60%入了党团，当了党团支书支委，当时全专区所有基层干部都是经过政训班学习培训过一次至几次的。据统计，“文革”前江孜80%的区乡干部都是经过政训班学习的。随着形势的发展，截止到1999年，这批干部中已有20%提为县级干部，少数提为地专级干部，有两人已是自治区级领导干部。

（二）

当时办学有这样几个特点：学员都是受压迫剥削的中、青年农奴和奴隶，绝大多数人不识字，知识缺乏。

办学条件极差。政训班所在地仲吉林卡，1954年被洪水冲过，全院布满泥沙，仅有十几间空房，无桌椅和床。我们动员学员自己动手改善环境，清除泥沙，平整操场，修整道路，还砌了一个花坛，种了各种花，用旧砖头土坯垒床、垒凳子，在床上铺了麦秸保暖，从机关借了一块旧黑板，让仲吉林卡初步像个学习园地。在仲吉林卡没修整前，曾借白居寺的库巴扎仓办了几期。伙食费也很少，每人每天仅三毛钱，由于烧柴（牛粪）贵，要改善生活很困难，于是动员学员“自己动手，丰衣足食”，组织大家在院子里开荒种菜，夏天采集野菜，贮存过冬，保证全年各期学员都能吃上菜、肉，喝上酥油茶。一个泥沙遍地、满目荒凉、无人居住的小院，经过几期学员们的辛勤劳动，面貌大为改观，一畦畦菜地，在花草的陪衬下，显得生机盎然。

讲课没有现成的教材，全靠自己编写。因为是用藏语教学，备完汉文讲稿后，还得备藏语的，有时藏语词汇翻译中需同藏族同志反复推敲，或“创造”或伴以画图和打手势表达。每期授课内容不同，编教材任务很重。藏族学员不识字，教课的唯一方

在江孜仲吉林卡分工委政训班期间，置身于美丽的校园

法是，上课与小组讨论相结合，组织好小组讨论，出好题，掌握思想动向，把讨论引向深入。收集对讲课的反映，不断改进提高。

由于政训班要根据党委各个时期工作中心决定办班的内容，所以办班内容每期都不一样，开展什么运动就办什么班，即使是相同内容的班，也不是简单的重复，课程设置侧重点也有区别，使有的老学员也能常学常新。

政训班的教师最初仅我一人，同时兼做辅导、翻译、管理等工作，另配两名临时工管财务炊事。第二年陆续调来西南民院、西藏公学毕业生当辅导员，他们是张都、登格、朋珠、潘多、扎西卓玛、达娃央宗等同志。1961 年又先后调来刘震洲、陈久良、齐布日（蒙古族）、陶秀英等同志。从此，政训班也增加了承担对在职干部进行政治、技术、文化（双语）培训的任务。

(三)

怎样才能把世世代代受苦农奴的精神枷锁解开，拨亮他们心中的灯？我主要抓了以下几方面的教育：

首先进行阶级和阶级斗争教育。从社会发展史的基本观点讲起，从猿到人，劳动创造世界，剩余价值、私有制的产生，出现剥削与被剥削阶级，谁养活谁的道理，剖析西藏封建农奴制社会的黑暗、残酷、野蛮，指出大家祖祖辈辈受苦的根源，组织参观反动农奴主帕拉的庄园，看领主残酷剥削手段及过的豪华奢侈生活，家奴过的悲惨生活。举行诉苦会，用学员受苦的事例使其自己教育自己，以苦引苦，并以前期学员的例子教育下期学员，效果很好。如巴桑因饥饿所迫偷食领主羊肝被剁手指和遭毒打致臀部流血，他拿着被剁的手指并撩开被打的伤痕给大家看。多吉石达（女）诉苦中谈到她因给印度兵营支差，被打瞎一只眼睛时，难受得哭晕过去，学员们很气愤，激发了阶级仇恨。每期诉苦阶段都有不少学员气愤得昏过去。我们除安慰外，还为学员特意做些好的饭菜，改善生活，但大家都没食欲。学员每次诉苦，我听到他们讲述的情况，也难受得吃不下饭。然后，再引导到大道理上，说明只有在中国共产党领导下推翻封建农奴制，打倒三大领主，砸烂旧政权，建立新政权，才能有民主、平等、自由、幸福的生活。还讲革命不能靠输入，要团结起来，敢于向不合理的制度作斗争，自己解放自己。

其次进行唯物主义无神论教育。鉴于西藏人民长期受政权、神权两根绳索的束缚，我侧重讲党的宗教政策和宗教的产生、发展、消亡的规律；统治阶级如何利用宗教统治、麻痹、欺骗人民等道理，并揭露寺庙统治、残害人民的丑恶面目，列举反动僧尼、寺庙骇人听闻的罪恶事例，揭示神像也是人为塑造的等情况；正面讲解简单的科学知识，如介绍宇宙、太阳、月亮、行星、雨、雷、电、冰雹等自然现象。结合参观寺庙、气象站、机关大礼堂，学员感到很新鲜，思想豁然开朗，以往信神、信鬼，认为万物都是神的思想开始动摇。同时宣传党的宗教政策，即信教和不信教自由，信这种教和那种教自由，现在信以后不信自由，现在不信以后信也自由。但是共产党员、共青团员是唯物论者，不准信教，只能信仰马列主义。

再次进行爱国主义和社会主义前途教育。由于历史的原因，加之帝国主义侵略干涉挑拨，反动上层造谣阻挠，领主封锁控制等原因，学员们对祖国大家庭、中国共产党知之甚少。我从介绍伟大的祖国讲起，进而说明西藏是伟大祖国的一个省，是祖国大家庭不可分割的一部分，不是独立国家。追溯历史的渊源，江孜是公认的英雄城，近期 1904 年抗英失败被迫签订不平等条约，由当时中央政府赔款等情况，进一步说明西藏与祖国的关系。进而讲解中国共产党的性质、任务、宗旨是领导全中国人民推翻三座大山，建立新中国，走社会主义道路，使人民过上幸福生活。在西藏就是要领导人民推翻封建农奴制度，把农奴从苦海中解救出来，建立人民当家做主的政权，同全国人民一道为进入共产主义社会而奋斗。从而使学员澄清了不少模糊认识，消除了各种顾虑，增进了热爱伟大祖国，热爱伟大的中国共产党，热爱伟大领袖毛主席的信念，坚定了跟党走社会主义道路的信心和决心。

最后是在共同教育的基础上对不同对象进行不同的教育。对基层干部、积极分子侧重讲民族政策、统战政策、宗教政策、土改政策、“三反双减”有关政策等。还讲全心全意为人民服务，关心群众生活，注意工作方法，密切联系群众，当好人民勤务员。对党团员和党团员发展对象侧重讲共产党、共青团的性质任务宗旨，以及具备什么条件才能入党入团。对党团支书委员，侧重讲党团员的先锋模范带头作用，党支部在农村的战斗堡垒作用、团支部的助手作用。对已经是基层干部的，侧重讲干部作风和树立全心全意为人民服务的信念。

从实践中我体会到马列主义理论是穷苦大众的理论，劳苦人民一学就懂。

我们还注意丰富学员的文化生活，培养良好的卫生习惯。教唱革命歌曲，教做早操，提倡讲卫生，要求天天洗漱，打扫卫生。男学员自动剪去了长辫子（他们称革命头，每期剪几筐头发），留着短发，女学员也梳洗得干干净净。唱着革命歌曲，呈现出从未有过的新气象。尤其外出参观时，排着长队，唱着歌，更是神气十足。此外，我们还曾根据分工委指示，在1961年3月对第14期的学员（包括7个县、39个区、88个乡的152名党团员、乡长、主任、委员）进行了在农村执行政策存在问题的调查，写了《关于农村执行政策存在问题的调查报告》，共18800字，分工委很重视我们在报告中所反映的问题，加了批语，专门转发各县并上报工委，工委又加了批语转发全藏。

通过学习，学员们懂得了很多新鲜的革命道理，思想认识产生了飞跃，政治热情高，成了各项工作中的骨干，他们热爱党，

与江孜仲吉林卡政训班工作人员合影

热爱毛主席，是党联系群众的桥梁，是各地办训练班的辅导员和教员。农民称他们是永远不走的工作队员。党团员干部的先锋模范作用更明显，他们无私无畏，不怕死不怕累，遇事冲锋在前，享受在后的楷模形象，被群众誉为学习的榜样，1962 年中印边境自卫反击战时，江孜县去了 160 名民工，年仅 20 岁的平措（现地委书记、自治区政协副主席）就带着模范称号凯旋而归。我们的农村牧区基层阵地有这样的人支撑着，是一切胜利的强有力的保证。政训班所取得的成绩是有口皆碑的。成绩的取得在于分工委的亲切关怀和正确领导、各部门的支持及全体员工的努力。王立仁书记经常询问政训班办学情况，刘绪尧秘书长、王永仁部长亲自去讲话并看望学员，大家很受感动，这些都是办好政训班的强大动力。但也必须看到思想的形成是长期的，也受各方面因素的制约，不可能学习一两次就一劳永逸。已经解决了的问题，也会回潮反复。训练班只是打个基础，一些同志以后的进步，还是靠组织的长期培养和自己的不断努力。

回顾当年在江孜政训班的日子，我和藏族学员之间那种团结友爱，教学相长，互相帮助，共同进步的亲密友谊，至今仍难以忘怀。是他们那苦难的历史，加深了我对西藏封建农奴制度的认识；是他们那淳朴勤劳的行动，教育我树立长期建藏和全心全意为藏族人民服务的决心；是他们那美好的心灵激励我战胜一切困难，完成了党交给我的教学任务，从而在这一实践中我也得到了锻炼和提高。

实践证明，江孜分工委当年抓基层干部培训的决定是十分正确的，是有战略眼光的，是组织建设和思想建设的一项重要举措。

1998 年 11 月 20 日

从山村走来的统战部长

1998 年夏天，法唐同志应邀参加电视剧《西藏风云》在拉萨的开机仪式，我随同前往。在拉萨期间，西藏自治区党委统战部部长桑珠，得知我曾在中共西藏工委统战部工作过，特邀我去部里坐坐。我于 8 月 28 日去统战部新址，见到副部长阿塔、克珠及其他同志，还看了部里办公区、设备、环境、接待客人及用餐区，以及院里美丽的花坛，我还同桑珠部长照相留念……这一切勾起我对往事的回忆，35 年前我从江孜分工委（地委）调工委统战部工作时的情景浮现在眼前，真是往事如烟，今非昔比。我在工委统战部（现在的西藏自治区党委统战部）当秘书时，当时的桑珠同志在江孜专区江孜县东布乡任乡长、党支部书记，后任区长。而今他任统战部部长、西藏自治区政协党组副书记、副主席，全国政协委员。他的成长验证了翻身农奴真正当家做了主人，验证了中国共产党的民族政策、干部政策的伟大，我为此叫好，为他祝福。

桑珠同志坚信只有共产党能够救中国，只有共产党才能引导西藏人民翻身解放。他自幼受农奴主压迫剥削，给领主支差干活，生活很贫穷。中国人民解放军进驻西藏后，他目睹共产党领导下的解放军为穷人谋福利，与三大领主不一样。民主改革期间，他经过两次在分工委政训班学习，懂得革命道理后，积极参加民主改革运动，带领群众推翻封建农奴制度，翻身做了主人。成立乡政府时当了乡长，1960 年加入中国共产党，继而当乡支部书记、区长，江孜县长、县委书记，日喀则地委副书记兼行署副专员、地区政协主席、专员、地委书记，直至西藏自治区党委统战部部长、区党委常委。无论前进路上遇到多少风险，包括“文革”中被罢官、夺权，他仍正确对待，跟党走不动摇。是一步一个脚印走到今天的。他时刻不忘党的宗旨，积极工作，刻苦学习马列主义理论、毛主席著作、邓小平理论，全心全意为人民服务，在日喀则地委工作的18年中，地区18个县一个口岸、100个区(镇)大多都留下了他的足迹。

他当领导干部后，以党的教导规范自己的行动，表现在：坚持党在各个时期的方针政策，维护党的利益；纠正极“左”路线时期，特别是“文革”期间包括上层统战人士在内的冤假错案和平反昭雪；贯彻落实各省市对口援藏工作，曾先后多次率团赴上海、山东学习汇报，争取援助；更突出的是，在区党委直接指导下抓稳定工作，抵制达赖集团的破坏，成功地完成了十世班禅转世灵童寻访认定工作，正确处理了扎什伦布寺的问题。他在大是大非面前态度特别明朗。这些年来日喀则地区社会稳定、经济稳步发展、边境安宁、民族团结、人民安居乐业、生活水平不断提高，人民群众总体上解决了温饱正在朝小康迈进，各项事业得到长足发展。这些都有

1998年8月，与西藏自治区党委统战部部长桑珠合影

他的一份功劳。

他坚持民族团结、坚持三个离不开,并重视党政团结、军政军民团结、党内党外团结,与民族宗教人士的团结,调动各方面的积极性。

他坚持司法公正,地区先后落实了600多人的政策。平反昭雪了一大批历史上遗留下来的冤假错案,化解了社会矛盾,团结了一切可以团结的力量。

他2005年2月退休后,不忘工作。2009年"拉萨3·14事件"后,他响应区党委号召,积极参加驻哲蚌寺工作组,为工作组出主意、想办法,提出很多建设性意见。他扎实的工作作风和高超的工作艺术,使驻寺干部深受教育。

他身居高位后没架子,能同下级打成一片,关心群众的冷暖疾苦。在干部群众中有好的口碑,大家愿意同他交朋友,愿意向他讲知心话。他了解到重大原则问题后,立即向党组织汇报,并帮助解决一些力所能及的困难。对老西藏感情特别深,他来内地开会或休假时,常专程看望曾经一起工作过的老同志(无论藏族或汉族)。据说为了找一位同志,曾辗转多次,终于找到该同志,那位同志感动得泪流满面。

那次在拉萨,桑珠同志还陪着我拜访了几位原江孜的统战上层人士。以后因他工作忙,又派部里的其他同志协助我拜访了其余几位朋友。由于他的热情帮助,我与失去联系多年的老朋友又联系上了,大家都很高兴。

桑珠同志没有参加过正规学习,他把1959年我与其他同志在江孜办的政训班两个月的学习看成"一生的重大转折"。调自治区统战部前,1998年在中央党校学过两个月,平时主要靠自学。现汉藏文水平都不错。他参加革命、入党五十多年来的历程,证明了他是坚决跟党走的,是翻身农奴成长起来的好干部,是我们学习的好榜样。作为引导他参加革命第一站的启蒙老师,我为他的成就感到欣慰,感到骄傲。

2009年1月于北京

此风不可长

1961年初，西藏江孜分工委为配合机关整风，将西藏工委的26条意见与群众见面，使上情下达，下情上达，要求我们政训班在学员学习提高政治思想水平的基础上，临结业前，对学员进行调查。现将调查报告附后。

这期学员来自7个县、市，9个区、88个乡，共152人，其中大部分都是农村基层组织骨干（党员、团员、乡长、农会主任、委员）。结合学习，在肯定成绩的同时，引导他们反映了民主改革及其他工作中存在的问题。这些问题归纳起来涉及民主改革分配、侵犯中等农奴（包括富裕农奴）利益、宗教信仰、违反群众纪律等几个方面。均未进行查对，可能与事实有出入，现整理报告于后，供领导参考。

鉴于报告太长，这里仅写题目，详情省略。

一、民主改革分配方面的问题

1. 县、区机关上调了一部分应分配给群众的生产、生活资料。

2. 乡政府多占用或留存了不应该留存的物资。

3. 应分到户的归了集体所有，虽分到户但个人无权收益，又得属集体，但管理不当。

二、侵犯中等农奴（含富裕农奴）利益的问题

1. 没收和动用了中等农奴（含富裕农奴）的土地和其他

财产。

2. 群众侵占中等农奴（含富裕农奴）利益。

3. 歧视中等农奴（含富裕农奴）。

三、互助组和生产方面的问题

1. 互助组并组联组过大，领导管理不好，窝工浪费、闹不团结。

2. 贯彻“自愿互利”原则不够。

3. 过分强调集体。

四、征购粮食方面的问题

1. 对土地产量估计偏高。

2. 土地面积不实，应减免未减免，征了过头粮。

五、交换和供销信用社方面的问题

1. 限制过死过宽。

2. 对供销信用社的一些反映。

六、宗教信仰自由方面的问题

1. 干涉群众宗教活动。

2. 拆庙宇、打神像。

在江孜土改时的房东家

七、干部官僚主义、主观主义，强迫命令，瞎指挥作风和违犯群众纪律方面的问题

1. 生产上的。

2. 推广新技术和新工具上。

3. 随便动用处理查封物资。

4. 侵犯群众利益上。

5. 工作作风和违犯政策上。

江孜分工委政训班

1961 年 3 月 16 日

附一：江孜分工委对“分工委政训班关于农村执行政策存在问题的调查报告”的批示

各县委、各部处、专署党组、分区党委并报西藏工委：

我们看到分工委政治训练班“关于农村执行政策存在的问题的调查报告”后极为气愤。

报告中所列举的事实，是惊人的，其中即使一部分是属实的，也就够严重了。我们干部队伍中存在的官僚主义、主观主义、违反政策纪律、贪污浪费和“五风”已经到了如此不能容忍的程度：平调群众的生产资料和生活资料，侵犯中等农奴（包括富裕农奴）的利益，刮“合作社”风，违背党的宗教信仰自由政策，破坏农民与农民间、农民与牧民间的交换习惯，违反群众纪律。无怪有的群众不满地说“土改好了他们（指工作人员）了，他们盖的是被子，铺的也是被子”、“好的东西调走了，把坏的留给我们”。由于有人把中等农奴（包括富裕农奴）当成剥削者，甚至说他们“没有发言权”，不仅对他们政治上歧视，而且还在经济上揩油，所以有的中等农奴就伤心地说：“我们的东西说是借的无人还，说是买的无人给钱，说是送人无人道谢，真可惜啊！”有的互助组不仅不贯彻执行自愿互利原则，乡长和小学生还监视群众劳动，甚至连母亲喂小孩奶的时间也不给。外

出探亲干活，搞交换等等都要请假，有的还对请假的罚背石头。白朗县东喜牧场牧民到农区换东西，县指示到区，区指示到乡，到乡之后又逐级往上推，结果跑了五天，死了几匹马，东西还是未换到，所以牧民气愤地说："以后农民到牧区换东西也不给他。"有的把信仰宗教当成"违法"，所以有的群众说，"共产党什么都好，就是不让信教不好"；有的征粮不按政策办事，不管群众死活，所以有的群众把我们征粮的比作旧社会讨债的，甚至骂干部"不得好死"。我们一些同志不懂生产瞎指挥，结果浪费了人力、物力、财力，所以群众说："土地分给我们了，什么时候种地应该由我们决定，你们来一个人说一个样，给我们指挥糊涂了"；有的群众竟认为"新社会不如旧社会"。这些问题证明了我们干部不懂得马克思主义者不能剥夺农民的原则，不懂得民主革命与社会主义革命的区别，有的则是阶级观点、群众观点模糊或思想方面或工作方面有毛病，把群众当"阿斗"，高高在上，为非作歹，把党的政策纪律置于脑后。这就再次证明整风的必要。

因此，我们要求各县和部门的负责同志都将这个报告看几遍，还可以在一定会议上讲一讲，并以之检查对照一下，对自己地区的事，必须认真加以处理，务必做到政治兑现（检查思想，赔礼道歉）、经济兑现（该退的退，该赔的赔），彻底克服和纠正官僚主义、主观主义、违反政策纪律、贪污浪费现象和"五风"，绝不能无动于衷。透过此一工作，启发群众觉悟，提高干部思想，改进干部工作作风，改善党群关系、干群关系。

政训班这个调查，是我们为了配合整风，把西藏工委的二十六条与群众见面，使上情下达，下情上达，在学习提高了政治思想水平的基础上，临结业时要他们进行的，但因该训练班领导同志参加机关整风，只是重点搜集了白朗、打隆等县的，不仅其他县的，就是这两个县的也不会完全，也可能有很多对不起头来的事。另从这期学员的情况和我们整风中发现的问题来看，所反映的问题基本上是符合实际情况的。

不妥之处，请西藏工委指示。

江孜分工委
1961年3月22日

附二：江孜分工委给中共西藏工委的报告

中共西藏工委：

兹将分工委政训班的调查报告荐给你们一阅。从报告中所反映问题来看，是十分严重的，虽然这些问题还未与各地进行查对，其有些问题在情况方面可能会有出入，但是它对改进我们的工作方面是很有参考价值的。各地在这次整风中结合进行检查，并根据工委二十六项政策的规定，坚决贯彻退赔兑现，立即采取有效措施，进行纠正。

江孜分工委
1961年3月28日

江孜旺钦平措事件始末

1998 年 8 月 4 日，阴法唐同志到山南地区政协看望大家时，政协主席尼玛普珍很有感慨地说，41 年前你给江孜办了个大好事，十分感谢江孜和西藏自治区筹委会对头人本根却珠毒打旺钦平措的合理处理，她才能自由地参加学习和工作，她才有今天的幸福生活。

8 月 12 日晚，阴法唐在江孜特意看望了在民主改革前，即 1957 年 9 月 15 日遭头人本根却珠毒打的奴隶旺钦平措，并与他进行了亲切交谈。旺钦平措见到阴书记后，心情特别激动，反复说没有共产党领导，没有共产党领导西藏人民翻身解放，就没有他今天的幸福生活。

接着旺钦平措又详细追述了 41 年前遭头人毒打及处理情况。

西藏过去是政教合一的封建农奴制社会，地方政府由显赫的僧侣和贵族组成，代表农奴主阶级利益，农奴和奴隶世世代代依附于三大领主，他们被剥夺了一切做人的权利，领主可以随意打骂、处罚、交换、赠送甚至监禁、处死，没有任何民主、自由可言；经济被残酷剥削，支不完的劳役差，交不完的实物租；生活境况非常悲惨，食不果腹、衣不蔽体。

西藏和平解放后，中共西藏工作委员会根据《十七条协议》，为逐步发展西藏自治区的建设事业，很注意吸收培养藏族干部，西藏自治区筹备委员会及各专区基巧办事处（相当于地区行署）成立后，更加强了这一项工作。各分工委举办了各种形式的训练队、学习班，培养提高少数民族干部的文化、政治、科学技术水平。广大农奴革命热情很高，一些有爱国觉悟的勇敢分子，冲破各种阻力，积极参加学习或工作，但却遭到领主或头人刁难、阻挠，甚至迫害。

旺钦平措是西藏江孜贵族尧西·平康大管家本根却珠即江孜雪巴（地方行政管理机构）头人的奴隶，头人规定旺钦平措每年必须为其支付织地毯、砍柴等各种名目繁多的劳役差。在藏族人民积极参加西藏建设的浪潮中，旺钦平措于1956年10月参加了江孜专区举办的兽医训练班学习，任第三期区队长。参加工作后，所支差役由其妻代支或雇人顶替，从未误缺过。

与旺钦平措（中）合影

1957年9月15日，本根却珠借口旺钦平措没有亲自给他家支差，将其叫到家里训斥。旺钦平措去后，首先献了哈达表示歉意，说明没亲自支差的原因，是已参加了国家机关工作，望谅解，并请求今后不支劳役差，改交人头税（即货币差，过去有这种变通先例)。本根却珠不但拒绝收哈达，还气冲冲地说："你胸有石头可打狗，不管什么原因，必须亲自支差。"旺钦平措见势不妙，想往外跑已来不及了。本根却珠全家出动，有的抓头，有的捆手、捆脚、捆脖子，将他绑在经幡杆上用皮鞭抽打，还撕开裤子打，断断续续打了数小时后，带上脚镣手铐关在草屋里，嘴里还骂着："让你死不了，也活不好。"他被打得全身流血，严重致伤，大声呼救。

训练班闻讯后派工作人员前去调解，却被拒之门外，本根却珠说："他是我的家奴，与你们无关。"说罢继续毒打。训练班不得不向中共江孜分工委和江孜基巧办事处报告，要求处理。江孜分工委领导十分重视，认为这件事如不妥善处理，必对培养藏族干部工作造成不良影响。经同基巧办事处协商后，决定进行严肃处理。当晚，基巧办事处办公室主任江孜宗本（类似县长）觉杰·多吉旺杰和格桑副主任派人令本根却珠于次日12时前到基巧办事处听审，并令他立即放回旺钦平措。

旺钦平措放回后被学员抬到基巧办事处验了伤。16日，觉杰·多吉旺杰对本根却珠进行了审讯，在确凿的证据面前，本根却珠最后不得不承认犯罪事实，当即由公安部门扣押，听候处理。基巧办事处经两天讨论后决定：本着教育与宽大结合的精神，责成本根却珠9月19日在机关藏族干部、各阶层代表大会上作检讨，支付旺钦平措治疗费50两藏银（15两折合一个银元，当时西藏通用银元，1960年开始通用人民币，一个银元折合一元人民币），向训练班和旺钦平措道歉，献哈达，本根却珠由江孜雪巴具保释放。江孜分工委和江孜基巧办事处分别将处理结果上报了西藏工委和西藏自治区筹委会。

旺钦平措听到处理决定后认为，这意味着还要继续支差服劳役，不同意处理结果，他既没收哈达，也没收赔偿费，训练班同学也都认为此事处理不当，大家哭成一团，联名上报要求重新处理。在执行基巧办事处决议过程中，本根却珠没有认真悔改，仍摆主人的架子，对旺钦平措极其藐视。江孜分工委和江孜基巧办事处，又将此事处理及处理后旺钦平措不服、本根却珠没悔改诚意等情况，分别上报西藏工委和自治区筹委会。筹委会认为此事性质严重，处理偏轻，遂派调查组进行复核。

1957年9月20日，以自治区筹委会副秘书长平措旺阶为首，筹委会财政处副处长詹东·洛桑朗杰、西藏地方政府代表霍康·索朗宾巴参加的本根却珠事件调查组到达江孜。调查组审阅了案件材料，听取了基巧办事处的汇报，还向有关人员作了周密调查，并分别向受害者旺钦平措、加害人本根却珠了解情况，29日离江孜返拉萨，将调查结果向筹委会作了报告。筹委会得到报告后，于12月7日公布了调查报告。

12月30日，自治区筹委会举行第23次常委会，作出了《关于重判本根却珠毒打学员旺钦平措案件的决定》，由本根却珠给旺钦平措献哈达并赔偿医疗费藏银3000两，得由本根却珠夫妇亲自献送；判处本根却珠拘役4个月，格登（其妻）拘役两个月，先后依次执行。在拘役期间对其夫妇进行教育，使他们深刻认识到：对力求爱国、进步的国家干部或参加学习的人员，除了衷心的爱护外，不得直接或间接的有迫害的思想和行为。

1957年12月，自治区筹委会又通过了《关于免去西藏各族人民参加国家机关工作人员、学员的人役税的决定》（以下简称《决定》）。这是一个具有法律效力的重要文件，在西藏地方的历史上，对于封建农奴制社会的人身依附关系打开了一个缺口，是解放西藏农奴和奴隶的一个实际宣言，具有重要的历史意义。《决定》明确规定，今后西藏各宗豁对参加国家机关的工作人员、学员、学生本人不得继续摊派各种人役，也不得转而摊派他们的家属支应，对现已参加工作或今后参加工作的人员或学习的干部、学员、学生，各界人士均应积极地予以支持和协助，决不允许直接或间接地加以迫害。如有违反者，则按情节严惩不贷。

1958年1月14日，江孜基巧办事处举行会议，就执行筹委会的决定、决议问题进行讨论，将决定、决议抄写成大字布告张贴在江孜城区，印发各宗豁头人认真执行。

1月18日，在江孜召开了宣判大会，参加的所属各宗豁寺庙负责人、各阶层人士、各群众团体，机关藏族干部、部队及市区群众共700多人。在公布本根却珠和格登毒打学员旺钦平措犯罪事实后，基巧办事处代理主任、白居寺堪布土登白玛宣读了西藏自治区筹委会通过的《关于重判本根却珠毒打学员旺钦平措案件的决定》并正式宣判。本根却珠和格登当场向旺钦平措献哈达赔礼和赔偿医疗费藏银3000两。接着执法部门将本根却珠和格登执行拘役。此时全场沸腾，长时间热烈鼓掌，人人拍手称快。这天，江孜有线广播向市区、郊区人民通过高音喇叭转播了大会实况。会后举行了声势浩大的游行。

次日，江孜爱国青年联谊会、爱国妇女联谊会（这两个联谊会成员基本上是爱国上层人士）联合组织60多人，向群众广泛宣传，直接听到宣传的约有1500人以上。《西藏日报》对决议、决定作了大量报道。江孜各地纷纷集会声讨本根却珠的罪行，拥护筹委会决议、决定。干部、学员、群众以及爱国上层人士以无比兴奋的心情组织学习讨论，会上一遍又一遍地朗读决议和决定，大家争先恐后地发言，一致认为，这次福音的得来，是在中国共产党领导下经过爱国进步人士共同斗争而获得的重大胜利。只有共产党才会真诚地为西藏穷苦人民谋福利。甲措说："过去受压迫受剥削，敢怒不敢言，如果这事发生在西藏和平解放前，就只有挨打了。"阿旺等说："《决议》去掉了心里一块大石头。"这个福音的传布，开始唤醒了受苦的人们。藏族干部、学员家属反映更强烈。索朗、达瓦平多写信给在团校学习的儿子拉巴平措说："我们听到这个消息后吃饭饭香、喝茶茶也甜，干什么都觉得如意，我们老两口再不为你和你在小学读书的妹妹支人役税而作难了。"昂宗听到消息后激动得痛哭起来，他说："我的儿子、女儿在内地、拉萨学习，我老两口咬牙给领主支差，现在总算把这个重担放下来了，感谢共产党。"

这个斗争的伟大胜利及这一事件的处理，在江孜地区乃至西藏全区引起了强烈反响，震动了上层，鼓舞了群众，大长了人民群众的志气，大灭了反动分子的威风，不仅旺钦平措获得了解放，全西藏已经参加工作和将要参加学习、工作的农奴和奴隶青年，也消除了后顾之忧，获得了解放。这在西藏实行民主改革前，是做梦也想不到的，对封建农奴制度的乌拉差役和奴役制度也有一定程度的触动。

党中央在于1958年3月9日给西藏工委的复电中称：中央同意西藏自治区筹委会免除西藏各族人民参加国家机关工作人员、学员的人役税的决议。认为这一决议对于保护藏族干部，使他们免遭封建贵族方面的打击，对今后培养藏族干部的工作都是有好处的，并且也在群众中提高了爱国主义热情，扩大了我们的政治影响。

阴法唐听罢旺钦平措的述说后，对他当时受的苦难表示了同情和慰问，对这件事的处理结果和起的作用表示高兴，对他当年敢于起来斗争的精神表示钦佩，并表示要向他学习。

事件得到处理后，旺钦平措一直在江孜兽防站工作，入了党。1959年7月调康马县工作，曾任康马县绍岗区区长，绍岗区、沙马达区、康如区区委书记多年，从事革命工作28年。退休后与务农的女儿、外甥同住，尽享天伦之乐，安度晚年。

回京后，我就此事写了文章，发表在1999年9月11日的《西藏日报》上。2000年7月，旺钦平措给我写了一封信，全文如下：

尊敬的李国柱女士：

您好！

详读您在报上登的回忆录，我的内心触动很大，仿佛又回到了当年，非常感谢您对我事件的重视，也感谢您真实记录了当时的一切，这不仅对我启发很大，这对后代的教育也起到了文字的根据，成了旧新社会历史的鲜明对比。

回忆起四十多年的历史，真正感到没有共产党就没有我今天的幸福，也不会有当时的勇气和敢于同他们作斗争的精神，我很自豪，由于我的事件，当时西藏在职干部和学员不仅都摆脱了头人的人役税，而且他们的家属也彻底得到解放。

总之，我的遭遇谱写了当时社会的黑暗的一面和歌颂了共产党对劳动人民的深切关怀和帮助。

在此，我感谢您对我事件的重视。衷心地祝愿您贵体健康，阖家欢乐！

旺钦平措

2000 年 7 月于西藏江孜

尊敬的李国柱女士

您好！

详读您在报上登的回忆录，我的内心触动很大，仿佛又回到了当年，非常感谢您对我事件的重视，也感谢您真实地记录了当时的一切，这不仅对我启发很大，我对后代的教育也起到了文字的根据，成了旧新社会历史的鲜明对比。

回忆起四十多年的历史真正感到没有共产党就没有我今天的幸福，也不会有当时的勇气和敢于跟他们的斗争精神，我很自豪，由于我的事件，当时西藏在职干部和学员不仅都摆脱了头人的人役税，而且他们的家属也彻底得到解放。

总之我的遭遇谱写了当时社会的黑暗的一面和歌颂了共产党对劳动人民的深切关怀和帮助。

在此我感谢您对我事件的重视 衷心祝福您俩贵体健康，合家欢乐

旺钦平措

于 2000年7月 于西藏江孜

地址：江孜县检查院欧珠转旺钦平措。

平叛前夕自卫和发放农贷工作

西藏和平解放后，西藏工委和西藏军区根据中央人民政府和西藏地方政府签订的《十七条协议》，遵循党中央和毛泽东同志制定的“慎重稳进”方针，大力开展反帝爱国统一战线工作，西藏爱国进步力量不断壮大，民族内部团结日益增强，民族隔阂逐步消除，并成立了西藏自治区筹备委员会，同时开展影响群众工作。发放农业贷款是影响群众工作的重要环节。加上其他一些工作，上层爱国人士和广大人民群众对共产党、解放军逐步了解，觉悟也不断提高。但是，西藏上层反动集团疑虑很多，特别是怕改革，并且反对改革，策动了昌都地区个别地方的暴乱。为继续贯彻执行《十七条协议》精神，稳定西藏局势，中共中央决定西藏“六年乃至更长时间不进行改革”，西藏的党、政、军、群机关进行全面大收缩。1957 年 5 月 4 日，中央提出了今后六年内西藏工委要实行“五为”和“四不为”两个方面的工作。

西藏工委采取坚决措施，对人员、机构、财政等各项事业也“大下马”，机构撤销合并，大批汉族干部、职工内调，一部分藏族干部精简，新参加工作的 3400 名藏族青年均送内地陕西咸阳西藏公学学习，全区只留 3700 余人，总计减少四五万人。江孜干部职工共 1400 余人，仅保留 100 余人。分工委和基巧办事处各类机构由 30 多个合并为 11 个，选送 287 名藏汉族干部和青年去内地西藏公学、团校、党校学习。开办干部训练班，选拔了140名有培养前途的青年进行培训。分工委机关仅留30人，各县委留5人。

"六年不改"的精神一经传达，立即受到广大爱国上层人士的拥护，然而少数上层反动分子出于他们的阶级本质，认为"六年不改"最终还是要改的，其"美妙的"封建农奴制度仍岌岌可危，他们一面对中央政策虚于应付，一面暗中与外国反动势力相勾结，加紧策划武装叛乱和分裂祖国的活动。此后，西藏局部地区发生叛乱，叛乱分子袭击部队机关，打、砸、抢物品，杀伤军人，扣留工作人员，掠夺人民群众财产，奸淫妇女，烧、杀，等等。

1959年初，西藏的局部叛乱逐步升级，严重威胁到西藏各族人民和党政机关工作人员的生产、生活、生命安全。据此，在中共江孜分工委统一领导下，江孜各机关成立民兵营，亚东县成立民兵连。本着内紧外松的原则，一面照常工作，一面进行军事训练，修筑防御工事，储备粮食弹药，准备长期坚守，强力控制各重要据点和主要交通公路沿线。此时，分工委机关进入战备状态，将机关干部和职工组织起来编成班、排、连，指定了负责人，平时练习打枪打炮，连长有时讲解作战知识、战略战术，准备随时应对来犯之敌。每周或半月练习打靶一次。

我分工当弹药手，穿着破旧衣服在地上爬来爬去，练习步枪时还打了个优秀（用英式步枪）。每晚轮流值班，持枪站岗放哨，初期有些害怕，后来胆子逐渐大了。并开始半天工作，半天战备，挖防空洞，转移文件和档案。备战以院子和各栋房子为阵地，每栋房子都备有充足的水、粮食和沙袋，以备万一抵挡不住时，以每栋房子为单位独立作战，对付敌人。这一切备战措施，完全不是虚张声势，因叛匪当时就散布"江孜好对付，喝一杯酥油茶的工夫，就能拿下"。我们必须认真对待，常备不懈，保存自己，消灭来犯敌人，又要保持外松内紧状态，以免引起群众不稳定。

为了稳定人心，一方面派工作组去各地开大会讲形势，揭露叛乱分子活动的实质，一方面将一批上层爱国人士和藏族干部家属接到机关大院，有的是全家搬进，受到机关和警卫部队的保护。

1959年3月初，拉萨上空黑云压城，叛乱武装各处骚扰机关，抢劫群众财物，奸淫妇女。中共江孜分工委决定，为不误农时，仍按时向群众发放农贷。我被分配到江孜县东郊农贷组，是派出组中离机关最远的一个，负责隆马村以下各村的农贷发放工作。其他各村离江孜县城近，问题不大，有情况好应付，唯独隆马村远些，且从该村翻过山就是叛区据点，是叛乱分子活动频繁区。执行此项任务危险性大，但我仍愉快地接受了。领导给各工作组发了长短枪自卫，还配有医务人员，带了不少的药品。另给我们组配了一个班的解放军战士作保卫。

我们一行十几人骑着马（平时多步行，这是特殊情况）走了一天，下午才到隆马，当晚即召开了群众大会，由我给群众讲当前形势和应持的态度，以及发放农贷的意义和具体发放办法、手续等。开大会时感觉群众情绪与往常不一样，精神不集中，会中有人提问干扰会场，个别人提出不想续贷等。估计是怕收了共产党的农贷种子，叛匪要找他们的麻烦，可是却支支吾吾说不出口，我正面讲明道理后，大家情绪有所好转，积极进行了登记、校对、开封、发放、落实等各项工作（农贷种子每年春天发放，秋天收回后封存在当地，由工作组来启封动用，登记造册，办理手续）。我们开会放贷的同时，医生给群众治病。据医生反映，当年看病要药的人也较往年少。说明叛匪反宣传厉害，群众有顾虑，据此，我们商量认为，此地不可久留，万一出事不好办，必须迅速返回。可当晚牲口没补充料不能走，黑夜没灯山路危险亦无法走，决定住下明天一早走。怎么住，为了保证全体人员的安全，最后决定租一间大屋，男女集体住，派了两人站岗放哨，照顾我是女同志不排岗。我当晚在大屋的一个角，穿着衣服凑合了一夜。这一夜基本上没合眼，总觉得不踏实，主要是想万一叛匪翻山过来，我们怎么对付。自然联想到近几年来叛乱分子袭击机关、炸油库、伏击我车队，打死我医生等惨无人道的事。还想到机关备战练兵时，我打枪时的情况，便增添了勇气和信心。

第二天早晨，大家早早起来做好出发准备，没料到出发时，我上马不小心，碰上医生驮东西的马，药瓶被碰得叮叮当当地响，两匹马全惊得乱跑，药瓶从驮子上摔下来，我也被马摔下来，但脚倒挂在马镫上，头在地上被拖了好几圈。最后，我还算沉着冷静，迅速把脚拉出来，才避免了更坏的结局，其他马也乱了一阵子，推迟了出发时间。

随后，我们又去其他几个村顺利完成放农贷任务，才返回机关。3 月 10 日，西藏反动上层发动了全面武装叛乱。幸好我们赶在这之前把种子送到群众手里了，没有耽误春耕播种。

2009 年 1 月于北京

重孜二乡土改的回忆

1959年3月，西藏地方政府撕毁《十七条协议》，背叛祖国，发动全面武装叛乱，局势迫使我们对中央原来决定的六年不改的政策，不能继续执行下去，必须进行平息叛乱，放手发动群众，实行民主改革，以便彻底解放藏族人民，引导西藏地区走上社会主义道路。

中共江孜分工委决定我参加江孜县重孜区土改工作队，我们这个大队分管三个乡，为三个队，我分在二队，负责二乡。二队共有李维发（拉萨部队来的班长）、马光明、次乃、翻译达娃和我5人，三男二女，积极分子4人。其中有阿穷来确、巴桑曲珍，于11月进乡，我任队长。

这个乡位于江孜、日喀则之间的公路两旁，乡不大，属地内没有大贵族，也没寺庙，群众分属庄子寺一个谿卡（庄园），乃堆贵族一个谿卡、达赖聂巴一个谿卡，以及其他领主谿卡的领地。领主代理人共7户，其中一户参加叛乱，6户未参加叛乱。该乡共有160多户，600多人，其中大小差巴、堆穷80多户。

工作组进乡后首先召开群众大会，说明工作组的来意：进行民主改革。介绍工作组人员姓名，以便联系。我们同群众接触中发现，群众当时最主要的问题是缺口粮，已经影响到土改运动的开展。为稳定民心，我们立即决定先摸底，向富裕户借粮。先后向平措结穷家借粮150藏克（1藏克相当于28市斤），贵族谿卡借200藏克，较富的差巴木诺借70藏克，塔吉家借20藏克。共借440藏克，按每人1藏克，立借据分给80户缺口粮户。在解决燃眉之急后，我们即按县里决定的步骤开展土改运动。

第一步，发动群众。

一方面工作组通过在与群众同吃、同住、同劳动中，发现积极分子，从中选出20多人，集中学习，启发他们认清世代受穷受苦的根源，揭露封建农奴制社会的黑暗、残酷。让他们讲述自己受压迫、受剥削的具体事例——如交地租（实物、劳役、货币）、无人身自由、交人头税、自幼给领主当牛作马、挨打受骂、食不果腹、衣不遮体、挨饿受冻等痛苦悲惨情况。开诉苦小会、大会，以苦引苦，吐苦水，挖穷根，算剥削账。在群众阶级觉悟提高的基础上，再宣讲共产党的平叛政策、土改政策、划分阶级政策、赎买政策等。从积极分子中物色选拔农协会委员。

另一方面由工作组的军人李维发同志负责，将乡里的7户领主夫妻10人集中在单独的院子里开会，交代问题：1. 交代参叛支叛情况。2. 有哪些压迫剥削百姓的手段，使百姓受苦受难，做过哪些对不起人民的犯罪事实。3. 如实登记占有生产资料、

与江孜土改时的房东扎西顿珠一家三口合影

财产、房屋和其他物资等情况，以及其他问题。同时向他们宣传党的统战政策、土改政策、划分阶级政策、赎买政策。号召他们老实交代，坦白从宽，抗拒从严，遵守国家法律，不干违法事，深刻认识以往不劳而获，靠人民养活是不对的，以求得人民的宽恕。这个活动共进行了4天。他们基本交代清了所存在的问题。

接着，召开全村群众诉苦大会，对6户未参加叛乱的领主不面对面地批斗，工作组组织他们在一旁坐着听，受教育。让苦大仇深的人一一上台诉苦，当苦主讲到气愤处，想去打领主，不打不足以消气时，主持会议的同志就予以制止，劝他们不要打。这样做，受苦人苦水虽然倒出来了，但他们感到不解恨，但一想到党的政策，也就平静下来了。基本群众扬眉吐气，再一次受到教育，提高了觉悟，壮大了力量，出现了历史上从来没有过的情况。领主思想受到震撼，看到人民的力量，以后不敢胡作非为。

对参叛领主扎马冲西代理人及其妻甫次两人进行了面对面的斗争，斗后送到车仁监狱监管。

第二步，调查研究，摸清生产资料底数和阶级情况，制订分配方案。

这是一项细致繁琐而且政策性很强的工作，也是土改成败的关键一步。我们在发动群众的同时，分工让部分同志抓这项工作。在群众中选拔有一定文化，对乡里情况熟悉、积极热情、思想好的积极分子（也是农协会对象）共同进行，根据土改的各项政策，首先将乡里7户领主代理人占有的四大生产资料，本人交待数字和群众掌握数字核对后，计算土地总数，按全乡人口数平均分配给每个人（含农奴、奴隶、叛乱领主、未叛领主、农奴中已有但不足者），根据好、坏土地搭配分配；现有大小牲畜搭配分配；大小农具搭配分配；按阶级划分政策，摸清阶级情况，提出划分意见。

丈量土地是个大问题，数量大，工作量大，上、中、下三等地面积差别也很大，当时没尺子，我们根据已掌握的数字，用绳子拉着丈量，量出几块标准地，以此类推计算。

以上基本数字及分配意见经工作组及农协会委员共同反复讨论核实后，将分配意见向县里汇报，经同意后公布。

开大会经选举成立乡农民协会，以便工作组撤走后，协会能担负起乡最高权力机关的责任。根据农协会章程，农协会的宗旨是：对农民进行爱国反帝教育和人民民主及社会主义的政治教育，提高政治觉悟；实行人民民主的权力，保护劳动人民的利益；团结各阶层人民，巩固祖国统一，加强民族团结，贯彻执行党和政府的一切政策法令。待民主改革完成，乡、区政权健全后，其代行政权的任务即告结束。

第三步，宣布民主改革方案及分配方案。

召开全乡大会，由工作组首先宣读根据中共西藏工委关于平息西藏叛乱、进行民主改革、土地制度改革、农村划分阶级方案，宣布从即日起在乡里废除农奴主的土地所有制，实行农民的土地所有制；废除人身依附，解放农奴和奴隶；废除农奴主及其代理人的一切特权；对未参叛的领主及其代理人的土地和多余的牲畜、农具、房屋实行赎买；对参叛的领主及其代理人的土地、牲畜、农具、房屋及其他生产资料一律没收。废除债务乌拉和差役。

根据划分西藏农村阶级的方案，经查，本乡无领主阶级；有7户应划为领主代理人，其中6户未参加叛乱，应按赎买政策对待；1户扎马冲西谿卡代理人支持叛乱，定为叛乱代理人，宣布没收其一切财产；本乡共划富裕农奴×户；中等农奴×户；贫苦农奴×户；奴隶×户。

由农协会主任宣布具体分配方案：

土地　全乡共有土地×××藏克，平均每人分三藏克，中等农奴和贫苦农奴中已有土地，但人均不足三藏克的，从总土地中补足人均三藏克（有一户牧民，要求回原籍，准予回去，可不在本乡分土地）。

奶牛　6人一头。

耕牛　13人一头。

羊　2人一只。

房子　根据人口、房屋大小、层次、院落等情况分配。这项工作很难，奴隶们都不愿要楼上，抢着要底层。因为底层厕所方便积肥，可拴牛拴羊。代理人也与农奴一样分配。

大农具也是几家合用一套。

叛乱代理人扎马冲西豁卡的粮食、衣物、用具也都分配给奴隶。

宣布后群众特别激动，认为真正得到了解放，大家自觉地站起来，高呼毛主席万岁！中国共产党万岁！有的拿着手里的东西高高举起说谢谢，说了一遍又一遍，不知该怎么表示好，不少人高兴得直落泪，说这是做梦也没有想到的事。有的当场把地契、欠债条都烧了。这天是我们进乡后看到的群情激昂、最热闹、最欢欣的一个场面。黑暗的农奴制被推翻了，人身自由了，有了自己的土地、牲畜、房屋，真正当家做主了。

会后大家在工作组、农协会委员处，领取自己应分的东西——土地、牲畜、房子、农具、衣物等，这样热闹的分配领取场面，持续了四五天。领到土地的农户，忙着在自己的地里转来转去，有的用脚用绳子丈量；有的打木桩，标上自己的名字；有的在地里喝青稞酒，又跳又唱；有的在分到的房子里看来看去；个别分到领主代理人有玻璃的房子后，总觉得不踏实，不相信，反复问工作组的同志，这是不是真的永远分给他们了？有的穿着新领到的衣服，牵着牛羊，摸来摸去，把脸贴在牛脸上，总之高兴得很。

对6户未参叛农奴主代理人根据政策，给各户计算应留数、赎买数、折合人民币数。工作组给他们办理临时手续，赎买金按规定时间（8年、10年、13年），凭手续由江孜县支付。并要求他们反对分裂，爱国守法，支持政府改革政策，自食其力，把生产搞好。

召开庆祝大会，宣布本乡民主改革取得伟大胜利。不少农民主动上台讲述他们获得自由解放，分到土地、房子的愉快心情，永远不忘党的恩情。最后宣布工作组撤点。

我们于 11 月初进乡，在县、区领导和全乡人民支持下，借鉴其他地方的经验，经过工作组全体同志一个月紧张辛勤的工作，12 月末胜利完成了伟大的社会变革任务，撤点。我们的经验归纳起来有这样几点：

（一）组织工作队人员认真学习弄懂民主改革各项方针政策。按照县委规定的步骤方法进行，不折不扣地执行政策，不搞标新立异，也不生搬硬套，就不会走或少走弯路。遇特殊情况和问题，随时请示报告。

（二）站稳阶级立场，坚定地依靠广大受苦受难的同胞，倾听他们的意见，从他们的利益出发，为他们办事，坚定地团结中

与重孜二乡土改时的贫协主任夫妻合影

等农奴（含富裕农奴），打击最反动的阶级敌人。工作组成员处理土改中的问题，都要用这个尺子来衡量我们的行动。

（三）坚决贯彻“四同”规定。通过“四同”了解群众疾苦，同他们建立感情，倾听他们的声音，按他们的意见办。他们也会把我们当自家人看待，真遇到不测，他们也会保护我们的。我的四同户后来当了妇女主任。

我们队里5个人，除李维发在部队锻炼过外，我和马光明是长期搞机关工作的，次乃和达娃过于年轻，很多复杂斗争没经历过。我虽做过统一战线工作，也给翻身农奴讲过课，但与实际参加这场轰轰烈烈的民主改革运动、活生生的阶级斗争大课堂不一样。通过农村艰苦生活的磨炼，更增强了为西藏人民服务的决心和责任感。我在工作组一个多月收获很大。如找四同户，按规定要住到苦大仇深的人家，这种农户多数没房，或夫妻俩仅一间房，住不进去。我初期被安排住在一个经堂里，全是泥神像，倒是不受风吹雨打，但老害怕神像里藏有坏人。除害怕外，也没法了解情况。住了几天后，坚决搬出。找到一家贫农，家里有上下两层，楼下拴牛羊，楼上有一间住房，房主夫妇住房里，我住在房外屋檐下，没遮挡的，虽然寒冬冷点，经常半夜冻醒，但有他们夫妻俩做伴壮了胆。他们是积极分子，苦大仇深，他们所知情况对工作有很大帮助。又如，我是组长，经常要去县里开会，县离乡十几里，还得过一条大河，回来时多数又是晚上，尽管已发手枪可自卫，可一个人走夜路，心里总不踏实，记得几次开会夜里返回过河时，水都齐马肚子深，鞋上已沾上水，心里怕，一是怕有坏人跟踪，二是怕马在河中间突然打前蹄跪下，很容易被水冲走。几次去开会都是心惊胆战勉强涉过来的。回到家里还有些后怕。另到各组里开小会，调查摸情况，也是经常很晚回住地，没手电筒，一个人夜里行走，总觉得后面有人跟着，总是慌慌张张走快步，别人问时还总是壮着胆说，没关系，不怕，其实心跳得按不住。还有一次乡里一个积极分子汇报，在离我所在地三里外，乡界内的马路上躺着一个人，是本乡还是外乡的，什么原因死的、是死是活都不清楚，需马上去查看处理。我平时从来没接触过死人，也没处理过这种问题，但事发生在我所在的乡，我得管，立即借了一匹马，飞快赶到出事现场，查个究竟。只见一个男人躺在马路上，不是本乡的，是犯急性病、马被汽车惊吓摔死的，还是其他原因不详。这个男子年届中年，用粗方格氆氇盖着，身上无血迹，我立即掀开氆氇，耳贴在男子胸口听听是否有动静，手把把脉，是否有跳动。感觉有点间歇性的跳动呼吸，我判断人没死透，就想了两个办法，一是仍用氆氇给他盖着全身，以御寒和防灰尘，还得便于他呼吸到空气；一是拦截过往车辆，尽快将其送往江孜县医院抢救。结果终于截到一辆车，把人顺利送到了医院。最后把那个人救了过来。

50 年过去了，如今回忆起当时土改中发生的桩桩件件往事，仍记忆犹新，经常浮现在眼前。

我 1998 年 8 月和 2001 年两次去江孜，同工作组的李维发（他在江孜同藏族同志结婚，在那里安家了）同志共同回忆起 1959 年 11 月至 12 月在重孜二乡土改时的情况（其他三位同志联系不上），觉得我们工作组当时工作还比较扎实，土改复查中没查出什么问题。只可惜几十年行政区划变动多次，这个乡名已不复存在。我去看过，群众全都盖了新房，都不认识了。不过打听当年工作组名字时，年老的人还知道我们的名字。1998 年 8 月我去西藏时，专程到我的四同户的新家和麦收地里看望他们夫妻俩，并合影留念。

2009 年 1 月 19 日，西藏自治区九届人大二次会议表决通过设立“西藏百万农奴解放纪念日”的决议。这个决议很好，让西藏人民永远记住这个获得翻身解放的伟大节日。早在 1959 年 3 月 28 日，国务院总理周恩来宣布解散原西藏地方政府，领导西藏各族人民一边平叛一边进行民主改革，废除了极不公正、极不民主、极不自由的封建农奴制，贫苦农牧民翻身做主，成了自己的主人。这一天是西藏从黑暗走向光明、从贫穷走向富裕、从专制走向民主、从封闭走向开放的开端。民主改革深刻地改变了百万农奴的命运，成为新旧西藏的分水岭，野蛮与文明、落后与进步的分水岭。[①]

2009年1月于北京

① 因时间太久，人名、土地总数、分配数等无法准确写出。

嘎林岗乡贯彻《边境十条》

1961 年 5 月，中共江孜分工委根据中共西藏工委《关于目前边境工作的指示》（以下简称《边境十条》）的精神，决定派出工作组，赴亚东县嘎林岗乡蹲点，宣传贯彻党在边境地区的各项政策，纠正工作中出现的偏差，稳定发展边境大好形势。我们一行 7 人，由分工委宣传部部长王永仁带队，成员有张云、刘兵、李其津、央中、巴多和我。从 1961 年 5 月进点，到 1962 年 7 月撤点，历时 14 个月。王永仁部长蹲点半个月后回机关，组长由我担任。

嘎林岗乡位于亚东县的前沿，与锡金接壤，在青山绿水环抱中，四季如春，林业资源相当丰富，是西藏与印度的通商要道，群众生产生活受国外影响大，同腹心地区有许多差别。嘎林岗乡在亚东县来说，条件尚属较好的乡，在平叛改革的基础上农牧、副业生产都有了一定的发展，县、区都给予了许多物资与技术上的支持。但由于地处边境，加上境内外敌对势力的破坏，边境物品的中断，群众经济生活上存在一定的困难。

工作组进乡后的工作指导思想，是以稳定发展方针为指导，以《边境十条》为准绳，以发展经济为重点，以思想发动为动力，以搞好基层组织为保证，开展工作。

一、认真组织乡村干部学好文件，把思想统一到《边境十条》上来。正确认识民族地区及边境地区工作的特殊性，它既不同于内地，也有别于西藏腹心地区，解决干部思想上“左”的急躁情绪。注意保护干部特别是基层干部的积极性。

二、宣传群众、发动群众，开展调查研究。主要是把政策交给群众，用党的政策去统一群众思想，听取群众的意见和反映，了解政策执行中的情况和问题，边民生产生活情况。方法主要运用大会宣讲，分别访贫问苦，召开小型座谈会，与群众实行“四同”（同吃、同住、同劳动、同商量）。

三、落实政策，解决实际问题。在调查研究的基础上将问题进行梳理，分清政策问题和一般工作问题，实际问题和思想问题，采取不同的方法加以解决。

经过调查研究，我们先后做了几件工作：

1. 工作组召开大会，纠正了民主改革中的一些偏差，同时全面宣传党的阶级政策、阶级路线。依靠谁、团结谁，说明中等农奴（含富裕农奴）是劳动人民，是贫苦农奴可靠的同盟军。贫苦农奴只有把中等农奴团结在自己周围才能取得革命的胜利；中等农奴只有听党的话，依靠贫苦农奴才能在政治上得到解放；只有团结一致互相帮助，才能共同发展生产、改善生活。对中等农奴政治上不能侵犯，应同贫苦农奴一样，有参加各种政治活动的权利，一切违背政策的事，今后不应再发生。

这次会议对全乡震动很大，各阶层人民反映很好，给贫苦农奴撑腰打了气，给中等农奴吃了定心丸，打击了阶级敌人的气焰。不少人说：“假如过去这样做，有的人就不会外逃了。”乡里开会的情况三天以后就传到国外去了，外逃亲人来信，很关注这些动向。

2. 整顿互助组。我们全面宣讲西藏工委关于整顿巩固农业生产互助组的方案，发动群众对照检查存在的问题，提出具体整改意见，进一步明确农业互助组是在农民自愿基础上组织起来的农业劳动互助组织。以换工为主，同工同酬，组内重大问题需民主讨论，组内实行民主管理，形式以小型为主，便于领导，换工方便。

3. 进行爱国主义和社会主义前途教育。讲明西藏是我国不可分割的一部分，中印关系、边境问题都是帝国主义侵略引来的后患，揭露旧西藏残酷的农奴制度的黑暗，西藏只有共产党、毛主席才能领导人民翻身解放，前途是光明的，做一个中华人民共和国的公民也是光荣的。

4. 树立以农业为基础的思想，自力更生，艰苦创业。农、林、牧、副全面发展，增加收入，改善生活。该乡气候好，可耕土地少，荒地多，森林多，适合发展农业、林业，提倡向荒地要粮，发动群众开荒生产，工作组带头向荒地进军。群众没有施肥习惯（种地以山上树叶为肥），工作组带头积肥，既搞好环境卫生又使庄稼增产、增收，群众也开始行动，改变了历史上不施人肥的习惯。

5. 健全基层组织，工作组的思想、作风直接关系到蹲点工作的成败。我们要求全组同志树立全心全意为人民服务的思想，认真学习领会中央方针政策，不折不扣地执行，彻底执行“四同”，不得搞特殊，不得随意到区机关食堂用餐，不能随意去区供销点套购免票减价物资，与民争利，不能在群众中购买物品，

在江孜分工委工作期间与女干部们合影（右起周淑芝、益西卓玛、高世珍、李国柱）

将每月的定量粮、油、茶交房东，伙食全由房东安排。平时半天工作半天劳动，农忙时基本全天跟班劳动，白天劳动，晚上开会，或在地里干活休息时开会。

对上级不能报喜不报忧，我们不辞辛苦，曾向分工委写了十几份专题报告，便于领导们了解边境情况，以利决策。后来分工委在亚东召开了第二次边境会，工作组成员在会上发了言。

工作组执行“四同”很坚决，几位男同志食量大，又无副食补充，时间长后都有些挺不住了，也仍然坚持，特别是张云同志经常整理材料到深夜，挨饿的情形可想而知。记得有一次工作组开会小结，本想让大家休息改善生活，买了六斤折一斤粮的土豆（正常是四斤折一斤粮），因是冻土豆，大家饱餐后，晚上又吐又拉，真是好心起了坏作用，弄得啼笑皆非。

经过一年多蹲点，在分工委的正确领导下，经过全组同志团结一致努力工作，嘎林岗乡发生了很大变化，群众情绪稳定，不再外逃，生产发展了，生活得到了改善，开始添置新农具，装修房子，按群众的说法，是像过日子的样子了。这个乡的日照时间短，水缺碘，80%的村民患粗脖子病，80%患有肺结核，我住一年后也染上了这两种病，每天定时发高烧。1962年5月，分工委决定我回机关住院治疗。我的工作由分工委公安处的王久华同志接替，工作组是7月撤点的。这个点坚持时间如此长，在江孜分工委是唯一的，可能在全藏也少有。我的肺结核拖了两三年才好，粗脖子病1990年做过手术，又复发，至今未能痊愈。

1985年西藏和平解放40周年大庆时，我去拉萨开会，会毕专程去亚东县嘎林岗乡看看，乡长白玛还在，其他基层干部多数不在了。他告诉我全乡多数农民都盖了新房子，家家门前种了苹果树，年年粮食丰收，生活好多了，群众都说工作组大抓生产开荒施肥做对了。我的第一个房东查哥夫妻俩已去世，我专门到他俩住处表示悼念。第二个“四同户”次仁夫妻还在，已盖了新房，又宽又大，见面后我们都激动得流泪了。次仁说听广播里讲，李国柱已来拉萨，我已准备坐车去拉萨看你，没想到你来了。临离开时，白玛乡长和房东拿了刚从树上摘的苹果，两瓶自己做的酒，一定要我带回北京。

1996 年，房东次仁的女儿在中央民族学院上大学，拿着我的照片突然找到家，从此她每年放假都在我家过。现在她已工作多年了，我们仍经常联系。2003 年内地发生“非典”时，她特意给我寄来藏药防疫。今年“3·14”事件时，我特意给她发短信问候，她也给我回了短信报平安。在纪念西藏农奴解放 50 周年的大喜日子，我遥祝嘎林岗乡全体人民幸福安康，日子越过越红火。

2009 年 1 月 22 日

在西藏过“三八”节

“三八”国际劳动妇女节，是为了纪念世界各国劳动妇女为争取平等、民主、妇女解放而斗争的节日。1909 年 3 月 8 日，美国芝加哥女工为争取平等而举行规模巨大的罢工和示威游行，得到广大妇女的热烈响应。1910 年，德国社会学家“无产阶级妇女运动之母”克拉拉·蔡特金在哥本哈根召开的第二次国际社会主义妇女代表大会上倡议，以每年 3 月 8 日为国际妇女斗争日，得到一致拥护。

1924 年，中国共产党在广州召开了第一次“三八”妇女节纪念大会。1949 年新中国成立后，我国政府做出决定，将 3 月 8 日定为妇女节，该日全国妇女放假半天，举行各种纪念活动。

我是参加革命后，1950 年在部队过的第一个“三八”节，记得那天中队长集合全队同志（我们是女子队）讲话，她介绍了“三八国际劳动妇女节”的由来，讲到中国妇女在旧社会受压迫剥削，没自由，受苦受难，生活在最底层，被男人欺凌的悲惨处境。听了她的话后，大家都辛酸泪下。她接着说，是共产党、毛主席领导人民翻身得解放，解救妇女出苦海，与男人同样享受自由、平等的地位和权利，大家才能加入革命队伍，同男人一样在这里学习，今后一样为人民服务。并要求女同志要珍惜这来之不易的权利、义务和学习的机会，学好本领，报效祖国，全心全意为人民服务，为妇女争光。几十年来，中队长的一席话，

1956 年团日活动——江孜逛林卡

深深地印刻在我的脑海里，连同“妇女解放歌”中的歌词，都会经常浮现在我的眼前，鼓励我进步。屈指算来，至今我已过了 60 个“三八”节了。

今年过节联想起几件往事：

其一，50 年前，我们刚到西藏时，看到那里劳动妇女生活非常悲惨，受农奴主剥削压迫，没人身自由，整天为领主当牛作马，衣衫褴褛，食不果腹，住牛棚马圈，干活稍有差错，主人随便打骂，重则关进黑房子，把人当礼品送人。在西藏地方政府的法典中，明文规定：“勿予女子议论国事之权利”，“奴隶与妇女不许参与军政事宜”……当时我们为了执行《十七条协议》，只反帝，不反封，在西藏没有进行民主改革，前旧制度原封不动，所以，看到这些妇女同胞受苦的事，只能视而不见，不能管，采取回避办法，但内心很同情，很难受。1959 年西藏上层反动分子发动武装叛乱后，中央决定平息叛乱，进行民主改革，彻底废除封建农奴制，让农奴翻身做了主人，民改中妇女也分得与男人同等的土地、牛羊，获得男女平等的权利，中华人民共和国宪法规定公民应享有的权利义务妇女都能享受到了。妇女真正获得解放，站起来了，妇女积极参加平叛、改革以及各项生产建设工作，与男人同工同酬，婚姻家庭权利都得到保护。妇女们说共产党的太阳照到妇女身上了。1980 年西藏自治区政府正式宣布废除一夫多妻和一妻多夫的婚姻形式，一夫一妻的合法婚姻有力地保障了妇女的权益。1994 年 8 月 18 日西藏公布了《中华人民共和国妇女权益保障法》实施细则。目前西藏全区女干部占干部总数的 38%，各行各业都有妇女参与其中，各行业都有女专家，妇女从业人数占总从业人数的 46%，有的还做了高层领导，管理国家大事，我为西藏妇女今天能获得彻底翻身解放而欢呼庆贺。

西藏妇女有今天，来之不易，希望各民族妇女自尊、自信、自立、自强、自觉维护祖国统一和民族团结，运用法律武器维护自身的合法权益，把西藏明天建设得更美好。

其二，那是 1953 年，我在西藏江孜分工委统战部工作时，负责上层妇女统战工作，当时在西藏开展统战工作的方式之一，是要通过各种节日向上层爱国妇女做宣传联络工作。每年“三八”节这天，我都做好充分准备，召集全江孜专区上层（有时包括中层）妇女，即贵族夫人、小姐，开会纪念“三八”妇女节，请领导作报告，主要讲国际国内形势，党在西藏的方针政策、和平解放西藏办法的《十七条协议》，号召妇女反对帝国主义，热爱祖国，跟共产党走，积极支持《十七条协议》的执行。经过几年工作，加上全区其他工作的影响作用，妇女逐步提高了觉悟，积极学习党的政策、方针（她们都有一定文化），靠近共产党，积极参加我党组织的其他各项进步活动，如到郊区宣传《十七条协议》，登台表演文艺节目，个别人还参加了工作，加入了共产主义青年团，当了干部。这在历史上是从未有过的。江孜地区于 1955 年 5 月 23 日成立了“江孜地区爱国妇女联谊会”，团结了更多反帝爱国的中上层妇女，有力地配合推动了全区其他工作的开展。

2009 年 3 月 8 日晚

西藏往事

陈毅副总理到西藏

1956年4月，我从内地返藏途经拉萨，时逢西藏自治区筹委会成立，中共中央派以陈毅副总理为首的中央代表团进藏祝贺。我能有此机会目睹这种盛景，真是千载难逢，便在拉萨多逗留了几天，领略西藏和平解放以来如此隆重的活动场面。

陈毅副总理率领的中央代表团，由中央各部委、总政治部、佛教协会及各民主党派负责同志参加。代表团正式代表57人，加上工作人员及文艺工作者，共800多人，带有90多个精彩的文艺节目和70多部电影。随行汽车300余辆，携带足够的生活用品和所需物品，还有准备赠送给达赖喇嘛、班禅额尔德尼及各级僧俗官员的礼物，这是西藏和平解放以来，中央向西藏派出的第一个代表团。中央代表团的规格高，规模大，足以显示伟大祖国对藏族同胞的重视和关怀。中央代表团4月3日从西宁出发，途经格尔木、黑河等地，沿途受到当地人民的热烈欢迎，文艺工作者进行了慰问演出。4月17日抵达拉萨，受到西藏党政军领导和拉萨市3万多人民群众的热烈欢迎，达赖喇嘛、班禅额尔德尼前往离城10华里的接官亭迎接，并举行了隆重的欢迎仪式。

4月18日，陈毅副总理和中央代表团各位副团长来到罗布林卡和大昭寺，分别拜会了达赖喇嘛和班禅额尔德尼。还观看了大昭寺前唐朝文成公主亲手栽植的柳树。

4月19日下午，中央代表团全体代表出席了中共西藏工委及西藏军区联合举办的盛大欢迎宴会和欢迎晚会。

4月20日,毛泽东主席、刘少奇委员长、周恩来总理和全国人大常委分别打来电报,祝贺西藏自治区筹备委员会成立。毛主席在贺电中说:“我愉快地祝贺西藏自治区筹备委员会的成立,热忱地希望西藏各阶层人民在你们领导下更加团结和进步,在发展西藏政治、经济和文化事业上获得更大的成就。”下午,中央代表团全体团员来到罗布林卡,拜会了达赖喇嘛和班禅额尔德尼。

4月21日下午,达赖喇嘛在罗布林卡金色颇章西西帮巴(正直普照)殿举行盛大宴会,欢迎中央代表团全体团员,班禅额尔德尼亲临作陪。当天下午,陈毅副总理和各位副团长在拉萨接见了西藏地方政府、班禅堪布会议厅和昌都地区人民解放委员会四品以上的僧俗官员。

同一天,达赖的母亲和姐姐泽仁卓玛在花厅,热情地接待了中央代表团的蒙古族、布依族、汉族女团员和代表团工作队的维吾尔族、朝鲜族、汉族女演员。

4月22日,是西藏自治区筹备委员会成立的大喜日子,庆祝大会在拉萨布达拉宫前面新建的大礼堂隆重举行。主席台正中央悬挂着中华人民共和国国旗和毛主席的画像。毛主席像两旁是达赖喇嘛和班禅额尔德尼的画像。会场两侧挂着毛泽东主席、朱德副主席、刘少奇委员长、周恩来总理的题词。达赖喇嘛致开幕词,陈毅副总理宣读国务院命令,任命达赖喇嘛为自治区筹备委员会主任,班禅额尔德尼为第一副主任,张国华为第二副主任,阿沛·阿旺晋美为秘书长。委员共51人(其中藏族48人)。并代表国务院把西藏自治区筹备委员会的印鉴授予达赖喇嘛。授印后,陈毅副总理讲了话。西藏自治区筹备委员会宣告正式成立。23日,达赖喇嘛、班禅额尔德尼相继作了工作报告,26日,张国华作了工作报告。5月1日,班禅额尔德尼致闭幕词。

筹委会成立这天,拉萨市民像过节一样,门上挂出了中华人民共和国国旗,地上、墙上用白粉画上吉祥图案。大昭寺、小昭寺点起成千上万盏神灯,僧人们在神灯下诵念经文,祈祷吉祥。

上午10时，中央人民政府派来一架大型飞机，在拉萨地区上空盘旋数圈后，撒下大量印有藏汉两种文字的彩色传单。市民们在房顶、大街挥手迎接，欢呼雀跃。

当天《人民日报》的头版头条发表社论《民族政策的伟大胜利》。更值得庆贺的是，这天用藏汉两种文字印刷的《西藏日报》也正式出版发行，同时转载了《人民日报》的社论。

随后，陈毅副总理参加了为庆祝自治区筹备委员会成立的庆祝大会、各种宴会，检阅了西藏军区和西藏地方部队，接见了印度驻拉萨总领事梅农，参观了拉萨小学，慰问修筑川藏公路的英雄“张福林班”的战士，参加拉萨植树活动，参观布达拉宫，向释迦牟尼佛像和历代达赖喇嘛的佛塔敬献了哈达，参观中，他高兴地说：“布达拉宫是祖国伟大的瑰宝。”随后，他还参加了筹委会闭幕式并作了重要指示。在拉萨尧西林卡举行招待达赖喇嘛和班禅额尔德尼的宴会上，陈毅副总理高兴地举起酒杯祝贺，贺词是：“让我们的国家像唐古拉山、喜马拉雅山一样青山不老，愿我们的友谊像通天河、雅鲁藏布江一样绿水长流。”达赖喇嘛和班禅额尔德尼一致表示，今后要加强西藏内部团结和与祖国人民的团结，努力促进西藏各方面的进步。

中央代表团成员还前往著名的哲蚌寺、色拉寺等寺院，向一万多名僧人发放布施，参观了经堂和佛殿。

5月10日，中央代表团分为三个分团，分别前往日喀则、昌都、阿里、江孜、亚东慰问。陈毅副总理率总团和一分团成员，在西藏军区司令员张国华中将、西藏军区副司令员朵噶·彭措饶杰中将的陪同下，离开拉萨前往日喀则。

5月21日访问结束返回拉萨。

5月23日，拉萨各族各界人士1000多人集会，庆祝《十七条协议》签订5周年。陈毅副总理在讲话中说，我们现在的口号是团结建设高于一切。

5月31日，陈毅副总理率领的中央代表团圆满完成在西藏的祝贺和慰问活动，在张国华的陪同下，乘坐试航成功的飞机离开古城拉萨，于6月14日乘专车回到北京。

陈毅副总理西藏之行，主要传达了党中央、毛主席对西藏的各项政策，扩大党和政府在西藏地方的政治影响，进一步密切中央和西藏地方的联系，增强汉藏民族和藏族内部的团结，促进进步。他们克服了高山缺氧反应，顺利完成了任务，给两位活佛和广大西藏人民留下了深刻印象。

陈毅副总理在拉萨活动期间,我近距离地见过他两次。一次是在干部大会上聆听他的报告。他用我熟悉的乡音,深刻地分析了国际国内形势和西藏的现状以及中央的政策,要求干部、官兵认真学习领会中央的民族政策和宗教政策,严守纪律,从西藏实际出发,做好民族工作,稳定边疆,让中央放心。报告中特别谈到,这次他具体体会到西藏干部的苦衷,听及此,大家感到很安慰,心里很热乎。只是在报告的过程中,见他频繁地去后台。不知为何？后来才知道他高山不适应,到后台吸氧去了。第二次是在“五四”青年节的联欢会上,他和大家跳舞,因露天广场地面不平跳起来很费劲,加上高山反应很累,他跳得很慢。我站在旁边观察,犹豫了很久,还是认为机会难得,最终鼓足了勇气,前去请他跳了一支曲子。因不熟练,又未曾同高层领导跳过舞,心情特别紧张,浑身很不自然,舞步不合拍。可他并没批评我,还亲切地用四川口音问:“你是哪里人?”我说“是四川的。”他说“是老乡嘛!”“是哪年来西藏的?”我说:“是1950年进藏的。”他说:“是老兵嘛”……在轻松的谈话中,我紧张的心情慢慢平静下来,舞步也逐渐合拍了……

陈毅副总理是我们国家难得的军事家、政治家、外交家，也是诗人，而今他早已离我们而去了。可是，他为中国革命建立的丰功伟绩及所做的贡献，永远留在全国人民的记忆里，他的风范永远值得全国人民学习。他后期受的委屈也是不应该发生的。他永远活在人民心中。

2006年4月25日于北京

随西藏干部参观团到内地参观学习见闻

1957 年 5 月，中央决定西藏至少 6 年内不进行民主改革，并进行相应的收缩和精简工作，积极开展其他工作，以便为以后的工作争取主动。

据此，西藏工委决定组织一个参观团，让多年连续在藏工作的一些老干部赴内地参观，以便更好地在藏工作。干部参观团团长由西藏工委统战部部长陈竞波同志担任，团员有工委组织部副部长张平凡、工委副秘书长宋赞良、江孜分工委书记阴法唐、日喀则分工委副书记王挺、山南分工委书记王运祥、黑河分工委副书记吕克栋、亚东中心县委书记傅生等共 8 人。他们的爱人郑国芬、孙立英、方逢辰、李国柱、金锡鸾、徐振民、吕英、王婉玉 8 位陪同前往（其中半数是渡江前参加革命的老同志）。另派冉启宏同志任随团秘书会计。

参观团的任务是参观祖国的社会主义建设成就，学习交流经验，兼顾疗养。日程是先参观重工业，后参观轻工业，再后是游览名胜古迹。路线是先东北，后东南，再中南，而后返藏，时间 3 个月。整个活动由中央统战部和国家民委负责安排接待。在北京主要是参加国庆观礼活动。

参观团规定 1957 年 9 月中旬在北京集中。

法唐同志和我接工委通知后，于 8 月 4 日从江孜出发，10 日到拉萨，16 日我随王挺副书记从拉萨经青藏公路辗转成都看孩子，再于9月中旬赶到北京。法唐同志则于9月2日同陈竞波部长、宋赞良副秘书长等一起离拉萨经黑河、雁石坪、五道梁、格尔木、都兰、西宁、兰州、咸阳，12日到西安。到西安后，先到临潼参观，还参观了半坡村等，后从西安乘火车于15日到北京。到北京后，住在条件较好的虎坊路北纬旅馆。

干部参观团在上海合影

北京不愧是祖国的首都，建筑雄伟壮观，历史名胜古迹多。团员中除个别人曾经到过北京，多数人是第一次。由于时间关系，只能重点选择故宫、天坛、颐和园等主要地方由参观团统一组织参观，其余的则由个人自行安排。

中央统战部给我们安排了几场很精彩的京剧、芭蕾舞等演出，国家级名演员梅兰芳、周信芳等登台演出。但是由于大家长期在缺氧的西藏高原工作，来到内地氧气充足，突然休息下来，很不适应，普遍出现睡不够、困倦的醉氧反应，虽然演出很精彩，在演出过程中打盹的现象经常发生，加之多数也没见过芭蕾舞，对芭蕾舞理解不了，个别同志对京剧也看不懂，经常发生节目演完了却不知演的是什么的笑话。

国庆节那天，我们都穿上刚买的新衣服，胸前挂着“国庆节观礼代表”的光荣花，站在天安门前的观礼台上，用望远镜向上能清楚地看到毛主席等党和国家领导人，向下能看到各游行方队。人们服装鲜艳，队列整齐，扛着彩旗或模型，载歌载舞，五彩缤纷，场面雄伟壮丽，充分体现了祖国欣欣向荣、意气风发的精神风貌。游行共进行了3个多小时。能有机会看到这样盛大气派的场面是我做梦也没想到的，我特别激动，激动得流下了幸福的眼泪，我意识到这是党和人民给予我们在边疆艰苦地区工作人员的殊荣和关怀，要永远铭记，加倍努力工作。

晚上，参加焰火晚会。我们被安排在天安门城楼下的广场上，只见各种奇异的礼花从东西南北各处射出，在夜空中飞舞，一个比一个花样独特，使人眼花缭乱，大饱眼福。焰火结束后，组织了集体广场舞会，我们也随大家一起跳，大家都热情地手拉着手欢呼跳跃，也说不清是跳的什么，狂欢到了深夜。这一天我都是在兴奋和激动中度过的，1957年“十一”，是我有生以来最最幸福的一天，是永远值得怀念的一天。

参观团“十一”后的主要任务是等待毛主席和其他中央领导的接见。一连几天团里都宣布不准外出，等待接见。大约是10月7日，团里宣布，今天中央领导没时间，没接见任务，大家可以外出自由活动，于是大家纷纷外出。上午我抽空去陶然亭中央舞蹈学校看表妹杨仪。她是我初中同学，分别10年没见，这次是在北京公共汽车上相遇，本不容易，不料到她那里坐下刚谈了约10分钟，法唐同志突然赶到，说团里通知，中央领导马上要接见，需立即返回宾馆。我即与表妹分手，和法唐迅速赶回宾馆。接见的地点是在中南海勤政殿后的草坪上，同时被接见的还有全国各省和各少数民族参观团。我们被安排在第二排，离毛主席等中央领导座位很近。当毛主席和中央领导出场的时候，大家非常激动，不断地鼓掌。我没看清有哪些中央领导参加，只是目不转睛地看着毛主席。只见毛主席他老人家身着深灰色中山装，面带笑容，频频向大家招手致意，说：“同志们好!”照完相，领导退场后，大家还在盯着看。直到几天后看照片时，才看清那天有哪些中央领导在场。这张照片我们一直认真地珍藏着，有亲人或战友来时才打开看看。这辈子能同这么多的党和国家的革命领袖合影，很难得，我们非常珍视。

1957 年 10 月初随西藏参观团来北京时留影

在京期间，法唐和我还专程到中央民族学院看望江孜专区在北京学习的学生，孩子们小，且不认识我们，但听说我们是从家乡来的，特别高兴，同我们又说又笑，非常亲切，并一块合影留念。

我们在西藏过着类似战争年代的简朴生活，除拉萨条件稍好外，其他地区基本没自来水，没电灯（用煤油或蜡烛），没抽水马桶，更没电视、电话，住房简陋，饮食等条件都差。到北京后，安排的宾馆各种条件都很优越，似乎是另一个天地。看到各种没看到过的东西，大开了眼界，也略略体会到首都干部、职工和市民文明幸福的新生活。我们在北京度过了非常愉快的一段时间后，就告别首都前往各地参观。

第一站是黑龙江省。10 月 10 日，我们从北京乘火车去哈尔滨，途中走了两天两夜。在北京时还穿单衣、夹衣，而到哈尔滨时已经开始下雪，人们也穿上了各式长短大衣。房内已送暖气，我们过惯了室内外穿一样服装的生活，不习惯时穿时脱的情况，经常要将宾馆的窗户打开调节温差，而服务员总纠正我们。在哈尔滨，参观了城市建设、街道、商店。由于白俄罗斯、苏联和日本人都在这里住过，城市建筑受他们影响较大，要么是俄式洋楼，要么是日式洋楼，建筑风格很独特，综合了中外优点，与关内不同，设施、日用品、人们穿着均比关内人讲究，居民也如此。市内能看到俄罗斯人，在公园里，我们还看到俄罗斯老人坐在那里赏雪的情景，这在关内是不多见的。

参观飞机制造厂时，因该厂属机密单位，只请了 8 位领导同志前去，我们女同志在家休息。

在哈尔滨郊区，参观并乘坐了森林小火车。火车道是在森林中修建的。大约 40 分钟的路程，领略了大森林的风光，很有意思。另一个参观点是 20 万千瓦的小丰满水电站。这在当时是东北唯一的新型水电站，雄伟壮观。凡是到东北来参观学习的，这是必须去看的景点。

第二站是吉林省。在长春市，我们参观了中国第一汽车制造厂、化肥厂、长春电影制片厂、地下银行等地。第一汽车制造厂的规模很大，我们花了整整一个上午看了生产全过程。是苏联援建项目，生产的车名叫“解放牌”大卡车。这个汽车厂建成，标志着我国不能制造汽车历史的结束，也减少了从国外进口大卡车的数量。

在长春电影制片厂，看了电影的拍摄、场地、模型、洗印等各个制作过程。印象最深的是拍电影《白毛女》的模型，那个地主大院，在银幕上看特别高大，实际上却是一个类似 29 英寸大的模型；电影《铁道游击队》李向阳炸的那列火车，也是约 20 英寸大的模型制作的；正在拍摄的《英雄虎胆》，敌人的舞厅特别豪华气派，而我们看到的却是在摄影棚内大块纸板或木地板上画的各种花纹，道具多是模型。参观完电影制作过程后，电影在我心中的高大形象大为减退，脑子里总是回想起曾参观过的情景，懂得这也是假的，那也是人为的，特别看到恐怖片时，过去会很惊恐、不平静，参观完后再看类似的片子就不害怕了，知道是人为的，只是做的技巧水平高低的区别而已。

地下银行是日本统治时期修建的，银行从地面上看，是一间很普通的灰色平房，下去后，房间很多，建得很高级，设施很齐备，各处都封闭得很严实，各个门的通道都设有监视器，直通总监控室，一旦有人盗窃，立即会被发现，也出不去。

在吉林，我们还参观了延边造纸厂。这个厂的规模不太大，主要生产新闻纸、画报纸。纸厂用的全是好木材，经切割、粉碎、制浆、烘干等工序，最后出来的是很漂亮的各种纸张，下脚料经深加工后制作各种附加产品。

我们还到延边朝鲜族自治州参观。州领导对我们参观团的到来很重视，接待得很隆重，州领导亲自带领参观。出席欢迎大会和联欢晚会的人员全部身穿民族服装，邀请我们共舞。晚会上我们看到了朝鲜族著名舞蹈家方春善。州领导还邀请我们到村民家做客。村民们住的都是平房，地上铺着席子，很干净，没凳子，来人进屋必须脱鞋，把鞋子放在门口，人人都坐在席子上。家家户户房前屋后都挂着长长的红辣椒，都有腌菜缸。请我们吃饭也少不了酸菜和豆腐。在大街上我们看到的突出特点是，人们将大包小包顶在头上，个别也有把小孩顶在头上的。他们的着装多数是灰色和白色，老年人多穿自己制作的粗布衣。

参观的第三站是辽宁省。在沈阳市，到处是工厂，烟囱很多，随处可见上下班的工人，这是一个新兴的重工业城市，灰尘污染较明显。我们参观了市容和北陵公园、东陵，这两处古建筑类似北京的景点，有“关外故宫”之称，规模很大，建得也不错。印象最深的是，街道路多为斜街，不是正南正北，以中心地区向四方辐射，市中心建了一尊毛主席塑像，形象逼真，雄伟高大。

参观团所到之处，各地都安排乘坐大面包车，大家一上车，话匣子就打开了，多数联系过去战斗的故事，或各地所见所闻，谈论最多的是“方向”问题——住房方向、道路方向，一会儿

1957 年 10 月与法唐在上海合影

转向了找不着北方，一会儿又转过来找着了。

在鞍山市，我们参观了鞍山钢铁厂。这个厂的规模很大，约 30 万人，厂领导带着我们仅看了主要车间和厂房，就转了一上午，从原料进厂到钢水流出、冷却成钢锭，再转变成各种规格的钢材。好像鞍山市整个城市都是鞍钢厂属地或围绕鞍钢服务的行业，完全像个钢城。

参观完鞍钢后，参观团即南下大连。大连是个有山有水，空气宜人，非常优美的海滨城市。由于历史原因，这里的建筑融入了各国特点，各国风格的高楼洋房布满整个城市山冈，人们的穿着和腹心地区差别很大，妇女还有化妆的，给人的感觉很洋气，犹如到了异国他乡。这里的海产品多，看不见什么工厂，市容美观、清洁，到处可见旅游和游泳的人群，穿泳装，拿着游泳和玩水工具在市里行走。到饭店用餐，无论点什么菜，都避不开海味，最初还不很习惯。由于我们大部分同志没见过大海，更没见过海滨城市，觉得特别新鲜。

在旅顺口，遇到的另一桩新鲜事是见识了军港。更可喜的是见到了我的老首长——原18军52师师长吴忠，他在参加完西藏昌都战役后内调参加抗美援朝战争，那时任在旅顺驻防的中国人民解放军第一机械化师师长，他和他的夫人——我的老队长田涛同志得知我们西藏干部参观团到旅顺后，特别热情地接待了我们，安排大家游览舰艇，看坦克和坐坦克，体验海军的生活，还参观他们的住所，设宴招待并照相留念。他们住在离海不远的半山坡，是个小洋楼，小巧别致，有海风吹着，空气新鲜宜人。

参观完大连、旅顺后，结束了对东北重工业区的参观任务，下一步即转入参观轻工业区了。

我们从大连乘海船去天津，也是参观团的第四站。大家从未坐过海船，本来就有畏惧心理，没想到当天恰好遇五六级大风，船在海中摇晃得特别厉害，大家都不适应，出现不同程度的呕吐、没有食欲等晕船现象，仅个别晕船轻的人观看了海景。在一片茫茫大海中，很少见到船只，只有海鸥成群结队的在飞翔，有的在追逐海船，有的独自在空中飞翔，使人想起初中学的课文《海燕》里描写的情景。

经过两天两夜海上生活的体验，好不容易回到陆地上，大家都松了一口气，增添了安全感。在天津稍事休整后，参观了市容市貌、跑马场、商场，吃了著名的狗不理包子。

接下来是江苏省，也是参观团到的第五站。中国许多朝代帝王都建都南京。城区规模很大，绿树环抱，完全保留中国古城风貌。我们参观了中山陵，瞻仰了孙中山灵柩、遗像。这个建筑相当雄伟壮观。当我们一步步登上高耸的石阶，脑海里浮想起当年国父孙中山先生出生入死、历尽艰辛反帝、反封建的情景，更加深了对他的崇敬之情。他对中国革命的贡献，全国人民将永远铭记心中。在雨花台，我们瞻仰了烈士墓，缅怀烈士，还拾了一些雨花石作纪念。我们还游览了玄武湖、莫愁湖，听讲解员讲解这些湖的美丽传说。

在太湖市游览了太湖，吃了太湖鱼和螃蟹。吃螃蟹戴手套也很新鲜，大家都吃得很干净，看看光光的盘子，都不好意思了。

还有件可笑的事，因有的地方对我们这个参观团的成员没详细介绍，所以接待我们的同志认为我们是藏族，每顿饭都有牛羊肉，大家不太喜欢吃，也不便说。还有的地方同志夸奖我们说："你们的汉语讲得不错……"

接下来是第六站，参观上海市。上海是我国最大的现代化城市，是国内外商业贸易中心，既有商业又有轻工业，工厂多，人多，车多，商品非常丰富，高楼林立，部分建筑是欧洲风格。我们走进繁华的大上海，就好像"刘姥姥进了大观园"。

我们游览了上海滩、上海大厦、苏州河、摩天大楼、城隍庙闹市等地方。

团里特意留出两天时间，让大家自由活动，出去看看转转，开开眼界，购物。我和法唐出去看了看，商品真多又好，可算是琳琅满目，应有尽有，目不暇接，但我们不知买什么好，结果什么也没买，在有名的王开照相馆照了几张照片，作为纪念。

此时，接西藏工委通知，陈竞波同志回北京开会，干部参观团团长由阴法唐同志担任。

之后到我们参观的第七站——浙江省。参观了杭州。这是个风景十分优美的城市，城区不大，商店、街道都不多，没有工厂的吵闹声，整个城市都在绿树碧水包围中，建筑是中国传统的风格，好一个文明古城的感觉。游览西湖时，看到了三潭印月的真景，中国历代作家画家用诗词歌赋图画描绘西湖、赞美西湖的作品真是名不虚传，能亲临其境，是极大的美的享受。街上丝绸缎铺很多，我也前往欣赏过。

参观团的第八站是广东省。广州市是沿海边修建的，既有高楼又有平房，是中西结合较繁华的名城，也是个历尽沧桑的城市。在这里我们参观了炮台、博物馆、黄花岗72烈士墓，参观了黄埔军校校址、"农民讲习所"等革命遗址。

广州天气很热，人们都穿单衣、短袖，也有穿木拖鞋在大街上行走的，大部分人讲当地话，我们听不太懂。因不懂话，还发生过一件小事，我上街去补鞋，不知该给多少钱，用手怎么比划也说不清，最后拿出钱包，请他自己取钱，问题才算解决。

广西壮族自治区是参观团的第九站。离开广东到广西南宁，坐火车要绕很远的路，不得不改乘飞机，这是我们参观团在内地参观中唯一的一次例外。

南宁市是广西壮族自治区的首府。广西是个以壮族为主的多民族省份，但从房屋建筑风格、人们着装、生活习俗方面基本和汉族相同，区别不大。在参观民族学院时，民族氛围较浓，学生多着壮族服装，类似中式套装，不同的是男女衣边、裤边大都绣有不同的小花，衣服颜色以鲜艳或浅色为主。当时学校正在推行壮文，校园里墙上、黑板上都写着类似英文的字母，但读音不同，据说是苏联专家参与，由国家文字改革委员会主持创制的壮文，正在试用推广中。

这里天更热，已是12月初了，仅需穿衬衣。

听说我们是从西藏自治区来的，接待的更加热情。但广西的菜名都很稀罕，好多菜名从没听说过，也没吃过，这里“龙虎斗”菜很出名，因我们害怕，不敢吃，他们就说不给你们吃。可是第二天他们说你们最害怕的也吃了，还吃得很香，大家为受骗而哄堂大笑。

广西桂林真不愧享有“桂林山水甲天下”的美称。在阳朔乘船游览漓江风光，也看到了“阳朔山水甲桂林”的美景，给人以未曾有过的宁静优美感。

广西下一站是湖北省。在武汉，我们了解了历史上武汉、武昌、汉阳三镇三足鼎立的情况，游览了黄鹤楼，参观了我们自己设计制造的第一座长江大桥——武汉长江大桥，还乘电梯到桥底，看桥下的建筑、配电室、总控制室等。这在当时是很了不起的大建筑，它的修通缓解了武汉三镇南北交通的压力，促进了工农业生产和商业贸易等。这工程也给全国各地建类似的大型桥梁提供了经验和借鉴。

武汉钢铁厂是仅次于鞍钢的大厂，建成后我们国家建设用钢材就基本解决了。但当时正在建设中，尚未投入生产，厂区面积很大，我们乘车围绕厂房转了一圈，约半个小时，真气派。

在武汉期间，突然接到西藏工委通知，根据中央指示精神，全西藏于1958年1月4日开始全面整风运动，要求西藏干部参观团立即停止参观活动，准备回藏按时参加整风运动。据此，参观团进行了小结后，宣布解散，各自回老家处理个人私事，12月底在西安集中，集体返藏。

在内地3个半月的学习、生活，使大家开阔了眼界，进一步增强了对新中国的热爱之情，同时身体得以恢复，大家精神饱满地重返高原。西藏驻西安办事处领导为了让干部参观团的同志早日返藏，帮助联系了乘军用飞机，可是因冬季的天气不行，我们连续几次去机场等候，都因不够飞行条件返回住处。后来终于能飞了，我们乘坐的是一架军用飞机，设施很简陋，冻得很厉害，飞机仅能飞到格尔木，到格尔木后又改乘汽车前往拉萨。1958年元月，参观团的任务正式结束，代表们各自返回原单位。

2006年6月于北京

别了，雪域女诗人杨星火

在我参加完昌都解放50周年庆祝大会返京途中经过成都时，得知杨星火同志逝世的消息，心情非常沉重。迅速赶到她家，希望能送她一程。到家一看，室内一切陈设如故，工作室的桌上纸笔摆放整齐，好像她仍在安静地笔耕。但毕竟她真的走了，她的音容笑貌消失了，仅留下放大的照片，家里冷冷清清，真的缺了半边天……雪域高原诗坛少了一颗耀眼的星星。

我去时，星火的儿女已返机关，藏族儿子阿旺次仁还在。过去我从未见过杨星火，可是从50年代就开始喜欢传唱她作词的歌《叫我们怎么不歌唱》：描述了美丽的西藏，在党的阳光照耀下建设家乡的心情，吸引和鼓励无数有志青年来到边疆；喜欢读她的诗《致老西藏》：深刻地叙述了一代代进藏人员为了祖国统一、人民解放、民族团结的神圣事业所作的无私奉献和作出的光荣牺牲，燃起西藏革命的火光，为农奴争得彻底解放，搭起通向社会主义现代化的桥梁，还有歌曲《一个妈妈的女儿》，热情歌颂民族团结，心向祖国……

我有幸结识杨星火同志是在1990年夏。为18军52师政治部康藏工作队的女兵写回忆录时，女兵们不敢动笔，想请杨星火同志帮助执笔。为表示诚意，我们6个女兵一块到她家去邀请她，她愉快地接受了邀请，在成都听取了康藏工作队部分女兵座谈发言后，又专程到北京听取意见（含北京、秦皇岛的），最后写成《雪山娘子军》，发表在《西藏党史资料》和《世界屋脊风云录》上。

在京期间，她住在我家，当时她的两个儿子（其中一个是藏族儿子）均在北京读书，来过我家，照过相。我们俩有了充分时间促膝谈心。她是全藏乃至全国有名的女诗人，有较深的文

阴法唐、李国柱同杨星火（中）合影

字功底和写诗的造诣，比我年长，这次是我向她学习的好机会。面对这位老师，起初我有些拘谨，随着时间的推移才逐步解除了顾虑，我们从生活、工作、婚姻、家庭、事业等谈起，无话不说，加之我曾断断续续读过她的作品《月亮姑娘》、《西陲繁星》、《唱给春天的歌》、《查果拉的故事》，觉得杨星火同志确是值得我崇敬的高原女性的榜样。首先她挣脱世俗偏见，淡漠儿女感情纠缠，全身心投入事业，战胜高原缺氧，经常下连队、农村、修路工地、边防哨卡（多次去海拔5300米的查果拉边防站）体验生活，同成百上千的战士和藏族群众结下了深厚的友谊，写下了几十万字的诗文，讴歌了祖国的春天，讴歌了战士们的高尚情操、革命气概和英雄形象，讴歌了民族团结的军民联防

的动人故事。进入古稀之年，她仍用手中的笔，以一颗不老的童心，唱响春天的歌。更可贵的是她晚年制定的宏伟写作计划及完成任务的措施，让人敬佩。据她说拟写《雪山春秋》20 集，为避免写作受影响，采取写作时挂牌不会客和保护右手的措施，即平时将右手捆起来，写作时才解开，一切活动用左手。谢绝会客时，同志和邻里都曾有过非议，习惯后，大家都谅解了她。

她以慈母般的心肠，克服种种困难，无私抚养藏族孤儿阿旺次仁，为民族团结之花增添光彩。阿旺次仁大学毕业后回到西藏，初期回到西藏最苦的基层去锻炼。星火同志为西藏培养合格的接班人，这种胸怀和情操在干部和西藏群众中传为佳话。

她在婚姻问题的选择上也是难能可贵的，是革命知识分子和工农结合的好典范，是纯真爱情的见证。我在看望她老伴唐和清同志时，曾安慰他说，星火同志有今天的成就，同你的关心、照顾、支持是分不开的，她的成就有你的一半功劳。

1999 年，我们首批进军西藏的女兵准备出版一本回忆录，大家一致希望杨星火同志能担任主编。为此，我曾多次同杨星火同志商量，她说很忙，手里有其他任务。2000 年夏天联系时，她说身体不好，不能做编辑等工作，可以参加终审。我们特别高兴，拟在我回蓉时具体商谈。可是万万没想到，我到成都后得到的却是这样的噩耗。星火的离去，不仅对她的家庭，对西藏诗坛是莫大的损失，对我们首批进藏女兵也是遗憾，我为首批进藏女兵失去这样一位诗坛巨星、好大姐而惋惜悲痛。写到这里，我拿出 1990 年我们在京的合影，星火依然是笑眯眯地在对我们微笑。星火大姐啊！你没有远去，你同你的诗歌永远回荡在我们的脑海里。

2001 年 3 月 6 日

追忆与启示

——李有义教授二三事

光阴似箭，斗转星移，算起来我同李有义教授相识已近半个世纪了。

约在1956年底、1957年初时，我在中共西藏江孜分工委（即地委）政策研究室工作，中央民族学院李有义和王辅仁两位教授来到我区搞调查。江孜1954年发生历史罕见的大水灾后，恢复和重建工作正在进行中，条件很差，没有招待所，分工委干部多数住在低矮无玻璃窗的民房或帐篷里，新盖的部分土木结构带玻璃窗的稍好些的房子，仅为办公用。我们为了保证两位从首都来的教授的安全，也想安排得好一点，从办公室挤出了一间房子给他们住。这在当时已很不容易了，当然无法和北京比，且房内无卫生间，厕所很远，用水靠从水井打，照明虽已用柴油机发电，但经常停电，停电时仍靠煤油灯或蜡烛。又因房顶是用铁皮盖的，刮风下雨时响声较大。不过两位教授很能体谅我们。

政策研究室几位同志都出差了，轮到我负责接待。开始我认为他俩知识很渊博，怕接待不好，从接触中感到他们并没架子，平易近人，也很谦虚，方解除了顾虑。我毫无保留地提供了政研室已有的全部藏、汉文资料，含对西藏社会各种专题、多家贵族情况、救灾工作（结合救灾搞的）中对西藏社会经济基础、上层建筑方方面面的调查情况，还有“江孜民间文学组”收集到的1904年英帝国主义侵略西藏时，西藏地方政府下达的各种文

与李有义夫妇合影

件、江孜人民抗英支差、各种民歌等。我们掌握的资料多是原始未加工的专题报告，有的已整理成文。无论是哪种，他们都很耐心地翻阅，有时还作记录，他们足足看了十来天，应该说是很辛苦的。由于天冷没取暖条件，他俩坐在床上，用棉被盖着腿坚持看。他俩的藏语文虽很好，但在那时接触群众较难，西藏在未进行民主改革前，随意和群众交谈禁忌是很多的，无论是上层贵族或农奴都顾虑重重，我们过去搞调查都必须结合中心工作，如利用放农贷、救灾、治病时进行，特别是触及西藏社会制度、贵族地契、庄园纠纷，农奴的依附、支乌拉差役等切身利益这类敏感话题，他们兜圈子、回避。调查时还不能公开记录，只能采取各种巧妙的办法，事后追记。所以我们拥有的这些资料，尽管不够完善，有待整理或是只言片语，也是多年来懂两种语言文字的很多同志辛勤劳动的成果，真是来之不易。

这期间，我同两位教授就西藏问题进行了多次交流探讨，从中受益匪浅，向他们学到不少知识。临行前，李教授语重心长地对我讲：你现在还很年轻，假如有机会，最好到大学去进修历史，从理论上提高就好了。这句话对我震动很大，其实我早意识到自己知识缺乏，需要学习提高，也渴望有个机会学习深造。

1957 年夏西藏大收缩时，很多同志都到内地上学去了，我特别羡慕，也曾力争过，但没实现，这是我终身的遗憾。

据说李教授曾写过很多书，可惜未曾见过，最近中国社会科学院张江华同志热情地借给我一本书，是李教授在 1951 年 5 月写的——献给解放西藏的人民解放军的《今日西藏》，我耐着高温酷暑，认真拜读完毕，还作了笔记。这本书文字流畅，通俗易懂，是一本帮助了解西藏情况的好书。书中较全面客观地分析了西藏的历史和现状，贯穿了反帝爱国、反对分裂的思想主线，提出自元代以来西藏就归入中央政府的行政管辖下，实行政教合一制度，存在“三种地主”等众多观点。书中对我党我军解放西藏、建设西藏、巩固国防等方面提出了很多有益的建议和意见，这不仅在当时对西藏问题的决策有参考价值，对和平解放初期进藏工作人员了解西藏、认识西藏也有很大帮助。可惜我 50 年前进藏初期和在藏工作 20 多年中，没能读到这本书。回顾当时我们也作过不少调查研究，但因语文和政治水平所限，深度广度都有所不及。

我们同两位教授从江孜分别后长期未能见面，直至 1980 年代我们夫妻调北京后才又有与李教授夫妇见面的机会。他移居海外后，在西藏和国家有重大节日时都会回国参加庆祝活动，这样我们就有了见面的机会，见面后探讨的不外乎西藏问题。他从年轻时就研究西藏问题，走遍西藏的山山水水，而今九十高龄仍继续关注西藏，现在他虽身居海外，仍心系祖国，心系西藏，为反对分裂做了很多工作，从而受到党和国家的尊重，获得极大的荣誉。在很多方面我们要向他学习，愿我们共同关心的祖国更富强，西藏建设得更美好！

2002 年 8 月 15 日

纪念好朋友吉普·阿旺白姆

作为中国革命三大法宝之一的统一战线工作，在西藏和平解放后，一直到平息西藏上层反动集团发动的叛乱和摧毁西藏封建农奴制度的民主改革前，不仅成为党的中心工作，而且发挥了巨大的威力。在贵族众多的中共江孜分工委驻地江孜县，这一点特别明显。

我在江孜分工委做过统战工作和妇女工作（其实在当时也是统战工作），在走访联络和举行活动中认识了吉普·阿旺白姆这位大贵族小姐中的爱国青年妇女。

初与阿旺白姆接触，就感到她与众（上层小姐）不同，她热情开朗、温顺和蔼，很愿和我们交往，后来的事实证明，她几个在西藏地方政府有权势的哥哥，是西藏有名的亲帝派，但她却与他们背道而驰，走向爱国路；她出身大贵族，最后成了西藏统治阶级的叛逆者。

在我的记忆中有几件事让我难忘。

一是选择爱国立场。西藏上层反动集团发动全面叛乱时，她大哥成了几大叛首之一，三哥也是重要叛乱头子，二哥从江孜去拉萨参加了叛乱。她则继续在中共江孜分工委团委工作。当她的几个哥哥叛逃国外，以后流落到瑞士时，不断给她寄信寄材料，煽动她外逃与他们会合，她经过思想斗争，还是毅然决然地与他们决裂，毫不犹豫地将信和材料交到分工委。像她那样的情况，敌我分明，有那么坚定的立场，实在不容易，也使得我们更加敬佩她。

过去驻江孜的印度商代处为拉拢上层贵族，经常搞星期聚餐会，组织贵族小姐跳舞、打球、看电影，阿旺白姆也曾去过，懂得爱国和革命道理后，就再也没去了。她积极参加我们组织的各种活动，包括学习《十七条协议》、政治时事、民族政策、宗教政策、社会发展史、马列著作、毛泽东著作等，还参加各种文娱、宣传活动，甚至登台在广场演出，成为江孜爱国青年妇女中的骨干分子。1952 年 10 月 1 日成立的江孜学习《十七条协议》委员会，她是最早参加的成员之一。1954 年 11 月 26 日成立江孜爱国青年联谊会时，她任委员。1955 年 5 月 23 日成立江孜爱国妇女联谊会时，她任委员，后任副主任。由于她接受教育后转变快，要求进步，坚决跟党走，积极申请入团，江孜分工委于 1956 年批准她加入中国共产主义青年团，并担任分工委团委副书记。1958 年 8 月 30 日成立江孜基巧办事处时，她任常委。1959 年 11 月 11 日中国人民政治协商会议江孜专区委员会成立时，她当选为副主席，1964 年江孜专区与日喀则专区合并，她继续担任日喀则地区政协副主席，改革开放后，任日喀则行署副专员、西藏自治区政协常委、自治区妇联副主任。

民主改革期间，按政策规定，对未参加叛乱的领主，其土地、牧场、牲畜、住房、生产工具全部折合人民币付给领主，作为赎买金，再分配给农牧民。吉普家应得的赎买金他们没要（江孜众多贵族家中共有两家），据说这种情况在全西藏也是少有的。

另一件事是她在处理家庭婚姻问题上，也是旧制度的叛逆者。她当初嫁到贵族吉普家时，按西藏传统习俗为吉普家兄弟俩的妻子。受到新思想影响后，她同旧制度彻底决裂，选择了一夫一妻制，1955 年，与兄弟中的吉普·平措次登组成了幸福美满的新家庭。这一行动，在江孜上层青年男女中传为佳话。

她在革命历程中经受了各个时期政治风云的考验。“文化大革命”中，她同丈夫及其他爱国进步人士一样，身心受到了严重摧残。我亲眼看到她身穿破烂衣服，背着筐子，与别的干部一起“接受劳动改造”，干粗活脏活。但是她并没有被严酷的形势压垮，而是坚信党的领导，坚信“文化大革命”是暂时的，会有结束的那一天。说明她是坚定的爱国者、革命者，她用自己的一言一行、一举一动证明了跟党走的坚定决心和一颗赤诚的爱国之心。

我是 1952 年调地委统战部工作时认识阿旺白姆的，她身材瘦高苗条，长得俊俏，善于打扮，服装华贵新颖，可算是江孜上层贵妇人中的时装模特。假如我们开几天会，她能从头到脚换新花样。就是这样一个娇滴滴的大贵族小姐，在中国共产党的领导下，随着江孜革命形势的变化，经过几年学习，认识到旧制度的弊端，剥削不光彩，思想发生飞跃，转变了人生观、价值观，愿意跟党走，改变人生道路。从积极分子，到共青团员，到党的干部，最后到党的高级干部，实现了她人生的大转折。我们相处多年，我目睹了这一桩桩一件件事情变化的过程，她从剥削阶级转化为自食其力的劳动者，成为无产阶级阵营的一分子，多不容易啊！她的转化是马列主义毛泽东思想的威力，是中国共产党民族政策、统战政策的伟大胜利。

除工作关系外，我们之间也建立了深厚的感情。1956 年她当团委副书记后我们就分开了，我调动工作——拉萨、内地，相距甚远，几乎没有见面的机会。直到 1980 年底调回北京后，才又有了见面机会，凡是她来京开会、公出，我们都抽空见面，特别是她来京病休、治疗，我常去看她，在一起聊天、共忆往事。1991 年我从《西藏日报》上得知她病逝的消息后，心里特别难受，她的言行、她的身影又浮现在我的眼前。我们思想上互相帮助，工作上相互支持，是肝胆相照的好朋友。今年（2008 年）是她去世 17 周年，为纪念她特写此文章，以寄托我的哀思。

她走后其夫吉普·顿珠平措任西藏自治区工商联副主任，凡来京开会，我都去宾馆看望他。2005 年我去拉萨开会时，得知

与吉普·阿旺白姆合影

顿珠平措也不幸去世，我当时开会，很忙，难以抽身前去吊唁，就派我的两个女儿，代表我们夫妻到他家里慰问，以表达哀悼之情。

2008年12月25日于北京

“雪山雄鹰”，你安息吧

1991 年 5 月 26 日，我在参加西藏和平解放 40 周年庆祝大会的空隙，约曾在西藏江孜民主改革期间政治训练班学员座谈。到会的拉萨军分区政委才旺欧珠仍然称呼我“李老师”，唤起了我的回忆。记得 32 年前，即 1959 年西藏地方政府上层反动分子发动武装叛乱后，江孜专区举办了政治训练班，重点培训各县在平息叛乱进行民主改革运动中，涌现出的大批思想进步，勇敢站起来同三大领主作斗争，敢于推翻旧制度的积极分子。并将其中有培养前途的青年人，送进我们举办的学习班学习。经过一个月的启蒙教育后，突然接到上级通知，要我们将这批学员共 25 人全部送到北京中央政法干校学习。事后，学员们曾给我寄过几张照片，也来过信，因他们汉文水平不高，把我的名字写成“你歌主”“李哥”，到邮局投递，闹了不少笑话，我也因工作太忙，没及时回信，一批一批学员太多，认不过来。每期学员没拍集体照片，也没建档案。人和照片对不上号，学员的名字也无从查找，就失去了联系。

关于学员才旺欧珠同志，回忆起来还有印象。记得临行前我单独找他谈过话，用代写藏文信的方式测试过他的藏文水平，并询问去北京学习的想法等。临行前，我把他带到一个仓库里，给他换了一套新衣服，还帮他理了发。今天，站在我面前的全都是党和军队的中高级干部了，让我非常高兴，也为他们祝贺。高法

才旺欧珠

副院长巴桑潘多说：“我们职位再高，您仍是我们的启蒙老师。”这一席话使我感到宽慰。

会后，我请才旺欧珠同志将江孜送北京的这一批 25 名学员的基本情况、名单、工作单位（含军人多少）电话号码告诉我。如可能，将他在部队的成长情况写一份材料给我。他当时就答应了。可是时间过去了几年，我仍没收到他的材料。1995 年，西藏自治区成立 30 周年，我去西藏参加活动时，特意去看他，看样子身体欠佳，我就不便强人所难了。

2006 年，火车通拉萨时，我坐火车去西藏，又准备去看他，听西藏军区嘎玛司令说他病得很严重，已报病危了。我急忙带了些营养品，赶到医院，看到他时，他挂着输液瓶，插着氧气管，说话吐字不清，人瘦得皮包骨头，当年穿军装时的飒爽英姿再也看不到了。我感到他身体垮了，就强忍着难过的心情，打起精神为他献了一条哈达，还强笑着同他和他女儿一块照了两张相，留作纪念。听见他向孩子交代，这两张照片一定要收起，好好保管留念。返京后，我立即将照片洗好寄去。这是我第一次同他单独合影，我估计也是最后一次合影，两张照片也值得我永远珍藏。

不久，我接到他女儿的电话，告知她爸爸已经去世。噩耗传来，我感到非常悲痛，为我们失去一个农奴出身的好共产党员、好干部而惋惜。同时孩子寄给我一份他爸爸留下的政法干校同学名单及电话号码；一张穿军装的照片；一份 1979 年《解放军画报》的复印件，题目是《“雪山雄鹰”——才旺欧珠》，上面登着他的先进事迹和 4 张照片；一份记者对才旺欧珠的采访记录。关于同学名录由于没加注解，同学多，我分不清哪些是当年江孜送去的学员，哪些是其他地区的学员，我考虑这份资料还是留给孩子保存更珍贵，就寄回去了。

才旺欧珠出身于西藏日喀则白朗县农奴中最苦的堆穷家，生

1959 年江孜政训班第一批学员中的才旺欧珠上了《解放军报》

于1938年冬，家里祖祖辈辈受三大领主的压迫剥削，全家有八口人，分别属于三个领主管辖，给三个领主当奴隶，家境很穷，一无所有，穿的是破破烂烂的羊皮袄，吃的多是野菜、稀糌粑糊糊。年年种的粮食除交地租，自家剩不了多少，总是不够吃，靠他和弟弟有时用毛驴给商人驮运东西来维持生计。13岁父亲去世后，他就去为父亲顶差（支劳役差），给领主干活，后又被领主卖到哲蚌寺当佣人，即穷苦僧人，生活仍很苦。

解放军到西藏后，经常派工作组宣传共产党的政策和穷人翻身解放的道理，给穷人发放无息贷款，给各家各户发毛主席、朱总司令的照片，很多人不敢收，怕领主打骂，才旺欧珠却大胆地要了照片，领主追问时，他将照片藏在皮靴里。白朗县王县长发现才旺欧珠思想进步，倾向于解放军，曾派他到拉萨干训班学习藏文几个月。拉萨叛乱初期，解放军先遣部队来到白朗县，才旺欧珠经常帮助部队牵马，天天跟着部队各处走。一方面他本人受到进步思想影响，另外也受到领主威胁，处境很危险。后来，白朗县县长决定派他到江孜专区举办的政治训练班学习，通过一个月的学习，他提高了认识，从社会发展史中了解到人是怎么进化来的，剥削压迫又是怎么产生的，破除宿命论观点，树立无神论思想，下决心跟着共产党闹革命，推翻剥削压迫西藏人民的三大领主……学习结束后，上级决定，将江孜分工委政治训练班第一期学员共25人全部转送北京政法干校学习。这批学员真是赶上好机会了，才旺欧珠毫不犹豫地跟着去北京学习了。到北京后，学习汉语、藏文、政治（包括无神论）、公安业务共3年。通过学习，懂得了很多革命道理，树立了革命人生观。在北京学习的3年中，他年年当班长，1960年加入中国共产主义青年团，次年加入中国共产党，还被选为共青团第七届全国代表大会的公安部代表。

1962年中印边境自卫反击战开始时，当时学校推荐了200多人供部队挑选，共有60人被编为公安部队，才旺欧珠被选中，正式参军，成为中国人民解放军武警部队的一员。从战士、班长到区队长（连级干部）。1965 年调西藏军区联络处边防科当干事，在这里干了 9 年，默默无闻地做着对敌斗争工作。1972 年任联络处副处长。1974 年任步兵某团政委，当时，军区交给三项任务：1. 把班子建设搞好；2. 把部队的优良传统保持好；3. 把部队生活改善好。他都较顺利地完成了任务。

1978 年，任陆军某师副政委，他在这个岗位的 5 年里，大力促进军民关系，这个师被总政评为全军先进单位，在森林大火时救火英雄也出在这个师。1979 年《解放军画报》对才旺欧珠事迹有专门介绍，称他为“雪山雄鹰”。

1983 年，他任西藏军区后勤部副政委，在部队后勤建设方面尤其是加强民兵的作风建设、政治思想工作方面都做得不错。

1985 年至 1994 年退休前，他任拉萨军分区政委，对拉萨地区的民兵工作、武装部建设都抓得很好。还兼任拉萨市常委、市人大委员。

才旺欧珠从 1959 年参加革命起，一直跟共产党走，赤胆忠心为人民，不愧为农奴的好儿子、党的好党员、军队的好指挥员，不愧为“雪山雄鹰”！我为他骄傲。在他去世两周年之际，特以此文作为纪念。“雪山雄鹰”，你安息吧！

2008 年 5 月 15 日于北京

割不断的西藏情缘

悠悠藏汉情

在雪域工作生活的二十几年间，与藏族同胞朝夕相处，情同手足，结下了不解之缘。调离西藏后，这种亲情一直没有中断。

最让我不能忘记的，是藏族同胞救过我的命。记得那是1969年冬，我从内地返藏的第八天，突然觉得心慌不适，从窗口往下望去，看见我部藏族干部拉巴，立即用劲喊了一声“拉巴”，就失去知觉倒在地上。拉巴听到喊声知道我病倒了，立即去医务室和医生冯尚文翻窗跳进屋，只见我躺在地上不动，全身冰凉，嘴里吐白沫，连忙把我抱到床上，让我吸了氧气，才慢慢醒过来。当时我吐词不清，词不达意，全身无力，不停地大口喘气，迷迷糊糊，心慌难受，好像快不行了。这是我第一次体会到休克的滋味。当时，生活不能自理，法唐又不在，领导安排我部藏族干部古桑确吉同志照顾我。在他的精心照料下，我度过了难关。回想起来，我这次能得救，除医生和同志们鼎力相助外，主要是得到了藏族同志的帮助，这种友情我永远也忘不了。

在江孜工作生活的11年里，我结交了数不清的藏族朋友，他们教我说藏语，还帮助我解决工作、生活上的许多困难，其中印象最深的是我的两个房东和两个照顾过孩子的阿姨。记得1961年至1962年，我在亚东县嘎林岗乡蹲点一年多，一共住过两家“四同户”（当时规定必须选最穷的、思想进步的），一家是波查哥，夫妻俩都是60多岁；一家是多吉，多吉当时30多

亚东蹲点时的房东多吉（右二）及其妻子和女儿

岁。他们对我非常好，像亲人一样。两家对我工作都积极支持、帮助，生活上关心很细致，无论我开会，或加班到深夜，总是想着给我留点热热的“突巴”（一种用糌粑面做的糊糊），让我喝了暖暖身子好睡觉。1985年9月4日我重返西藏时，专程到亚东县去乡里看望他们，万万没想到波查哥夫妻已去世，我听后心里非常难受，专门到两位老人原来住的地方向他们默哀致意，心想老人能活到今天该多好，现在一切都比当时好多了。

让我高兴的是多吉和妻子次仁卓玛还活着，盖了一栋新的大房子，一见面大家都激动得抱着大哭起来，全家人围着我有说不完的话。多吉说听广播得知你们已回西藏，我正准备坐车去拉萨看你，做梦也没想到你今天专程来看我们，我们很高兴。现在全村人民生活改善了好多，多数人家盖了新房，家家有苹果树，户户有余粮（该乡过去只种菜，吃粮要靠国家供应）。这都是你们工作组同志亲自带领大家积肥开荒生产打下的基础，大家经常念叨着工作组的同志。

1996年12月的一天，北京家中突然来了个中央民族大学中文系的藏族姑娘，拿着一张照片找到我，一问才知道她是多吉的女儿尼珍。当年我住在他家时，尼珍尚未出生。尼珍考上中央民族大学后，多方打听一定要找到我，今天终于找到了，她特别激动，我也一样。从此，我把尼珍当作自己的孩子，让她也把这里当成她家，每逢假期叫她到家来住，补充一些短缺的物资，改善一下伙食。在学业方面我也作些政治思想辅导，她写的毕业论文是《论藏传佛教》，我看后，首先找了一些宗教方面的书给她看，然后认真给她谈了对待宗教问题应持的正确态度，她表示要用我讲的观点来修改。毕业后她分配在西藏拉萨达孜县德庆镇人民政府工作，我们还一直保持着联系。

女儿亚农、江沙与照顾江沙的阿姨次布（中）合影

在西藏时为我照顾两个孩子的两个阿姨，同我们的关系也特别好，一位阿姨叫潘多，当年 40 多岁，一位叫次布，当年只有 17 岁，我们像亲姐妹一样相处，她们的父母兄弟也经常来家里住。她俩对孩子很精心，不怕苦不怕累，为孩子洗洗涮涮喂水喂饭，每天背着孩子在院子里转。由于我工作较紧张，无法分担她们的劳动，经常不能按时回家喂奶，她们特别可怜孩子，经常站

在门口望着等着并告诉饿得大哭的孩子说“妈妈来了”，实在等不来就给孩子喂酥油茶、糌粑糊糊……时间长了，她们和孩子也有了很深的感情。大女儿患先天性高原性心脏病需送内地时，潘多由于年龄大，自己孩子小无法前去，她心痛地哭了好几天，而后经常打听孩子消息。我们调回内地后，她非常想念我们，从《西藏日报》上剪下孩子爸爸的照片贴在家里，经常给孩子们讲述同我们夫妻俩和孩子相处时的情况。1985年，我的大女儿去西藏还专程找她的潘多阿姨，经多方询问得知潘多阿姨已去世，找到了阿姨的女儿扎西群宗，互相认了姐妹，至今保持着密切的联系。女儿患心脏病送内地时，我又怀孕已6个月，无法去，承蒙组织关心，决定请一位要去内地学习的藏族女干部拉珍同志代表我，另带位阿姨一块将她送回，从此女儿又多了一位藏族未婚“妈妈”。当时她们送小孩是跟随江孜机关送小孩队伍一块走的，行至拉萨，孩子发高烧，住进了拉萨人民医院，出院时，送小孩的队伍已走，藏族“妈妈”和藏族阿姨两个女同志，带着一个生病的孩子，乘车2000多公里也真够难的。我与这位“妈妈”在部队就相识，后来更是亲上加亲，来往密切。女儿细心地保存着藏族“妈妈”和“姐姐”的照片，有机会就联系。1998年夏天她去西藏出差，又高兴地见到“妈妈”和“姐姐”了。

二女儿的阿姨次布人很忠厚淳朴，我介绍她同汉族管理员张方同志结了婚，孩子患心脏病送内地后，她参加了机关工作，退休前是江孜县工会干部，我同她父母弟弟联系也很密切。

我调回内地后，由于工作关系，经常能见到从西藏来的同志，这中间也有许多故事。1977年5月，我在山东省委宣传部工作时，正在宁阳县下乡蹲点，突然工作组有一位同志说，“今天看病时发现有你们藏族实习医生”（同志们常听我说起在西藏工作的情况，总把我与西藏联系在一起），引起了我的注意，原来是山东省帮助西藏培训的中专生，毕业前来山东宁阳县第一人民医院实习。一个星期天，我约他们来我住的县招待所相聚，那天，他们全部身着藏装，很引人注目，工作组和周围的同志们很

与送建白回内地的干部拉珍“妈妈”夫妇合影。右一为建白

好奇，都来热情地与他们交谈。我特意准备了水果和甜茶（不过不是鲜奶，而是用奶粉制作的）。其实这些学生我并不认识，我离藏时他们大约 13 岁左右，可见面后用藏语一讲，大家就一见如故了。我看见他们像看见老乡一样亲切，他们在内地，能见到当年曾在西藏工作过的老同志，还能用他们的语言讲话，更感到亲切。从学习、工作、生活以及实习中遇到的问题等，无所不谈，谈得很愉快，玩得很开心，还照了相。他们好像回到了家，我也好像回到了西藏。

1980 年法唐重返西藏工作时，我因身体原因没一起去。1981 年广播电影电视部领导批准我去西藏休假时，我壮着胆子去了，开始几天高山反应很大，慢慢就适应了。以后我的胆子越来越大，又去过 6 次，每次少则一个月，多则两个月，有时做翻译。1990 年那次还是从青藏公路坐汽车进去的。每次去仍有高山反应，但我逐渐掌握了规律，适应能力越来越强。江孜、那曲、安多海拔较高，几次都反应较大，但也坚持下来了。我认为，最根本的还是对西藏有感情，只要有机会，我总不愿轻易放过。

汉藏情　代代传

2008年3月末，初春来临，大地刚刚苏醒，柳枝挂满新芽。25日这天，我们举家8人出行，到山东肥城老家，祝贺家兄90寿辰。返京途经泰安时，顺道去见见西藏好友次仁卓玛的女儿女婿，相约晚上8点见面，他们夫妻俩当晚准时来到我们住处。

次仁卓玛是西藏拉萨人，爱人姜国英是汉族，江苏常州人，两个民族结合的家庭，在西藏称“团结族家庭”，50年代初就不少。次仁卓玛夫妻俩学的邮电，是做报务工作的，我们是50年代在西藏江孜分工委（地委）相识多年的老战友，特别是次仁卓玛讲一口动听的标准拉萨话，让我倾倒，我有机会就向她请教藏汉语翻译中的问题。

没料到他们的下一代，也是藏汉结合的“团结族家庭”。女儿姜萍，是在江孜出生的，是西藏培养的大学生，女婿王天宇是汉族大学生，在西藏工作十几年，他们在西藏结婚后调回男方老家。我们互相并不认识，西藏情和父母辈之间的友情使我们一见如故，就像见到久别的孩子一样亲切，有说不完的话。他们虽然没近距离地与我们交谈过，但听说过我们夫妻俩在西藏工作时的小故事。姜萍说，从母亲那里听说过很多李阿姨与母亲交往的故事。如你们2006年坐火车去拉萨时，李阿姨在家中住了一天，同父母和全家畅谈、合影，并邀请了不少曾在江孜工作的老同志到家中见面。妈妈还陪李阿姨在拉萨逛街，看拉萨新变化，购买藏装等。我们谈及更多的是西藏建设发展、变化等方方面面的情况，自然谈到对拉萨近期发生的“3·14”打、砸、抢、烧暴力事件，法唐同志还谈到事件发生后，他知道的一些情况和想法。“3·14”事件后，挂念在西藏同志的安危，我曾给汉藏族朋友发短信或去电话问候，他们也主动发短信、打电话报平安谈情况。干部尼珍来短信：“李阿姨，知道您担心西藏的稳定和政治生活，我们这边终于恢复了平静，人们的生活已进入正常轨道，为此，请您放心，不法分子永远完不成他们所谓的心愿，您多多保重贵体。”谈话中我们时而用藏语，时而用汉语，大家感到更亲切，好像回到了故乡。

此后，我们开始通信、通电话。汉藏情在下一代的心中正在延伸。真可谓汉藏一家亲，从西藏亲到内地，从老一辈亲到下一辈。

送走这对年轻夫妻后，泰安市教育局长桑新华同志说，西藏班的学生们听说李国柱奶奶到泰安了，希望能见见您。情况是这样的：山东与西藏是中央确定的对口支援省，省内分工泰安市对口支援西藏日喀则地区，近年泰安市开始接受西藏学生。市教育局局长桑新华同志为把培训藏族学生工作做得更好，特意征求我的意见，我记得当时谈了三点：1. 加强爱国主义教育，让孩子们从小懂得西藏是祖国不可分割的一部分，要热爱祖国，反对分裂，维护祖国统一；2. 加强民族政策教育（特别是老师），要搞民族平等、民族团结，不搞民族歧视，尊重少数民族风俗习惯，如过藏历年要特殊照顾等；3. 生活上要关心体贴，他们年幼，又远离父母、亲人，这项工作关系到他们的健康成长，也好让他们的父母放心。

今年春节和藏历年恰好是同一天，市教育局安排藏族学生集体过节，准备了孩子们爱吃的丰盛的食品。在聚会时，市教育局局长桑新华给我打来电话，说藏族学生们正在欢度春节藏历年，希望我能用藏语给大家说几句话，增加节日气氛。我答应了她的建议，用藏语和十几个男女学生一一通话，主要问他们的名字、学习生活情况，家是哪里的，父母的健康状况，节日过得好吗，希望他们好好学习等。通话中，多数学生都激动得流泪了，他们没想到在祖国内地有这样高龄的汉族奶奶能用藏语向他们祝福新年，又是他们想听的乡音，感到特别亲切……我觉得难得来泰安一趟，学生们有这个要求，我很乐意去看看他们，同时还邀请法

2008 年 3 月，与山东泰安西藏班学生座谈后合影

唐同志一块去，并带着我在西藏江孜生的三个孩子（一个是江孜怀孕内地生的）一同前往。我们去时，学生们已在会议室了，在座的还有学校校长和老师，学生们看见我们家来了这么多人，也很高兴。尽管我们春节藏历年时通过电话，但没见过面，所以名字都对不上号。座谈会开始时，我们家先自我介绍，学生也自我介绍一遍。那天共到了男女学生 11 位，他们多数是西藏日喀则各县的，拉萨的有两名，有的已学习一年，有的已学习两年。汉语讲得不错了，对内地生活、气候也已基本适应了。我们问了生活、学习情况，是否习惯，同家里联系情况，特别问到对拉萨“3・14”打、砸、抢、烧暴力事件的看法，事件后是否和家人联系过，家里人是否都平安等。问到这里时，校长插话说，他们

已根据广播、报纸等资料，对学生进行过教育讲解，学生认识基本正确。学生们表示都分别给家里通过电话，家里人都平安无事，他们很放心。法唐同志向学生们介绍了西藏封建农奴制度的黑暗，达赖集团和“藏青会”制造事端的目的是鼓吹“西藏独立”，分裂祖国，妄想恢复压迫剥削人民的旧制度，让农牧奴重新受苦受难，要认清没有中国共产党的领导，西藏不会有今天的幸福生活，更不会有大家来内地学习的好机会。勉励大家要好好学习，珍惜今天来之不易的学习机会，学习文化知识、科学知识和政治，包括当代西藏史等，回去建设家乡。法唐同志讲话时，我经常用藏语翻译讲解，帮助他们加深理解。学生、老师也都插话、问话，会场显得很活跃，看得出学生们也很高兴。由于学生们第二天要早起上课，我们也要赶回北京，座谈会开了一个多小时，已是晚上十点了。最后我们同学生合影留念，并且共同合唱了一首象征民族团结的歌《一个妈妈的女儿》，唱一遍藏语，又唱一遍汉语。校园的夜空中回荡着我们发自内心的歌声：

太阳和月亮，是一个妈妈的女儿，
他们的妈妈是光明，是光明。
汉族和藏族，是一个妈妈的女儿，
我们的妈妈叫中国，叫中国！

短暂的会面尽管结束了，这些翻身农牧奴后代稚嫩的声音，淳朴的笑脸却长久地浮现在我眼前。祝孩子们在老师的辛勤培育下茁壮成长，成为建设新西藏的有用之才。

我自己的三个孩子虽然出生在西藏，还取了象征汉藏团结的名字，同这些孩子们算是小老乡，但她们不适应高原气候，很小就离开了西藏。像今天这样近距离和藏族学生一块儿座谈，倾听他们的述说，听父亲介绍西藏情况，还是第一次，她们觉得很受教育，也加深了对西藏的了解和感情。

贺卡传递西藏情

邮政业务自创办以来，成为民间传递信息、亲情、友情必不可少的纽带。随着科技的发展，传递手段日益丰富，但其基本功能没有改变。邮政部门在发行明信片的基础上，1991 年又发行了中国邮政贺年有奖明信片，为民间联络交往提供了新的平台，这种方式颇受各年龄层人们的欢迎。我涉足这个领域收集贺卡是从退休几年后的 1995 年开始的，十几年来坚持不懈。

我们每年 12 月从中国邮政贺年有奖明信片（以下简称贺年卡）开始出售便买，用完再买，最多时买过七八次，有一年跑遍住处附近所有的邮局买的还不够用。前几年我主动寄出几十份，往后寄的少，多数是收到对方贺卡后再回复，收到多少，陆续回复多少。每年从 12 月下旬开始，几乎天天收天天回复，后改为隔几天回复。这件事每年从年末开始，一直延续到来年春节前。最初我将贺卡摆在桌上观赏，陆续增多无处可摆时，就用本子专门按年登记编号，封面写着“友谊的桥梁”，装箱保存。从 1995 年开始至 2008 年，每年收到并回复约 100 多份（其中 1995 年不足 100 份，2007 年最多，达 211 份），14 年共收到约 2217 份。

从 2007 年收到发出的 211 份贺卡来看，除亲戚、同学、晚辈 10 份，新朋友 20 份，机关 10 份外，其余均为曾一块儿工作的同事，其中含省军级或以上的干部约四分之一。从寄出的地区看，西藏最多，106 份，其余来自 24 个省市，这其中约一半又是从西藏调内地同志，仅个别是从国外来的。有汉族藏族及其他民族，有各种年龄层次，中老年居多，离退休与在职的各占一半。

书写方式多是手写汉文、藏文，个别为英文，近年打印的增多。

用的贺年卡大多数是购买邮电局发行的普通型居多，随着近年人们生活水平提高，用精装的大的增多，各机关又专门制作了高规格的大贺年卡，也有的同志用自己照片或得奖作品制作的贺

2003 年，与阿沛·阿旺晋美夫妇在他们家里合影

卡。总之，贺年卡画面风格各异，精致优美，色彩斑斓，翻看它们犹如参观画展，既是感情的满足，更是一种美的享受。我已将同事们的这些墨宝和情怀作为文物收藏，永远保存，还准备尽快制作成光盘，便于欣赏回忆。

最近，我用两周时间翻阅了保存的 2000 多份贺年卡，感到慰藉和得到以下启示：

1. 感情交流与抒发。原本寄贺年卡就是贺岁之意，多数贺

年卡上印着贺新春、祝全家安康之类祝词，大家觉得不够味，另又加上“祝新春快乐，健康长寿，扎西得勒（吉祥如意）”等，有的把贺年卡前后都写得满满的，仍觉得意犹未尽。有不少人编成短语表达心情与祝贺。西藏阿里人大副主任洛桑说：“阿里边寨北京心连心，汉藏团结一家亲。”西藏自治区区党委宣传部副部长格桑朗杰和夫人仁钦才珍说：“请珠穆朗玛圣水，变化为哈达献给你，请雅鲁藏布江水酿出青稞美酒敬献给你，祝新年平安、吉祥、幸福、快乐！”拉萨玉珍同志说：“逢节思友，人之常情，新春将至，倍加思念。”咸阳西藏民族学院陆世杰送书法贺年，写着“革命人永远是年轻”。西藏老战友谢法海同志写道：“照片代情来祝贺，阖家欢乐祝和谐，健康长寿宝中宝。”天津援藏人员联谊会2008年的迎春慰问信中写道：“西藏，承载着我们太多太多的美好与回忆；西藏，承载着我们在雪域高原的峥嵘岁月；西藏承载着我们青春年华的奉献与执著；西藏，承载着我们那段不平凡的灿烂人生。要继续发扬‘老西藏精神’，继续关心和支持西藏的改革、发展、稳定等各项事业，继续为汉藏人民团结做贡献。”他们的表述，代表了成千上万“老西藏”的心愿。浙江胡正、刘西宁同志说：“我们时刻都在想念二位，可惜路远不能如愿以偿，只能借此问候。忆当年我俩成长过程，全靠书记亲切的教导，我们十分留恋在西藏的一切一切。”交通部一位部领导说：“我们都很敬重你的人格，你的勇气和雄才大略，衷心祝你和全家新年快乐，健康平安。”从北京出国的著名女企业家美籍华人李玉玲女士在贺词中写道：“一个人的一生中，能有多少可以称之为家人的人呢！你们就是比朋友更可靠的家人！漂泊在天涯海角的我无时无刻不在思忆着你们的恩泽，在岁末初春之际，玉玲只有默默祈祷，祝福健康平安，用以感谢你们家人般的呵护。”中组部曾同法唐同志一块考察的贺健同志说：“愿再随阴书记一块工作，聆听您的教诲，感受您博大的胸怀，永远做您的忠实的学生。”西藏自治区办公厅副秘书长张乐群说：“灵犬送旧岁，载千般果实归去；金猪迎新春，携万卷蓝图奔来。在历史的脚步再次踏响新年钟声的时刻，在此致以由衷的感谢！并祝身体健康，工作顺利，扎西德勒！”《西藏日报》原记者喻富华贺卡中说：“阴书记和国柱同志为党和人民终生革命的精神，我十分敬佩，对我们永远是鞭策和精神支柱。”已故拉萨市城关区办事处主任旺堆之女珍珍说：“晚辈感谢你们的关怀，感谢你们的帮助，感谢你们做的一切一切……请接受我的新春祝福，祝二老平安幸福，万事如意。”

西藏藏医院院长强巴赤列多年来坚持同我们互寄贺年卡，近年他双目失明，全靠别人代写代念。

国际友人（共产党员）爱波斯坦病故前，我们每年互赠贺年卡，美国、英国、日本和香港友人也都寄来贺卡。

2. 沟通信息。有的同志还将个人的大事，如任职、工作调动、退休、出国归来、身体状况、写作文章、出版书籍、举办画展以及从报刊电视上看到我俩的活动联想等，一一写出。贵州省人大副主任张世德（原西藏自治区区党委干部）寄来他写的《世界屋脊的丰碑》，并祝平安、健康。老战友孙连捷 2004 年说：“我们夫妻俩 5 年未出门，撰写《山·水·路》一书的第三部：55 年铁路史《路漫漫兮》，130 万字，即将出版。”徐凤祥教授讲道：她“72 岁又一次从滇藏线进藏考察，行程 1100 多公里的所见所闻，并赠送照片 5 张，全印在明信片上。”上海卢秀璋同志告知，他的《论西姆拉会议——兼析民国时期西藏地方的法律地位》一书已出版。西藏山南原地委书记，西藏自治区人大副主任张增文在 2004 年的贺卡中说：“岁岁送旧岁岁迎新，世界事潮起潮落，我们国家是万紫千红。祝贺你对党对人民继续发挥余热，并深为钦佩……让我们愉快地度过我们的晚年。”南京前线报社总编陆友晨说：“看了阴政委参与制作的电视剧《西藏风云》，感到非常教育人，更增添了对首长的敬意。”

我们曾定期向赠送我们报纸、杂志的部门发贺信、贺卡，以示感谢，《日喀则报》曾将我们的贺信刊登在该报上。《拉萨晚报》2007 年 2 月 14 日在头版头条刊登了我们给该社寄的贺年卡，用醒目的大红粗体标题写着《一份特别的新年祝福》，《拉萨晚报》编委又从西藏给我们寄了一份贺年卡，上面写着：感谢你们全家对《拉萨晚报》多年的关心支持。这份报纸这条新闻已作为珍贵的“文物”保存了。

3. 高层次的领导也加入了互赠贺卡的行列。由于法唐同志曾担任过西藏自治区党委第一书记、大军区副职、中央委员、人大常委等职务，又参加过中央组织部组织的省部级（包括银行）领导班子考察组、巡视组等工作，故我们收到的贺卡里中央各部委各省军级班子、各银行企业，几乎年年都有同志寄贺卡给我们。有的还亲自提笔写热情洋溢的祝词，或亲自签名。

历年发来贺卡的老战友就更多了：张少松、郄晋武、天宝、董贵山、王诚汉、段禄定、张西南、李传恩、杨双举、王立峰、耿全礼、夏川、魏克、叶万勇、丹增、孟乐天、仇裕民、周曼天、张最时、路晨、吴晨、多吉才让、吴毓萍、拉巴平措、李立国、濮洪九、张春贤、芦春房、张德邻、费子文、毛如柏、徐衍善、李国光、吴雨初、王海、赵会、陈卓、李国清、孙永福、苗九锐、马李胜、孙洪烈、郭正新、郝平南、潘蓓蕾、李文珊、杨晓渡、杨松、江村罗布、杨岭多吉、樊近真、胡颂杰、苏音、生钦·洛桑坚赞、史焕章、洛桑顿珠、张向明、木玉亭、达娃、王和亭、蒙美路、曲桂枝、马英林、苏流、次旺俊美、张廷芳、王运祥、任荣魁、张捷、李风悟、漆世贵、陈正荣、相自成、张立人、王以才、白玛赤林、宫蒲光、甲措、郝鹏、吴英杰、郑英、程越、宋清渭、李纯成、王立仁、刘春林、肖怀远、巴桑（女）、尼玛、德吉措姆（女）、德吉旺姆（女）、宝音，等等。

特别需要提出的是，全国政协副主席阿沛·阿旺晋美及夫人、全国妇联副主席才旦卓嘎，从1996年至今几乎就没间断过发贺卡，并亲自用藏文签名，写着祝新春快乐，身体健康，扎西得勒！他们的贺年卡与众不同，个头越来越大。阿沛·阿旺晋美已是近百岁的老人了。

年年收贺卡，年年寄贺卡，看似有些重复繁琐，但见字如见人嘛，每当看到熟悉的笔迹时，这些同志的身影或他们的言谈笑语，重新浮现眼前，觉得是个安慰。随着年轮推移，老人走的越来越多，他们退出了寄贺卡的行列，觉得很难受，他们曾留下的墨宝，就是永恒的纪念了。

每年公布中奖号码后，我均认真核对，仅有3次中了末等奖，我没取，若取了，这张珍贵的贺年卡就失去了。我准备请人将这两千多份墨宝刻成光盘作纪念。

近年，贺年形式多了，电话、手机短信已成时尚，老人用电话也在增加。据统计，今年电话贺年的约210人次，有的已寄过贺卡，还要再打电话拜年。无论哪种形式，都是让友谊永远留在记忆中。

2008年5月10日于北京

在北京过藏历年

今年是新中国成立60周年，西藏实行民主改革50周年，根据西藏自治区九届人大二次会议通过的决议，每年3月28日定为“百万农奴解放纪念日”。作为老西藏，我们很受鼓舞，特别高兴，想趁藏历年之机，邀请部分藏族同志到家，共同欢度今年这个有特殊意义的藏历年。

节前，我特意去商场选购了藏族同胞爱吃的牛羊肉，过年应摆放的“卡赛”（代替品）等物，请学过藏文的女婿肖华成写了大红横标“庆祝藏历土牛新年”藏汉两种文字。2月29日，是藏历年大年初二，这天按西藏习俗，我们在家中会客室上方摆放了“卡赛”、水果、羊头，用藏香炉点了藏香，挂了藏式门帘，给毛主席像敬献上哈达，加上室内原本有的巨幅布达拉宫挂毯，西藏纳木错湖大挂图，“西藏昌都解放四十周年纪念”大挂图，室内陈列的各种西藏民风民俗纪念品，名人欧阳中石有关西藏内容的题字及条幅“魂牵梦萦西藏”、“霞满天疆”、“西藏魂”等，让西藏同志一进家，就能感到浓浓的西藏味，好似回到了西藏。

我们邀请的是：我曾工作过的单位中央人民广播电台民族广播中心藏语部的同志，他们因3月1号要开启向全国和全世界全天播出的藏语节目，从每天播音4小时延长为18小时，正在做开播前的准备工作。他们是在录制完3月1号开播全部节目后，

欢度藏历年

从录制间直接赶过来的。中央人民广播电台领导很重视这次活动，应邀前来的赵铁骑副台长、田山川主任，中央人民广播电台原副总编、现任中国西藏信息中心总编张小平同志也来了。藏语部主任泽嘎，副主任贡布玉阶两同志，为表示节日祝贺，进屋先向我们夫妻俩献哈达，我们回献了哈达，并给台长献哈达，这样一下气氛就起来了，显得很热烈。加之闻讯赶来的摄影记者们，有二炮的、新华社北京分社的、中国西藏信息中心的，互相争拍镜头，房子小就显得很拥挤。一阵掌声后，法唐同志致欢迎词，他说，为迎接建国 60 周年，西藏民主改革 50 周年，特别是 3 月 28 日被确定为西藏百万农奴解放纪念日，我们俩特意邀请大家来，共同欢度今年这个有特殊纪念意义的藏历年，还谈到西藏几十年翻天覆地的变化，最后祝大家新年愉快，祝西藏明天更美好。接着赵铁骑副台长代表中央人民广播电台讲了来家过藏历年的感想。张小平副总编讲述了他自参加涉藏工作后过了无数次藏历年的感受。我用藏语讲了欢迎藏语部同志来家过藏历年的喜悦心情和 80 年代曾共同欢度藏历年的简况。

开始用餐后，我发现尽管准备了藏族同志爱吃的牛羊肉，因做得不合口味，这些菜没怎么动，而汉族同志过年爱吃的元宵等其他菜他们同样喜欢，我体会到配餐上也要本着互相借鉴，优势互补，民族融洽才是最佳选择。遗憾的是这天没有青稞酒，只能以啤酒代替。

聚餐的主题是交流感情，畅叙友谊，大家平时难得见面，今天都很放松，边吃边喝边唱，有说不完的话，从西藏过藏历年说到北京过藏历年，从初识说到现在，从农奴翻身解放，说到当家做主人，从早期的藏语广播，谈到即将全天开播的藏语广播……有的同我碰碰头，有的拉着我的手不放，说了一次又一次，说明大家感到高兴、亲切。席间除了大家频频互相敬酒外，最高潮是扎西罗布向我们夫妻俩和台领导敬酒的歌声，祝酒歌祝新年欢乐、祝健康长寿、祝幸福安康、祝一生平安等。席间唱祝酒歌是藏民族的一大特色，有时是一个人唱，有时是几个人一起唱，根据被敬人情况选词或即兴配词，而扎西罗布敬酒的歌声表情更让人陶醉。平时不喝酒的，也都喝醉了。席间，中央人民广播电台民族部索多副主任突然带来了一个西藏江孜县到北京开会的人大代表，这个同志真算是我们的半个江孜老乡（我们夫妻俩在那里工作了 11 年），见到我们后，他特别激动，不停地向我们敬酒，说了很多江孜群众想对我们说的话，从而勾起了我们对第二故乡人民的无限思念，我们请他捎话，代我们问候江孜人民，祝江孜人民的生活越来越好。

同志们走后我仍沉浸在欢乐的气氛中，联想起更多的往事，上世纪 80 年代初，我刚调广电部工作时，藏语部同志来我家度过的几个藏历年。当时房子小，从采购到做饭全是我自己动手张罗，尽管条件比现在差，大家欢聚得也很尽兴。不同的是当时藏族女同志多，她们活泼，爱唱爱跳，又着本民族服装，从一进大院就开始唱、跳，引来院里邻居的关注，席间歌声此起彼伏，热闹非凡，让人久久回味。一晃二十多年过去了，当时一块儿过年的同志部分调回西藏，个别退休了，赤烈嘉措、桑杰诺布已去世。

1983 年我调中央人民广播电台民族部任副主任后，与大家建立了深厚的感情。退休后藏历年有时还去藏语部看看，有时送点东西、哈达表示节日的祝贺……

我调北京后参加藏历年的机会越来越多，起初是中央台藏语部连同中央民族语文翻译局的藏族同志、中央民族学院的藏族同志三家共同组织，轮流坐庄，最近这两年不搞了，因西藏驻京办事处与中国藏学研究中心联合组织联欢活动，近年来新建的中国西藏信息中心也在组织藏历年联谊会。只要有机会，我很乐意参加这些活动，可以会会老朋友、老同事，浓浓的西藏情让我们更加思念西藏。

2009 年 2 月 28 日

去山西给藏族学生讲课

国家广播电影电视部所属山西广播电视学校，从1990年开始招收藏族学生，为西藏培训藏族广播电视人才。学生从内地西藏班初中生中招生录取。该校这次是首次开办藏族学生班。

1990年藏历年前夕，教育处处长康志荣同志说，他要去山西看望藏族学生，建议我一同去看看，和学生们见见面，讲讲话，我很乐意去。但因我从教育处已退休，受聘在西藏自治区驻北京办事处工作，向领导说明情况后，他们支持我去，并准备了酥油、茶叶等礼品，让我代表他们慰问赠送给学生并祝贺节日。

我和康志荣同志一行于1990年末来到太原山西广播电视学校。我首先向老师询问了学生的情况，得知他们都是农奴的后代，已到内地学习几年，懂藏汉两种文字，年龄多在16岁到18岁之间，他们的父母有工作的，也有农牧民，各占一半。学员对山西学校环境、条件不甚习惯，爱用原来就读学校条件同这里对比。有的学生能收到家乡寄来的风干牛羊肉、酥油、奶渣等物。说明内地物质生活虽然很丰富，他们仍眷恋家乡的风味食品。

次日，我同藏族班全体学生见了面，为了表示亲切，我全部用藏语讲话，有时加汉语。我首先代表广电部教育处向学生们表示节日祝贺，按西藏习惯，给学生献哈达，由班长接收。代表西藏自治区驻北京办事处向学生表示藏历年问候，并宣布驻京办给学生赠送了酥油、茶叶等；我个人给学生赠送的贺年卡、西藏画册，还有刻制的纪录影片《光明照耀西藏》、《解放西藏大军行》、《翻身农奴见太阳》、《今日西藏》，学生们听后特别高兴。

而后我以《学好本领建设美好家园》为题，讲了几个问题。我讲的主要内容是：

“首先，同学们今天能有机会坐在这么宽敞的教室里上课是很不容易的，是很幸运的。你们的父辈没文化，没权力学文化，为什么，他们生活在旧社会，西藏过去是封建农奴制社会，在这一黑暗的制度下，只有占西藏人口5%的农奴主阶级（即政府、贵族、寺庙）占有西藏全部生产资料，占有农奴和奴隶。领主不劳动，生活极其富裕，吃的应有尽有，穿的绫罗绸缎，住的高楼，还有消夏的别墅，整天吃喝玩乐，想着如何压榨农奴和奴隶，或拿他们开心。而劳动人民过着非人的生活，他们没有人身自由，被农奴主称为“会说话的工具”。西藏几百年通行《十三法典》和《十六法典》，将人分成三等九级，法律上规定是不平等的，农奴主私设监狱牢房、刑罚，如剜目、割耳、断手、剁脚、抽筋、投水等。农奴祖祖辈辈为领主干活，劳动时有监工，不能偷懒、干私活；无土地、无房住，负债累累，还吃不饱，穿的衣服不遮体，就一身衣服，白天穿晚上当被子；住在牛棚马圈；干活不合领主的意，或缴租支差不合适时，轻则打鞭子，重则关监狱、地牢、水牢。小孩刚出生要交人头税，登记，满7岁就得去领主家干活，端茶倒水扫地，总之一生一世过着极其悲惨的非人生活。我用亲眼所见的各种具体事例说明西藏旧社会如何黑暗，劳动人民更不可能有机会也无权学习文化，认字。激发学员们痛恨旧社会，懂得今天甜。

其次，讲西藏历史上曾受列强和外国以旅游、经商、传教为名的侵略。英帝国主义1888年3月1日对中国西藏发动侵略战争。驻藏大臣有泰与英国签订了卖国的《藏印条约》，后又续约开辟亚东为商埠；1903年英帝国主义又借口西藏违约，1904年发动了第二次侵略中国西藏的战争，战争历时半年，打得很残酷，西藏因武器落后等原因战败。仅在江孜宗山先后坚持抗击了

3个月，江孜因此被誉为抗英英雄城，后因弹尽粮绝无援助而失守。江孜失守后，英军长驱直入打到拉萨，西藏地方政府与他们签订了卖国的《拉萨条约》，主要内容是：1. 开辟江孜、亚东、噶大克为商埠，英国设立商务代表处，并享有治外法权；2. 英国从江孜到亚东设邮电、驿站，通信掌握在他们手中；3. 英国在江孜、亚东驻军队（卫队）；4. 西藏供应英商务代表处和英军粮豆、山绵羊、草料、柴火、麦麸等物资；5. 英国商品进口不上税，西藏出口上税；6. 在江孜特别是亚东公开使用卢比。西藏为支应英国及与英人交涉，在江孜、亚东专设为他们服务的商务总管。西拉姆会议英国强划所谓非法的麦克马洪线，占了约9万平方公里的领土，赔款50多万两黄金，规定75年还清，这些赔款大部分由当时清朝政府支付，部分由西藏地方政府出，西藏地方政府又将这些差（实物差、劳役差）转嫁到各宗再转嫁给人民，藏政府公布规定有17个宗、豁每年要向英军支付的实物具体数字、折款数字，并公布了监督结算人名。我认识的农奴多吉石达因给英帝的兵营支差眼睛被打瞎了。1949年10月1日，中华人民共和国成立后，宣布废除所有外国帝国主义在中国的特权。当时西藏没解放，特权还继续存在，直到1951年5月23日中央人民政府与西藏地方政府签订了和平解放西藏办法的《十七条协议》。这时我当场宣读了《十七条协议》，并逐一做了解释。其中第一条规定，驱除帝国主义势力出西藏，西藏人民回到中华人民共和国大家庭中来。在解放西藏问题上帝国主义和印度统治阶级一直反对，多次发表文章说“西藏是个独立国”，人民解放军进藏是侵略行为，这是贼喊捉贼的强盗逻辑，因为宣布帝国主义势力出西藏，侵犯了他们的利益。这里要说明英帝国主义和印度的关系，印度原是英帝的殖民地，1947年印度宣布独立后（摆脱英帝侵略奴役），印度继承了英帝在西藏侵略的衣钵，享有各种特权，所以支差交税都交给印度。过去英军侵略西藏时军官是英国的，士兵是印度的，在西藏驻军时也是如此。这样1954年4月29日中华人民共和国与印度共和国订立了中国西藏地方和印度之间的通商和交通协定，以平等友好态度处理以往历史遗留问题。决定半年内撤出西藏江孜、亚东驻军，邮电、驿站等设施作价交接。说来也巧，1954 年 7 月江孜发生百年来没有过的大水灾，把印度商代处、驻军官兵等全部冲走了，有 18 名士兵被我解放军抢救出来，他们全光着身子。我们发扬人道主义精神，给他们发衣服、毛毯和吃的，为此印度总理尼赫鲁给周总理来电表示感谢。后来出现的中印边境争端，印度对我蚕食、挑衅（我们进行中印边境自卫反击战）等，基本上是英帝国主义侵略西藏的延续。所以大家要注意学习历史，特别是学习近代史和现代史，弄清西藏不是“独立国”，自古就是中国的一部分，帝国主义和一切反动派挑拨造谣搞分裂，应该揭穿他们的险恶用心。我们应该以是中华民族大家庭中的一员感到骄傲和自豪。要热爱我们伟大的祖国。

再次，讲西藏革命的巨变，全国解放后，人民过上了幸福的生活，仅西藏和台湾没有解放。西藏人民生活还很贫困。党中央、毛主席派中国人民解放军进藏，解放西藏人民出苦海。解放军进藏，西藏反动上层抵制，怕失去他们的天堂。中央的方针是用和平方式解放，上层反对抵制，不得不进行昌都战役，以战促和。昌都战役结束后，中央人民政府和西藏地方政府签订了《十七条协议》。西藏虽然和平解放了，但根据帝国主义是西藏人民共同敌人的情况，先反帝，后反封。以后待群众要求，上层同意后，再反封搞土改。但是反动上层想永远不改变封建农奴制，发动叛乱，达赖外逃。中央决定平息叛乱，边平叛边改革，第一步先三反双减，即反对叛乱、反对乌拉差役、反对人身依附和减租减息。第二步，对参加叛乱领主的生产资料进行没收，分配给农奴和奴隶，对未参加叛乱的领主采取赎买的政策，国家用钱赎买他们的生产资料。无偿分配给农奴和奴隶，领主也分得一份。农奴获得了土地和生产资料、牲畜、房子、牛、羊等，获得了人身自由，真正得到翻身解放，这是民主革命的伟大胜利，这是西藏历史的巨变。农、牧民有了属于自己的土地、牲畜、房屋后，农牧业生产发展很快，人民生活提高很快。有党中央领导及全国各族人民支援，各省支援西藏，派大批干部进藏，帮助西藏搞建设。几十年来，西藏工业、农业、文化教育、卫生、交通、邮电、电力、水利得到很大发展。特别是修建了两条公路，加快了西藏的发展，修康藏公路，平均每公里牺牲一个同志，共牺牲近3000人。通了飞机，大家能坐飞机来内地学习，这是西藏历史上从来没有的。各方面得到很大发展，劳动人民生活得到很大改善。西藏能有今天的大好形势来之不易，有今天的幸福生活来之不易，要不忘记过去，要饮水思源，要感谢毛主席，感谢共产党，感谢解放军，像歌中唱得一样。但是达赖集团不甘心失败，仍在捣乱，制造谣言，搞破坏、搞分裂；帝国主义也不甘心在西藏的失败，看见西藏人民过好日子不高兴，也在搞破坏。对西藏1987年拉萨骚乱的事要分析、要批判、要有正确认识。今后我们听到不正确的说法，要明辨是非，不听、不信、不传。要听党的话，要热爱伟大的祖国，要热爱共产党、热爱毛主席、热爱中国人民解放军。要树立两个离不开思想，藏族离不开汉族、汉族离不开少数民族，要互相帮助，共同建设社会主义祖国，建设新西藏。

你们要认真观看我带来的影片，了解西藏的过去、现在，懂得今天来之不易，要看到西藏发展变化的大好形势，在学校老师教导下，刻苦学习，珍惜今天的学习机会。要成为德、智、体全面发展的人才，德就是要注意道德品质的修养，树立共产主义人生观、价值观，毫不利己，专门利人，同学间要相互关心，互相帮助；智就是多学知识，除课本外，要多去图书馆看书，多读书，读好书；体就是加强体育锻炼，增强体魄。总之学习本领，不辜负党和政府的关怀重托，不辜负老师、父母的希望。学好本领，回去建设自己美好的家园。

另外，学校初建不久，设备正逐渐完善，经费不足，但领导和学校很重视，很关心，希望把这个学校、这个班办好，为西藏培养更多从事广播电视动画方面的人才，也请同学们理解，并提

出意见，改善教学条件，把学校办得更好。”（以上内容根据藏语录音整理）

1991 年 5 月我去拉萨出差开会时，召开了一个山西学员家长会，学生家长到了十几人，我介绍了学校及学生学习情况，进行沟通，也征求了家长对办学的意见，家长们都很满意。

一年后，这批学生毕业了，临回西藏前，部教育处接他们来北京参观，在聚会时我去看他们，一块畅谈学习心得和今后的打算。有两个学生向我提出，“李老师我们可不可以不叫你老师，叫妈妈”，我回答说可以，怎么叫都可以。

这批学员回西藏工作后，我收到两人来信，谈他们工作的情况。有一个学员分在县广播站，条件差点，开展业务难度大，他来信希望我能予以帮助，我去信做了思想工作，要他努力学习，正确对待，依靠当地领导帮助解决。

2009 年 4 月

在西藏“一江两河”办公室工作

今天，翻开保存的几封信，仍让我激动，心潮起伏，是它们为我的退休生活增添了美丽的色彩，使之变得更充实更有价值，

记得那是1990年7月，我退休后不久，随法唐同志乘汽车进藏，当时西藏正在开人民代表大会，阿里专区小组在拉萨市北郊的帐篷里讨论。法唐同志在小组发言，我正在帮助他翻译藏语，阿里专员杨松向别的同志打听，这个女翻译是谁。回北京后，大约是11月中旬，杨松等几位同志来到我们家中，拿着地图与法唐同志讨论“西藏一江两河计划”。我好奇地站在一边看。杨松同志在休息时，询问了我的工作经历后说：“您是否愿意到我们‘一江两河办’办公室来工作?”这个突如其来的问话，使我茫然，我说：“我不懂工程，水平不行。”他说没有关系，慢慢就会了，并说回西藏请示后给您发正式聘书来。

11月27日收到西藏自治区人民政府驻北京办事处王建处长签发的聘书，上面写着：“我十分荣幸地代表西藏‘一江两河’开发建设委员会办公室，聘请您到西藏驻北京办事处经济联络处工作，如能在您的帮助下使各项内部工作规范化、条理化，并在重大业务问题上发挥您的影响，这对办事处经联处的工作和‘一江两河’开发都将是一件幸事。”我收到聘书，感到突然，一时反应不过来。次日王建处长就通知我去京办经济联络处开会。由杨松主任介绍“一江两河”工作概况和近期要抓的大事，

并要求我尽快上班。

12 月 3 日我正式上班。这天经联处召开了会议，王建处长宣布是欢迎会，并介绍了“一江两河”情况：“一江两河”是指西藏雅鲁藏布江中段，拉萨河和年楚河流域，东西长 500 余公里，南北宽 220 余公里，土地面积 6.65 万平方公里，占西藏自

阴法唐、龚达希(时任西藏自治区副主席)、李国柱一起研究西藏“一江两河”开发规划

治区土地总面积的 5.41%，辖 18 个县（市、区）、231 个乡镇、1890 个村，总人口 79.86 万人。项目包括水利、农业、牧业、林业、农牧科技、工业、能源、交通，配套项目 200 余个。从 1991 年至 2000 年的 10 年间，国家投资 10 亿元。北京是派出机构，在总框架下，做一些项目前期工作，工作面很宽，政治、经济、文化、外事方方面面都有。会上宣布了分工，我负责管理文件、电报、复印、收发、电话记录、会议记录；管理财产登记；与各地市政府经协办联络；参加项目活动包括去西藏、外地活动陪同、参加江河办在北京的各项大型活动等。

离藏多年重做涉藏工作，我最担心的是藏语文水平跟不上，出人意料的是这个单位人少、事多，工作面相当宽，且用藏语文

在京办工作时，与同事合影。左起马保华、王建、李国柱、尼玛次仁（时任西藏驻京办主任）、年志礼

1991 年 2 月，“一江两河”会议在成都召开

机会很少，以用英文、电脑传真为主。

最近我翻阅了在京办工作期间的三个笔记本，回忆、梳理了我参与过的工作，归纳起来有这样几个方面。

1. 围绕每个项目的启动开工论证、申请款，要同中央十几个部委、各级业务部门，特别是国家计委频繁联系；同国内各经联处（格尔木、西安、成都、上海）联系；与已立项上马的省及已确定开工的有关单位联系，安排进出藏事宜，与我们聘请的近 20 位咨询专家联系；还要负责“3357”世界粮食计划署援藏工程的具体事宜。

2. 参加“一江两河”办组织的各种会议，做会务文秘、迎送、食宿、交通等工作。

3. 日常做得最多的是文件收发、传真、简报印发。简报由王建、年志礼起草后，马宝华打印，我负责复印、登记分发。参加各种会议时作会议记录。

在“一江两河”办公室即经联处工作近5年中，我很珍惜这段难得的机会，尽力勤奋工作，力争做得更好。从紧张纷繁的工作中，使自己的身体和毅力都经受了考验，丰富了知识，得到年轻人的帮助和理解，向年轻人学了一些现代化办公的本领。唯一遗憾的是尽管有三台电脑，但没有机会学习。在这个和谐的环境中，大家相处得很好。但是我考虑到机关年轻化、办公现代化，深感跟不上时代潮流，另外也想留点属于自己支配的时间，干点未竟的事业，故于1994年4月7日致函自治区江河办并经联处领导，申请辞职。西藏“一江两河”办公室于1994年4月9日回函批复表示同意。复函中说：“几年来您不辞劳苦，积极努力地为‘一江两河’办开发建设辛勤工作，发挥余热，圆满地完成了组织交办的各项任务，充分体现了您一个共产党员、老西藏对西藏经济发展的关心支持和对西藏各族人民的热爱，热忱希望您今后同我们保持联系，为搞好西藏‘一江两河’开发建设献计献策”；“您为西藏‘一江两河’建设所做的工作，江河办全体同志和开发区人民是不会忘记的！”那时，杨松和王建同志已调离江河办了，他俩得到消息后，发来短信说：“获悉您为更加自主地支配时间，决定离开京办经联处，我们表示理解。作为曾与您一同工作的同事，我们永远难忘您顶着严寒、烈日为西藏奔波的身影，您对西藏的灼热感情已经融入我们心中。衷心地祝愿您身体健康，继续为西藏的发展做出贡献。”

收到这些回复，我感动得热泪盈眶，这是对我几年工作的肯定和鼓励，我一定不辜负领导和同志们的鼓励和希望，继续为西藏做点事。

1998年8月13日，我将“一江两河”办发给我的全部工资（每月300元，当时我每月工资是165元）捐赠给阴法唐西藏教育基金会，为支援西藏教育尽微薄之力。

现在我还在努力笔耕，争取再出版一本小册子。全面回顾自己对西藏这片祖国神圣宝地的热爱和眷恋，向“一江两河办”领导汇报自己在辞职报告中的承诺：“留点属于自己支配的时间，做点未竟事业。”我正在努力！

2009 年 2 月

为了《周恩来与西藏》一书的出版

1998 年3 月5 日是敬爱的周恩来总理诞辰100 周年，为了表达西藏各族人民对周恩来总理的无限敬仰和深切怀念，西藏自治区党委决定出版《周恩来与西藏》一书。既给关心和研究西藏当代历史的朋友奉献出一份翔实的资料，也为我们沿着毛泽东、周恩来、邓小平等老一辈无产阶级革命家为西藏各族儿女开辟的康庄大道，顺利奔向 21 世纪提供一面历史的镜子。

1997 年 8 月，西藏自治区党委党史研究室主任马建国同志找到我，邀我参与《周恩来与西藏》一书的编辑工作，我担心水平不行，做不好误事，很有顾虑，后出于对周恩来总理的深厚感情，就很乐意地答应了。不久他约我一起介绍这项工作的总体情况和安排，他说:“《周恩来与西藏》是一部研究中共党史、研究西藏地方史、研究周恩来思想的史料书。分文献资料、讲话、回忆纪念文章、大事记、照片五大部分。由中央档案馆、中共中央文献研究室、中共中央党史研究室、外交部、中央统战部、新华社、国家民委、中共党史出版社、中国藏学研究中心、中共西藏自治区党政军各部门等单位以及个人撰稿共同完成。中共西藏党史研究室组织协调编辑、审稿工作。”这项工作已进行几个月了。我属中途介入，具体分工为两项：（1）整个书稿中涉及的照片收集工作；（2）马建国不在北京时（他常驻西藏）代表党史办与各部门、各撰稿人进行沟通联络。尔后，他从西藏自治区

《周恩来与西藏》一书封面

党史研究室开具了证明我参与此项工作身份的介绍信，这样我就正式投入这项工作了。

9月16日，我陪同马建国到中共中央档案馆资料室查资料，馆长沈正乐、局长张瑞智接见了我们。9月24日、25日我们到中共中央文献研究室去找资料，周恩来专题组鲁振祥主任接见了我们。9月30日到中央党史研究室，主任李传华接见了我们。10月5日到中央统战部政策研究室……我的记忆中这期间去中央档案馆和中央文献研究室次数最多，往来电话也较多。全是围绕出书的文章、讲话、资料、手稿等逐一作具体研究，听取领导和专家们提出的修改意见和建议。有的意见经我转告马建国，再将马反馈的意见转告他们。无论是我参加讨论的情况，还是接听电话，全部作了认真记录以备查，因为所谈都是很重大的问题，不得有半点疏漏。

关于收集照片问题，我根据马建国主任提供的提纲，去民族画报社、新华社调查，多数是在新华社查找。新华社的资料很全，各种活动，特别是高层会议资料很全，但他们的资料分开放与非开放两种，我们仅能在开放的范围内找。记得毛主席在天安门城楼上接见西藏自治区党委某书记的合影，曾交涉了3次都没有借到。党史办又要求每张画面上出现的人物必须是现在能宣传的，画面的构图、光线、角度、美观均须兼顾，所以难度很大，对画面上展现的人物，必须反复逐一鉴别，在众多本相册中经多次反复筛选，将倾向性意见发回西藏党史办，待他们认可后，再向新华社办理缴费印制手续。经我选的照片寄去3次，从60张中选出34张，最后出版时采用了27张，这些都是值得珍藏的很有价值的照片。

翻开《周恩来与西藏》一书，首页是一张周总理站在松树旁微笑的照片。周总理一身正气，鞠躬尽瘁为人民，他英俊潇洒，极富人格魅力，永远留在人们的记忆中，像西藏的格桑花永开不败。

《周恩来与西藏》一书，在西藏自治区党委的关怀及中央有关部门的支持下，经过编辑部及广大工作人员10个月紧张而又辛勤的工作，终于在周总理诞辰100周年之际如期付梓了。这本书由热地同志作序，选用的文献资料、文件电报，从1950年7月至1970年共43件；讲话从1950年4月27日至1964年12月共28篇；回忆纪念文章35篇，包括曾在西藏工作过的任荣、阴法唐、阿沛·阿旺晋美、帕巴拉·格列朗杰、陈明义、多杰才旦、巴桑等各级领导，各界名人以及方方面面的藏汉族同志，从1949年至1975年的大事记。这些资料记载着伟大的马克思主义者，无产阶级革命家、政治家、军事家、外交家，新中国第一任总理周恩来，对西藏工作十分关心，与西藏人民心连心，忠实贯彻执行党中央和毛泽东主席关于西藏工作的路线、方针、政策。从西藏和平解放到平叛改革，从民主革命到社会主义革命和建设，在西藏发展的各个历史阶段，每个重要关头，周总理按毛泽东的战略方针，运筹帷幄、统揽大局，代表党中央和国务院为国家统一、领土完整、民族团结、西藏经济的发展和社会进步，做出了许多重要的指示，解决了一系列重大问题，身体力行实践了毛泽东解决西藏问题的思想。上世纪50年代中期（1956年底）两次到印度三劝达赖回国，50年代末，60年代初，帝国主义再次掀起反华狂潮，西藏上层反动集团发动了叛乱，中印边境印度挑起战争。周总理与中央、国务院、中央军委其他领导一起，根据中央指示，指挥平息西藏叛乱，实行民主改革，进行中印边境自卫反击战。平叛胜利，百万翻身农奴当家做主，成立西藏自治区，实行民族区域自治；周总理主持制定了西藏各项建设的方针、政策，培养民族干部，“文化大革命”中保护了大批干部，从阿沛·阿旺晋美、十世班禅、帕巴拉·格列朗杰，到党内的张经武、张国华、谭冠三，以及大批知名人士，还抱病到飞机场接张国华骨灰……周总理对西藏的关怀，为西藏繁荣昌盛倾注的心血，为西藏人民幸福美好生活建立的丰功伟绩，即使以喜马拉雅山做笔，以雅鲁藏布江水为墨，也写不完，道不尽。回忆和纪念文章中，大家用亲身经历述说着周总理桩桩件件、实实在在鲜为人知的史实，读后感人肺腑、催人泪下。在今天周总理诞辰111周年，在西藏人民和全国人民欢庆西藏获得翻身解放50周年之际，确定3月28日为西藏百万农奴解放纪念日的今天，翻开《周恩来与西藏》这本书，仍然受益匪浅。这本书是缅怀周总理、学习周总理的好书，是爱国主义的好教材，是研究西藏历史，研究周总理精神极具价值的参考书。

2009年2月20日于北京

为西藏教育做的一点小事

一个由“老西藏”家庭发起，由援藏和支持西藏事业的各方支持的“阴法唐西藏教育基金会”，已经走过了10年的发展道路。

“阴法唐西藏教育基金会”原名“西藏江孜第一小学阴法唐教育基金会”，成立于1998年8月13日，2007年7月5日正式更名为“阴法唐西藏教育基金会”。最初启动基金26万元，历经9年，已达400万（含物资价值100万元）；受捐赠的学校为小学8所、中学两所共计10所，除拉萨中学外，其余分布在西藏自治区7个地市。2008年根据新收到的捐款又扩大3所小学，即亚东县小学、墨脱县小学、双湖县小学，共13所学校，现金500万元。

我们一家几代人，有在西藏工作多年的，也有在西藏出生的，因此和一些“老西藏”一样，对西藏怀有深厚的感情，把西藏视为第二故乡，“长期建藏”的思想铭刻在脑海中，总想能再为西藏做点力所能及的事。1998年，在家庭个别成员的提议下，经酝酿，把支援的重点对准了西藏教育事业。当年8月，趁我和法唐同志应邀参加西藏活动之机，专程绕道重访曾工作过多年的江孜。

我们原打算以祖孙三代捐献的16万元在西藏建一所希望小学，后来考虑资金有限和师资、管理等问题难以解决，因此改为

1998 年 8 月 13 日，和江孜一小学生在大礼堂前合影

将此款作为基金基数捐赠给西藏一所小学，设立基金会，吸收社会各界人士和单位献爱心的捐赠款，逐步扩大基金的数量。具体做法是，对基金专项管理，本金不动，仅使用通过稳妥的办法获得的基金正当收益，专项用于奖励学校的优秀教师、优秀学生及资助家庭困难的在校学生。这一想法，同县委领导及曾任江孜县委书记、后任日喀则地委书记的平措交换意见时，他们都一致认为这个办法好，并当即表示也愿意做贡献。日喀则地区和江孜县有关部门及上海援藏干部立即响应，很快也捐献了十多万元，加上我们家庭的捐款数，共 26 万多元。

关于基金会名称问题，平措书记建议，为了使当时捐赠的资金成为起点，争取更多的人和单位献爱心，可以考虑以“阴法唐”名义命名，大家都赞成这个提议。根据资金不多的情况，基金会设在江孜县，捐赠对象首选在西藏和平解放后创办的第三所小学——江孜县第一小学。

和平解放前，西藏在封建农奴制度统治下，农奴给领主当牛作马，人身都没有自由，更没有学习文化的权力。当时江孜大贵族办有三四所私塾，学生来自三大领主，僧侣、贵族、官家和商贾，目标是培养他们的接班人和亲信；学习内容不仅有利于三大领主，还带有浓郁的宗教色彩。总之，文化知识是三大领主的专利，文盲和愚昧禁锢着百万农奴，并世世代代维系着剥削阶级的残酷统治。江孜县是西藏贵族较集中的地方，很有代表性。它又是西藏抗英斗争的英雄城，是西藏人民进行反帝爱国主义教育的基地；中国人民解放军进驻江孜后，在西藏江孜临时分工委（周家鼎任书记）的基础上，1952 年 8 月 1 日正式成立了中共西藏江孜分工委（即地委），阴法唐任书记。我和法唐同志从分工委成立起直至分工委撤销与日喀则地区合并前夕，一直在那里工作了近 12 年。

江孜分工委成立后不久，为了让农奴从文化上翻身，就准备创办学校。但在西藏民主改革前，要办学校必须征得僧侣、贵族、官员的同意。而上层人士顾虑重重，既怕群众接触共产党解放军，更怕农奴子女有了文化知识动摇他们的统治，其中较多人一开始就持反对态度。分工委开展统战工作，对上层人士进行爱国主义、反对帝国主义的宣传教育，以及组织学习《中央人民政府和西藏地方政府关于和平解放西藏办法的协议》。经过学习，上层同意办学，也批准他们管辖的农奴子女上学。

1953 年 4 月 20 日，江孜第一所公办小学成立了，报名学生 100 多人，开始有些学生还是为贵族支派劳役差来的。学校分 3 个班，最初只教藏文，以后陆续增加其他课程。江孜小学是在中国共产党领导下在江孜地区创办的第一所现代意义上的小学，也是江孜地区有史以来第一次为广大农奴子女打开了学习大门的学校，它的诞生开始了新一代人的文化启蒙教育。45 年来，江孜小学在党的关怀下，经过一代代教职员工的艰苦创业，现已办成完小，师资、教学设备、校舍等各方面条件都粗具规模，在该校首先使用阴法唐教育基金，有着特殊的历史意义和现实意义。

当基金会筹措资金、基金使用原则、名称、选择学校等问题酝酿达成共识后，就着手草拟《西藏江孜阴法唐教育基金会章程》，办理社团法人登记手续，研究召开成立大会的具体事项。

1998年8月13日，“西藏江孜第一小学阴法唐教育基金会”正式成立，并对江孜县第一小学进行捐赠。捐赠大会在江孜县大礼堂举行，到会约1000人，大家像过节似的，穿着新衣服，把礼堂挤得满满的，会议在近百人组成的少先队员演奏的鼓乐声中开始。首先，少先队员上台给县领导和我们献哈达、戴红领巾。阴法唐同志讲话中，讲了看到江孜新变化后的激动心情，并赞扬江孜小学45年来为西藏培养大批人才所做的贡献。平措书记提议我用藏语讲话，我用藏语表达了祝贺和感想。会后，在学生的簇拥下，和孩子们共同合影留念。总之，大会开得很隆重热烈，我至今难以忘怀，尤其是少先队员给我戴上红领巾的殊荣仍萦绕心间。

这件事，很快引起国家教委民族教育司的重视。他们热情帮助修改了章程，张强同志在国家教委主办的《中国民族教育》杂志1999年第2期上以《老将军的西藏情结》为题，发表了介绍“西藏江孜阴法唐基金会”成立的文章。

2000年10月，我和法唐同志应邀参加“纪念西藏昌都解放50周年”庆祝活动。得知昌都地区实验小学的前身，就是昌都

阴法唐西藏教育基金会座谈会人员合影

解放后由昌都解放委员会决议、部队积极帮助支持于1951年1月创办的那所小学。这是中国共产党在西藏创办的第一所正规的实施现代教育的新型小学。它标志着不分民族，不分阶级、阶层的西藏民族教育事业的起步，标志着西藏现代教育事业的诞生。建校初期虽然新旧思想和制度并存，如准许学校早上念经等，但毕竟以贯彻新的教育方针为主，经过几十年的发展，昌都地区实验小学曾先后5次获得国家荣誉奖，从而引起了我们应以“西藏江孜阴法唐教育基金会”的名义为这所小学捐赠的想法。

我们将把此学校作为捐赠对象的想法向昌都地委行署作了汇报，经同意后，由昌都地区行署副专员王建同志帮助筹办协调运作。10月23日，“西藏江孜阴法唐教育基金会”向昌都实验小学捐赠仪式正式举行。阴法唐同志、自治区副主席兼昌都地委书记杨松、行署专员多吉次仁、行署副专员王建，专程从拉萨赶来的基金会副理事长刘强、四川的3位企业家以及全校师生员工参加了捐赠大会。会上阴法唐同志、杨松同志都讲了话。捐赠仪式结束后少先队员表演了文艺节目。

2002年8月，法唐同志利用去拉萨和日喀则的机会，根据自治区领导的意见，与自治区有关部门研究决定，仍以“西藏江孜阴法唐教育基金会”名义捐赠解放初期先后创办的拉萨市第一小学和日喀则第一小学。

8月27日，“西藏江孜阴法唐教育基金会”为拉萨市第一小学的捐赠仪式在拉萨市第一小学的广场上隆重举行，自治区党委、政府特别重视，杨传堂副书记和群培副主席到会指导，自治区各部门领导和拉萨市的领导都出席了会议，基金会理事长阴法唐和副理事长刘强、理事饶邦骥、阴建白也出席了会议，教育厅厅长吴英杰和阴法唐同志讲了话。

8月30日，“西藏江孜阴法唐教育基金会”为日喀则第一小学捐赠的仪式在日喀则市政协礼堂举行，地委书记、专员宫蒲光和行署、人大、教工委等领导出席了仪式，仪式上宫蒲光讲了话；“西藏江孜阴法唐教育基金会”副理事长刘强和理事饶邦骥代表基金会专程从拉萨前去参加仪式，并将30万元当场捐赠给日喀则第一小学，学校向刘强、饶邦骥敬献哈达，以示谢意。

关于扩大“西藏江孜阴法唐教育基金会”、更名及开一个大型捐赠会议之事，自治区除有的领导早就提出外，自治区白玛才旺副主席、教育厅宋和平副厅长2006年初又来北京同我们具体进行了商量。

2006年7月4日，我们夫妻俩从北京乘火车到拉萨，稍事休息就在区党委、政府的支持下与白玛才旺同志、自治区教工委马尔琼同志及教育厅韩志洪同志进行了酝酿讨论，决定基金会由自治区教育厅代管；基金会名称申报更改为“阴法唐西藏教育基金会”；对原来的基金会章程进行修订；建立健全基金会的办事机构；基金捐赠小学从4个扩大到8个（即增加阿里、林芝、山南、那曲的各一所小学）等等。

7月17日，经过七八天的筹备（包括吸纳捐赠款），“西藏江孜阴法唐教育基金会座谈会”在拉萨迎宾馆召开，会议由马尔琼同志主持，自治区四大班子和西藏军区领导及离退休的自治区老领导都有代表出席会议，并作指导，参加会议的还有自治区教育厅、民政厅、财政厅、林业局、农科院等有关部门和拉萨市市长等领导，各地市教育部门的领导及8所受益小学的师生代表，向基金会捐款的社会团体代表和个人及在拉萨的有关新闻媒体，以及阴法唐、我和肖飒等。会议首先通过了《阴法唐西藏教育基金会章程》，宣读和宣布了向基金会捐款的单位、企事业和个人名单；阴法唐代表基金会讲了话，白玛才旺同志代表自治区讲了话，江孜县第一小学白玛校长和受益学生代表次仁白珍在会上发表了感想和体会；自治区党委宣传部宣读了曾在西藏工作过的现在北京、成都等地的一些离退休老领导和上海、安徽等援藏联谊会和协会发来的贺电，西藏军区副政委叶万勇向大会致贺词；会议还向捐款单位和个人发放了捐赠证书。最后，在少先队的鼓乐声中由少先队员们给捐赠单位代表和个人佩戴红领巾、敬献哈达。会议因为学生代表参加等原因，会场气氛很热烈而且生动活泼。

当天下午，召开了“阴法唐西藏教育基金会”第一届理事会议。

2007年2月12日，自治区教育厅通知：基金会名称确定为“阴法唐西藏教育基金会”，财务已经正式审批银行账号；教育厅出任基金会人员名单已报自治区审批；阴法唐家庭成员参加基金会人选经咨询自治区民政厅后已做了确定。

2007年7月5日，西藏自治区民政厅正式批准颁发了《基金会法人登记证书》。证书写明法人代表为阴建白，业务主管单位为西藏自治区教育厅，基金会类型为非公募基金。

2007年8月24日，阴法唐携女儿阴建白进藏，根据基金会各种手续已齐备，加之又收到部分捐款的情况，趁参加当年西藏日喀则珠峰文化节之机，进行基金会的换届等活动。

8月31日，阴法唐、阴建白在拉萨出席接受企业家向“阴法唐西藏教育基金会”捐赠会。自治区政协副主席平措、自治区老领导桑珠、教育厅有关领导和工作人员及理事会成员出席了会议。

当天，“阴法唐西藏教育基金会”接着召开了第二届理事会。讨论修改基金会章程、今后发展方向、理事会成员补充调整分工等问题，并取得了一致的意见。

8月29日和9月3日，“阴法唐西藏教育基金会”分别向江孜第一中学和拉萨中学捐了款，日喀则地区教育局和自治区教育厅分别在江孜第一中学和拉萨中学举行了隆重的捐赠仪式。拉萨中学的捐赠仪式，区党委常委、自治区副主席吴英杰等领导和自治区教育厅领导都到会指导。这两次捐赠活动，象征着“阴法唐西藏教育基金会”走上了新的发展历程。

据不完全统计，向基金会先后捐款的有在西藏工作多年的老领导、老将军；有参加西藏建设的年青一代；有“老西藏”的下一代；有西藏军区及西藏和内地的政府部门、企业、社会团体及个人（他们当中有英籍、美籍华人和台湾同胞）。他们都是建藏、援藏和热心西藏教育事业的。

基金会从成立开始至今，电台、电视台、报刊等新闻媒体对捐赠活动陆续作了报道。

捐赠活动中有的事例很生动：如浙江宁波雄风御坊堂生物科技有限公司和《人民日报》市场信息中心得知西藏部分地区儿童缺钙较严重的事情后，立即组织货源，于2002年5月底由宁波雄风御坊堂生物科技有限公司总经理黄金宝率领他的“爱心车队”，用两辆车载10吨价值60万元的脑灵通维钙片系列儿童营养保健品，从东海之滨跋涉千山万水，横穿八大省区，把这批保健食品送到西藏江孜。“六一”儿童节当天，江孜县一万多名小学生收到了他们通过“阴法唐西藏教育基金会”捐赠的这份礼物（那曲地区也分享了一部分）。捐赠会开得很隆重。又如深圳海地印刷厂的侯波和屈顺发同志办的厂虽不大，却曾3次给基金会受益学校赠送小学生作业本（封面还印有藏文），折合人民币约6000多元，从深圳送到江孜。最近，他们得知基金会受赠学校增加后，又在赶印第四批赠送的作业本。

我们家庭倡议建立“阴法唐西藏教育基金会”，是尽“老西藏”和“老西藏后代”的一点微薄之力。基金会的成立特别是成立后，受到各级党组织和政府领导的重视、关怀、帮助以及热情的鼓励和支持，我们对此表示十分感谢，还要感谢那些无私的捐赠者，感谢那些为基金会默默奉献、无偿工作的人们；感谢新闻媒体的报道。正是由于各方面的合力，才引起了关心西藏、热心西藏教育事业的各方人士的共鸣，以致伸出援助之手，使“阴法唐西藏教育基金会”从无到有、从小到大地走到今天。今后的发展，更是要靠各方面的爱心。祝西藏明天更美好！祝“阴法唐西藏教育基金会”健康发展！

2008年11月于北京

圆 梦

2006年7月1日，新闻媒体报道了青藏铁路（格拉段）通车拉萨的消息。我们一家和好多老西藏一样，和西藏人民一样，奔走相告，欣喜若狂。青藏铁路通车拉萨，是包括西藏人民在内的全国人民的大喜事，几代人的梦想变为现实。此前，我们一家本来就打算乘北京至拉萨的火车去拉萨，当然更想坐首班车，而且新闻媒体也已透露出去。为了祝贺青藏铁路通车拉萨，为了向铁路建设者们致敬，为了与西藏人民同庆并分享喜悦，也为了圆梦，领略乘火车进藏的美感，我们决定乘火车进藏，并千方百计联系买票事宜。那时，要买到车票，很不容易，西藏在民族大学学习的一个学生，托我们买车票落空，不得不改乘飞机返藏。我们的车票直至7月4日才托人排队买上。一家人听说买到了车票，像批准应征入伍一样无比高兴。

7月4日晚，我们一家5人（我和法唐同志及一个女儿、一个孙女，还有秘书）乘T27次由北京直达拉萨的火车于21：30准时出发，向拉萨挺进。因乘火车进藏较稀罕，未能同行的子孙两代人全都争着去西客站送行。他们也想看看开往拉萨的新火车是什么样的，上车后这摸摸那看看，送行的人中有记者，忙着抢镜头，一会儿拍我们夫妻俩与家人的合影，一会儿拍火车上带有“北京—拉萨”的标志，大家都很兴奋。

告别送行的人后，我们同样觉得新鲜，把软卧车厢、硬卧车

2006 年 7 月与孙女们坐火车去西藏

2006 年 7 月，拉萨火车站留影

厢、硬座车厢（全是软座）、餐厅、洗漱间、卫生间等各种设施参观了一遍，车厢舒适美观大方，每个床位（含硬座）都装有供氧装置，每个车厢都装有海拔仪，随时可让旅客了解火车行走到什么海拔高度。我特意去观察了几次，看它显示的与地图上标的海拔是否一致。餐车的饭菜也是多种多样，还备有藏餐。我们虽带有食品，但还是特意去餐车品尝了火车上的饭菜，还点了一道具有西藏风味的“人参果沙拉”品尝。

整个行程只有 6 个停靠站，从格尔木至拉萨只有那曲一个站且只停 6 分钟，基本是封闭式运行。火车进入高原后，车厢立即统一弥漫式供氧，像宾馆里的中央空调一样使车厢内的氧气浓度比车外高，让一般人都感觉不到高原的氧气稀薄，同时在各个座（铺）位还给乘客准备了吸氧器，以供那些感到不适的乘客在自己的座位上随时可以方便地吸氧，这样，有了充足的氧气保证，高原旅行就可以轻松愉快地度过了。这次我们俩为了预防高山反应，稍微吸了一点氧，女儿、孙女和秘书没什么感觉，没有吸氧就过去了。

青藏铁路高原线路长，海拔高，气候恶劣，历来被称为“生命禁区”。过去从内地到拉萨一般需几个月，进出西藏之难，有民间谚语称：“到了昆仑山，两眼泪不干；到了五道梁，难见爹和娘；到了风火山，气息已奄奄（有的说进了鬼门关）；到了唐古拉，伸手把天抓。”还有的说：“一二三雪封山，四五六淋得哭，七八九正好走，十冬腊学狗爬。”当年文成公主远嫁吐蕃时，从长安到拉萨走了一年多。1951 年 18 军独立支队进藏时，从青海香日德出发，走了 3 个多月，死、伤数百匹牲畜。和平解放后，修了川藏、青藏公路，西藏发生了翻天覆地的变化。而要进一步使西藏社会经济文化兴旺发达，大幅度改善西藏人民的物质文化生活，促进西藏有特色的旅游事业的发展，增强民族团结，巩固国防、稳定边疆，还必须改写西藏交通史，改变地图上西藏无铁路的状况，打通从西北进藏的这条钢铁大动脉。

但是，谈何容易，在西藏修铁路问题很多，当然也不像美国火车旅行家保罗·泰鲁在《游历中国》一书中写的：“有昆仑山脉在，铁路永远到不了拉萨。”解放了的中国人民有胆有识，没有我们办不到的事。

修建青藏铁路是中国人民的百年梦想。孙中山在他的建国大纲里就说要修这条铁路。毛主席 1953 年作出批示，一定要把铁路修到喜马拉雅山下，50 年代不行，60 代差不多，再迟也不能超过 70 年代。1973 年毛主席在接见尼泊尔国王比兰德拉时提到他的修路理想：“青藏铁路要修，要修到拉萨去，要修到中尼边境去。”1974 年周恩来对铁道兵领导指示：“青藏线你们要抓紧上马。虽然我们的经济力量和科技水平还有差距，但我相信，只要有决心，我们共产党人就没有办不到的。5 年不行，10 年、15 年怎么样啊？”并具体提出 1980 年修到拉萨，最迟于 1982 年修通。邓小平接着批示，尽快论证，及早上马。青藏铁路两上两下后，1983 年他在北戴河听取时任西藏自治区党委第一书记的阴法唐汇报西藏铁路建设问题时，对修青藏铁路又作了肯定。此后江泽民批示修青藏铁路，胡锦涛批示提前通车，他们都根据国情、综合国力做出决策，国家投巨资，铁道部十几万专家、技术人员与职工和民工，经 5 年浴血奋战，在条件异常艰苦的雪域高原上，终于建成今天这条“世界屋脊”上的“天路”。

青藏铁路是世界上海拔最高、里程最长的高原铁路，沿线高寒缺氧，地质条件复杂，工程十分艰巨，修建这样一条铁路，不仅是对我国综合实力和科技实力的检验，也是对人类自身极限的挑战。我们的建设队伍仅用 5 年时间就建成这条 1100 多公里的高原铁路，既是人类铁路建设史上的辉煌篇章，也是世界铁路建设史上的奇迹。难怪美国冻土专家文森教授说：“青藏铁路是 21 世纪工程建设领域最大的成就之一。”有的外宾感慨地说这是

1990 年 7 月 12 日进藏时，孩子们到车站送行

“中国公共建设史上的一座里程碑”。

我们愉快地乘坐装有特殊装置和设备的“巨龙”，以高原铁路最高时速，行驶在有很多特点的高原铁路上，穿越昆仑山，走过可可西里大草原，跨长江源头，翻唐古拉山。历经一个个艰巨、雄伟、精细的工程，穿过冻土里程最长、最高的铁路铺架基地，最长的和最高的冻土隧道，海拔最高的唐古拉火车站。我们乘坐在威武的“巨龙”上，观赏着雪山巍峨、河流纵横、草原茫茫、湖泊遍布的美景，真是一路歌声一路欢。更使我们兴奋的是铁路沿措那湖畔运行时，能近距离地看见蓝蓝的湖水，也能看见美丽的野鸭，旅客抢着拍照，时而喊着：那边有羊，这边有牛，有的人数着不同颜色的牦牛数，有的拍大桥，有的拍隧道，多数人拍雪山，热闹非凡。沿途没有污染，没有喧哗，感受到对人心灵的净化。

青藏公路和青藏铁路走的基本是一条线，遇桥梁、隧道时分开行驶，经常能看到两条路并驾齐驱的景象。

当我静静地躺着时，想得很多很多，想起我于 1950 年 6 月从军政大学毕业时，主动申请从 12 军调到进藏部队 18 军 52 师进军西藏、解放西藏时，背着背包，顶风冒雪，忍饥挨饿，战胜高原缺氧的滋味，艰难行军，长途跋涉，两年多才到达目的地江孜。有的战友牺牲在途中，有的牺牲在修飞机场的工地上，再也站不起来了，他们的音容笑貌还留在我的记忆里。1951 年 5 月我参加修筑川藏公路昌都以东的达马拉山地段时，工具少，硬是肩扛背驮，肩背肿痛，晚上睡觉时更难受，但第二天还是接着干，有时还会遇上生命危险。我在工地上亲眼看见两名战士在修路爆破时，血肉横飞，献出了生命。想到修川藏公路时筑路大军忍受着高原缺氧的痛苦，缺少食品，身体严重透支，仍顽强拼搏，硬是打通了 14 座大山和建了 378 个涵隧道，架设大小桥梁 430 座，用 3000 多个年轻生命换来“金桥”。我还记得 1955 年夏天，从川藏公路乘汽车去内地送患心脏病的孩子途中走了一个多月，不是路坏塌方、桥被冲坏、河床改道，就是汽车坏，小修、大修，有时还要帮助推车。几次翻越高山时，小孩高原反应严重，嘴发紫，脸变青，憋气，不吃东西，光哭闹，直至下到山底孩子才开始笑了，我也松了一口气。当时公路两旁基本没有人烟，为解决过往人员的食宿，沿途设有兵站，但条件很差，仅有一两间空房，没床没卧具，多数时间是男女一块挤在地板上。有时车赶不到兵站时，就吃不上饭，喝不上水，大人可以忍耐，小孩喝不上奶，饿得直哭。另外汽车每天不停地开，小孩的尿布无法晒干，只好把尿布挂在车上，让风吹干，同行的同志们取笑说，我们坐的车上天天挂“万国旗”。当时我们乘坐的汽车是敞篷的，很冷，坐时间长了也很累，全身难受。

后来条件逐步改善，汽车改成有篷的，兵站添置了卧具，旅客不用自带被褥了，但一年四季的衣服还得带。川藏路得奔波十几天。走青藏路用时短，也得七八天。在内地休假期间补充的营养，增加的体重，在进藏的路上由于高原缺氧、旅途劳累、缺吃少喝，回到工作的地方就消耗得差不多了。

联想到这次修筑青藏铁路时十几万专家、工程技术人员和职工、民工，克服各种困难，奋战在高寒缺氧的工地上、隧道中，面对“生命禁区”的恶劣环境，他们一方面发扬“艰苦不怕苦，缺氧不缺精神，风暴猛意志更强，海拔高追求更高”的精神，另一方面坚持以人为本，坚持科学态度，攻克了一个个难关。他们为了战胜缺氧，做到背着氧气打洞，高度缺氧的洞子做到在弥漫式供氧条件下操作……工人高山反应实在坚持不了时，可单独去高压舱补氧，整个修建中做到零死亡……我断断续续地将这些情景描绘给孩子们听，让他们在享受现代化成果的同时，也要想到当年父母进出西藏时的困难情形，懂得今天的幸福来之不易，是一代代老西藏，几十万筑路人，多少生命换来的。

法唐同志在向孩子们介绍青藏铁路三上三下，现在建成来之不易时还谈到，二十多年来，他为修建青藏铁路问题，多次向专家和工程人员搞调查，会上提，向领导口头、书面汇报、请新闻媒体写内参帮助呼吁，等等。给我印象最深的是他 2000 年 2 月

12 日向中央写的《关于建议青藏铁路复工的情况报告》，及 2004 年西藏邀请我俩进藏参加“抗英 100 周年纪念活动”时，本可乘飞机，可他决定坐汽车从青藏公路进藏，基于三个目的：见证提高标准后的青藏公路，观察施工中的青藏铁路和了解提前通车是否可能。沿途他走走停停看看，同修铁路的领导、工程技术人员交谈，查看工地，同工人交谈，看望慰问职工家属。同年 12 月 16 日，他又上书中央《关于青藏铁路建设进程的有关问题》，中心意思是建议提前通车（原定于 2007 年通车）。这一报告交上去后曾培炎副总理很快作了明确批示：2005 年铺轨到拉萨，并拟于 2006 年 7 月 1 日实现全线通车。12 月 29 日、30 日，胡锦涛、温家宝同志先后在曾培炎同志的批示件上批示：同意。最近还有一件事，就是我们商量要乘火车去西藏后，法唐于 2006 年 5 月 15 日对来访的记者说，他要乘头班火车回西藏，并说：“乘火车回拉萨也是实现诺言和圆梦。”总之，法唐同志无论是在职时，还是离开工作岗位后都十分关心西藏的建设事业。

7 月 6 日，我们经过 47 个多小时的列车生活，以满意和快慰的心情平安地回到了我们的第二故乡——西藏自治区首府拉萨，受到以自治区党委常务副书记、人大主任列确同志为首的自治区党委和政府、西藏军区领导代表及新华社西藏分社正副社长为代表的新闻媒体和老战友的欢迎。

当西藏和全国人民庆贺半个世纪梦想成真的今天，我更想到一直关心这条铁路建设的老一辈革命家们，他们如能活到今天，亲眼看看这美好、幸福的情景，特别是如能坐火车平平安安地到西藏，实现他们的预言，该多好！记得毛主席曾说，西藏火车不通，我睡不着觉；周总理未能到西藏，特让邓颖超大姐转告西藏同志他想念西藏的心情；邓小平同志没实现到西藏的愿望，带领全家人在深圳世纪公园内仿造的“布达拉宫”前留影，表达自己关心西藏的心情，都是非常动人的。

青藏铁路通车后，乃堆拉口岸恢复、林芝机场通航，全国“西藏热”已成气候，西藏各种不同于内地的风土人情，使旅游者大开眼界，不仅吸引国内游客，世界友人也频频光顾，据说仅两个月，游客就多达30万，创历史新高。不仅带动了内地与西藏、青海与西藏各方面的发展与交流，更带动了沿线的经济发展。西藏迎来了全面大发展的新机遇。

祝西藏明天更美好！祝西藏人民幸福安康！

2006年9月9日于北京

1998年进藏日记

——参加电视剧《西藏风云》拍摄活动

难以置信曾在西藏工作多年的我，竟然在1970年突然缺氧休克，昏迷不醒。抢救苏醒后，生活难以自理，肝肿大8厘米。没想到能奇迹般地活到今天，每当回忆起当时的情景真是感慨万分。

1980年法唐同志接受重返西藏任务时，原决定让我同行。因担心历史重演就没去。两年后，在众多人的劝说下，抱着试试看的心情，曾冒险去了一次西藏。初期很不适应，重复1950年进藏时的情况，高山反应很强，难受，胸闷，喘不过气。当时以为这一关闯不过去了。不过现在条件改善多了，加之在内地工作8年，身体已恢复，底气足。经过一周后，头脑开始清醒，逐渐好转，可以正常学习、工作、生活了。兴奋的心情难以言表。曾自信地高呼："西藏我又回来了。"1984年进藏出差，还是有高山反应，不过时间很短就过去了，后来胆子越来越大，凡是有重大活动，我都会单独去，或陪法唐一起去。从1981年起，曾先后进藏12次，两次坐汽车、一次坐火车，多数乘飞机。停留的时间，少则半月，最多停过一个多月。常有同志问起，你们年龄这么大了，不在家休息，常去西藏干什么？我回答，不是游山玩水，是走走、看看、听听，感受西藏新变化、新面貌。

就说1998年吧！电视连续剧《西藏风云》即将在拉萨开拍

时，摄制组来电话，邀请法唐同志去拉萨参加开机仪式。我们一行4人于8月1日抵达拉萨，住进宾馆。有十余位同志来看望我们。下面是这次进藏的日记摘抄。

8月2日

又有几位同志来看。上午自治区法院副院长达娃来。还用多半天时间与自治区吉普·平措次登副主席（原江孜宗本，和平解放后任过江孜行署副专员）见面。主要谈他家庭历史演变，他本人成长过程，对共产党的认识转变，参加革命后各个时期的情况。

8月3日

上午到自治区政协，看望了委员金中、才旦卓玛、陈汉昌，副秘书长边巴次仁等。在看望金中副主席时，他讲得时间较长，主要介绍西藏和平解放前的情况，昌都解放前后西藏地方官员的思想状况。

下午，看望旧西藏贵族出身的得门·雍中卓玛（第一代藏族播音员、藏文老师）

下午，与吉普·平措次登继续交谈。

与当年山南“穷棒子”互助组组长次仁拉姆（左一）交谈

8月4日

去自治区人大，看望女活佛桑顶·多吉帕姆、吉普·顿珠平措，工作人员李高寿、殷宝琪等。

到工会、共青团、妇联、新华社机关看望上班的同志们。

8月5日

上午驱车到山南专区（这个专区是叛乱分子盘踞、围困、骚扰的重灾区）。首先到凯松谿卡参观。这个谿卡本是保留的领主庄园，被叛乱分子破坏严重，仅剩下少许残壁……还参观了农民上、中、下三种不同户的生产生活情况。

看望了山南军分区、科委同志。

看望全国人大代表、山南结巴乡互助组组长次仁拉姆（她是西藏第一个穷棒子互助组的带头人），向她了解当时带头成立互助组和发展情况及遭叛乱武装破坏等情况。

8月6日

驱车到隆子县，当天下午，看望驻地官兵。

接着到列麦乡，全国人大代表、列麦乡党委书记、乡长仁增旺杰介绍了该乡的情况。列麦乡有519户、2264人、1098个劳力，土地2834藏克，羊2518只。1997年产粮319万斤，油菜51706斤，人均收入1629元。有一所完小，一所民办学校，学生275人，入学率96.8%。妇女有文化的415人（总数1141人）。

列麦乡过去受三大领主压迫，十四世达赖喇嘛的母亲的庄园也在这里，达赖外逃时曾在这里住过。这里曾有两个国民党时的国大代表，一是僧人土登次仁，四品官，是督察委员；一是僧人单真当巴，是立法委员。

曾经包产到户，1985年恢复5个队，当时有10个企业，每年收入30万元，修了电站，全乡除了4户外，都通了电。全乡三分之二人家能看到电视，家家用电做饭，6分钱一度电。

现在准备集中力量抓教育，抓精神文明，新建三所民办小学组建了一个宣传队，每年望果节演节目，自编自演，穿上新衣服演。改变以往只是在去寺庙朝佛时才穿新衣服的习惯。

计划：1. 有人说乡里有铁矿，拟请专家来勘查，确定后开采；2. 说野桃可嫁接，请专家来传授；3. 采矿；4. 药材方面有贝母、雪莲、红景天等，也请人帮助运作。

乡宣传队还为我们演出了节目。

8月7日

上午从隆子县返回泽当住所，看望地委、人大、政协机关同志，见到山南政协主席尼玛普次时，她说叛乱时进步头人被叛乱分子烧杀得厉害，有的全家被烧，有的被活埋、剥皮，而后拴在马背上在地上拖，寺庙也被破坏，如噶举派原有1000多名僧人，现仅剩20人。叛乱武装把解放军一个班围起来，一个一个地打，全班人都被打死了，班长也死了。过去的历史要好好记住，教育下一代。

他还说："我们经常看到你（指法唐同志）的文章，你对西藏很有感情，你对西藏有发言权。你还为我们办了件大好事，江孜本根却珠毒打学员旺钦平措事件处理后，凡是参加工作学习的人，一律免差和免交人头税，我和全西藏所有参加革命工作的同志及学员都解放了。"

下午看望地委宣传部召开的宣传部长座谈会全体成员，法唐应邀讲话。

8月8日

由山南地委张副书记和一位秘书长及桑日县副县长陪同去桑日县桑林村。

8月9日

告别山南地区领导去日喀则地区。上午先到浪卡子县。这个县海拔4700米，原属江孜分工委管辖，现划为山南专区管辖。这个县是江孜到拉萨的必经之路，我曾7次走过这条路，三次住宿过，一次是孩子患心脏病去内地治疗，住在换马站的房东家。1990年是随中央代表团来这里慰问，随卫生部林佳媚等同志参观了县妇幼保健设施，同他们一起在雪山合影留念。我同西藏陪同团带队的副主席吉普·平措次登同坐一辆车，在翻山时我们的车同一辆黄河牌的大车相撞，车前玻璃碎了，吉普·平措次登同志的眼镜撞碎，鼻梁出血，幸好没出更大问题。

我们看到县机关盖了新房，群众也盖了很多新房，面貌变化很大。据县里介绍，群众看不到电视，为活跃文化生活，县成立了宣传队，有女演员 6 人，男的 12 人为乐队，含笛子、杨琴、二胡、手风琴。每年轮流到 16 个乡演出，有一个电影队，编制 4 人，每个乡一个月放一次电影。县有一所中学，一个完小。一个乡有一所小学。

县人大主任次旺多吉，56 岁，是江孜专区仲吉林卡政训班的学员。我们见面后谈了他离开学习班后的工作情况。

阴法唐与当年蹲点处村民、房东合影

下午到推乡推村（法唐平叛改革时的蹲点处）看望这里的群众和房东。推乡在浪卡子县的西南角，海拔 5400 米，同去的同志多数都感到坚持不下去，那里可能是西藏工作组蹲点最高的点。以牧业为主，村附近有少许农田。因事先没通知，群众都到牧区放牧了，就见到村长和房东。村长才旺说，阴书记 1959 年在这里调查研究蹲点三个月，住在土房里，以后又随牧民搬到帐篷里。当时工作组在这里进行爱国主义教育、阶级教育，开展“三反两利”活动，进行社会主义前途教育，搞好生产、生活等。群众缺粮食，专门从江孜县卡卡区加工粮食给我们送来，对我们帮助很大。工作组干部跟着牧民上山放牧。当时阴书记与群众同吃同住，一块干活，到羊圈拾粪，到牧场去帮助解决草场纠纷。虽然离边境近，但群众思想相当稳定。1959 年叛乱时，群众一个也没外逃。

阴书记对当年房东的子女说：“我在这里时，你家对我帮助很大，你母亲觉悟提高得很快，在诉苦会上你母亲表现很好，诉苦时声泪俱下，起了带头作用，我们工作组很受感动，大家也很受教育。我现在印象还很深。那时你父亲放牧很少回村，接触少，你今天特意赶来看我，很感谢。你们要继承父母的好思想。”

从推村去日喀则地区江孜县时路过浪卡子县达隆镇所在地，稍事休息。见到该乡老乡长局白，他说他是 1959 年在江孜政训班学习的学员，现年 64 岁，在白居寺学习的，4 年后是第一任党支书记，同他们一起学习的有 5 人。现任乡长多吉坚真 60 岁，是 1959 年 10 月 9 日去学习的，学了 45 天，4 年后入党，当支部书记。在校学习无神论，从猿到人、阶级教育等。返乡后发动群众，斗争领主，搞土改，也入了党。这个乡曾去江孜政训班学习过的共 20 人（其中女的 2 人），现已去世 6 人。

因在沿途停顿，到江孜县时间较晚，没估计到江孜县组织学生举行欢迎仪式（穿演出服装，打鼓吹号），让孩子们等得好苦。为此事法唐同志向平措书记提出了批评，今后再也不能这样做。从此这种事再没出现了。

8 月 10 日

江孜虽然海拔 4000 多米，因我们曾在这里工作过十几年，估计不会有什么问题，没料到刚从海拔更高的地方不停地活动到江孜，高山反应就大了。头晕、呕吐、胸闷不适，不能起床，浑身没劲，休息了一天。

8 月 11 日

上午下着小雨，参观帕拉庄园。这个庄园距江孜镇 2 公里，庄园所在地班觉伦布村，始建于 1937 年，1955 年建成，是大贵族帕拉的庄园，其二儿子帕拉·旺久住在庄园。庄园建筑宏伟壮观，冬房夏室，应有尽有。有奴隶房、处罚农奴的刑具、关押农奴的地方、管理人员办公房、酿制青稞酒的房子、粮库、牲口圈。据统计共有大小房屋 82 间，住房面积为 5357. 5 平方米，加上前、中、后三个院落，总面积 4. 7 万平方米。总之，这个庄园在江孜贵族中算大的、完整的、高级的。土改期间江孜分工委为了保留一个完整的封建庄园供后人参观研究，特意留下这个庄园、全部财产封存，房屋没有分配。1994 年西藏自治区确定这里为爱国主义教育基地；1996 年被列为自治区级文物保护单位。帕拉庄园作为西藏唯一保存完整的贵族庄园遗址，每天都有来自世界各地的人参观。它向人们展示着西藏沉重的昨天，在那里可以清楚地看到当时的领主怎样生活，奴隶怎样生活，又能看到现

在《西藏风云》开机仪式上

在翻身解放的奴隶，现在的农民又是怎样过上幸福生活的。现在庄园内设有展厅，展出领主所用的各种物品，绫罗绸缎、现代高级用品，展现出他们的整套生活，也展现了奴隶低矮的小屋。

我们这次主要看了奴隶住宅遗址，还看了一家奴隶现在的新居，即现年77岁的奴隶尚莫，和平解放前织氆氇，他当时已婚，算奴隶中的中等户，有一间住房，夫妻俩加孩子共3口人，因夫妻都是朗生，没有土地。尚莫说他现在家发展到10口人，住的房院，比土改前的大差巴、小贵族还好，有马车两套、奶牛7头、绵羊13只、山羊4只，院子二层楼，楼上7间，楼下7间，儿媳生6个小孩，5女1男。孙子扎西是木匠，孙女得吉务农，其余四个在上学。内地学习两人（山东、河北），拉萨上学两人

2001年8月5日，江孜留影

（农牧学校、拉萨中学）。

我们还看到过去属于园主帕拉旺久的一栋高楼大院很突出，几里路外就看到了。下面是奴隶住的小平房，而现在多数家都盖有高楼大院，一家比一家好。按高度已经分不清哪栋是领主帕拉的住房了。

下午参加江孜县老干部座谈会。出席会议的有县级领导 4 人，区级领导 14 人，共 18 人。平措书记讲了话。

阴书记讲话，他说，今年来西藏参加《西藏风云》电视剧开机仪式，顺道去山南看了看，今天来江孜主要是来看望大家，听意见。江孜工作从过去到现在发展很快，这是第一、二、三代领导集体领导的结果。江孜县的工作有些在西藏全区来看都属前列，江孜的发展也可说是西藏发展的缩影，看到江孜的发展就如看到西藏一般。江孜战略地位很重要，是交通要道、商业城。国际上都知道江孜是个英雄城，所以成立分工委。从 1951 年至今 40 年，经过了曲折道路。《十七条协议》签订，我们到西藏是和平解放，担任守卫边防任务。江孜重要，在旧社会西藏地方政府也很看重，如设冲基，给英帝（后印度继承）支差，贵族多，大庄园多，六大管家管庄园，白居寺是西藏的重要寺庙之一，杜仁格西在全藏财产是最多的。这里若发生大事，外面知道得很快，外面发生大事这里知道也很快。群众受苦大、受苦多，要革命要建设，江孜的成就与在座的同志分不开，与各条战线同志做出的重大贡献分不开。了解帕拉庄园的过去，就了解了旧社会。我们都是党员，要用马列主义理论指导我们的革命，我们过去的工作，没你们的支持、帮助、参加，不可能有今天的成就。

阴书记还说："江孜人民觉悟提高得很快，工作组到普马江塘看几位老人，他们说：'过去天天只看见天、地、草、牛、羊，经过学习才知道是我们养活领主，要造他们的反，天天讲过去不行，忘记也不行。'1954 年江孜发生大的水灾是历史没有的，以后也没这么大，没饿死人，没人逃跑。1983 年特大旱灾，区干部难受，说没做好工作。'老西藏精神'不光是表现在进藏干部，也包括在藏工作的你们。对于‘老西藏精神’，我写过一篇文章，最核心的是长期建设西藏，全心全意为西藏人民服务。‘老西藏精神’也是逐步发展的。内地来的在藏只有几个月也要长期建藏，从长远考虑，百年大计。1904 年英帝侵略西藏，签订不平等条约，英国的特权后被印度继承。1954 年我们已来江孜 4 年了，印度应该撤军，签了协议还不撤军，驿站也没撤，1954 年江孜发大水，把他们冲走了。1983 年天大旱，年楚河水断流，县委平措书记大胆提出炸神山，书记站在水中分水，丢卒保帅，解决年楚河两岸大旱，105 个队增产。也和大家相信共产党，相信县委分不开，江孜派人到内地购化肥，增了产，可是，别的地区有的不相信科学，把化肥丢到水中，我们这里精神不错。大家退休后继续为人民干点事，很好。我们调内地后，对西藏感情仍然很深，‘四人帮’整我，在福建、山东干了几年，又叫我回西藏工作，我很高兴，很敬佩大家。毛主席在西藏工作上没有错误，有说‘左’的，有说右的，我写了文章批判他们。”

8 月 12 日

上午向土改工作队李维发同志了解重孜二乡土改工作情况。

向江孜人大副主任吉律了解康马县曾在仲吉林卡政训班学习过的学员名单。据吉律同志回忆，康马县曾在江孜分工委政训班学习过的县级干部共 4 人：平措书记、人大副主任次仁、纪委书记格桑、副县长吉律。区级干部 14 人：次旺、次旺甲波、降村、扎西、巴桑甲波、次仁群单、次尚、普布、郭杰、土登、边巴扎西、达娃旺堆、尼玛次仁、旺钦平措。

下午召开江孜县老基层干部座谈会。到会共 8 人。大家见到阴书记都很高兴，各自讲了自己的成长经历，当干部过程，工作情况，现多数都退休。他们都是土改运动中的积极分子，在分工委政训班学习过，提高认识后回到乡里入党，当乡干部，工作表现很好。个别同志谈到“文革”期间被误解，错斗错关，均已平反，重新工作了。现在晚年都很幸福，他们的结论是，有了共产党才有了太阳。

晚上，约见康马县康如区区委书记旺钦平措，他是 1957 年 9 月 15 日参加共产党机关工作和学习班的，因而本人没给头人支差（由其妻顶替支差），被其主人本根却珠喊去毒打得遍体鳞伤。他被学校抢救出来后，向上申诉，西藏自治区筹备委员会最后判决，代理人本根却珠向其赔礼道歉、赔偿医药费，并决定免去西藏全区各族人民参加国家机关工作人员、学员的差役人役税的决定。这件事震动了全西藏，也是在西藏民主改革前对封建农奴制度根基的小触动。这次见面后，旺钦平措很激动很感谢，重述了当时被毒打经过，以及现在的工作生活情况。

阴书记听完旺钦平措述说后，对他当时受的苦表示同情和慰问。对这件事的处理结果和在全藏起的作用表示高兴，对他当时敢起来斗争的精神表示钦佩，并表示要向他学习。

8 月 13 日

上午参加成立“西藏江孜第一小学阴法唐教育基金会”，捐赠仪式，我们全家三代人共捐款 16 万元，江孜县、地委、上海援藏干部捐 10 万元，共 26 万元。大会有机关干部、师生、群众共约 800 人参加，开得很隆重。

阴法唐讲话，他说：我和李国柱今天参加会很激动、很高兴，我们俩曾在这里工作了十几年，同大家共同战斗，有深厚的感情，我们的孩子也在这里出生，取了汉藏团结的名字，决心长期建藏。调回内地后，也仍然想念西藏，今天看到江孜变化很大，旧貌换新颜，很高兴。江孜一小是共产党进入江孜后办的第一所学校，也是全藏第三所小学。当时办学很难，斗争很复杂，学校发展到今天很不容易，为西藏培养了不少人才。现在一小培养的人才，全藏各处都有。希望大家为江孜的团结、富裕、文明做贡献，为英雄城增光添彩。

下午参加江孜县的五大班子座谈会。阴书记发言重温历史，讲了国际国内形势，分析西藏形势。格桑县长介绍县全面情况。

参加江孜统战人士座谈会。

我去参观江孜宗山抗英展览，到白居寺政训班遗址与同学们集体拍照留影，找土改工作组李维发同志继续了解重孜二乡土改情况，以及现在江孜群众生产生活情况。

晚上观看县宣传队演出节目。

8 月 14 日

上午：参观新江孜市容市貌。参观江孜第一小学；参观江孜人民英雄纪念碑并留影。

下午：启程去日喀则地委，途中办两件事：

（一）阴法唐到重孜一乡，到乡政府了解民改期间被处决的现行杀人犯、反动代理人康沙·扎巴次仁及有关情况。

（二）我了解曾参加重孜二乡民改后变化情况，约见乡长，老房东锁朗吉巴和参观他家建的新房。看到群众普遍盖了新房，原乡名已不存在，与邻乡合并。

8 月 15 日

上午：法唐参观扎什伦布寺。下午，法唐参加专区政协座谈会。

下午：我到日喀则地委档案室借阅原江孜分工委政策研究室交来的调查报告（当时我是政研室干部）。

晚上：法唐看望日喀则军分区团以上干部，并讲话，主要讲了国际国内形势，并勉励大家为巩固国防再立新功。

8 月 16 日

原计划去谢通门县考察，因涨大水路不通，改为法唐、我、秘书在档案馆抽看原江孜分工委交来的档案。法唐看全面工作及南尼乡蹲点调查报告。我继续看原分工委交的我和其他同志当时翻译的抗英材料、我在亚东嘎林岗乡蹲点时写的报告。并经地委批准，复印抗英、政训班和关于乡干部调查报告。

8 月 17 日

上午：继续看档案。

下午：法唐参加地区五大班子座谈会。阴书记讲话并鼓励大家艰苦奋斗，再创辉煌。（略）

8月18日

返回拉萨。

晚上：约见统战部部长桑珠和佛协副主任生钦活佛。

8月19日

上午：约见《西藏风云》电视剧剧组成员，谈情况，参加的有导演翟俊杰、西藏广播电视厅副厅长张小平、西藏自治区党委宣传部副部长马如龙。

晚上：参加《西藏风云》全体演职人员大会并讲话，法唐鼓励大家从西藏实际情况出发，克服困难，发扬“一不怕苦，二不怕死”的精神，争取圆满完成拍摄任务。

西藏军区领导来招待所看望法唐同志。

8月20日

上午：在西藏军区会议室座谈，西藏军区胡永柱政委向阴政委全面介绍各方面工作情况。蒙进喜司令员介绍情况。法唐同志最后说了很多感想和鼓励的话。

下午：参加18军老干部座谈会（包括党、政、军、人大、政协的老干部），听取了老同志的发言，听取了郭金龙书记的发言。最后法唐同志说，过去在西藏工作时感谢各位老同志的支持帮助。老同志们过去对西藏革命建设做了很大的贡献，有的献出了终身，献了青春献儿孙，现在大家还健在，祝大家健康长寿。希望老同志退休后继续坚持马列主义、唯物主义，不搞唯心主义，不信封建迷信，坚持无神论，发扬“老西藏精神”，发扬光荣传统，自尊自爱，共同为建设社会主义新西藏而努力。

8月21日

接待个别来访人员，江孜医训队学员。拉萨市城关区旺堆多吉谈情况。

8月22日

拉萨过雪顿节，机关放假。我们也休息，同李海英医生一起转转八廓街，看看市场繁荣情况。

8月23日

参加西藏自治区党委扩大会，阴法唐同志向党委、政府、人大、政协、军区五大班子和有关部门领导座谈。

我参观拉萨市度假村。

中午在法唐身边的原工作人员家吃自家包的山东饺子。

8月24日

上午：我到西藏人民广播电台看望从北京中央人民广播电台民族部调回西藏的旺堆、索朗、昌决等8位同志。大家见面后特别高兴，喝着青稞酒载歌载舞，大家又像回到北京时一样。

下午：拜访全国人大副委员长、西藏政协主席帕巴拉·格列朗杰。法唐同志在1950年昌都战役结束后，就认识帕巴拉了，当时他才9岁，一起开会时拿着法唐的钢笔玩耍。几十年的老朋友了，相见有说不完的话。帕巴拉主席现在汉语讲得很好，他们可以直接对话，不用翻译。

晚上：西藏自治区政协在政协大院设欢迎晚宴，宴请我们一行。席间帕巴拉主席、法唐同志都作了热情洋溢的讲话，气氛特别好。法唐同志80年代曾担任第三届西藏自治区政协主席。

8月25日

到西藏自治区科委参观太阳能推广、使用情况。回住地后又有几位同志来访，并和有的同志一起看望西藏政协副主席郑英。

8月26日

整理、加洗照片。张小平同志来谈有关电视剧《西藏风云》的事情。

城关区旺堆同志谈情况。

8月27日

阴法唐和纪开河秘书由区党委副秘书长陪同查阅有关档案。

李国柱访《西藏日报》、自治区妇联，谈北京某机关要求组织编写《西藏妇女史》的有关问题找资料。到“一江两河”办谈有关问题。

8 月 28 日

上午：法唐去自治区档案局看资料。我去自治区统战部座谈见了部长桑珠、阿塔、克珠同志。

下午：参观拉萨啤酒厂、圣地矿泉水厂、拉萨市证券市场。

8 月 29 日

退掉套房，搬入标准间，可节约开支。纪秘书提前回京。

8 月 30 日

上午：热地书记同法唐谈话。

8 月 31 日

上午：我去西藏军区总医院看病。

下午：到原区党委院、布达拉宫观看电视剧《西藏风云》拍摄现场。

9 月 1 日

上午：吉普·平措次登讲抗英故事。

9 月 2 日

上午：看江孜抗英资料。

下午：继续看资料，整理照片。

9 月 3 日

上午：继续看资料。

下午：统战部桑珠部长谈本人成长过程、江孜专区政训班学员表现情况和问题。

9 月 4 日

上午：吉普·平措次登讲抗英故事。

下午：法唐看望区党委宣传部同志，并讲话。我去看望老战友次仁卓玛、拉珍、钟颖等。

9 月 5 日

拜访上层人士拉鲁、拉敏和自治区人大朗杰副主任、高世珍副主任。

9 月 6 日

上午：阴法唐看望热地书记、郭金龙书记、杨传堂书记、陈汉昌副主席。

下午：看望江措主席、普多吉主席、龚达西副主席、丹增书记、普穷副主任。

9月7日

丹增书记陪同看望藏医院强巴院长，他已双目失明。

丹增书记宴请我们，并要求几位老同志一起。我通知了邮电局次仁卓玛、扎西旺姆，宣传部甲措副部长、潘多、拉珍、拉布。都是过去部队、江孜、拉萨曾在一起工作、一起学习过的。多年没在一起聚了，特别高兴，其乐融融。

9月8日

法唐准备讲话稿。

我观看即将上演的电视剧《拉萨往事》。

9月9日

上午：法唐继续写讲话稿，我继续看《拉萨往事》。

下午：拜访统战部。

9月10日

去墨竹工卡县县委住地附近贫困户家拜访，中午在县里用餐。1952年我们部队曾在这里驻防过。这里曾经留下我们青春美好的回忆。（结婚时住房）旧房子已找不到了，我们在县委院外照了两张合影，作为对墨竹工卡县的留念。

电视剧专题片《新中国》剧组来藏拍片。我们在电视台工作的女儿阴建白也随剧组来到拉萨。

9月11日

法唐和我及女儿建白参加拍《新中国》片西藏部分，在拉萨河对岸的柳梧乡附近的柳梧沙滩上，来来回回拍了整一天，也被太阳晒了一天，终于完成了拍摄任务。也体会了一下拍电视的难受、辛苦滋味。

9月12日

法唐继续写文章。

邮电局次仁卓玛同志领着我穿过拉萨市大街小巷，看望曾在江孜专区工作过的老同志、老朋友，他们是桑珠部长、贵族桑竹林夫妇、贵族扎西旺多夫妇。

9月13日

上午：法唐接受西藏电视台采访。我接待来访朋友高世珍、古桑确吉、贵族拉敏。

下午：参加《新中国》剧组拍电视到晚8点。

9月14日

参加这次来西藏主要活动之一的电视剧《西藏风云》开拍仪式，会议在罗布林卡举行，自治区领导热地、郭金龙等都出席了。剧组全体演职人员也出席了，他们都着剧装。大会上热地书记、法唐同志、翟俊杰导演在会上讲了话。会后我们同剧组同志合影留念。

这部电视剧实事求是地、客观地记录了我党经营西藏16年的不平凡历史，是经得住历史考验的精品，可是从构思、创作、拍摄、播出经历了种种波折、艰辛。我坚信人民群众的判断力，金子是会发光的，时间越久远，越能显出它的历史价值。

时至今日，我们已胜利完成这次来西藏的各种任务和活动。

9月15日

从拉萨返回成都。当晚向陈明义司令员汇报这次拉萨之行的情况和见闻。

9月16日

在成都西藏自治区干休所召开曾在藏工作的省部级领导座谈会，阴法唐同志向到会同志介绍了这次西藏行办的几件事：

（一）参加电视剧《西藏风云》开拍仪式。全面介绍该剧创作拍摄中的各种曲折情况。并说导演讲话很激动，全场落泪。

（二）与区党委等五大班子座谈。

（三）平叛改革40年，原想仔细调查，没有来得及，只搞了些零星材料。

（四）40周年、50周年即将来临，从各方面了解的情况不少，希望老同志正确宣传西藏。

现在老西藏的第二代、第三代也有不少在职的。西藏变化很大，发展很快。特别是内地干部去分片包干后，更明显。

9月19日

返回北京。从8月1日抵拉萨，9月15日返回成都历时45天，重温高原生活，满载亲情友情而归。尽管紧张、累点，看到了各地变化情况，记满了厚厚的两大本，今后慢慢回味。心情很愉快、很满足。

2009年2月10日整理

家事

酸甜苦涩细品味

以往不少同志问及我的婚姻情况，我都采取了回避的态度。今天，时间已过去半个世纪，一切都成了历史，重述无妨。

我与爱人的结合是在雪域高原，战火纷飞的年代。没有我们共同解放西藏之行，就不存在这段奇缘。在那种特定的历史条件下，部队一个女战士在婚姻这样的平常事中，也会引来常人难以想象的特殊处境、遭遇和离奇的小故事。

初　识

那是1950年夏，得知党中央为解救西藏受苦受难的同胞，号召各兄弟部队支援18军进军西藏，时逢我在重庆合川12军军政大学刚毕业正等待分配，立即响应进军西藏号召，申请调入18军，成为12军100名进藏女兵之一。我们10人被分配到18军52师，这个师是解放西藏昌都的主攻部队。7月组建了“52师政治部康藏工作队”，任务是参加昌都战役，主要搞战勤工作。我们被分到这个队，能有机会参加这个战役锻炼，觉得特别高兴，特别光荣。大家也下定决心迎接艰苦考验。

我们这个队由30名女同志组成，其中一半是进军大西南先后参加工作的，三分之一是四川解放后参加工作的，除队长已婚，多数是十七八岁，少数是二十几岁的未婚女学生。由于52师长期处于战争状态，除文工队有女同志外，机关没有女同志，我们这批女同志的到来特别引人注目。刚到部队后不久就听一些同志讲：这些女兵进藏是为了解决部队干部战士的婚姻问题的。这些说法与我们志愿申请进藏，解放西藏受苦同胞的远大理想格格不入，大家听后很扫兴，并反对这种低俗的非议。女兵们总想用埋头实实在在工作的实际行动给舆论以回击……部队在驻四川眉山进藏前，领导组织康藏工作队集体学习民族政策、藏语文时，52师政治部主任周家鼎作报告时，就专门讲了部队的婚姻法。最初大家不理解，认为首长为什么向我们讲这个？说明当时部队对这个问题很关注，限制大家谈婚姻问题。

昌都战役结束后，52师师直机关留驻昌都镇，11月康藏工作队宣布撤销，队员全部分配到各部队机关，我被分配到52师政治部组织科工作。大约1951年初的一天，科长刘月亮突然找我谈话，话题很多，最后说："关于你的个人问题，是怎么考虑的？"我回答说，我有个人问题，今后在领导和同志们的帮助下，一定很好克服改正。科长感觉我没理解他的意思，谈话暂告

1981年，与老战友刘月亮夫妇合影

结束。第二次他又找我谈话，问了同样的问题，并指明“婚姻问题”，我当即表示，我是到西藏来干革命的，不是来谈这个问题的，况且我还年轻，今后有的是时间。第三次谈话指明目标——是52师的阴法唐副政委（又称四号首长）。之后，机关已婚的两位女同志也找我谈此事。这件事来得这么快、这么突然，出乎我的意料之外，思想斗争很激烈，怎么办？这是终身大事，不好草率从事。找了两位要好的大姐商量，同时立即给父母和当兵的兄妹去信商量，最终我被阴法唐政委的人格魅力所吸引……正如领导和同志们介绍的“阴政委是个好同志，文武双全的优秀干部，为革命做了很大贡献”，这样就有了基础。

平地起风波

我们这一批女同志被分配到机关后，给机关增添了新鲜血液的同时，也出现了不少新鲜事、趣事……可以说是众目睽睽，特别在婚姻问题上，有一点小动静，大家都在私下嘀咕。刘科长找我谈话的事似乎进行得很秘密，其实知道的面已很宽了，弄得我很不好意思。

1951年5月6日，我去参加修筑川藏公路昌都达马拉段，工地距机关十几里远。在工地干活两个月后，阑尾炎急性发作，医生说急需手术，并说“开刀必须有有关人员同意”，我说刘科长是我的领导，他批准就行了。其实医生有意给我出难题，想催促我尽早公开我和阴政委的关系。医院设在工地附近的寺庙内，住院期间法唐同志曾派警卫员给我送了一封信、一点茶叶、约半斤白糖。这本是要好同志间很正常的生活小事，可是却引来了大祸，记得那是1952年初，52师直属机关在太昭搞三反运动（反贪污、反浪费、反官僚主义）时，有的同志给我贴大字报，说：“李国柱你要老实交代，你在昌都住院期间四号首长派人给你送了什么东西，这就算贪污，是对人力最大的浪费。”我参加革命后，没经历过这么大的运动，还贴大字报，好像我犯了什么大错误，吓得抬不起头，赶快写了个小字报回答，同时将我在太昭晒衣服时，不慎丢失了一双军鞋、一条军裤，无奈请法唐同志支援的这个情节也写在小字报上，如实谈了情况群众才罢休。

谈恋爱期间，互相接触见面机会并不多，更没有一块外出走走、逛逛、看电影等行动。但是人非草木，多次见面后，相互加深了了解，共同语言多了，逐渐有了一定的感情。需要明确关系时，我提出两个条件，如要结婚必须：（1）全西藏解放后，部队到达应到的目的地（我们在进藏路上走了两年多）；（2）我入党后。他支持我的意见，我很高兴。

1951 年 5 月 23 日和平解放西藏办法的协议签订后，1951 年 5 月 25 日毛主席命令部队向西藏和平进军。8 月份，法唐和陈子植副师长从昌都带着部队往太昭进军，而后为开展地方工作，组织机关工作队、文工队、电影队、医疗组等，到 9 个宗访问，历经一个多月才回师直机关驻地太昭。我随政治部同志一块行军，10 月 2 日从昌都出发，翻几座大雪山，行程近千公里，11 月 7 日到太昭住下。我在机关正常工作。1952 年部队三反运动结束时，我被师政治部评为团功。

3、4 月间拉萨发生了伪人民会议事件，反动分子武装包围中央代表张经武住处，请愿、闹事，拉萨气氛很紧张，形势很严峻，西藏工委、西藏军区命令 52 师立即向拉萨周围靠拢，以便应对不测。我们师机关司、政、后全部开到拉萨附近的墨竹工卡县，进入战备状态。

4 月 15 日，张经武通知达赖喇嘛，必须立即撤销指使操纵闹事的司曹（代理司伦）鲁康娃和洛桑扎西两个反动人物的职务，4 月 27 日达赖喇嘛宣布撤销了他们两人的职务。5 月 1 日，西藏军区和噶厦宣布伪人民会议为非法组织，并将带头的阿乐群则、达娃等 50 人逮捕拘押。拉萨形势逐步缓和，并开始向好的方面转化。

突 变

5 月初，西藏军区决定部队整编，52 师番号和师机关撤销，除少数人留部队到军区工作和准备成立各军分区外，多数干部集体转业开展地方工作，转到江孜、日喀则、山南等地，由组织部门制定人员调配方案。同时，领导通知现已经谈恋爱明确婚姻关系的同志须向组织报告，以便制订分配方案时予以照顾，可分配在一个地区。据此，我们也向组织报告了，这样一来我原打算必须完成两个条件才结婚的计划只完成了一个（西藏解放了，但 1956 年我才入党）。只能在此紧急情况下匆忙把婚事办了。

那是组织上已确定法唐去江孜做地方工作的 1952 年 5 月 5 日下午，部队整编正在紧张阶段，刘月亮科长突然从司令部写了条子说："李国柱同志，你下班后到司令部来一趟。"我意识到是办我和法唐两人的婚事。我去司令部后，没举行什么仪式，就是在首长小伙房吃了一顿晚饭，参加的有几个首长（从未见过）、刘科长，加上我和法唐共 6 个人，好像伙房做了五六个菜。一位领导说了几句话，大家也没多说，我更是低头没说话。当晚住在法唐约 4 平方米的小房子里，床是用木箱支起来的单人床，约一米多宽，什么也没有，仅一床单人军被，两人用，还盖不过来，这就算洞房。做梦也没想到这样就算结婚了，这么简单就算办完终身大事了！窗户外面还住着保卫他的警卫员。次日，我很早起床，从司令部回到政治部机关。同志们又故意开玩笑似的审问我，老实交代，你昨晚去哪里了，干什么去了。我只能羞愧地向大家介绍了经过，并认罚。立即拿出一个月的全部工资（共四块大洋），到街上买了 20 多颗印度的无纸包的水果糖，分给大家表示心意，也算是喜糖吧！

高原蜜月

由于我参与了52师整编方案的编制工作，组织临时决定调我到司令部办公室去工作，具体是画表格、抄写名单等，在司令部干了七八天，工作就结束了。法唐奉命向新调岗位目的地江孜进发，途经拉萨领受任务，再去曲水。我与他同行，加上两个警卫员，我们一行四人，雇了群众四匹马驮行李、书籍、食品。从墨竹工卡县到拉萨走了三天，一边走一边说话，看看沿途的麦地、村庄，晚上借住民房，睡在地上。警卫人员因担心有突然情况，行动来不及，就睡在我们附近。吃的是干粮或糌粑，没菜。有一个警卫员懂得体贴首长，向群众买了几个鸡蛋，煮给他吃。从结婚起到到达江孜的一个月，我们两人几乎天天、时时都吃住在一起，形影不离，类似度蜜月。群众借给我们住的地方是天井地，没房顶，天天晚上睡在地上可以数星星、看月亮。一路上因为社会情况复杂，两个警卫员一直紧跟着，我们说话行动都很拘谨。

到拉萨后，军区政治部领导很关心，安排了一间房（据安佩同志讲，这是他们机关的办公室，特意腾给我们），有一张双人床，这算我们俩结婚以来第一次睡双人床。住了几天，法唐向军区、工委汇报工作、领受任务，组织含山南在内的江孜地区，成立中共江孜分工委，法唐任书记。领受任务后前往曲水52师教导大队传达。几天后，法唐自己先去江孜了。

是苦还是甜

当时机关同志中结婚的少，怀小孩的更少，对机关这种新鲜事物多数同志不理解，个别的有嫉妒情绪，讲怪话，把气往女同志身上撒。女同志怀孕后，没任何特殊照顾，要求同男同志一样，怀孕四五个月，领导还派去参加生产劳动，种菜、施肥、种树、秋收、赛球、跑步……至于妊娠反应大，男同志更不理解、不体谅，还看笑话。

夫妻合影

我结婚后各种新问题接踵而至，有的是反常的，虽不愉快，也说不出口，只好忍。特别是那些不成文不合理的规定，如吃饭，法唐配有炊事员做饭，但是我无权在家中用餐，必须去大食堂吃，生病也得坚持去大食堂打饭。住，只能是周六才能回家。其实当时我所在的机关仅有两位女同志，机关离家仅5分钟的路程，但平时也得住集体宿舍，坚持到周六才能回家。记得有一次法唐去拉萨开会，途经山南了解情况，拖了3个月才回来。多日没见面了，我多回家去了几次，也是人之常情，可是有位同志在党小组会上正式向我提出，要照顾好首长的身体，按制度办事。我虽难接受，也不好解释。即便回家，由于白天工作忙，多是晚上加完班才走，当时社会治安不好，既无手电看不清路，还担心有人打黑枪，提心吊胆。法唐住处日夜有人站岗。门岗警卫这关有时也难处，有时弄得很尴尬，让人啼笑皆非。真是在矛盾中过日子。

老大出生后，因为机关集体宿舍小，孩子、保姆挤不下，又无法喂奶，只能迁到法唐处住，在家住自然会给他的工作人员增加不少负担，他们对我照顾还不错。只因互相理解不够，引来一些不愉快。因工作人员主管法唐的工资等，有些事他不同意就难办。如当时我的工资低，只够支付保姆工资，孩子开支大，买糖、奶粉、果汁等东西，要用法唐的钱，工作人员不乐意，说用得太多太浪费；我的衣服无处放，他不准放在法唐箱子里；我有了思想问题需给法唐讲讲，他听后有意见正式向我提出，说你的思想问题只能去机关汇报，不能影响首长休息……诸如此类意见等等，让我难以接受，眼泪往肚里吞。按西藏的谚语讲“站起来碰着头，坐下来碰着屁股”，左右为难。

怀孕后，在工作上遇到的新问题也让人为难。记得在统战部工作时，有一次贵族家请客，与男同志一同骑马（当时没公路不通车）去赴宴，我已怀孕 8 个多月，因为是工作，也得坚持去。途中马跑得很快，宴会结束返回后，因运动剧烈，我腹痛难忍，已开始流血，胎儿有早产迹象，请医生看后服药，休息几天后才停止流血，保住了小孩。

1956 年，在拉萨留影

当时西藏财经纪律规定不准在街上买东西，特需的也要经组织批准。女同志怀孩子后营养补充是个大问题，当时想吃菠菜、水果却成了奢望。给孩子喂奶本应加强营养，也难办，只能靠吃大伙房的饭，也没法加餐，幸好大食堂炊事班老班长懂得体贴女同志，如有时给有小孩的女同志多添半勺菜，这虽非大事，心里却觉得很温暖，在当时来说是很大的安慰。油水多才会有奶，孩子才能少哭，这本是起码的常识。

当时生孩子，买不到小孩衣服，只能学着做，买点印度来的花布（没通汽车，内地的运不来），先在纸上剪个小样再做，衣服、裤子、帽子、鞋子、袜子，棉的（里面放羊毛）、单的、毛线的样样全得自己做。至于其他难处就不再赘述了。

50 年代，当时规定产假休息 40 天，我实际在月子里就不断接待统战方面来访的客人，得不到休息。正式上班后更忙，给孩子喂奶也不便请假，有时只能在开会时，边听会边给孩子喂奶，很狼狈。外出工作时经常不能按时回来喂奶，孩子饿得大哭、大叫，保姆只得用酥油调糌粑糊糊喂她。

由于江孜海拔太高（4010 米），孩子不适应，大孩子 10 个月就患先天性心脏病和高原性心脏病，需尽快送内地，但我又不忍心分开。当时我又有孕在身，身子重，走不了，组织部门决定由去内地上学的藏族干部拉珍同志代劳随江孜送小孩队伍一块送走。第二个孩子生在 1954 年江孜大水灾时，当时法唐在拉萨开会，幸好得到领导和同志们的帮助，才死里逃生，保住了母子性命。这个孩子 10 个月又患高山性心脏病，需立即送内地，领导决定由我去送，我乘坐汽车经一个多月的颠簸才回到内地，孩子的病好转了，我们母子却要忍受长期分离之苦。怀第三个孩子时，原本坚决不生，但因多种原因，才无奈地生下来。这个孩子生在回老家的轮船上，得到船领导鼎力相助，才顺利脱险。可是产后刚满月我的假期就到了，不得不将孩子交给奶妈和我母亲。不料途经成都时我突然患病，住院开刀三次（鼻、喉）。因无亲人签字，请西藏驻成都办事处领导来签字时，他们说不认识我，只能代表组织签了字。手术后严重感染，很危险，困难一个接一个。至于病中无亲人探视照顾，更无人协助购买营养品等，也只能忍着。幸亏医院技术好，抢救及时，才脱离危险，没出意外，可喜的是总算保住了生命。

我在西藏结婚、生育中遇到的难题，是高原女战士遇到的共同难题，有的女战友比我更苦更难。一句话，做女人难，在高原做妈妈更难！

1956 年党号召晚婚、晚育，是对妇女的最大关怀，我举双手拥护，可惜我没赶上这班车，庆幸的是使我从此摆脱了再有孩子的拖累，避免了各种干扰，可以全身心地投入工作、学习。尽管长期忍受思念孩子之苦，但有繁忙的工作寄托，获得了工作中的乐趣。

孩子们没有享受到家庭的温暖，让我很愧疚，这也是当年西藏干部的苦衷。她们幸好得到保育院、学校老师母亲般的呵护，德、智、体发展很好，让人欣慰。这得感谢组织和老师们。

随着时间的推移，西藏两条公路通车，实行休假制，机关已婚的人数增多，各种条件改善，很多原有成文的或不成文的规定早已不存在，或已冲破。已婚夫妇生活中的困难已大为减少。现在既通飞机又通火车，内地有什么，西藏的市场就有什么。过去那些问题已成历史，有些只能作为笑柄了。

光阴似箭，日月如梭，几十年相濡以沫，风雨同舟，坎坷过后平坦道，迎来艳阳苦中笑。庆幸现在我们两人都算健康，并都在奋力笔耕，预祝携手迎百年。

2009 年 5 月 5 日于北京

洪水无情人有情

1954年7月17日凌晨，我突然被很强的尖叫声惊醒，开始以为是有人在唱藏戏，细听觉得不对，又听见男同志急促地喊："水来了，快，快"，我立即穿衣往外走。我部部长木玉亭和他爱人罗宗英牵着我的双手，不停地说"快快快!"从二层下到底层，因没灯凭感觉觉得大门已被水冲开，不走已不行了。我们三人刚出门时水深只到脚面，3分钟后水就渐次升到了小腿肚子、大腿肚子、腰部、胸部，水势越来越大，往哪儿去呢？木玉亭部长镇静了一下说，咱们往宗山走吧，那里地势高点。我身子太重（已怀孕8个月），水的冲力又大，实在走不动。他们夫妻俩左边一个，右边一个，架着我的双臂，又拖又抬，木部长个子高些，罗宗英同志矮小，负担我这样胖重的"两个"人，真难为他们了。沿途到处都是人的叫喊声，上游的冲击物不断地往身上撞来，我们三人慢慢地在水里走着，因水到胸部压得喘不过气来，水又冷得刺骨，全身冻得发抖，真是寸步难移啊！可能走了40分钟左右，才到宗山脚下，使劲往上爬到半山坡停下。不久，同志们和老百姓都三三两两陆续聚集到了宗山上，我突然看见益西卓玛同志也来到了，见她只穿了一条裤腿，从惊慌的情绪中似乎还未转过神来。同志们都在呼喊着，打听着熟悉同志的名字。罗宗英同志耐心地守在我身边问长问短，怕因水的刺激出现早产等情况。要不是当时木部长夫妻俩奋力相助，很难设想自己能从

建白满月照

洪水中逃出来。每当想起江孜水灾，他俩救我的情景就浮现在眼前，心情久久不能平静。

洪灾前的江孜很美，村庄里有树有庄稼，还有金黄的油菜花。可今天，我们看到的只是一片白茫茫的激流泥水，宽几千米，一望无际，水中漂浮着各种大大小小的杂物和人与动物的尸体。宗山周围的房屋经几小时浸泡已疏松，几分钟或十几分钟倒塌一座，百姓有的被压在屋里死去或伤残，有的爬到屋顶，屋塌后全家仍困在水中；有的虽已逃出险区，又因回去拿东西或捞水上飘浮物，被淹死。分工委机关工作人员有游到高坡屋顶的，有来回游着救人的，救百姓的文工队员李亚成多次冒着生命危险和其他同志一起救起了数十名百姓。解放军机关和一个连驻扎在江孜大桥附近，离宗山较远，他们全体出动，英勇、机智、舍生忘死地奋力抢救人民的生命财产，打捞遇险群众。水灾后，江孜城区除宗山周围有点房子，宗山背后白居寺坡上的房屋完好外，其他建筑基本倒塌，只剩下贸易公司、社会部、医院。昔日繁华的西藏第三大城市江孜，顷刻间被洪水破坏得惨不忍睹。

这次水灾是色旺湖湖水上涨造成的，7 月 17 日凌晨水头到江孜，下午 5 时才消退至雅鲁藏布江，造成严重水灾，仅江孜、白朗沿河两岸被冲毁的大小村庄就达 170 个，受灾 301 户，16180 人，淹死 691 人（不包括印度兵营），淹没耕地 64810 藏克（包括冲毁的 13320 藏克），倒塌房屋 10074 间，淹死大小牲畜 7679 头（只），其他财产损失无法计数。这是江孜乃至西藏历史上从没有过的特大水灾。驻江孜的部队、机关也遭受严重损失，住房大部分被冲塌，其他损失无法统计。

印度驻江孜商务代理处及兵营（继承英帝侵略衣钵）、医院也遭遇洪水冲击，房屋及各项设备全被冲走，所属 200 余人（包括雇员）全被洪水冲走。经我们抢救，救活了一名军官和 10 名士兵，他们全光着身子，无衣无食。我们本着人道主义精神，生活上给予了妥善安置，发给衣被及日用品，后被印度政府派人接回。印度总理尼赫鲁为此事曾致电周恩来总理表示感谢。根据中印双方签订的协议，印度驻江孜商代处及兵营按原计划应在 10 月底撤离的，这次水灾使他们提前全部撤离了。

7 月 18 日，西藏工委发出救灾紧急指示，要求分工委把救灾当中心任务抓，分工委立即成立了救灾办公室，木玉亭为常务负责人，组织干部投入救灾工作，工委抽调 20 多名干部支援救灾。8 月，中央发出慰问电并拨款，驻藏部队、机关干部战士在供应十分困难的情况下，纷纷捐献救灾物资，内地有的也发来了物资救援。分工委还用以工代赈的方式修筑了日江（日喀则—江孜）公路、江亚（江孜—亚东）公路。经过一年多的救灾工作，共发口粮 73 万多斤，物资 9718 件，帐篷布 2496 平方米，贷放种粮 4 万藏克（每藏克约 28 斤）；农具折银元 15000 余元；修房 4174 间，还修水磨，扶持商业、手工业，给灾民减免税和划拨土地579藏克。“以工代赈”修路，中央拨了300万银元。这些措施，使灾民得以安全过冬，没出现冻死饿死的，恢复了生产，重建了家园，农村又重新恢复了活力，大家都一致感谢共产党、毛主席和解放军的恩情。

机关除部分同志抽去救灾，其余全部投入紧张挖掘抢救文件、档案、物资、粮食及个人财物的工作中。抢粮食的同志每天扛着裤腿粮（没口袋，用裤子代替）跑来跑去，没房住大家又开始住帐篷，部分住房屋的，也是20多人住一间，像煮饺子一样睡地铺。基本没菜，能保证有饭吃就是万幸。

水灾期间，我丈夫阴法唐在拉萨开会未归，同志们帮助我从压塌的房子里抢出被子、衣服及准备的婴儿用品，由于产前缺营养，小孩生下来瘦得脸像老太太，头骨上的缺缝很大，长期长不拢，平时有一块肉，现在每次洗头时会掉出来，洗完头再将这块肉塞回去，医生说做手术难度很大。因为奶水不好，营养跟不上，孩子的抵抗力极弱，一次孩子病重，高烧、呕吐，差点出大问题，还是拉萨来江孜救灾的儿科主任谢成范把她救活的。这些我都永记心中。因孩子出生在大水灾后，我们盼望一个新江孜能很快出现，故给孩子取名叫“江沙”，即建设新江孜之意（江即江孜，莎是藏语“新”之意）。1998年夏，我们夫妻俩再次来到江孜时，一个新的江孜展现在我们眼前，真要感谢为它付出辛勤劳动的建设者们。“江沙”一名所包含的我们的心愿果然实现了。

我们原想让孩子长大后参加建设江孜，从小比较注意加喂酥油糌粑使她能适应高原，没想到，她刚10个月就患了高山性心脏病，全身浮肿，医生的意见是立即送走。领导非常关心，决定由我送回去。途中每次翻越大山时，总是险情大发，抢救了几次才缓过来。从江孜骑马7天到拉萨，再转乘汽车，因公路未全通，走走停停，停停走走，共走了一个多月才到成都。

一路上，因车整天行走，小孩尿布无处晒，只得挂满车身，车开动，尿布飘动，大家称它为“万国旗”；每次车停，大人需方便，将小孩丢在厕所附近地上，孩子小坐不稳，倒在地上爬，弄得满脸满身是泥土，逗得大家好笑，称她“泥娃”。到了内地氧气充足了，她才开始有了笑脸，可在以后20多年的时间里，我们母女大多数时间只能在照片上相见了。

怀念母亲

2008年是我母亲诞辰100周年，不觉她老人家离开我们已整整27年了。每当想起我苦命的母亲，心里就特别难过。

我母亲名陈淑华，是四川宜宾人，因家境贫困，没钱上学，不识字。自幼在家随家人劳动干家务活。学会了一套女人应具备的“嫁妆”——针线活和做饭的好本领。16岁就出嫁，是个爱劳动、勤俭持家的贤妻良母，婚后曾有过一段短暂的富裕生活，生有四男三女。父亲失业后，游手好闲，脾气暴躁，很少过问养育孩子的事，全家的生活重担全压在母亲身上。她在乡镇上起初做寄卖行生意（卖旧衣物品）约两三年，抗日战争胜利后，外省来四川逃难的人返回故乡后，镇上人口骤减，做不下去了，改为经营面食小生意，用她勤劳的双手，起早贪黑，辛辛苦苦养活着一群孩子。

记得当时雇了两个帮工，但她仍事事亲自干。母亲一年四季天不亮就背着背篓，去集市买上菜后，背着沉甸甸的菜筐回家。有时还带着国权妹妹一块去，白天忙着买菜、做菜、卖面食，跑前跑后，忙碌一天，累得腿都肿了，晚上躺下就起不来了。由于孩子多饭量又大，母亲经常为我们吃饭发愁。我们吃饭多数是吃咸菜、素菜，很少有油荤，有条件时每月吃一次肉菜或有时吃一些客人剩的残汤剩菜。住得很简陋，全家共三张床，父母大人睡床，我们小孩睡地铺。穿得基本能遮体，但冬天从来没穿过棉衣

李国柱与兄弟姐妹

裤。晚上兄妹几人围着一盏煤油灯、菜籽油灯（后为电灯）复习功课做作业。生病时没钱买药就硬扛着。三哥、国权妹生病时，母亲曾亲自背着他们到几十里外治疗。三哥患伤寒时，母亲就抽自己的血抢救……记得我 8 岁时患疟疾发高烧，烧得天昏地暗，语无伦次，全身无力，身体虚弱，拖了十几天，就喝点土茶硬挺过来了；10 岁时得了急性阑尾炎，因没钱治拖成慢性，是参军后在部队医院开刀才给治好的。家里生活最困难的时候，大人曾采取过三种办法：一是把我和三哥两人过继给亲戚朋友，以获施舍。三哥过继了两家，我过继了一家，姓谢的，改名换姓作为干女儿，定期去他家收取他家女孩不穿的旧衣服，三年后我将名字改了过来；二是把 13 岁、小学未毕业的大哥送到工厂当学徒，可以减少一个人吃饭；三是把我们兄妹五人送进专为抗日救亡儿童设立的“振济小学”，免费上小学和幼儿园。家庭在这般困难情况下，母亲仍能坚持让我们姊妹俩上学，这种开明之举在当时极为罕见，我永远感谢我亲爱的母亲！是她给了我宝贵的生命，是她千辛万苦养育了我并供我上学读书识字，掌握了科学文化知识，捧着母亲赐我的铁饭碗，我参加了革命，学习了为人民

1957 年 12 月与母亲摄于四川宜宾，孩子们将离开姥姥前去成都西藏保育院

服务的本领，没有共产党领导人民翻身解放，没有母亲的养育之恩，就没有我今天的一切。

解放前夕，家里经商资本被国民党抢劫一空，面食生意做不下去了。两个小弟弟因交不起学费而辍学，以摆地摊卖旧书、物品，挑煤卖为生。另一方面，令母亲特别高兴的是，共产党既让妇女得到真正的解放，又让她成了三个革命军人的光荣军属（国樑兄、国权妹和我三人参加了解放军），她还积极参加街道居委会工作，经常戴着红袖章值班，从她胸前戴着光荣花微笑的照片中，看出她辛苦一生，在党的阳光照耀下，幸福终于降临了。她常听党的话，她的七个孩子三个去参军，三个上山下乡。

我母亲心地善良，为人宽厚，干活认真，不怕脏不怕累，有做饭的好手艺；对子女要求严格，教育我们要刻苦学习，做老实人，说老实话，热爱劳动。我们兄妹若是违背父母要求，处罚很严厉，记得我们地扫得不干净、衣服洗得不干净、针线活做得不细，她都要求重做。

母亲还乐于助人，在亲属和邻居中口碑不错，当时我们家庭生活够紧巴的，她还经常关照亲戚邻居中相比更贫困的人。如抗日战争时期，她将外省逃难来四川的一对丧夫失父的母女接到家中共渡难关，这个女孩如今已是省级干部了，仍念念不忘我母亲的养育之恩。

随着时光推移，我们兄妹成家生子，母亲又承担起轮流协助我们兄妹养育下一代的担子。母亲对子女的无私奉献与关爱，既温暖了我们这一代，也惠及我们的下一代。如 1957 年最多时她一人照管了三个孩子。一是我的小妹，还有我不适应西藏高原生活的两个孩子。记得我去四川看她时，正值夏天，住房简陋不通风，又无电扇，孩子热，母亲不停地给三个孩子轮流挥动扇子，自己累得大汗淋漓。当时她不仅操劳三个孩子的吃穿、教育，还得为 6 个人做饭买菜洗衣服，劳动强度相当大，累得人很瘦。我看后实在心疼，下决心将两个孩子接走。十二月将她们送往西藏自治区驻成都幼儿园，以减轻母亲的劳累……可是我们兄弟姊妹多，这家孩子带大了，另一家孩子又接上了，她对子女都一样关照，所以总也闲不下来……

可她老人家劳累一生，没有享过福，身体严重透支，患有多种疾病，最后死于癌症，73 岁离我们而去。当时我因工作忙，不便请假。她病危时未能前去尽孝送终，深感愧疚。她走后，我感到非常悲痛，在卧室里摆放着她的照片，天天瞻拜她，以寄托我的哀思。我曾两次去四川宜宾为她扫墓，还让孩子去扫墓。现在我们兄妹一切条件都改善了，孩子辈也工作有收入了，可她老人家却没福气同我们共同享受好日子，这是永远难以弥补的遗憾。

母亲虽然走了，但她的影子经常浮现在我的脑海里，她那勤劳、刻苦、善良、助人为乐、为儿女无私奉献的精神和美德，永远留在我的记忆里。在亲爱的母亲诞辰 100 周年之际，特写此文以表怀念之情。

2008 年 9 月于北京

“妈妈你为什么爱哭?”

我从《首批进军西藏的女兵们》一书的来稿及向当年西藏军区、八一小学、保育院、工委小学的老师们了解中得知，西藏和平解放后，中央处处为西藏人民利益着想，中共西藏工委和西藏军区严格执行毛主席的“进军西藏，不吃地方”的指示，为了不增加西藏物资供应的负担，决定在四川建立进藏军政干部子女的培育和教育基地，仿照当年延安保育学校的模式，先在重庆后迁成都，相继建起了西藏军区系统驻后方的保育院和八一学校，以及西藏工委系统驻成都办事处的保育院、小学，以解除进藏干部的后顾之忧，培养好革命事业的接班人。早在1955年，北京中直机关就派了富有经验的二十多名幼教师资队伍来支援西藏工作，并以此为骨干力量，在成都办起了正规的保育院，后办起正规的子弟学校。进入保育院的婴幼儿中，大部分是早期进藏的同志的子女。

进藏初期物资十分贫乏，加上高原气候恶劣，对婴儿成长不利，西藏工委、分工委组织部门决定将大多数孩子送往内地，在当时没有公路和汽车（部分有公路汽车），一批批刚刚出生只有几个月或顶多也只有两三岁的婴幼儿靠人背马驮，翻雪山、跨江河，跋涉数千里，历时几个月，从西藏被送到内地，这些孩子少数投靠亲友代养，大部分送到成都西藏保育院。

当时保育院分大、中、小班，小班的每个孩子有一个保姆，生活能自理的在大班，配有正规的保教人员，一切按正规保育院方式培养孩子，满入小学年龄的，由保育院统一办理转入学手续。

孩子升入小学后，老师既管教学，又负责孩子们的身心成长，如讲革命故事和开展文娱体育活动，尤其是教育他们如何做一个对革命对国家有用的人，辅导作业等。生活方面有生活老师指导打扫卫生，整理衣物，学校还配有帮助孩子洗大件衣服被褥的同志。保校学生身着统一制服（各班颜色不一），过着严格的半军事化生活，按成都市统一教材教学，把马列主义、毛泽东思想的基本观点融入教学中，教育孩子勤奋学习、强壮体魄、大公无私、团结互助，长大了为人民服务。

上世纪五六十年代，西藏的干部职工未享受定期的休假制度，一般有机会出差去内地才能顺便看看孩子，捎点东西，这是少数情况，大多数情况是按时给孩子所在保育院或学校寄钱。当时父母与孩子长期分离是天经地义的事，“父母干革命，子女交给党”，孩子不在身边，父母能安心建藏。但父母同子女间感情疏远是难以弥补的，这也是老西藏“特别能忍耐、特别能奉献”的一个重要侧面，孩子们缺乏亲情、感情也是他们特殊经历不可避免的磨难。孩子们听得最多的称呼是“叔叔”、“阿姨”、“老师”，而对“爸爸”、“妈妈”很生疏。大一点的孩子老师教他们给父母写信，有的家长回了信，没回信的孩子闹情绪，在地上拾一张纸，说是妈妈来信了……学校每半年给家长寄一份孩子的成绩通知单，含照片、学习、品行、身体等情况。家长对此很重视，有的天天拿着看。

在保育院（幼儿园）、小学工作的同志非常辛苦，他们一切为了前方，又当爹又当妈，白天随时看护孩子，晚上值夜班查铺，给孩子盖被子，孩子生病老师也得陪床，把学校当自己的家，把孩子当自己的孩子，不让孩子出事。孩子不准随便出校门，外出游玩由老师带队，孩子手牵着手，以防出意外，管理很严格。正因为有了这个温暖的后方，有这一大批奉献爱心的人精心照顾边疆人的子女，才换来成千上万的父母安心在边疆工作。

我们的3个孩子都是在保育院（又名幼儿园）工委小学（也有八一小学）长大的。一个一岁多送去，另两个两岁多、三岁多送去。她们虽在同一个保育院，由于送的时间不一样，编班不一样，互相并不认识，更无往来，也分不清谁是亲姐妹。

孩子送进保育院后，我们没机会见面，想念时只能看看照片，或等着看学校半年发一次的书面通知单，经常反复看。上面记录得很详细，我都把这些作为重要文件保存，一年一年、一期一期的比较。初期想念孩子时，经常落泪，无法控制，时间长了，工作一忙顾不上，也就慢慢淡化了。我们去不了，写信让老家的人去保育院看看。记得我母亲曾去成都看过孩子，把小孩接出来到宜宾住了几天，回保育院时，不慎将小孩的衣服全弄丢

1966年，在北京合影（左起阴江沙、阴亚农、阴建白）

建白给妈妈写信。旁为江沙

了，以后她再也不敢接孩子出来了。我的好战友孙素月夫妻有时将孩子接出来改善生活。我还曾托去内地出差的甘耀忠同志去看孩子，他还拍了一张孩子给我们写信的照片，看后回味了很久很久。

曾出过这样的笑话，我送孩子登记入院时，写两种姓，大的随爸爸姓，另两个随我姓。我们寄钱时只写了一个孩子的名字，财务上不了解，就通知我交另两个孩子的款，我觉得奇怪，按规定我寄的钱不会差的，为什么会欠款，财务上不知道这三个孩子是亲姐妹，后来把三个孩子的姓统一写成爸爸的姓，才解决了矛盾。我的体会是，虽然想孩子，真见到又很难受。记得有一次去学校看她们，孩子不认，哭得很伤心，说你不是我妈妈，我妈妈在西藏，经老师介绍说服后，才跟我走，但又不喊妈妈，让我很伤心，共同住了几天后有了感情，要送回保育院，又不愿回去……总之接送孩子这个场面一般很难忍受。分别时要抱抱，亲吻一下，孩子不理解，把我推开，还说“妈妈你怎么啦!”“妈妈你为什么爱哭?”“我们就不爱哭!”……真让我无法给她们解释清楚。

我们夫妻俩是 1957 年休假，年底将孩子送保育院的，1963 年才第二次休假，中间相距 6 年，没机会去学校看孩子，据学校老师捎话反映，当时曾议论过，这几个学生家长是不是死了，为什么这么久不来看孩子……

与同龄人相比，我们几个孩子无论思想品德、文化素养都应该算不错的，我们并未尽到做父母的责任，全是保育院、学校老师等辛勤劳动的结果。我永远感谢培养她们成长的园丁。

“文革”开始后，这所学校受到严重冲击和干扰，现在雨过天晴，历史已翻开新的一页，工委小学已合并到地方。原“八一”小学仍正常上课。

2009 年 4 月 12 日于北京

多好的二姐呀

新中国成立后，我们长期在交通不便、相对闭塞的西藏工作，同亲人、战友、同学都失去了联系，直到1963年来北京开会小住，与有的同学、战友才联系上了。其中与在北京工作的，原在58团工作的战友刘永禄、王晋夫妻俩来往较多，他们夫妻对我们家庭、孩子帮助都特别大。这就有了我们和二姐的故事。

那是1966年夏，由于西藏军区驻北京办事处仇裕民主任和蔡铭章同志的关心，将我们的3个女儿从西藏军区成都川办小学迁往西藏军区驻北京办事处院家属楼上学。由招待所所长蔡铭章同志帮助代管。户口迁往他们家，我们将生活费寄给他，由他们代管，按时发给孩子。他们夫妻俩对我们的女儿照顾得很周到具体，我们很感激。孩子基本自己管理自己。按时在招待所食堂打饭吃、正常上学，一切安排妥当了，孩子也慢慢习惯了。可是"文革"开始后不久，很多情况发生了变化。招待所规定除京办工作人员和住所军人外，院内家属一律不准在机关食堂用餐。这个规定可难住了我们。就这样，我们在西藏上班，家中的孩子怎么办呢？她们不会做饭可以慢慢学习，可买菜等具体事太多，家里没有个大人不行。我们虽然那时正休假，但为期不长，有的同志建议找个人照顾，经人介绍试着找了几个，来家一看，家里没电冰箱、没电视、住房小、家具简陋，连个沙发都没有，都不愿干……正在我们十分为难的情况下，永禄和王晋同志提出了一个方案，让王晋的亲二姐王纪淑带着她自己的小男孩与3个女孩做伴，帮助看管，做做饭。这是再好不过的主意了，我听后特别高兴，立即把二姐请到家里来。二姐虽不识字，但心地善良，对人热情、诚恳，对孩子十分关爱。孩子们也特别喜欢她。放学回家有个大人说说话，说学校的事，同学的事，自己看到的事，遇事有大人出个主意，感到特别温暖，她们感到好像又回到在四川住校时的情况。记得二姐没来家时，我看到听到社会上的一些不安定的事，对三个孩子放心不下，反复叮咛孩子不准单独与陌生人交往，不准外出串联，晚上关好门，再用椅子顶上等。孩子们很听话，专心读书，两耳不闻窗外事。当时副食供应很紧张，买什么都凭票，想多买点也不行。粮食供应粗粮50%，二姐觉得孩子正是长身体的时候，吃不好不行，她在有限的条件下，想方设法为孩子们改善生活。粗粮变花样做，孩子们吃得很满意……二姐对孩子们很好，她们相处得很好。我也就放心地回西藏工作了。可是二姐从此不便回家，爱人赵守良同志只能经常来看孩子，他们小家又形成了分居情况。家里有什么必须男人帮助办的事，都是由他来办，有时他用自行车带着孩子去医院看病。实际上是他们夫妻俩操心几个孩子的事了。永禄、王晋夫妻也常来看孩子，问询、帮助解决问题。

这样稳定平静的生活过了两年多。随着“文化大革命”运动在西藏的升温，北京西藏驻京办事处院里也开始活跃了，特别是给阴法唐扣了一大堆不实的帽子。什么“打倒阴法唐”、“批倒批臭”等，充满了京办大院。有好心的阿姨偷着对二姐说：“阴法唐已是反革命了，你还在他们家帮忙看孩子，还不早回自己家。”二姐说：“我不识字，管他阴法唐是不是反革命，我不懂。”“是李国柱亲手把三个孩子交给我的，必须等李国柱从西藏回来，我把孩子亲手交给她我再走。否则对不起人……”二姐虽感到压力很大，仍然强忍受着。干活同过去一样，她爱人赵守良说：“不怕，我们是工人阶级。”因为孩子不慎撕破毛主席像邮票事件，造反派闯来家里批斗阴法唐至半夜，不准睡觉，二姐在旁边目睹了全过程，她没见过这种场面，惊吓得几天没缓过劲来。因为邮票事件，他们派人去孩子学校调查，结论是孩子思想好，热爱党，热爱毛主席，没查出问题。法唐被命令不准回家后，孩子周日结伴去监督父亲学习的解放军空军学院看望他。空军学院离我们住处几十公里，她们坐一段车，走一段路，回到家都快累趴下了，二姐看了很心痛。在我们夫妻处境最困难的时候，有二姐夫妻和刘永禄、王晋夫妻帮助我们，支撑着这个家，孩子没辍学，没出事，我们真是感激不尽。

不久，西藏军区驻京办事处蔡所长来信，要我立即回北京处理小孩的问题。这时我的行动已不太自由了，外出总有人盯梢。我回京后，不得不找到我的老领导、法唐的老战友、孩子们的吴伯伯、田阿姨，他们热心关爱孩子，就把 14 岁和 15 岁的女儿送到部队锻炼去了。揪心的问题解决了，我们永远感激他们的理解和支持、帮助。

我与孩子同二姐王纪淑在一起

处理完孩子的事，我赶回西藏，几天后，突发高山反应，休克抢救，肝肿大不能弯腰，又约 20 天后，经批准回北京治疗，离开高原后高原性症状逐渐消失，病症减轻。

我在回北京治病期间，孩子只剩一个在家，再留二姐不合适，我提议她已为我们家付出很多，现在孩子大了，该回去休息照顾他们自己的小孩上学了。她这才回了自己的家。

二姐回家后，不久，她的孩子入学。她本人也正式参加了工作，在赵守良所在的公司做炊事工作，给工人做饭、烧水，看管仓库，她还学会了骑自行车，每天骑车上下班，很风光。

相处几年，大家感情很深，相处很好，同孩子们感情也很深。我与二姐的这一段姐妹深情，我是永远不会忘的。

重返北京后，我们相互联系增多了，特别是前些年发现二姐夫妻俩身体比过去差多了，赵守良同志患脑血栓半身不遂，右手不灵活，走路困难，基本卧床，偶尔坐轮椅走一点，二姐心脏不好，已安了3个支架，我经常去看看，打电话问问，有时送点吃的用的，以表安慰。每次去二姐处，她都特别激动，说不知该怎么感谢我。我心想，知恩必报，你们夫妻俩在我们家最困难时的所作所为，我们永远也报答不完。每次去看望时谈到当年的情况，互相都很激动。“忘记就是背叛”，我是不会忘记的，孩子们也不会忘记，经常去看望他们的大姨大叔。祝愿好人一生平安。

2009年4月11日于北京

从一张相片想起的

一场中外驰名的中印边境自卫反击作战，已经过去47年了，毛主席接见参战军人的巨幅照片，神采奕奕，目光炯炯，略带胜利喜悦的神情，永远印刻在人们的脑海里，也给我们的居室增添了光彩。

英帝国主义于1888年、1904年先后两次侵略我国西藏，我方战争失败后被迫签订了几个不平等条约，除赔偿其军费外，他们还攫取了在亚东、江孜、噶大克作为商埠，派驻军队，开设邮局、驿站，享受治外法权、免关税等特权。印度原为英帝国主义殖民地，自1947年独立后，又继承了英帝国主义侵略中国西藏的衣钵和特权。

1949年10月1日中华人民共和国成立后，宣布取缔所有帝国主义在中国的特权。西藏是中华人民共和国领土的一部分，印度在西藏享有的特权当然也要取缔。1950年10月11日，中华人民共和国政府和印度共和国政府关于西藏问题互致备忘录和照会。1954年4月29日，中华人民共和国和印度共和国签订了《关于中国西藏地方和印度之间的通商和交通协定》。周恩来总理与印度总理尼赫鲁互致贺电，两国在中国西藏地方的关系在新的基础上重新建立起来。中印边界全长1700公里，习惯分东、中、西三段，整个边境从未正式划定。所谓“麦克马洪线”“阿克赛钦线”都是英帝国主义强加在中国人民头上的边境线。印

1962 年 12 月，毛泽东主席接见全军政工会代表。右二为法唐

度政府常以边境问题制造事端，进行挑衅。并在原有占领我国领土的基础上继续向我国西藏蚕食、扩张，设侵略据点。

那是 1962 年 6 月，我正在拉萨西藏军区总医院住院，治疗在亚东蹲点时所患肺结核和甲状腺肿大，法唐同志突然身穿军装从江孜来到拉萨，到病房看我。我觉得他那么忙，怎么专程从江孜赶来看我，这是很反常的现象，身着军装更反常。细谈方得知，他接到西藏军区命令，要他和其他同志组织部队在印度再进攻时进行反击。并说战争结束后我们就可以休假了（我们 1957 年休过假）。据说临时成立了前进指挥部，调几个军分区司令、政委、副司令、参谋长等参加，唯一还调了他这样一位地方任职的地委书记兼江孜军分区政委，组成藏字 419 部队，同时通知他带便衣备用。突如其来的新情况，使我一愣。自 1950 年 10 月昌都战役结束到1962年，已十几年没正式打仗了，尽管他过去枪林弹雨、身经多次战斗，身上留下过伤痕，而今毕竟已是40岁的人了，危险性很大。如今军区领导点将，军人以服从命令为天职，我作为军人的妻子，只有支持，同时我联想到，打仗就会有牺牲，死人的事是常会发生的，为防万一……所以我立即提出，应该照张相留念。我立即向医院请假，两人到市里军区军人服务社照了张合影。这张照片一直珍藏在我的影集里，它的含义亦珍藏在我内心，很少向人讲过。

这次见面后，我继续回医院治疗，他到部队报到了。他们419部队机关在拉萨市西郊的一个医院旧址，下属三个步兵团却在各地，最远的离拉萨700公里。至此才算组建了真正意义上的边防部队。这也说明我们事先没有与印度军队作战的准备……法唐同志说，刚组建时，干部战士对作战都思想准备不足。他们首先是对部队干部战士进行思想动员，传达学习军委和总政下发的《关于反对印度反动派军事挑衅的政治工作指示》，组织部队干部战士学形势，讲明边境问题的起因和实质，做执行任务的准备。

不久，我病愈回江孜上班了，法唐的消息无从得知，只能从广播、报纸（一般《西藏日报》半个月才能收到）中得到消息：

> 印军8月23日在西段30人入侵班公湖南岸，乘汽艇侵入班公湖水面侦查。
>
> 9月20日，开始从东段侵入非法的麦克马洪线以北克节朗地区的扯冬，打死打伤我军官1人、战士1人，在择绕桥打伤我士兵1名。
>
> 9月24日至29日在择绕桥打死打伤我军官2人、士兵6人。
>
> 10月9日、10日，印军越过克节朗河向我进攻，打死打伤我军官兵22人。
>
> 10月11日，西藏工委、西藏军区联合发出《关于目前形势与任务的指示》，要求干部学习，向群众进行

送夫上战场留影

教育。

10月20日，印军在边境东西两段向我全面进攻，我边防部队实行全面自卫反击。我国防部就印度侵略军在边境东西两段发动全面进攻发表声明。我边防部队被迫进行自卫反击，打退了印军多次进攻，收复了兼则马尼、扯冬等一些据点。

10月22日，我国防部发言人发表声明，为了防止印军卷土重来，再度发动进攻，我边防部队在自卫战斗中，没必要再受非法的麦克马洪线的约束，也就是全面反击。

10月24日，中华人民共和国发表声明。

11月15日，周恩来总理就中印边境问题致信亚非国家领导人。

11月15日至20日，我边防部队胜利击退印军在中印边境东西两段的全面进攻。东段11月20日反击瓦弄地区印军的作战胜利结束；11 月 18 日向西山口、申隔宗、德让宗等地发起总攻；21、22 日先后占领打隆宗、普冬地区，控制吉英山口等地。西段 20 日全部清除印军在我国境内设的 43 个侵略据点，至此，中印边境反击作战获得全胜。

11 月 21 日，我国政府本着我国的和平外交政策和不以武力解决边界问题的原则及争取和平谈判解决中印边境问题，声明宣布：（一）从 1962 年 11 月 22 日零时起，我边防部队在中印边境全线停火；（二）从 12 月 1 日起，我边防部队从 1959 年 11 月 7 日存在于中印双方之间的实际控制线，后撤 20 公里；（三）为了保证中印边境地区人民的正常往来，防止破坏分子的活动和维持边境的秩序，中国将在实际控制线本侧的若干地点设立检查站。接着又向印方交还战俘武器、装备和物资，释放全部被俘人员。

中印边境自卫反击作战从 1962 年 10 月 20 日开始，至 11 月 21 日结束，历时 1 个月。中国边防部队在党中央、中央军委和毛泽东主席的英明领导和全国各族人民特别是西藏、新疆地区人民的大力支援下，仅西藏方面动员支前民工 3.22 万人，占全区总人口的 2.66%，牲畜 1.05 万头。各级党政干部 1000 余人带队，同仇敌忾，英勇战斗，一不怕苦，二不怕死，严格遵守政策纪律，以较小的代价取得了重大的军事胜利。全歼印军 3 个旅，重创印军 3 个旅，另歼印军 5 个旅的一部。共击毙印军第 62 旅旅长霍希尔·辛格准将以下 4800 余人，俘印军第 7 旅旅长季·普·达尔维准将以下 3900 余人。我军牺牲 225 人、伤 477 人，无一人被俘。

缴获各种炮 300 余门、飞机 5 架、坦克 9 辆、汽车 400 多台，及其他军用物资。打出了军威、打出了国威。

后来我才知道，法唐同志到了达旺和德让宗一带，曾带领工作队拜访了达旺寺，寺内供有六世达赖喇嘛母亲的灵塔。六世达赖喇嘛出生于附近的白卡村。达旺寺是门瑜地区最大、最有影响的寺庙，为拉萨哲蚌寺属寺，由错那宗代管。留寺僧人和当地部分头人热烈出迎，互赠哈达后参观寺庙，发放布施，给僧人尼姑赠送袈裟、酥油、盐巴和丝质的布达拉宫风景画。并向僧众宣讲了我党的政策和我军纪律，阐明了中印边境武装冲突的真相，并答应他们的要求，派部队保护寺庙。在德让宗驻的时间较长，对群众工作做得也最多，在群众和头人会上，还介绍了祖国历史和祖国的伟大、边境状况、我们的态度等情况。上层人士、宗教界人士和群众都说："达旺历来就是西藏的一部分，我们都是西藏地方政府的百姓，我们是大清皇帝的百姓，达旺归噶厦管，噶厦归中国，我们也是中国人。"老格龙桑布交出寺庙珍藏的有关边境的资料 144 份，把寺庙"封地文书"捧出让工作队全文拍摄照片和影片。离德让宗几十里远的一个小头人，从山洞中搬出一箱保存了多年证明该地自古以来就是中国领土的文件交给工作队。部队做群众工作——帮秋收，背水，送盐、茶，放电影，编竹筐送他们，群众特别高兴，不再听信谣言。当听说部队要主动后撤时，感到震惊、不理解，有的写请愿书，要求留下，有的说"把我们也带走"，有的说"你们走后，我们的心是永远不会变的，绝对不做对不起国家和你们的事"，走时群众挥泪相送。

后听说法唐已回到拉萨，我才放下心来。

1963 年 1 月中旬，法唐来电报说，军区决定派他们去北京开会，让我请假带孩子去北京休假。接电报后，我办完手续乘车去拉萨，从拉萨乘汽车经青藏线转成都，正好孩子们考试结束，放寒假了。接上孩子从成都乘火车去北京。在火车上，孩子们吃了我从西藏带的野鸭蛋和酥油做的点心等开始很不适应，吐得车上很脏，我只能不停地向列车员赔不是，请他们谅解。到北京招待所住下后，感到孩子们身上太脏，衣服又短又小，不适应北方。我连夜给他们洗澡、洗衣服，挂了满满两间屋子。次日去街上买了不需用布票的短大衣等，略微补充了一下。

我们住在西直门总政招待所，法唐的主要任务是汇报中印边境自卫反击战的情况，同时参加全军政工会。由于我和孩子没来过北京，我主要是带孩子们开开眼界，去天安门看了毛主席大幅画像，她们就认为毛主席就住在天安门城楼上，经多次解释才弄明白了。还去了天文馆、故宫、动物园。逛商场她们没有兴趣，就去了一次。平时把她们关在房子里做作业。我的孩子有两个出生在西藏江孜，那里海拔 4080 米。两个孩子生下 10 个月就患了心脏病，过去没机会治疗，这次趁机在北京进行检查治疗。经医院检查，一个女儿是高原性心脏病，医生说没有大关系，只是头顶上有一块空缺，没骨头，没长好是高原缺氧引起的，现在无法治，也补不上，只好留意平时生活，保护好即可。另一个女儿患的是先天性心脏动脉导管未闭和高原性心脏病，医生说她必须立即手术，年龄越大，手术难度越大。并说 9 岁是手术最佳时期。经过多方咨询，我们夫妻俩商量，这个孩子正好 9 岁，觉得这次在京开会，休假机会难得，应该抓紧给孩子把这个大问题解决了，我们下了决心，去医院签字，把孩子送去解放军 301 医院住院做手术。从此我就每天两头跑，既要照顾住所的两个孩子，又跑 301 医院看管住院的孩子，手术时，我陪床了三天。孩子很懂事，有事不叫护士阿姨，全让我办。我吃不好也睡不好，体重减轻了。孩子由于手术前后要加强营养，吃得很好，加之她住的是外科，全是大人，小孩少，大人病号很照顾她，爱她，她觉得医院很温暖。到出院时，她不愿意出院，哭得很伤心。最后请医生护士给孩子做思想工作，合了影，她才答应，撅着小嘴出了院。

看到这一幕，我的眼泪也往肚里流，很理解孩子此时的心情。我们夫妻双方都在西藏工作，长期与孩子分离，孩子难得享受到家庭温暖，在她幼小的心里，医院就是她温暖的家。

全军政工会结束后，我们搬到总参招待所住，适逢春节，领着孩子到人民大会堂参加了一次春节联欢会，有各种游艺节目，孩子看得特别开心。春节后学校开学，我要照顾住院的孩子，无法送两个孩子返校。受电影《兰兰和冬冬》的启发，我们也购了两张火车票，将孩子委托列车员帮助照顾，同时给成都西藏工委小学发去电报，请老师去接站。在孩子口袋里装上买饭的钱，衣服上缝上孩子的姓名、学校地址等，两个孩子顺利地返回成都她们的学校。途中因她们不懂怎么买饭，是好心的乘客帮助买的，她们口袋里的钱余下来了。我们至今也无法向那位同志说声道谢的话！

法唐等两位参加中印边境自卫反击战的西藏同志整天忙于到中央各机关、北京市各机关、大专院校作报告，介绍中印边境自卫反击作战情况。

孩子出院后休养了一段时间，身体恢复后，我送她回成都上学，没估计到，她因大手术后体弱，回到学校后，就感染上了蚕豆黄病，全身黄得类似“黄胆性肝炎”，又住进学校医院。我在成都小住了几天，既不敢去看她，也不敢把她接出来一块住，因分别的滋味很难忍受。也担心万一不愈又误了我的事，只能横下一条心，匆匆回到北京。此时，法唐的公事已毕，他准备检查一下身体就返藏。法唐当时觉得身体一切很好没什么病，我见他经常鼻子不适，就建议他查查鼻子。没想到查出是鼻咽癌，需立即手术。他说要回去传达会议精神，不能久留。医生说如不马上手术脸要变形。只能决定在协和医院手术。手术很顺利，术后要化疗，在他化疗服中药的情况下，西藏江孜分工委组织部门通知我回去参加“五反运动”。在我们家北京、成都两处病人都需人照应的情况下，我也不便提出续假要求，只得奉命回去。我爱人法唐的病，委托谭冠三政委的秘书冯文斋同志帮助照顾。我从青藏公路回藏，购票、转车、等车，前后一个多月才到达江孜，机关“五反运动”已结束。当时全国流行肝炎，行前我进行体检肝没问题，没想到旅途中集体吃、集体住不慎感染了肝炎。一回到西藏就严重了。不过不敢声张，也没服药，坚持正常上班。

法唐鼻子化疗几个疗程，服中药结束后，已是夏天，孩子放暑假，法唐托人把三个孩子带到北京，父女四人共同生活了一段。8月底法唐将孩子送回成都学校。9月返藏后，接到调西藏军区任政治部主任的命令，免去了江孜分工委书记的职务，10月返江孜交接工作。从此，他正式调回部队工作。我也于10月调拉萨，在中共西藏工委统战部工作。其实这时我患肝病已很严重，因刚调新单位，未讲，加之工作很忙，也不便说，拖至春节会餐时，吃猪肉后吐得很厉害。此情况被曾患过肝炎病的刘志英同志发现，他怀疑我得了肝炎，让我立即去医院。在医院检查时就被留下，住进了传染科。这时医院说治晚了，肝已中度硬化。

2009年记于北京

叫我怎能不激动

2006年冬，我回四川探亲，在大哥处突然看到西藏军区党委《关于为阴法唐同志平反的决定》，如此重要的文件，我时隔27年后才看到，顿时悲喜交加。顷刻间，往事一幕幕重新浮现……

“文革”中那铺天盖地的大字报、标语、游行、批斗……康生、江青点名留法唐在北京学习，不准回家同孩子见面，限制自由，实际是专政。后武装押送离开北京，到沈阳军区的辽宁省盘锦农场劳动改造。由战士监督，每天养猪、养鸡、养鸭，冻得患了全身性关节炎……那时，我一般不参加区党委院外的活动，为的是少接触人，避免招来是非。在区党委院内接触人也少，仅有工作人员的小孩喜欢到我家来看图画书，我家快成幼儿园了。

“文革”初期，我的三个孩子住在西藏军区驻北京办事处招待所院内，一个孩子有一次拆信时不慎撕坏了有毛主席像的邮票，硬说是法唐干的，给法唐扣上现行反革命分子帽子，斗争了几小时，还宣布今后不准回家，并组织了专案组。孩子解释不是爸爸干的，是她不慎所致，他们不信，还去学校调查孩子表现和对毛主席态度。我因病回北京治病，说我是阴代表老婆，不准我住孩子处（即西藏军区驻北京办事处院内），经多方解释，给他们看了西藏工委批准治病的证明信才准入住。据办事处的军代表事后说，当时上面交代，李国柱是反革命分子家属，要划清界

1971年1月12日，阴法唐在盘锦农场的猪舍。一年多的时间里，他每天在这里上班

西藏军区李克林参谋长同阴法唐一起在盘锦农场的宿舍前

限，否则是立场问题。在西藏军区驻京办招待所撤销时，给住所家属安排分配房子，所有的家属都安排完了，迟迟没安排我家的住房，后来安排我去一处解剖尸体的房子，我坚决没去，又安排

一处很次的，既远又小，我考虑孩子上学不便，也没去。最后按连级干部规格安排（当时法唐是大军区政治部主任），我同意了。

我那次患病是高山缺氧引起突发肝肿大 9 厘米，不能弯腰，才回内地治疗，经过一段时间的治疗，内地氧气充足，病情明显好转。因担心法唐在农场身体出问题，放心不下，加之农场张参谋捎信，法唐的弟弟法舜，还有我的妹妹国权都来信叫我去农场一趟，特背着机关，得到西藏领导吴晨同志夫妻帮助，偷着去农场看法唐。看到他基本适应农场的生活环境，法唐同战士一块睡通铺，因天冷，战士提出让他睡在里面炕上暖和一点，他不习惯睡热炕，又因夜晚起床多，怕吵醒大家，坚持在外间没烧火的炕上睡，虽然很冷，他还是坚持受冻。每天天不亮起来烧火煮猪食喂猪、喂鸡鸭，猪吃饱后乐得很舒服时，他开始打扫猪舍，备猪午餐、晚餐。把猪舍打扫得干干净净，如此每天重复。我当时见他身穿着我带去的赵守良送我的围裙、护肩、护脚、护手，将棉帽的护耳放下吊着，戴着口罩，真像名副其实的饲养员。口里还不停地哼着歌曲，猪被他训练得很听话，喂它们时很高兴，吃得很欢。在此期间我很想帮他分担喂猪劳务，让他休息一下，但不行，我一接近猪和鸡，它们大叫不听我的，跳着咬我，弄得我也怕，不敢前去。之后我就不再去，只在屋里做点饭，用从北京带去的食物给法唐改善一下生活。农场平时菜很少，吃的二米饭（半高粱米半大米）还较硬，过去他习惯不吃肉，现在的条件有肉吃很不容易，我带的肉他也不拒绝吃了。我每天到河里砸冰挑水做饭，帮他洗衣服，路滑易摔跤，冻得很难受。

据说有一次刮大风，一群鸭子丢了，法唐在雪地里东找西找，折腾了几小时也没找到，后来还是队里发动人去找回来的。

我在农场住一段后返京继续治病。之后法唐弟弟法舜、我妹妹国权、侄儿冬冬去农场看他三次，送点吃的东西。帮他烧火喂猪。据妹妹来信讲，没想到姐夫真的像个猪倌了。我们的女儿继梅、华成夫妻也去农场看他了。其实我在部队当兵的两个女儿离他驻地仅几十里，我怕连累小孩，引来不必要的麻烦，没告诉她们父亲的情况，她们不知道，也没去看他。

我在北京治病期间经济很紧张，法唐自进学习班后，就没人帮助领工资。出差来京开会用的行李还存在成都民航局临时行李处存放着，已一年了没人帮助领取。我的工资每月仅90元，要支出伙食、药费，谈不上加强营养，仅能维持最低生活。药费单寄回西藏报销后返回需要较长时间周转，只得紧缩开支。就是在这种情况下，山东肥城老家来信说，乡里要打水井，请支援买水泵。我硬是咬紧牙关取出在藏多年的积蓄，以法唐的名义给老家寄去1000元钱，支援家乡。还担心住处齐家园附近邮局小，怕寄这个大数不保险，特跑到平安里大邮局办理的汇款手续。亲属得知后误认为我们很宽裕，也提出要求支援，经我说明情况后才得到谅解。

1971年1月4日，法唐突然来电报，说他已解除劳动，分配工作了。没有机会回西藏与同事告别。想当初1950年9月法唐带着部队浩浩荡荡去解放西藏，参加昌都战役。我是随52师政治部康藏工作队进藏，参加昌都战役中，做后勤赶牦牛工作，而今我突发高原病，紧急抢救后脱险，却无法返藏与同事告别，我们俩就这样不情愿地离开了天天想念的西藏，真有说不出的滋味。我们的行李怎么取呢？不过当时东西很简单，是仍留在西藏工作的女儿继梅夫妻代为收拾托人捎回的，共三个小箱，两箱书籍，一箱杂物装穿的用的，这是唯一的当时在西藏留下的纪念品了，有的物品算是永久的纪念品了，当然很珍贵。

没过几天法唐回到北京，在家仅住了几天，便到福州军区报到。看他着急的样子，我猜测是不是沿海前线有什么情况，又怕是军事秘密，没敢多打听。当然也想到他是因为劳改一年多了，渴望很快回部队参加工作。在福州军区工作不久，“批林批孔运动”开始，曾在西藏工作的一个同志在福州军区院里贴了一张大字报，不久法唐又被决定靠边站半年。

1975年八大军区人事调动，宣布法唐调济南军区，开始任政治部主任，1979年任军区副政委，1980年调回西藏任自治区党委第一书记、成都军区副政委兼西藏军区第一政委。

从见到对法唐平反决定和重返西藏工作的时间推算，当年调福州军区工作时，并未平反，是要调西藏前才有的平反决定，而我是27年后才得知平反的消息，太晚了。法唐同志恢复工作后像过去一样，兢兢业业，在济南军区工作8个月后，在全军受到通报表扬；重返西藏工作后，在拨乱反正工作中，攻克了很多难题；离休后又克服重重困难，为西藏办成了几件众所周知的大事，凭他浓浓的西藏情，想必还会为西藏做一些力所能及的事。

2009年4月10日于北京

温　馨

近年来，随着改革开放，生产生活水平的改善提高，人们的习俗也注入了新鲜血液，悄然发生着变化。如过生日，不同年龄、不同文化层次、不同经济条件、机关、城乡表现形式也各异。

记得2002年，在我70岁生日的那年，广播电影电视总局老干部局召集年满70岁的离退休老同志，集体过生日，桌上摆满了糖果和生日蛋糕，特意在墙上挂了一张写着寿字的条幅，领导首先致祝寿词，老同志们边谈边吃。每人分了一份蛋糕，还给每个“寿星”在“寿”字挂图前照相留念。使我们感到非常温暖，觉得老干部局想得真周到，把思想工作做到老干部的心窝里去了。我暗下决心，锻炼好身体，健康地活着，争取今后类似这种祝寿会能多参加几次。

就在当年5月，我通知在京的子女和亲人聚会。大家很纳闷，既不逢年又不过节，为什么要搞聚会？当我宣布今天是我们夫妻俩的金婚纪念，也是老伴80我满70寿辰时，大家都惊住了。七嘴八舌地说，用这种方式祝寿，在咱家还是第一次。我们仅准备了两桌饭，没准备蛋糕，也没准备照相机。因为年轻人多，气氛较活跃，我们觉得够隆重了，超过当年的婚礼。次日，我们夫妻俩单独去王府井照相馆照了相，作为纪念。还去麦当劳快餐店品尝了一次西餐，因为不熟悉怎么点菜和饮料，还闹了点

小笑话。不久，老伴机关老干部局的同志和个别同志也来家向老伴送鲜花表示祝寿。

2005 年 9 月中旬，我参加完西藏自治区成立 50 周年庆祝大会，返京稍事休息后，趁去机关参加支部会和老年大学学习之机，去我的信报箱取信件时，收到广电总局机关工会给我的一张音乐贺卡，上面写着："李国柱同志：今天是您的生日。我们谨代表总局党组、总局领导向您祝贺生日。祝您生日快乐！总局工会 2005 年 8 月。"看后，激动的泪水夺眶而出，眼睛模糊地看不清其他信件了，当时想到，自己仅仅是一名普通党员干部，平时从没把自己的生日当回事，参加革命工作 50 多年来，今天第一次收到高层次党的机关和领导给自己的生日贺卡，真是受宠若惊、荣幸之至。感动得立即提笔给总局工会写了一封信，表达我收到贺卡的激动心情，并表示今后要按“五为”的要求，积极学习、坚持锻炼、发挥余热、安度晚年，争取再立新功。

2006 年，全家福

这样幸福的滋味尚未咀嚼完，2006 年 8 月，又收到一份总局工会寄来的同样的生日贺卡。我将这两份贺卡精心收藏起来，放在很容易看到的位置，并经常打开听听音乐，有时还让孩子们看看听听，广电总局领导是怎么关心我们老人的，让孩子们也分享，感受党组织的关怀，让心久久沉浸在党的温暖中。

今年 8 月 28 日，我们第九支部的支书姜兆龙和支部委员杨爱珠两位同志，突然到家来祝贺我 75 岁生日，还带着一大筐寿桃和支部自己精心在电脑上制作的贺寿卡。今年本是大寿，自己没当成是什么大事（仅换了件大红上衣意思一下），可党组织这么重视关心，让我感到十分温暖。捧着寿桃，与来祝贺的同志一起照相留念。我的女儿建白，已用电话表示祝寿了，这天下班后，带着礼物又赶来祝寿。我再次与她共同捧着两种贺寿礼物合影留念。

岁月无情催人老，
贺寿声声暖人心。
枯木逢春二度梅，
福祉迎来万木春。

2008 年 10 月

盛世金婚

今年，中国老年杂志社总编曹碧涛同志告诉我们，最近准备组织金婚大典活动，要邀请一百对省军级老人参加，希望我们俩能参加，并发给表格填写。经审查合格后，我们俩应邀参加了“金婚大典”。

活动于2008年6月29日上午9时，在北京香格里拉饭店新阁大宴会厅举行。会场和长廊布置有鲜花、红地毯、红桌、红椅，到处充满了红红的喜庆，晶莹透亮的水晶灯饰映衬着一对对戴着胸花的老人，那张张红红的脸上充满幸福与喜悦。在人大副委员长顾秀莲的宣布声中，“首届华夏金婚大典”在这里拉开了帷幕。全国政协副主席李金华、厉无畏和近30家中央国家机关及部队系统老干部部门领导和企业代表共400多人出席了这一盛典。近百对老部长、老将军、老科学家、老艺术家、老劳模夫妇在《激情燃烧的岁月》主题曲音乐声中，回顾自己辉煌壮丽的一生，以及不离不弃、相亲相依50载的爱情之路。

欢歌笑语，阵阵掌声，在众多新闻媒体的照相机、摄像机、记者采访面前，金婚老人像第一次走进新婚殿堂那样激动与欢畅，像又回到那激情燃烧的岁月。老人们在花门和路引间拍照，拍了又拍，照了又照。我们还同带去的两个孩子一块拍照。

金婚老人中有不少我们熟悉的名字，当年他们在各自的岗位为我们的共和国撑起一片天空，如今他们离开工作岗位多年了，风采依然不减当年。这些为共和国奔波操劳、德高望重的老部长；在战场上戎马倥偬、功勋卓著的老将军；名扬华夏、德艺双馨的老艺术家；为我国的科技事业呕心沥血、贡献巨大的老科学家；在各条战线上埋头苦干、默默奉献一辈子的老劳模，他们在几十年的革命生涯中，赤心为国，忧国如家。现在他们有了自己的被众星捧月般关注的时刻。在耄耋之年重温当年喜结良缘的幸福时刻，展示患难与共、相濡以沫、互敬互爱的灿烂人生。这是对他们丰功伟绩的最高褒奖和慰藉。

盛世金婚

“金婚大典”伴随温馨的《牵手》乐曲，每对金婚夫妇走上舞台，互赠信物，有的还亲自将信物戴在对方手腕上。掌声中，两位少年走到金婚老人间，献上送给爷爷奶奶的诗篇……表达新一代最美好的祝愿，祝老人们健健康康一辈子，快快乐乐每一天！

大典活动受到党和国家领导人的关注，那是对他们为国家所做贡献的肯定；众多子女们陪同，那是他们来接受洗礼，并表达对上一辈婚姻观和成功爱情的尊敬。“首届华夏金婚大典”在

《革命人永远是年轻》的大合唱和缤纷的礼花中缓缓落下帷幕。老人们沉浸在幸福中拥抱金婚、相约钻石。大会给老人们颁发了金婚证书和水晶制纪念品，书法家赠送的寿字画。这些礼物值得永远珍藏。

从言谈中可以听出老人们对“金婚大典”活动特别满意，特别高兴，大家一致认同全国老龄办副主任李本公所说，举办金婚大典是党和政府对老人们革命生涯和突出贡献的肯定和颂扬，也是对他们夫妻恩爱、家庭和睦、代际融洽的最高褒奖，更是社会和谐、经济发展的重要标志之一。

参加完大典后，我们心情久久不能平静，回顾几十年，党领导全国人民，战胜了各种风浪，迎来今天太平盛世，我们同中国同呼吸、共命运，今天的幸福生活来之不易，要不忘记过去，共享今天，安度晚年，发挥余热，谱写未来美好篇章。

2008 年 9 月于北京

贺寿感怀

2008年3月26日是家兄阴毅民九十华诞，家里已挂满亲朋好友送的寿匾，喜庆的气氛很浓。毅民兄特别高兴，身着大红绣花缎子衣服，遗憾的是他现在站立困难，只能坐轮椅了。从各地赶来贺寿的亲人集合在山东肥城市招待所门前，约有100多人，老老少少，吵吵嚷嚷，热闹非凡，大家都穿着新衣服，好似过年。大家多日不见，互相有说不完的话。大家还都争着同寿星合影留念，由于人多，怕乱，有一人统一指挥，有各辈份的组合，有各家的组合，各种组合。照相进行了一个多小时。

接着举行寿筵，席间毅民兄、法唐、法舜弟，以及孩子代表都讲了话，我代表全家敬献了哈达，孩子献了百花寿字条幅，孙子辈献了鲜花，桑新华携子女敬献了画册。寿筵进行程序同1998年八十华诞时基本相同，不同的是上次兄弟们讲话中把家庭和毅民兄等情况介绍得较具体。他们共同说到阴家是村内外闻名、对革命有较大贡献的家庭，家父阴元义是农民，有粗浅的文化，抗日战争初期就加入了中国共产党，参加抗日的乡镇工作，组织群众抗日，解放前后一直是村党支部书记，受到国民党、日本帝国主义、汉奸的迫害，经常被抄家，只能外逃躲避。他积极支持5个儿子、两个女儿参军，参加地方武装打日本鬼子，参加中国共产党，10个孩子中仅有一个工人、一个务农。其他都当过兵。

2008 年 3 月 26 日，阴法唐兄妹八人相聚在一起，为大哥阴毅民九十祝寿

阴毅民青年时弃商从政参加共产党、八路军，组织群众抗日，他身患肺病，被日本鬼子、国民党逮捕两次，在严刑拷打面前不背叛、不低头，不泄露党的机密，坚持斗争，出狱后继续组织群众与敌人斗争。他只有一个信念，坚信只有共产党才能救中国，只有共产党才能领导全国人民打败日本帝国主义。

他心胸开阔，为人正派，思想作风好，解放后曾在肥城县五个区、党校、宣传部、组织部、人大担任领导工作，用他的模范行动给同事民众留下了深刻印象。

阴法唐说毅民兄就是我们家庭中的孔繁森、焦裕禄式的人物，是值得我们和晚辈学习的榜样。

会上，孙子辈李大文献上毅民姥爷、姥姥《沁园春》词一阕：

还我河山！
从此戎装，
勇赴楚关。
忍娇妻稚子，

叙荆裙布；
琴心剑胆，
宁为国捐。
勤政安民，
清风两袖，
坦荡胸襟可对天。
沧桑后，
更亮节似玉，
雅致如兰。

我和桑新华两个外姓人在会上表示，加入这样的老革命家庭和好家风的家庭感到光荣幸福。

桑新华的祝词是："忠厚传家远，诗书继世长。"

阴法舜的祝词是："一生光明磊落，朴实正直忠诚。"

在他们兄弟的记忆里，这样的聚会只有三次，第一次是1946年，法唐从晋冀鲁豫党校回家探亲时；第二次是1998年，毅民兄八十寿辰时；这次是九十寿辰，为此法舜写了四句诗，表达了自己的心声：

七十古稀今不稀，
八十缅怀伦理聚。
九十四世庆华诞，
民兄百岁帅旗展。

阴家兄妹虽多，但住的很分散，子孙辈多数未曾见面，也不认识，这样的聚会能增进相互了解，加强感情，以便良好家风的传承。

次日，我们集体给祖先扫墓，参观故居，看望乡亲，乡亲们也都站在门前同我们攀谈。记得1998年我们回去时，村里道路泥泞，经过村里几年努力，我们又呼吁，有关部门拨款，稍事修整，现在村里道路有所改善。*

2008 年 5 月 10 日于北京

* 文中所录有的是 1998 年毅民兄八十寿辰时的讲话和祝词。

《首批进军西藏的女兵们》记事

倾诉记忆，留传后人

——在《首批进军西藏的女兵们》出版座谈会上的发言

在《首批进军西藏的女兵们》正式出版发行的美好时刻，我荣幸地代表首批进藏的女兵们，在这里说几句心里话。

在座的老领导以及女兵战友们都清楚地记得，50 年前，为了完成祖国统一大业，响应党中央毛主席关于进军西藏、解放西藏的号召，在中国人民解放军第 18 军和 18 军独立支队中，活跃着来自祖国各地的 1100 多名女战士。在这批被誉为我党我军历史上一支特殊的女英雄群体中，有老红军、老八路、新四军、老教授等。其中，大都是解放前后怀着报国之志参军入伍的青年学生，她们最小的 13 岁，大的不过二十二三岁。特别值得一提的是，这批女兵中，有 70 多位藏族同志，她们是西藏第一代解放军女战士，为了民族的解放，她们毅然投身于进军西藏的革命洪流中，和各族女兵共同战斗，谱写着革命的新篇章。

被称为“第二次长征”的进军西藏，行程 3000 公里，而且大都是在自然条件恶劣的高原上行进，爬雪山，过草地，趟冰河，风餐露宿，艰苦的程度难以言表，女兵们在行进途中，要克服比男同志们更多的困难。但是，对于我们这些首批进藏的女兵来说，进军西藏那一段可歌可泣的历史，是我们一生中最引以为自豪的闪光点，是我们用青春年华编织出的美丽花环。因此，我们很多人都有一个心愿，希望把那一段珍贵的历史写出来，留传后人。

在这种共同心愿的激励下，3 年前，我和吴景春同志同北京的当年女兵战友共同倡议，积极串联，在各级有关部门老领导们大力扶持指导下，在各地首批进藏女兵们的热烈响应支持下，克服了出书过程中的种种困难，终于编辑出版了这部上下两卷近 100 万字的《首批进军西藏的女兵们》。

2003 年出版座谈会

《首批进军西藏的女兵们》是一部纪实性文集，书中的文章，都是女兵们亲身经历的事情。这些文章从多方面反映了进军西藏的历史事实和女兵们的真情实感，真实、生动地再现了当年进军西藏的女兵们翻越横断山脉、抢渡通天河，在荒无人烟的“世界屋脊”上徒步进军的艰苦历程；反映了女兵们当年参加昌都战役，赶牦牛上前线运送物资，修建甘孜机场、修建康藏公路的许多感人事迹；反映了女医生和文艺女兵，一边进军，一边为群众治病、演出、宣传，加强藏汉民族团结的生动画面，等等。这部书除反映当年艰苦进军的生动情景外，不少回忆文章，还反映了女兵们进藏以后，在执行协议、平叛改革、改革开放等各个历史阶段，在不同的岗位上，为建设新西藏，自力更生，艰苦奋斗，长期建藏，无私奉献的动人故事。还表达了她们对第二故乡——西藏的深深眷恋之情和看到如今西藏迅速发展的喜悦之情。无情岁月催人老，我们这些当年风华正茂的首批进藏的女兵们，如今已是两鬓风霜的老人了。能亲自参与、目睹这部书的问世，对我们来说是一种幸福。但愿这部书能给党史、军史研究工作提供一些史料，给青年一代提供一个历史思考的空间，让革命的火种永远长明！

最后，我代表女兵们向热心支持这部书出版并题词、作序的各位领导致谢！向西藏各有关单位、向关注本书的新闻媒体致谢！

祝大家新年快乐，身体健康！祝西藏繁荣昌盛，扎西德勒！

首批进藏女兵在京纪念西藏和平解放56周年

5月23日是西藏人民大喜的日子，56年前的这一天即1951年5月23日，《中央人民政府和西藏地方政府关于和平解放西藏办法的协议》签订了，宣告西藏和平解放。5月25日，中央军委、毛主席发布进军西藏的训令，中国人民解放军奉命执行进军西藏、解放西藏、建设西藏的任务。从此，西藏人民在中国共产党领导下，驱逐了帝国主义势力，推翻了封建农奴制，获得了翻身解放，过上了幸福生活。我们这些头发花白的老人，就是当年奉命进军西藏的年轻女兵，聚集在西藏自治区驻北京办事处，隆重纪念西藏和平解放56周年。

出席座谈会的有除病残外的正在北京安度晚年的全体女兵和特邀嘉宾西藏自治区原党委第一书记阴法唐、西藏军区原司令员姜洪泉、西藏军区原顾问张均、全国妇联副主任阿沛·才旦卓嘎、西藏军区青年部原部长魏克、西藏军区原司令员张国华的女儿张小康、西藏自治区人民政府原主席多杰才旦的女儿才旦卓嘎、西藏驻京办主任强新、中央电视台军事部孙军、中国西藏信息中心杨月云、中国西藏文化网赵月以及个别女兵的丈夫共50多人。

今天下雨路滑，天空阴沉，大家唯恐错过难得的机会，克服行动不便的困难，仍积极从很远地方赶来参加，不少人提前一个小时就到了。老战友见面，无比亲切欢快，争相诉说当年在西藏

《首批进军西藏的女兵们》一书封面

共同度过的艰苦岁月时的趣事，往事一幕幕拉近，女兵们顿时青春焕发，个个喜笑颜开，仿佛又回到了青年时代。

会议由《首批进军西藏的女兵们》一书的原编委会主办，具体由吴景春和我发起、组织并主持。我在会上讲话。首先阐述了“5·23”的来历及纪念的意义，通报了《首批进军西藏的女兵们》一书出版发行六年来的情况。“女兵”一书面世后，获得社会普遍好评，认为它朴实无华地记录了女兵坚忍不拔的精神，战胜缺氧、饥饿、寒冷等艰难险阻，徒步行程四千多公里，进行了“第二次长征”。女兵们在进军西藏、解放西藏、建设西藏各项事业中所做的贡献将永远载入史册。它是一部爱国主义教育、传统教育的好教材。正如多杰才旦主席所说的，“她们在解决西藏问题上做出的重大贡献，是空前的，也是绝后的”。这部书得到了区党委的肯定，获得了自治区党委宣传部“五个一精神文明”工程奖，载入了《中共党史大事记》。全国各地的人向女兵们索书、买书、借书，并请女兵去单位作报告的事络绎不绝。

一、引起传媒和影视界的关注

报纸杂志采访、选登女兵文章不少。要想用“女兵书”改编、创作电影电视剧并正式向我们索要书的不下十起，有一个企业和一个机关曾经联合写出三个版本的剧本，我们看后认为不行，已退回，没再继续进行。

香港凤凰卫视于2005年4月要一套书，拟编成电视剧，计划在西藏自治区成立40周年时播出，至今没成。

云南省中国国际文化交流中心基金会于2005年4月设想拍首批进藏女兵的电视剧，定名为《雪白的哈达》，得到了云南女兵的帮助，也采访了她们。写剧本的设想已报告云南省民族事务委员会，在广电厅立项。全国政协副主席阿沛·阿旺晋美已经为该剧题写了藏文名。此事已报西藏自治区党委宣传部，宣传部同意他们的意向，批示说因为西藏问题复杂敏感，必须请在京的李

2001年11月25日，北京《首批进军西藏的女兵们》领导小组和部分女兵开会时合影

国柱等老同志审看。剧组主编于2006年6月30日到京，根据西藏自治区宣传部的意见，我组织邀请了在京西藏这方面的领导、专家开会论证。当时中央电视台负责电视剧制作的同志也参加了讨论。据了解，该剧本本来已写成，可最近又听说全部推倒改写，年底有希望完成，筹款等工作正在艰难地进行。这个剧是否能如愿以偿，还有很长的路要走。

中国人民解放军军事科学院军事历史研究所主办的《军事历史》杂志特约记者纪晓松，根据女兵一书追踪采访了女兵，撰写了首批进藏女兵特写《天边的雪莲》，发表在2006年第7期、第8期上。该同志为女兵事迹所感动，在北京、成都、重庆、济南、南京等地用了半年时间采访了100多位女兵，拍了大量照片，拟重新整理女兵书，已编写了反映首批进藏女兵电视专题片《征服“世界屋脊”——1951：千名女兵徒步进西藏》，正在上报中央电视台审批。采访中发现不少女兵生活不宽裕，有不少困难，但对党有深厚的感情。他正在向全国妇联及有关单位呼吁，建议对首批进藏女兵给予什么荣誉，以示安慰。

二、激发了女兵的创作热情

“女兵书”出版后，我先后收到女兵正式出版的著作十几本，有吴景春的《赤心集》、赵邦玲的《触摸太阳最近的地方》、顾曼舟的《残缺的爱》、刘延的《聆听岁月》、李俊琛的《记忆的浪花》、惠琬玉的《岁月留痕》、贾湘云的《湘云选集》、李国柱的《西藏江孜1904年抗英斗争的历史记忆》、周霞云等集体创作的《熔炉》、江一的《江一画集》、周汉一的《周汉一书画》、严勋清的《严勋清桑榆书画集》，还有四川乐山女兵编的《女兵》电视剧。至于在各地刊物上发表的文章无法统计。响遍国内外的《洗衣歌》编导李俊琛最近编导的舞剧《一把胡琴的故事》正在紧张排练，准备参加建军80周年庆祝活动。

《首批进军西藏的女兵们》编委会成都领导小组成员

三、关于女兵书再版问题

鉴于多方要求，西藏军区副政委建议再版女兵书，西藏党史研究室和西藏军区于2006年7月10日在西藏军区政治部开会，专题研究了“女兵书”的再版问题。军区有叶万勇副政委、政治部杨双举主任、创作室许明扬主任、宣传处长，自治区党委党史办副主任汪德军、宣传部副部长钟声等参加，女兵是我代表参加的。对再版的具体细节、分工、组织领导、经费开支等都作了具体研究。2006年12月12日，党史研究室主任车明怀同志在京办召集女兵书编委会及部分老兵开会介绍女兵书再版的有关情况。为把再版工作搞好，要求女兵们积极协助配合，提供在藏时工作、学习、开会、生产劳动等照片。

四、近年影视上呈现的西藏热、女兵热现象

有关女兵的作品出台前后都要求当年女兵原型配合。所以我们经常接受采访，频频出现在影视剧中，如根据成都军区女作家裘姗姗文学作品改编的电影《我的格桑梅朵》、电视剧和话剧《我在天堂等你》。

中央电视台军事部拍的电视片《首批进军西藏女兵的故事》上下集，多次反复播放，收视率较高，影响面较广，之后又拍了女兵的专题片《西藏情未了》。这次开会，当晚军事新闻就播出了。

中国西藏信息中心、西藏文化网将2003年女兵在京召开《首批进军西藏的女兵们》出版座谈会及书的主要内容摘编、2004年女兵在西藏驻京办纪念“5·23”座谈会以及今年的女兵在西藏驻京办纪念“5·23”座谈会情况、照片一直放在这两个网上，便于随时查询……

最近中央电视台军事部同成都军区联合拍的《解放西藏》专题电视剧，采访了不少首批进藏女兵。

中央人民广播电台采访播出也很频繁，就不详述了。

嘉宾中首先邀请西藏自治区驻北京办事处主任强新讲话，她说看了女兵书后，很受感动，赞扬当年老大姐们历尽艰辛为西藏解放事业所做的贡献，决心学习继承老同志的光荣传统，把西藏工作搞好。经过一代代建设者们的努力，西藏发展很快，特别是改革开放后，城市大变、农村大变、市场繁荣、物资供应充足、人民生活水平提高，西藏现在与过去大不一样，现在西藏很美，拉萨就更美。

接着，阴法唐书记代表老领导讲话，他说今天是纪念西藏和平解放56周年，同时也是毛主席在延安文艺座谈会上的讲话发表65周年。《首批进军西藏的女兵们》一书出版已六年了，这

本书在西藏、全国都打响了，这是女兵们的光荣，值得敬佩，“首批进藏女兵”已成为“18军”之外的又一个普遍传颂的专有名词。对女兵书可以用十二个字概括：进藏—女兵—首批—特困—自撰—真实。要求女兵们继续发扬“老西藏精神”，发挥余热，为宣传西藏、建设西藏显示女人才华，永放光彩。他还就“老西藏精神”作了精辟的论述（会上发了建藏老干部协会第二分会印发的“论老西藏”专辑）。

会上宣读了自治区党委党史研究室发来的贺电。传达了全国政协副主席阿沛·阿旺晋美对会议的祝贺及对首批进藏女兵们的慰问。

由于时间关系，女兵们没能在会上发言。中午就餐时，大家畅所欲言，认为会议开得很成功，表示对聚会很满意，感谢京办给大家提供了会场，也感谢珠峰宾馆为女兵提供的热情服务等。聚会在老歌《歌唱二郎山》、《我们走在大路上》歌声中结束。

2007年5月25日于北京

《首批进军西藏的女兵们》问世前后

1995年秋，我应邀参加西藏自治区成立30周年庆祝活动期间，中央代表团副团长、全国政协副主席钱正英大姐和西藏自治区党委巴桑副书记接见了出席大会的第一批进军西藏的女兵代表（共8人，北京有我和吴景春等5人，拉萨有3人），开了座谈会，合影留念。《西藏日报》第二天就报道了这条消息。这种光荣感，久久地留在我的脑海里。我同景春同志商议，若能将女兵进军西藏这段难以忘怀的历史整理成书，留给后代，无疑是很有意义的事。

不久，看到一些报纸杂志介绍《一次悲壮的女兵大进军——500女兵进藏纪实》一书和作者缩写的文章，文中虚构和捏造故事情节，不仅荒唐离奇，而且在政治上有害，有损民族团结……为此，阴法唐同志专门写了批判文章，上报中央宣传部，中宣部决定禁止此书发行，并将阴法唐的批判文章刊登在《图书评论》上。

我意识到“西藏问题”很敏感，也很受社会关注，我们是真正的进藏女兵，自己不写不说，就会有人乱写乱说，我们应该拿起笔，告诉世人事情的真相。

一、宣传、组织、发动

关于出版女兵回忆录的事，我和景春商议于1998年11月19日在我家开会，约了在北京的第一批进军西藏的女兵共11位同志参加，她们是18军军直安佩、王先梅、江一、郑文姗；52师田涛、王惠文、李国柱；53师曾昭琼；54师黄从德；18军独立支队吴景春，并邀请了阴法唐同志参加，就出版进藏女兵回忆录的事同大家商议。首先我和景春同志谈了倡议出版回忆录的缘由，接着阴法唐同志从报刊乱写的事实，阐述了出版回忆录的重要意义，表示支持女兵的倡议。会上宣读了预先请郑文姗同志起草的《关于编辑出版首批进藏女兵回忆录致老战友的一封信》（以下简称《一封信》）。在大家讨论达成共识的基础上，明确了几个具体问题：（一）首批进藏女兵范围。只要是1950年春至1951年底进入西藏地区（含当时西康、甘孜等地），不论从事何种工作，都应属首批进藏女兵。（二）活动内容。通过相互联系，宣传发动个人或集体撰写回忆文章，文章内容自定，交稿时间1999年5月底；弄清女兵名单，含地址、电话、进离藏时间、单位，包括已故战友名单和她们的遗作。（三）联系问题。为避免遗漏，采取纵横双向联系的方法，既以进藏部队为单位有专人分工负责，又以居住地区（划五个片）分片专人负责。明确了各部队、各片负责人。对出书计划（1. 回忆录，2. 女兵名录）、经费筹集、筹备组组建等问题亦进行了讨论。并写成《情况通报》第一期，要求会后大家分头将《一封信》和女兵会议《情况通报》第一期复印后寄给战友，并要求战友收到后立即复印转其他战友。有的同志还设计了女兵登记表一块寄出。

掐指算来，第一批进藏女兵，这时多数已是60岁上下的老人，少数已有70多岁了，藏族同志大部分在西藏安家，汉族同志绝大部分已调回内地各省，她们在哪里、究竟有多少人，我们心中没数。

北京女兵召开会议的消息传出后，得到女兵们积极热情的响应，向全国各地发出几百封信，有的发几份，有的发几十份，有的收到多份，互相通气，互相串联，形成高潮。女兵们这种滚雪球式、拉网式宣传出书，寻找首批进藏女兵名单，酝酿写稿的事已在各省西藏内调干部中成为热门话题。不久，大批女兵名单和对出书的意见、建议像雪片似的飞到北京和各联络片联络人手中。为了使首批女兵名单准确无误，我们又通过组织，摸底核对，曾向西藏自治区党委组织部、档案局、老干部局、人事局及西藏自治区驻内地各办事处发函查询，均收效甚微，仅自治区档案局提供了一份独立支队进藏女兵名单。同时还向男同志及有关部门打听、多方查找。截至 1999 年 2 月 17 日，成都、北京片收到名单 300 多人，据此，我们研究决定女兵名单收集整理核对工作，成都由李宁同志负责，北京由方逢辰同志负责，西安由贾瑞梅同志负责。最后由成都方面综合编辑出版。

1999 年 3 月 4 日，我们将《一封信》和《情况通报》第一期、第二期，向西藏自治区党委领导、西藏军区领导、自治区党委宣传部做了汇报，3 月 4 日，西藏自治区党委宣传部张晓峰同志来电话称：出版女兵回忆录一事，宣传部部长、副部长均有批示，指出这是件好事，应支持，并批准列入自治区成立 50 周年大庆办项目。

1999 年 3 月 16 日，我趁去成都公出的机会，在西藏干休所召集成都、拉萨分片负责人和部分进藏女兵 17 人开会，就前一段工作交流了情况，并对如何加强组织领导和征集稿件的组织工作等问题进行了讨论。会议邀请了自治区党委副书记李立国和自治区老领导张向明、侯杰同志及党史办马建国主任参加。

会上李立国副书记作了重要讲话。他说：老大姐们倡议出版一本首批进藏女兵回忆录，是一件好事，具有重要的历史意义和现实意义。他还说：我们党经营西藏是成功的，18 军包括独立支队进藏，不仅把红旗插到了喜马拉雅山上，实现了祖国大陆的统一，而且在一个落后、封闭、没有党组织、群众基础薄弱的少数民族边疆地区，推翻了封建农奴制度，对西藏进行直接、有效的治理，使西藏发生了翻天覆地的变化。进军西藏徒步行军两千多公里，远的三千多公里，而且都是在自然条件恶劣的高原上行进，艰苦的程度不亚于长征。在进军西藏的艰苦历程中，女同志要克服比男同志更多的困难，她们是我们党和军队历史上一个特殊的女兵英雄群体，把这些女兵在进军西藏、解放西藏、建设西藏中发扬艰苦奋斗的革命精神和生动事迹写出来，是西藏精神文明建设和文化建设的重要篇章，也是向年青一代进行革命传统教育的好教材。这在西藏党史研究中填补了一个空白，是很重要很有意义的事情。他表示在经费和人力上将大力支持帮助，文字加工可以派人协助，遇到需自治区党委、政府帮助解决的问题，请大姐们及时提出来。最后，他要求把书编好，编成精品，向西藏和平解放50周年献礼。

李立国书记对女兵出书的事给予了很高的评价，他的鼓励和鞭策，增强了我们把这件事做好的信心和决心。会后，李书记指示要请自治区党史研究室负责书的编辑工作。我们立即将这次女兵成都会议情况整理成第三期《简报》，报西藏自治区党委领导、西藏自治区党委办公厅、西藏自治区政府办公厅、西藏军区领导、西藏自治区党委宣传部、自治区妇联等。同时发全国各片女兵组牵头同志，大家得知后都特别高兴。自治区宣传部得知李立国书记对女兵写书工作的指示后表示，今后女兵出书需帮助的，他们会继续支持。

3月19日，我们向西藏自治区党委递交了《关于加强领导等有关事宜的请示》。提出三条：(1) 请自治区党委、政府指定一位领导负责指导；(2)《首批进藏女兵回忆录》编辑领导小组挂靠党史研究室，请党史研究室派三四名同志协助采访、编辑统稿；(3) 请拨款20万元作为出版费用。

为加强宣传联络工作，我们研究决定，北京、成都、西安、拉萨、南京、郑州分别成立领导小组，北京增加了祁奋、刘延两位同志并指定了负责人，其他各省、成都各大干休所、四川宜宾市、泸州市、乐山市、绵阳市等地市设联络组共 26 个，联络员 60 人。此举有力地推动了这项工作的进行，一时间形成女兵互动串联高潮。

3 月 20 日，陈钊同志主持成都领导小组开会，研究分工串联发动工作，领导小组成员全部出动，深入各片各户。3 月 30 日开会汇报串联活动情况。短时间内，成都几百名女兵开始行动起来了。我亦参加了她们的走访活动。之后，我去重庆市串联，在部队和老西藏的帮助下，走访了几个干休所，对发现的线索全走访了一遍，共找到 8 位女兵，对她们提供的外地老兵名单也通了电话。当找到施发伦同志时，她说虽然在西藏历经坎坷，过早离开了西藏，但仍很怀念，西藏现在还没忘记她，她非常感动，事后她写了几篇文章和几首诗歌，歌颂那段难忘的岁月。见到女兵龚荣春同志时，她丈夫刚去世，心情很沉重，不愿意写。当我了解到她曾参加过西藏阿里地区早期工作，又参加过中印边境自卫反击战中的战俘营工作时，就说服她把这段有意义的经历写出

与当年的藏族女兵高世珍合影

来，在老西藏同志的鼓励帮助下，她终于写出来了，为我们的书填补了一项空白，还当了重庆片的联络组长，积极投入女兵一书的工作中。

西藏自治区政协副主席、首批进藏女兵拉萨片负责人高世珍同志于1999年5月31日在拉萨片召开了女兵座谈会，宣传讲解出版首批进藏女兵回忆录的意义、征稿要求等。自治区党史办万主任出席了会议，女兵到会18人，全是藏族同志。这条新闻《全国政协报》在6月4日作了报道，并登在头版头条。

自治区《党史资料》1999年第二期开始刊登我们《首批进藏女兵回忆录》成都座谈会的消息、组稿进展情况、李立国书记参加女兵座谈会讲话主要精神和女兵代表合影照片等。

就这样，首批进藏女兵要撰写回忆录出书的事，在全西藏、全国逐步传开了。

二、组稿、编辑

我们虽倡议写书，但对这项工作较生疏，计划要求考虑欠周，又没提出指导性意见，有的问题缺乏预见性，结合女兵实际不够，使多数同志感到很为难，不知从何动笔，要求交稿时间又太紧，又没有要求女兵预报各自撰写内容提纲，待交稿后发现问题时再纠正，已无法弥补。如交的稿子内容多数是进军西藏初期，修甘孜飞机场的艰苦岁月，这是必要的，但解放西藏、建设西藏中的事迹更生动、更精彩。可是这类稿件相对少些。

成都片的女兵多（400多人），反映的思想顾虑较集中，成都领导小组根据在组稿中存在的问题，于5月8日召开各片牵头人会议，专题研究稿子怎么写，写什么，怎么避免雷同、重复和写回忆录的意义等具体问题，使到会同志提高了认识，懂得了方法。将这次会议情况通过简报传到全国各地后，有力地推动了组稿工作。同时我们宣布将交稿时间推迟到1999年年底。宽松的时间，让大家可以充分地回忆酝酿。交稿字数也没限死。

尽管谈到上述不足之处，我们倡议出版女兵回忆录通知发出一年来，得到全国各地的战友们积极热情支持，大家发扬了“老西藏精神”，不顾年老体衰，不顾疾病缠身，不顾酷暑严寒，特别是七八十岁的老大姐们亲自动笔，藏族同志也动起来了，有的丈夫刚刚去世，强忍悲痛拿起笔（有四人），有的翻箱倒柜查找资料，有的结伴座谈，共同回忆当年战斗经历，有的儿孙帮助抄写。一时间，女兵写书成了“老西藏”中的热门话题。7 月中旬收到来稿 162 份，为敦促大家写稿，将已收到稿件用简报形式，将撰稿人姓名、文章题目通报了一次。截至 11 月中旬，我们收到稿件增至 300 余篇，女兵名单增至 800 多人。

我对所有收到的稿件，最初逐一登记，通读一遍，将主要内容摘抄备用。因文章太多，读不过来，曾邀请安佩、方逢辰、曾昭琼、王惠文、郑文姗、黄从德、江一等同志来家帮助通读摘抄。女兵稿件约一半是打印的，一半是自己手写的，个别是撕的笔记本纸写的，错别字也多，整理难度大。当我们正在为改稿、打字为难之时，1999 年 4 月 27 日西藏党史办主任万金明同志来电话称：李立国书记决定请自治区党史办帮助女兵搞编辑工作，党史办已开会决定抽出领导四人（唐水江、傅选民、万金明、何晓栋）及其他工作人员全力以赴帮助女兵改稿，女兵可将稿子全部交党史办，统一修改，统一打字，输入电脑。同时告知，根据女兵申请报告，西藏财政已拨款 5 万元作为支持女兵出书经费。

最初我们同成都领导小组负责人陈钊同志商量，女兵稿子质量差的先不上交，选好的交，但由于时间、打印、组织人初审等都较难，后来根据党史办的意见，凡是来稿，一律上交党史办处理。

我们的任务从此改为将收到的原始稿件（含照片）登记（一式两份），陆续打包转送拉萨。由于我们没经费，又怕寄丢，只得求助西藏自治区驻北京办事处和中央机要局帮助。经北京转拉萨稿件共6批，从1999年5月3日起至年底，共转去稿件200多篇（零星稿件延至2001年3月）。经成都转拉萨稿件120多篇，这些稿件在成都均经过初审编辑。

1999年10月27日，西藏自治区党史办发来关于《首批进藏女兵回忆录》编辑会议纪要。主要说他们接受任务后，全体编辑人员满腔热情，共同努力打印、修改，任务已基本完成。对编辑提出四点建议，要求我们征求大家意见，再将女兵意见迅速反馈。我们立即将党史办提出的四点建议连夜传真给各领导小组、各片，各组立即召开了会议，传回她们的讨论意见。大家一致认为，西藏自治区党委、政府、西藏军区及党史办等领导机关和单位的重视、关怀和支持，使我们的出书工作得以顺利开展，并赞许党史办参加编辑工作的同志，认真负责、饱含激情、不辞辛苦、力争编好书的精神。令我们这些白发人深感欣慰，这对我们更是一种鼓励。对编辑方面，建议以纪要中的第一编辑方案为主，即尊重老同志的劳动和感情，来稿争取全部采用，原则上每篇稿子单独刊用。编辑中也还可采用其他几个方案中的可行办法。有的稿子内容充实，但篇幅过长，可删繁就简，采用其有特点、有新意的部分。有的内容雷同，亦可将同一题材的类似几篇稿子综合编写，加工润色成一篇，再一一署上作者的名字。有几篇较长的文章都浓缩了。我交的稿子超过了规定字数，初审时主动将写的进军部分删掉（1950年9月至1952年8月）。

文章编排顺序，建议以西藏革命历史为经，以女兵们的人和事为纬，从一个个侧面编织成一幅西藏革命历史画卷。女兵们自己写的哪怕是一个足迹，一点心声，点点滴滴都是画卷中的一个画面，都是画卷的组成部分，都应该放在当时的时代背景和当地的环境条件下来观察，来掂量。

党史办副主任傅选民同志于1999年11月28日，专程来北京同女兵书领导小组成员开会，共同研究了这样几个问题：女兵书的目录排序以参军时间兼顾现任职务；来稿中非首批女兵写的文章不用，已约的稿做好退稿解释工作，稿子转党史办刊用；专写男同志的稿子不用，转交党史办刊用；女兵书由党史办负责出版，选出版社、征订、书号等由党史办解决；发书范围：凡首批进藏女兵人手一册，撰稿人一册，各领导小组成员、联络员、片、组负责人各一册。另对书的前言、序言、编后、书名、题词、印数、刊用照片等问题均作了探讨。

关于审稿流程，经同党史办协商，他们打印、初审编辑成册，交女兵复审后，退回党史办再复审定稿出版。我们女兵审稿工作分四个片，即成都、北京、南京、西安。四个片审后，交成都总审，然后寄回党史办。党史办寄出的女兵稿成都片是2000年12月10日收到的，北京片是2000年11月12日收到的，共五套，收后我分送南京、西安各一套，余三套由我们编委会分工分别审看，我同景春合看一册，要求全看一遍，郑文姗、刘延两同志各看一册，安佩、田涛同志各看一部分。因时间紧，书少轮转不过来，实际看得较粗。由于文化水平和经历有限，对文章中所述事实是否属实等也拿不准，基本保持来稿原貌，仅在文字上加工修改，还是本着文责自负的精神。对未被选入的97篇稿件，编委会开会审议后决定，由刘延同志负责将其中48人的稿子统一摘编成一篇文章《岁月驼铃》，并署上各位原作者姓名。女兵稿子中快板、诗词等稿件都写得很好、很活泼，党史办初选时全部减掉了。我估计可能是考虑文章风格统一问题。

审稿过程中，我们聘请了尹锐、张承志、倪潜三位同志协助，他们满腔热情，积极认真、细致地帮助把关，特别对一些重大问题提出了勘误、修改意见。成都片在陈钊同志领导下全组艰苦奋战60天，终于胜利完成修改任务，将女兵书修改意见于2001年2月10日送回拉萨。我们送交党史办女兵文章共333篇，他们初审编辑减去后余187篇，编了三册，上册42篇、中册63篇、下册82篇。经女兵编审后送回党史办时是187篇，三册。正式出版定稿时，党史办决定减少10篇，为177篇，分上下两集，撰稿人240人。文章的编辑上听取女兵意见“每篇稿子单独使用”，既没按内容，也没按时间分类，保持各篇文章原貌。

总之，我们女兵书写的文稿，乘汽车、火车、飞机来回走了多次，经过许多人的辛勤劳作，这可能是罕见的。

2000年6月27日，党史办何主任通知我们：经研究女兵书升格了，自治区党委决定要为女兵书写序言，自治区领导还要任顾问，书出版后版权归党史办，书由西藏人民出版社出版，对书名、编委会组成名单等都提出了具体意见。我们编委会经讨论后，于7月3日向党史办报告：关于书名女兵领导小组讨论过多次，提出过多种方案，如“女兵不老”、“女兵永远年轻”、“不老松”、“雪域女兵颂”，最后我们建议用《首批进军西藏的女兵们》为好；版权归属，同意党史办的意见，归党史办。《首批进军西藏的女兵》编委会一直没正式成立，我们仅在对外联系工作时，开始称“筹备小组”，1999年3月8日以后长期沿用《首批进藏女兵回忆录》编辑领导小组，任职也长期没明确。组成人员仍是维持初期倡议出书筹备组的那些同志，曾聘著名女作家杨星火同志任主编，后她不幸去世，就没再提及此事。

关于为女兵书写序问题，经研究决定由热地书记、阴法唐书记两人写序。

党史办2000年11月给我们寄来的女兵书稿中，关于出版单位的署名，只写了《西藏自治区党史研究室》。我们于2001年2月9日上报党史办提出，署名应加上《首批进军西藏的女兵们》编委会，这样出书时才正式写上了西藏自治区党史研究室和《首批进军西藏的女兵们》编委会编。应该说女兵书正式面世时，我们才有了正式名字即《首批进军西藏的女兵们》编委会，编委会名单由党史办通知正式敲定，即顾问9人，其中省级5人，他们是：阴法唐、李觉、热地、巴桑、李立国、王先梅、尹锐、张承志、倪潜；编委会主任吴景春、唐水江、李国柱，副主任高世珍、安佩；委员有女兵14人；主编陈钊、唐水江、李国柱；副主编党史办万金明、徐跃；女兵有惠琬玉、李宁、郑文姗。编辑全是党史办的同志，责任编辑何晓栋，女兵刘延、章道珍、贾湘云，共32人，其中党史办9人。编委会成员目前已去世5人。

关于女兵出书经费问题，我们曾向自治区党委、政府、西藏军区、自治区妇联正式写过申请报告，女兵高世珍、扎西旺姆代表女兵向拉萨市委、市政府、西藏自治区邮电局，申请资助，我们收到捐款后，分别给他们写了感谢信。另西藏自治区举办民主改革40周年大庆期间，我们代表1100名首批进藏女兵向大会发去贺电，此文刊登在2001年7月22日的《西藏日报》头版头条。大庆办给女兵赠送纪念章1200枚。女兵都在自己家里办公、开会，充分发挥书信、电话、传真的作用，据统计，北京、成都领导小组召开会议几十次，长途电话、寄发、复印有关材料不计其数，都是女兵自己筹备。北京领导小组会议多数在我家开，起草报告、简报发文多数由我办，印刷用纸由吴景春同志设法解决。

关于出版《首批进藏女兵名录》，在全体女兵，特别是李宁、方逢辰、贾瑞梅同志的努力下，当时收集到女兵名单共1162人，其中有地址的763人（藏族35人），已故99人（藏族12人），有名暂无地址的302人（藏族12人）。已于2000年10月编辑成册，共4万字，印了1200册，名为《首批进藏女兵名录》。发全体女兵，同时赠送西藏有关单位。这本小册子用处很大，不仅女兵查找战友方便，男兵也经常用，但由于首批进藏女兵无档案资料可参考，全凭老同志回忆提供，遗漏差错不少，从女兵反馈的意见看，需要再广泛听取意见后，补充修改，使之更加完善。

2001年7月30日，吴景春和我在拉萨同西藏自治区党史研究室领导开会，党史办唐主任宣布决定，并共同研究了这样几个问题：（一）女兵出书经费已解决，书稿已于7月中旬送西藏人民出版社，争取当年“十一”前后印刷发行。书名《首批进军西藏的女兵们》。有三位老领导李觉、陈明义、范明题词，热地、阴法唐同志作序，书分上下两集，约100万字，印数5000册。（二）《首批进军西藏的女兵们》首发式在西藏拉萨举行。

届时邀请自治区四大班子、党委委员、军区、自治区有关部门领导和在拉萨的全体首批女兵、军队女兵代表参加，会议由党史办主办。北京、成都分别举行《首批进军西藏的女兵们》座谈会，由北京、成都女兵领导小组负责主办。（三）发行问题。由党史办负责统一发行。决定给首批进军西藏的女兵每人免费赠书一套，凡投稿的赠书一套，参加劳务的各赠书一套。

发行这样大量的书（约 4000 本），又发至全国 26 个片、点，要清点数、写地址、送火车站等，工作量大又琐碎，全由我们成都女兵自己动手干，是李宁同志和党史办李天明同志带领女兵编辑部的益西卓玛、洛桑卓玛、赵明、惠琬玉，以及郑国芬、宋惠玲、石继蓉、娜荣等近十位女兵大干了六天才送出。北京女兵分配的书，加上会议用书、编辑部集体订购、个人订购，共几百套，我专门申请车，组织年轻人帮忙，去郊区火车站取，那些天我家的阳台、屋里屋外各处堆的都是书，女兵来来往往取书，也忙乱了多日。

8 月 22 日，北京领导小组开会，我和景春介绍了在拉萨同西藏自治区党史办共同开会决定的事项及我俩在拉萨片、成都片女兵领导小组开会传达的情况。起草了第八期《简报》，向全国女兵通报，并就在北京召开座谈会准备工作进行了细致分工，同时还着手总结工作。

三、在北京举行《首批进军西藏的女兵们》出版座谈会

根据西藏自治区党史办安排，《首批进军西藏的女兵们》（以下简称“女兵们”）的出版首发式于 2002 年 1 月 25 日在拉萨举行。

北京座谈会于 2002 年 2 月 7 日在中国藏学研究中心多功能厅举行，会场上播放西藏 50 年代的老歌曲，让大家一进入会场，

就感到浓浓的西藏情。出席会议的有：全国人大副委员长彭珮云、全国妇联主席顾秀莲、解放军总政治部宣传部副部长吴昌德、全国妇联副主席阿沛·才旦卓嘎和曾在西藏工作过的阴法唐书记、姜洪泉副司令、多杰才旦主席、陈卓副书记、牛瑞駉副主席、原18军支司负责人解放军总后勤部胥光义副部长等20多位省军级领导、中央各部委领导、北京市有关单位领导、西藏驻京办领导、西藏中学校长和新闻媒体领导、记者，以及在京全体首批进藏女兵，共约150人。

会议由编委会主任吴景春主持。我和女兵代表江一讲话，阴法唐、顾秀莲、彭珮云、吴昌德、胥光义、多杰才旦等领导都讲了话，女兵子女代表卢小飞也讲了话。安佩同志宣读了各地给女兵座谈会发来的贺电贺信，其中有阿沛·阿旺晋美副委员长，全国人大常委、西藏政府原主席江村罗布，西藏区党委原副书记李文珊，西藏军区政治部，以及西藏军区政治部原副主任宋开元作的诗，胥光义写的条幅，女兵周汉宜的字画、题词等。领导的讲话和贺电都对女兵书作了很高的评价，他们称：这部巾帼巨著反映的进军西藏、解放西藏、建设西藏的历史事实和首批女兵真实感人的贡献，是用血与汗谱写的我们党史、军史和妇女运动史上一曲可歌可泣的英雄篇章，在世界女兵史上也会占有灿烂的一页。多杰才旦称："这个群体，在解决西藏问题上她们既是空前的，也可能是绝后的群体。"

会议间歇，"老西藏"的部分子女们将自购的鲜花佩戴在女兵妈妈们胸前，温暖了女兵的心，大家激动地流下了欣慰的泪水。会议中，女兵们集体合影，又同西藏的老领导合影，大家特别高兴。

会议开得既隆重又生动、活泼，领导对女兵和女兵书评价那么高，使女兵受到很大教育，他们不仅对过去的艰苦奋斗感到光荣，无怨无悔，也增强了安度晚年的信心，决心在有生之年继续发扬"老西藏精神"为西藏和祖国建设尽微薄之力。

四、新闻媒体对“女兵们”出书的关注

翻开西藏历史，女人写西藏事的书，国民政府时有女密使刘曼卿写过《康藏轺征》，解放后杨星火、马丽华撰写过多本著作。像我们这样组织1100多名首批进藏女兵（70～80岁的老人）参与，有240人撰稿，又多是自己写自己、形成100万字的巨著，实属首创，历史罕见。藏学专家多杰才旦说：“这部书为西藏问题留下了极其珍贵的历史文献，吐蕃时期，从长安去了两个公主（文成公主、金城公主），但实际的进藏事迹，历史文献留下的很少，我们这1100多名女兵群体，她们留下的这个文献是特别有历史价值的。”所以，我们写书的事初期就受到各种媒体的关注。《人民政协报》1999年6月4日登了西藏政协副主席高世珍在拉萨召开首批女兵会的报道，随后刊登了中央人民广播

《首批进军西藏的女兵们》一书启动十周年纪念合影

电台张小平写的《进军西藏的青春之歌》;《人民日报》发表胡果写的《激情燃烧的岁月》等两篇;《中国妇女报》发表主编卢小飞写的《喜马拉雅杜鹃红》、《她们是英雄群体》等三篇文章;《中国老年报》登了王先梅写的《先遣支队过雪山》等三篇文章,《西藏日报》刊登了首批进藏女兵书简介、祁奋等写的《青春无悔》等8篇文章,《中国人口报》用整版篇幅刊登女兵书在北京座谈会上各位领导讲话要点。《解放军报》、《光明日报》、《北京晚报》、《中国民族报》、《民族大型周报》、《中央党校报》、《四川日报》、《贵州商报》、《贵州晚报》、《贵阳市报》、《西藏广播电视报》等报纸对女兵出书也都有报道。《中国电视报》登了《西藏不了情》等。

杂志方面。登女兵文章、情况最多的是《西藏党史资料》,从1999年陆续刊登女兵出书信息、文章、照片,2002年第一期刊登了女兵书在拉萨举行首发式和北京座谈会上的全部讲话和17幅照片,论文及阴法唐的批判文章等。《西藏政协》杂志刊登了北京女兵座谈会上各位领导的讲话全文。《中国藏学》以《藏汉女兵亲历记》为题摘登了女兵书中的20篇文章,《中国西藏》刊登了《徒步进军西藏》、读后感和书评。《党的文献》刊登了《第二次长征》。《福建支部生活》、山东《老年之家》、《今日贵阳》等刊物都登了女兵文章,《福建支部生活》刊登了我进军西藏那段历史,中国藏学出版社为纪念西藏和平解放50周年出版的《深情的哈达》,该书共15篇文章,其中选了女兵文章7篇。《中国军事历史》特约记者纪晓松写了《天边雪莲》,还出版了《天路行军》一书,全是根据女兵书写的女兵故事。

电视方面。中央电视台、西藏电视台对拉萨女兵书首发式和北京女兵书座谈会都作了报道外,中央电视台《夕阳红》栏目作了专题报道,《国防时空》栏目制作专题节目《首批进军西藏女兵的故事》上下两集,各40分钟。并反复多次播出。还采访了我个人,制作了专题片《西藏不了情》、《进藏体会》。《西部论坛》栏目制作专题《进藏女兵谈进藏体会》,邀请了50年代、

70 年代、90 年代三个时间段的女兵谈体会，我们 50 年代的被邀 6 人。2007 年冬，电视台采访了田涛、安佩和我，制作了专题片《和平年代》。

广播方面。中央人民广播电台、中国国际广播电台、西藏人民广播电台用汉、藏、印地语做了报道，中央人民广播电台 2002 年 4 月 13 日晚 8 点《星空无限》栏目邀请王先梅、王惠文、李俊琛、高生玉、黄从德和我 6 位女兵座谈进藏故事，直播了一个小时。2007 年春天，北京人民广播电台连续播放进藏女兵故事达半个月。

网络方面。中国西藏信息中心网将他们采集到的关于进藏女兵的会议、文章、照片制成专题在网上发布。西藏文化网对我们女兵的集会于 2007 年 5 月 23 日写了两篇报道，一篇名为《昔日进藏女兵，今日风姿犹存》，一篇《首批进藏女兵纪念西藏和平解放 56 周年》。共用了 16 张照片。

一本普通人写的普通书，能受到这么多不同媒体的青睐，实不多见。

五、小结和后续

女兵书付梓后，首先得到西藏自治区党委的肯定，2004 年 1 月 16 日获得了中共西藏自治区党委宣传部颁发的西藏自治区精神文明“五个一工程奖”，载入了《中共西藏党史大事记》。不少女兵来信来电话谈到对出书的感受，她们为将这段珍贵的历史留下来，感到很高兴、很光荣。有的同志后悔写少了，建议再出一本，有的将新写的稿子寄来了。贵州省女兵李家珍来信说：“大姐，我们虽不曾相识，但你们能在商品经济的大潮中，保持清醒的头脑，呼唤我们回顾革命历史，不能忘记过去。你们不为名不为利，在无资金无物资保障的条件下，积极努力，得到各级党委的支持，终于谱写出壮丽的历史诗篇——《首批进军西藏的女兵们》。它的成功出版来之不易，我对你们从内心发出衷心感谢。”

女兵书的出版，激发了女兵的创作热情。据收到的信息，女兵们个人已先后正式出书13本，其中有吴景春的《赤心集》、赵邦玲的《触摸太阳最近的地方》、刘延的《聆听岁月》、李俊琛的《记忆的浪花》、惠婉玉的《岁月留痕》、贾湘云的《湘云选集》、李国柱的《西藏江孜1904年抗英斗争的历史记忆》、顾曼舟的《残缺的爱》、周霞云等创作的《熔炉》、江一的《江一画集》、周汉一的《周汉一书画》、严勋清的《严勋清桑榆书画集》。乐山女兵的《女兵》电视剧、李俊琛编导的《一把胡琴的故事》，已在建军80周年时上演。

2004年5月23日，我们在西藏自治区驻京办事处召集在京全体女兵开会庆祝。女兵书获西藏自治区精神文明建设“五个一工程奖”。这天女兵到了32人（女兵爱人2人），阴法唐书记、京办张国英书记、办公室主任赵国庆、刘静和新闻单位共40多人到会。

为纪念西藏和平解放56周年，北京女兵于2007年5月23日在西藏驻京办事处集会。

会上宣读了西藏自治区党史研究室发来的贺电，贺电说：“西藏和平解放以来，在近半个世纪的革命和建设中，你们与成千上万的各族干部群众患难与共，血脉相连，并肩作战，汗洒高原，血凝雪域，谱写了一曲曲具有时代特征的英雄之歌、奉献之歌、团结之歌，熔铸了‘特别能吃苦，特别能忍耐，特别能战斗，特别能奉献’的老西藏精神，创造了那段不平凡的历史，铸就了不朽的丰碑。你们的精神、你们的品格、你们的功绩，西藏各族人民永远铭记！而今你们虽年高体弱，但仍不辞辛苦，发挥余热，辛勤笔耕，给后人留下了极其宝贵的精神财富和珍贵资料，为西藏的党史研究，为西藏的三大文明建设做出了贡献。我们向你们表示崇高的敬意和感谢。”会上还传达了全国政协副主席阿沛·阿旺晋美对会议的祝贺及对首批进藏女兵们的慰问。

《首批进军西藏的女兵们》从我和景春同志倡议到出版已经10年，回顾走过的路，没有广大姐妹战友的热情参与支持，没有西藏领导的关心，没有西藏党史研究室的大力帮助，以及编委会同志的辛勤劳动、无私奉献，不可能取得如此圆满的成果，我们为能在晚年为西藏党史、军史留下珍贵资料，尽微薄之力而感到欣慰。

2008年12月13日于北京

纪念《首批进军西藏的女兵们》一书启动十周年

2008年11月19日是《首批进军西藏的女兵们》启动十周年。12月12日，在北京的编委会成员及部分女兵，并特邀原西藏老领导阴法唐、郝平南、姜洪泉以及著名女作家、中国藏学出版社总编马丽华、《中国妇女报》总编卢小飞以及18军老同志的子女共20多人，在西藏自治区驻京办事处召开座谈会。

我在发言中说，当年参加编委工作的同志，而今大都已经年过古稀，有的已长眠于九泉之下。记得樊近真老大姐临终前，我赶去看望时告诉她，大姐您安心地去吧，您关心的女兵书很快就要出版了。现编委会成员中已去世5人，钱正英在拉萨接见的8个首批女兵，现已走了三人。北京女兵共57人，已去世8人。所以，我悟出一个道理，自然规律是无法抗拒的，年龄不饶人，给老人办事，要“只争朝夕”。

作家马丽华在发言中说：这部书出版是很不容易的，但它出版后影响之大、广度之深会随着时间的推移越加明显，我和18军没有血缘关系，但精神上是一脉相承的，对你们充满敬意，你们铸就了一座丰碑。我们也传递着“老西藏精神”，这个坐标就是从你们入藏开始的，很多人看了书认为不可思议，现在的人想都想不到，从具体事例看是奇迹，感天动地，你们自己可能没觉得怎么样。当年开拓奉献是伟大的，写出这本书的奉献不亚于当时的实践。现在能用文字传承下来，不光是书面更生动，更重要的是把那种精神传承下来，随着时间的推移，会催生出很多东西，精神的核心是不变的，老西藏的精神会高高飘扬，永远传下去。目前西藏的斗争更复杂了，我们要行动起来，积极配合，前赴后继。我向大家表示敬意，向大家鞠躬。

主编吴景春说：这本书有特殊性，不仅事件本身特殊，发起出版也很特殊，大家从来没有写过文章，出于责任心，对于那段

《首批进军西藏的女兵们》启动十周年留影

历史，我们有责任写出来并保留下来，要原汁原味，有什么讲什么，什么都要保留。

副主编安佩说：这本书代表这一代人对祖国、对人民、对事业、对西藏的热爱。经过进军西藏的考验，什么困难都能克服，那是一樽垫底的酒，进藏时没觉得苦，什么都能做。谭政委说，你们这些小丫头，能走到西藏就很了不起。有进军西藏的考验，是一生都用之不尽的力量，也是教育孩子的好教材，孩子们看完书，组织 20 多人重走父辈路，很感人。这本书的出版弥补了西

藏党史的空白。感谢各位支持，没有各方面的支持，这本书也出不来。

《中国妇女报》主编卢小飞说：我是双重身份，一是编辑，二是第二代，从你们身上我看到了父母一辈的形象，有着历史的价值和作用，回头看这10年真是沉甸甸的。我们看的是精神的传承。出书是件复杂艰难的事，你们做下来了不容易，为中国妇女运动历史留下了重要的一页。

张国华的女儿张小康说：看书后很受教育、很受感动，这不是用语言所能表达的，从你们身上看到父母的影子，我把书带到美国，我的朋友看后很惊讶，知道那个时代的妇女是怎样的了不起，看书后受到感染。一定要把精神传承下去，今天的成果是因为那时努力奋斗打下的基础。

2008年12月13日于北京

青春无悔

——军大三分校99名进藏女兵记事

1950年7月，我们原12军所属军政大学第三分校100名女学员，响应党的号召，加入到18军进军西藏的行列中，至今已半个世纪。当年青春花季的姑娘已是半头白发的老人了。回顾往事，就个人来说，虽业绩平凡，但是，我们有幸参加了解放西藏、统一祖国大陆的壮举，经历了西藏的平叛和民主改革，为保卫边疆、巩固国防，为建设团结、富裕、文明的社会主义新西藏，在雪域高原含辛茹苦，默默奉献，许多同志献了青春献终身，献了终身献子孙，体现了革命的人生价值。对此，我们无怨无悔，引以为自豪!

哪里艰苦就到哪里去

我们这批女兵，是在1949年底重庆解放后参军到军大三分校的。当时，正值党中央、毛主席部署进军西藏、解放西藏，西南局、刘邓首长决定由18军担负这项任务，并要求二野全军支援。而军大三分校决定分配100名女学员到18军。得知这一消息，全校1000多名女学员争先恐后地要求到18军去，到西藏去！在军大三分校形成了报名申请的热潮。后经体格检查、领导审批，选定了100名。经重庆时留下1名，实为99名。名单公

在军大三分校学习时，所在中队分队合影及照片后各自的签名

布后，我们这些被批准的同学兴高采烈、欢欣鼓舞。18 军特派吕松同志来迎接我们，学校还举行了隆重的欢送仪式。我们在锣鼓声、鞭炮声、口号声中，怀着自豪的心情离开了母校。我们从

三分校驻地合川县出发，乘船到达12军军部所在地重庆北碚。在那里休息了3天后，再改乘汽车向川西奔驰，经成都到达18军军部驻地新津。军政治部干部科方其顺同志接待了我们。军首长谭冠三政委还看望了我们，欢迎我们到18军来，并勉励我们要经受住锻炼，以参加具有伟大意义的向西藏大进军。从此，我们这批女兵就正式成为有光荣传统的18军的成员了。其中，分配到军机关的有16名，52师的有10名，53、54师的各7名，军大八分校和卫校的59名。

在进军、筑路的岁月里

西藏素称“世界屋脊”，平均海拔4000多米，高寒缺氧，艰苦异常。我们在翻过二郎山，渡过大渡河，进入四川甘孜地区时，就已进入高原地带了。从甘孜到拉萨1500多公里的路程，男同志平均负重约35公斤，女同志也负重约二三十公斤。我们在高原上每天行程二三十公里，步履维艰、气喘吁吁地翻越连绵不断的雪山峻岭（光是海拔5000多米的大雪山就有十多座），趟过无数冰冷刺骨的冰河，风餐露宿于冰天雪地、荒野草原，时常还断粮断炊。人人还都有不同程度的高山反应，女同志更有生理上的难言之苦。但是，在这被喻为“第二次长征”的艰难跋涉中，我们女兵互相帮助、互相鼓励，硬是和男同志一样，无一掉队，完成了进军任务。

昌都战役后，为解决补给困难，西南军区决定修建甘孜机场以空运物资。从1951年4月至11月，以53师、54师为主，八分校、卫校也投入到了抢修机场的战斗中，军职机关也参加了一段时间。在那段令人难以忘怀的岁月中，女同志和男同志一样，打石头、挑土、拉沙、扛木料，你追我赶，劳动场面壮观感人。当时除住帐篷、简易工棚外，还挖了一些窑洞。有的窑洞因被雨水冲浸而造成塌方，53师4位女同志因此不幸牺牲，其中就有我们三分校的战友赵子珍同志。她是我们 99 名女兵中长眠在高原的第一位烈士。

长期建藏，边疆为家

《十七条协议》签订以后，根据西藏的实际情况，党中央号召进藏部队和工作人员“长期建设西藏”。全军指战员热烈响应，纷纷上书表达“长期建藏，边疆为家”的决心。我们这批女兵在 18 军这座革命大熔炉里，自然不甘落后。

重回高原的女兵

我们进驻拉萨的机关部队，征尘未洗，第一件事就是奔赴拉萨河畔荆棘丛生的荒滩，在那里开荒生产。时值隆冬季节，我们在半饥饿状态下气喘吁吁地用简单的生产工具劳动，困难重重。然而，在军首长谭冠三亲自指挥下，我们女同志硬是和男同志一起战天斗地，披荆斩棘，开垦了 1800 多亩荒地。第二年，18 军改建为西藏军区，大家继续垦荒，精耕细作，喜获丰收。这不仅改善了伙食，还扩大了影响。在此基础上，军区成立了“世界屋脊”上第一个军垦农场——八一农场，揭开了以后持续多年的大生产序幕。

1952年和1953年，部队开展了“向文化大进军”活动，对文盲和文化程度较低的干部战士进行文化速成教育。驻拉萨的机关部队边开荒生产，边学习文化。军区直属队和后勤系统，还成立了文化补习学校。在这项对军队建设具有重大意义的任务中，三分校的一些战友还担任了文化教员，开展教学工作。她们把自己的文化知识毫无保留地传授给了工农出身的干部战士，提高了他们的文化素质。

1959年，西藏发生叛乱。根据党中央、毛主席“边平叛，边改革”的方针，西藏开展了轰轰烈烈的民主改革运动，摧毁了反动、黑暗、残酷、野蛮的封建农奴制度，百万农奴翻身解放，社会制度实现了根本变革和历史性跨越，进入了新的历史时期。在这场翻天覆地的斗争中，我们这批西藏三分校的战友大都参加了民主改革工作队，深入农村、牧场，同群众同吃、同住、

进藏女兵在一起

在拉萨讨论《首批进军西藏的女兵们》书稿时的留影

同劳动。通过访贫问苦，我们同群众建立了深厚的感情。我们向群众宣讲党的政策，提高群众的觉悟，使他们投入到平叛、改革的斗争中。同时，也锻炼、教育了我们自己，使我们更加自觉地长期建藏，全心全意地为西藏人民服务。随 52 师师部进驻江孜的战友参加地方工作最早，有的同志至今能用藏语流利地同藏族同胞交谈。

奉献终身

随着年龄的增长，我们这批女兵同原 18 军的同志结了婚，组成了家庭。作为女性，结婚后自然要生儿育女，但高原缺氧，对母子威胁最大。在西藏生产，婴儿多患心脏病；回内地生产，在漫长崎岖的公路上，又要饱受颠簸之苦，有的同志竟在途中生产了。产后，母亲常把婴儿留在内地，委托亲友照顾或寄养在保姆家中，到入托年龄便把孩子送入保育院，等孩子该上学时再转人子弟学校。当时在西藏还没有休假制度，作为母亲的我们时常牵挂儿女，但当我们回到内地见到儿女时，有的竟不认识亲爹娘，或哭闹，或称呼“叔叔阿姨”。这种痛苦，只有我们这些过来人才经历过。

在前方过惯了艰苦生活，便以苦为乐，习以为常了。后来，有的同志因健康原因调回内地，但仍支持丈夫安心“长期建藏”。然而，夫妻长期分离，必然担心着彼此的健康与安全，牵肠挂肚，思念之苦只有埋在心头。老伴内调了，离休了，我们仍魂牵梦萦，怀念着西藏——我们的“第二故乡”。有的同志仍力所能及地为西藏奉献余热。子女长大了，工作了，受我们的影响，甘愿在西藏经受艰苦锻炼，奉献青春。

我们的晚年，大都过着幸福的生活。多年来，也自然难免患上一些高原疾病，我们无怨无悔！但不能忘记的是，为解放西藏、建设西藏、保卫边疆而献身的烈士们，他们是不朽的！我们三分校的战友，先后在西藏牺牲或在内地病故的有赵子珍、邹玉芳、崔芳敏、曾昭符、屈道敏……我们怀念她们！

我们同西藏有着不解之缘。忆往昔，感慨万千。我们的战友高平同志作《致西藏战友》一诗，以表达我们共同的心声，在此，特摘抄其中一段作为本文的结束语：

山谷中还响着我们的声音，
冰雪中还留着我们的脚印；
我们把青春的年华献给了西藏，
西藏也给了我们心灵的青春，
奔向边疆时走同一条路，
献给祖国的是同一条心；
雀儿山的峰头，布达拉宫的金顶，将与我们的忠诚永存！

（本文与祁奋共同撰写）

江孜抗英历史调查

西藏江孜：1904 年抗英斗争的历史记忆

2004 年是西藏人民抗英斗争 100 周年，西藏自治区党委决定在西藏全区开展反帝爱国主义教育，为了配合这一教育，我同组长谢广廷同志商量，将 1957 年在西藏江孜分工委政策研究室工作时，大家收集、翻译、整理的 1904 年抗英资料集中整理后，由中国藏学出版社出版了《西藏江孜：1904 年抗英斗争的历史记忆》。现将该书目录记述如下，并选登部分文章。

目录

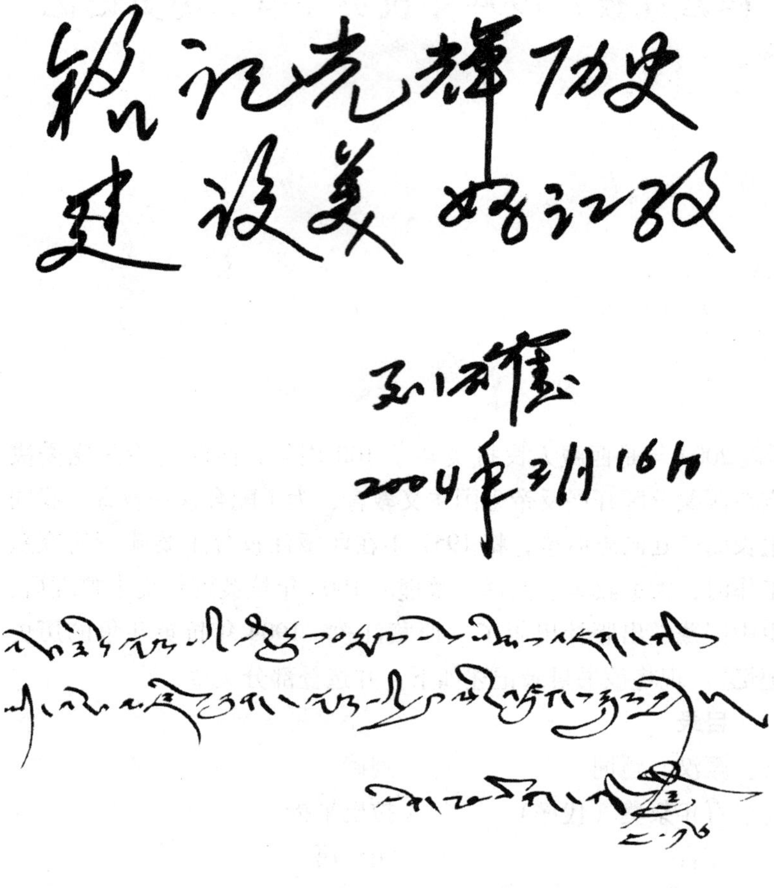

西藏自治区政府原主席列确同志为《西藏江孜：1904 年抗英斗争的历史记忆》题词

敌人的阴谋诡计

侵略军入藏后的暴行

西藏人民的不屈精神

3. 西藏地方政府的战斗动员令

4. 江孜宗政府上报下达的各种命令及前线指挥部通报公文共 32 份

5. 江孜宗辖区贵族、寺庙、政府所属百姓呈报征兵情况公

文33份

6. 抗英民歌共18首

7. 驻藏钦差大臣张荫棠对西藏报告的批示（抄本）

8. 驻藏钦差大臣张荫棠答西藏公众问答条文（抄本）

9. 抗英功臣江孜如本吉普巴亲属访问记

二、特邀文萃

1. 西藏人民的第一次抗英斗争　　王贵

2. 西藏人民的第二次抗英斗争　　王贵

3. 对取消印度在江孜亚东特权的几点回忆　　王贵

4. 抗英老人话今昔　　魏克

5. 英雄城遐思　　单超

三、中英两国签订的几个不平等条约及其他

1.《中英会议藏印条约八款》1890年3月17日

2.《中英会议藏印条约九款续款三款》订立于1893年12月5日，在大吉岭互换

3.《拉萨条约》1904年11月11日

4.《中英续订藏印条约六款》订立于1906年4月27日

四、西藏地方政府的几个布告

1. 藏历木蛇年（1905）抗英战争结束后，西藏地方政府向江孜地区公属百姓发放救济粮和无息定期还粮的清单。

2. 关于百姓每年向驻江孜英军支应物资的有关文件之一

3. 各宗豁每年向驻江孜英军支应物资的有关文件之二。

五、中华人民共和国和印度共和国有关的协定、照会、公报

1. 中华人民共和国、印度共和国关于中国西藏地方政府和印度之间的通商和交通协定（1954年4月29日）

2. 印度共和国驻华特命全权大使赖嘉文致中华人民共和国外交部副部长章汉夫的照会（1954年4月29日）

3. 中华人民共和国外交部副部长章汉夫致印度共和国驻华特命全权大使赖嘉文的照会（1954年4月29日）

4. 中印关于印度政府将其在中国西藏地方所经营的邮政、

由李国柱编著的《西藏江孜：1904年抗英斗争的历史记忆》一书封面

电报、电话等企业及设备和驿站交给中国政府的公报（1955 年 4 月 1 日）

六、中印两国在中国西藏地方的关系在新的基础上重新建立起来（1954 年 4 月 30 日《人民日报》社论）

整理历史，不忘历史[①]

英帝国主义自两次鸦片战争在中国攫取种种特权后，又将魔爪伸向西藏。以英属印度殖民地为基地，向北扩展，一方面借口旅游、通商、传教等向西藏等地渗透，另一方面强行霸占西藏周边邻国和地区，以达侵略我疆土之目的。继而于 1888 年和 1903 年底至 1904 年，先后两次向我国西藏发动了侵略战争。在这两次战争中，特别是在第二次战争中，西藏人民在以十三世达赖喇嘛土登嘉措为首的西藏地方领导下，为了维护祖国统一，领土完整，保卫家园，不顾软弱腐败的清朝中央政府的反对，全民总动员，同仇敌忾，众志成城，进行了一场英勇顽强殊死拼搏的抗击英帝国主义的战争。仅在江孜宗（县）就抗击了近半年，而其中的江孜城保卫战就浴血奋战了三个月，无数壮士为国捐躯，涌现出了众多英勇杀敌的英雄，江孜城因此被誉为英雄城并驰名中外。令人惋惜的是，由于种种原因，在弹尽粮绝、无力坚持的情况下，江孜城堡失守，英帝国主义长驱直入打到拉萨，西藏地方政府被迫签订了不平等条约，向英国赔偿军费，将江孜、亚东、噶达克辟为商埠，准许驻军，设邮电、驿站等。

西藏和平解放后的 1958 年，中共江孜分工委政策研究室集中了藏汉族干部近十人，用了约半年时间，走遍了战争发生的地

① 此文为《西藏江孜：1904 年抗英斗争的历史记忆》一书前言。

方，访问了抗英老人和知情人，收集了大量材料和实物以及藏文原件。今年是西藏江孜抗英战争爆发100周年，为纪念这个光荣而又屈辱的日子，现将当时翻译整理出的70多份原文及《抗英老人访问记》刊登出来。虽然只是反映了一些侧面，但基本可以体现西藏抗英战争的概貌。遗憾的是，正当翻译的过程中，时值1959年西藏转入平息叛乱，进行民主改革，致使工作重心转移。现将当年已翻译部分公之于世，仅供参考，敬请读者见谅和赐教。

本书另选用了魏克、王贵、单超三位同志的文章，以弥补我们不足，特深表谢意。感谢几位领导在百忙中关心本书的出版，并为本书题词、作序。最后，尤其要感谢中国藏学研究中心对出版本书的热情支持和帮助，使尘封百年的文物得以重见天日。

另外，还选编附录了当时中英签订的不平等条约和解放后中国和印度签订的协议、照会、公报和《人民日报》社论，以便使读者有一个较为全面的了解。

2004年7月25日

江孜抗英历史调查回顾

西藏江孜地处国防前哨，历来为兵家必争之地，战略地位十分重要。历史上西藏两次抗英斗争的发生及其失败对江孜地区造成了深刻的影响，江孜既是抗英“英雄城”，又是帝国主义侵略占领的重灾区之一。1951 年 5 月 23 日签订的《中央人民政府和西藏地方政府关于和平解放西藏办法的协议》第一条，明确规定了西藏人民团结起来，驱逐帝国主义侵略势力出西藏，西藏人民回到中华人民共和国祖国大家庭中来。西藏和平解放后，根据 1954 年 4 月 29 日中印两国政府签订的《关于中国西藏地方和印度政府之间的通商和交通协定》的规定，取消印度在西藏继承英帝的一切特权，含设在江孜、亚东的商务代理处，治外法权及撤走江孜、亚东的武装部队。印度在西藏地方所经营的邮政、电报及电话等企业以及 12 个驿站，全部移交中国所有。根据这些规定，1955 年 4 月 1 日至 22 日，印度逐一办理了撤销或移交手续。印度政府从英帝国主义手中继承下来在中国西藏的各种特权的废除，标志着帝国主义在中国西藏的侵略势力的清除。印度驻江孜商务代理处于 1962 年 6 月 3 日终止职权，机构及工作人员于 23 日全部撤走。驻江孜的武警部队于 1954 年 7 月 17 日江孜发生特大洪水灾害时，全部被冲走，其中 11 名士兵被中国人民解放军江孜驻军从洪水中拯救脱险。为此，印度总理尼赫鲁致电周恩来总理表示感谢。同时，1956 年 9 月 20 日中国同尼泊尔签订了《中华人民共和国和尼泊尔王国保持友好关系以及关于中国西藏地方和尼泊尔之间的通商和交通的协定》，废除了1856年中尼签订的不平等条约，尼驻江孜武装“卫队”最后3人也于1957年3月21日撤离江孜，其江孜商务代表处于1959年1月撤离。至此，江孜长达50年丧失主权、备受屈辱的历史终于结束了。但那毕竟是一段不能忘怀的历史，为了不忘历史，弘扬抗英精神，鼓舞斗志，教育后人，中共江孜分工委于1958年春决定，让分工委政策研究室集中精力，调查整理1904年英帝国主义入侵的战争过程与江孜人民抗英斗争情况，了解抗英故事和英雄人物，收集有关抗英的文物资料。

当时分工委政策研究室懂汉藏语文的干部有谢广廷（组长）、王众恩、黄继增、于乃鼎、陈希尧和我6人，谢广廷、甲措和我承担了这个任务，又临时从其他单位抽调了几名藏族干部配合，同时借调了江孜基巧办事处副主任（相当于副专员）吉普·平措次登参加，他原是江孜县宗本（县长），熟悉情况，且文化水平高，懂古藏文。这项工作以“江孜民间文艺收集小组”的名义开展工作，实际内容是搜集抗英中的文件、故事、英雄人物的事迹，同时收集民歌、民谣、诗歌等材料。

工作步骤分三步。首先动员各种力量献宝（无偿捐出），如机关藏族干部、学校、“江孜爱国青年联谊会”、“江孜爱国妇女联谊会”、上层中的学习《十七条协议》委员等。然后组织外访外调。最后整理、翻译资料定稿付印。

我分工收集上层和城区内的藏文材料和组织藏文翻译，约3个月就收集到满满一大铁箱（印度出产的，约宽80厘米、高50厘米）。由吉普·平措次登副主任、甲措和我三人配合翻译成汉文，平措次登虽藏文水平高，但不懂汉文，我虽会藏语但不懂藏文，甲措只能从中协调。因多数材料年代已久，有的已模糊不清，所以翻译难度大，进展缓慢，4个月仅翻译了五分之一，近7万字。包括两大内容：一是诗歌，歌颂生活、爱情，歌颂抗英中的英雄人物，表达对英帝国主义发动战争的痛恨，讽刺政府对战斗指挥不力和有的人怕战、厌战的情绪。另一方面抗英中西藏地方政府发给江孜宗（县）政府的各种指示、命令及宗政府向西藏地方政府上报的各种情况的抄件，包括边界划定、敌情通报、战斗进展情况简报（含日报、时报）、催促战备物资命令、生产工具、马匹登记、武器弹药铅丸统计、参战保证书、决心书、兵力调动配备、班排组织成员名单，征兵规定分配数字及士兵应自备的粮、武器（含子弹、火药、火绳）、预备役兵源数字、支差、民事纠纷、抓盗劫犯、种牛痘、敌军打骂污辱百姓、抢劫、奸污妇女、毁坏农田，及皇帝派大臣来藏调查战争情况等。

谢广廷分工外访外调，组织了几名藏族干部共同进行。抗击英国侵略的战斗主要是在亚东与江孜之间进行的，因此，对亚江沿线凡是参加过战斗的老人（已经很少了）和能够记得当时一些情况（包括亲眼看到听到）的老人（这类人还比较多），都采取个别走访或集体回忆漫谈的方式进行调查；对于几个有名的抗击英国侵略的地点（如曲米新古、南尼寺、扎奎村、江热坝子以及最后进行保卫战的江孜宗山）的旧址都作了实地察看，有的还拍了照。约历时 4 个月就收集到很多材料，其中包括一些战斗的过程、英雄故事和歌颂英雄人物的诗歌，还收集到一些在抗英战争中使用过的火药枪、子弹丸、矛、盾等及一些有关的文字材料。

由于 1959 年西藏上层反动分子搞叛乱，整个西藏工作转到平叛改革上去了，加之对一些藏文材料一时翻译不出来，所以，只好仓促将已收集和翻译的资料整理了一份约 3 万字的材料向分工委汇报，该材料以江孜民间文艺收集小组的名义，材料名为《江孜抗英老人访问记》，分 7 个部分：(1) 战争开始时间；(2) 战争起因；(3) 战争经过；(4) 组织领导和人民抗英情绪；（5）敌人的阴谋诡计；（6）侵略军入藏后的暴行；（7）西藏人民的不屈精神。

无论在访问中或翻译过程中，我们都深受教育，被江孜人民英勇顽强的杀敌之举所感动，对英帝侵略军的强盗行为则是无比痛恨。这里只举一例说明江孜人民的抗英精神。据分工委工作组藏族干部达娃同志说，在南尼乡有一户三兄弟，在英国侵略军向南尼寺进攻时，他们顽强抵抗，表现得非常勇敢，战斗到后来，三人被敌人包围，虽寡不敌众，仍坚持战斗，至死不投降，最后都壮烈牺牲了。此事战后上报西藏地方政府和清中央政府，清中央政府给该户后代封了三岗地（每岗约 40 亩）作奖励，并指令这部分地永远不交租，封地文书上盖有清朝皇帝的印章。

总之，我们江孜分工委政策研究室坚决执行了分工委关于调查整理 1904 年英帝侵略和江孜人民抗英斗争的历史，抽了较多的人员，用了较多的时间，搜集到大量的材料，并整理出《江孜抗英老人访问记》。对未写进去而又有意义的内容，也整理成了一个附件，对于民歌诗歌仅整理翻译出一半。很可惜，这些珍贵材料未能全翻译出来，翻译出的也未全部整理出来，而是把全部原始材料（藏汉文）及实物交分工委档案室了。散在个人手中的零星记录也在“文化大革命”中烧毁了。

1961 年国务院公布江孜宗山抗英遗址为国家重点文物保护单位。1994 年西藏自治区把江孜抗英遗址列为全区青少年爱国主义教育基地。1997 年中宣部、教育部将宗山列为“江孜宗山抗英遗址”，为全国百家爱国主义教育基地之一。同年，江孜县（西藏自治区党委 1964 年决定撤销江孜地委）在当年抗英城堡原址树立了“江孜抗英纪念碑”，建了“江孜宗山抗英遗址纪念馆”，展出各种抗英史料和实物，供参观者瞻仰学习。现在“江孜宗山抗英遗址纪念馆”已成为到江孜地区游览的中外宾客必去之处。县里也经常组织机关干部、部队、学生、民众参观，附近学校共青团、少先队还在这里举行入团入队仪式，继承先烈们反帝爱国的光荣传统，发扬无私奉献、艰苦创业的老西藏精神和江孜精神。

2004 年是江孜人民抗英斗争 100 周年，西藏自治区为了弘扬民族精神，向全民进行爱国主义教育，成立了自治区纪念抗英斗争100周年活动领导小组，专门开展纪念活动，含在古战场建立7个标志性纪念物，开纪念会、学术研讨会、各种报告会、演讲会，出版书籍，摄制电影、电视，上演话剧，开展歌咏比赛，搞美术展、摄影展，发行纪念币、纪念邮票，最近还开展全区青少年纪念江孜抗英斗争100周年知识竞赛等。总之，通过多种形式在全区开展声势浩大的传统和现代史宣传教育与新闻宣传活动。

为了给西藏自治区人民抗英斗争100周年纪念活动献礼，我重新审阅整理了1958年收集翻译的有关抗英材料，中国藏学出版社决定出版《西藏江孜：1904年抗英斗争的历史记忆》一书，书中包括80份正本原始资料以及中英签署的丧权辱国不平等条约和解放后中华人民共和国与印度共和国有关的协议、照会、公报及《人民日报》社论《中印两国在中国西藏地方的关系在新基础上重新建立起来》，对于后人了解这一段历史有一定的价值。

抗英功臣江孜如本吉普巴亲属访问记

1998 年 9 月 1 日，在西藏自治区人民政府大楼四层吉普·平措次登副主席的办公室里，我与他进行了长达 4 小时的交谈，请他讲述了 40 年前要讲而没讲完的故事。

那是 1958 年春，吉普副主任（当时的基巧办事处副主任，相当于副专员）参加江孜分工委政策研究室民间文学收集小组工作。当翻译到抗英斗争期间藏政府所发文件时，吉普·平措次登副主任说，我的祖父参加过抗英，还立过功，有一段生动的故事。现在文字翻译工作忙，先不讲了，等以后有机会再细讲……随后由于平叛、改革，双方工作变动，接触机会很少；我调离西藏后虽又曾几次进藏，他也多次来京开会、参观、办事，我们也曾多次见面，但仍一直无暇谈及他欠我的这个故事。这天是天赐良机，没其他干扰，吉普·平措次登副主席终于给我讲完了 40 年前要讲而没讲的、他祖父江孜吉普巴索朗旺堆在抗英中的故事：

1903 年 3 月 13 日，英政府给西藏来函，要求藏政府派代表去亚东通过谈判解决边界问题，西藏地方政府接到英政府来函后，同当时的清政府驻藏大臣研究决定派人前往亚东，与英方的荣赫鹏、英驻哲孟雄（即锡金）行政专员怀特进行谈判。却不料帝国主义分子玩弄和谈骗局，突然把谈判地址改变为岗巴宗（即今岗巴县）。当西藏地方政府的代表抵岗巴时，英军早已率

西藏自治区原副主席吉普·平措次登的祖父、帕里总管、藏军代本吉普

侵略军占领了那里，还掠夺牧民牲畜两万头，继续拍摄地形、侦察道路。当西藏地方政府的代表命其撤走时，他们说："驻与走是我们自己的事情，无需他人过问。"一天夜里，英国侵略军营地突然燃起熊熊烈火，英军匆匆撤出藏境，返回界标以外。英军为何撤退？事后才知这是英帝为发动第二次侵藏战争所采取的缓兵之计。他们所说的"边界和谈"，只不过是为武装侵略放的烟幕弹，英军入侵西藏之路，不是岗巴，而是亚东和帕里。

西藏地方政府在此情况下即命令江孜藏军如本（营长）吉普（即吉普·平措次登的祖父）率部开往亚东防守，并通过各种途径探明侵略军入侵的规模、装备及后援等情况，及时禀报藏政府。

吉普巴奉命到了亚东，正要开展工作，又接一命令："如英军一旦有进兵之迹象，务必先以'和谈'方式拖住。"吉普如本在亚东防守期间，曾多次亲自同英方交涉，经常穿梭于顿纳、曲米新古、古如村、大平坝之间。那时英方公然宣称："有朝一日我们一定要进兵拉萨！"

1903 年 9 月 8 日，以总指挥麦克唐纳和荣赫鹏为首的数百名英军，会同森巴人廓尔喀雇佣军、背夫等一万余人，势如山洪，突然越过则拉山口，又于9月14日侵占春丕，进而控制了帕里的唐拉山口。此刻，帕里宗堆（相当于县长）和吉普巴如本（此时吉普巴任帕里总管）除劝阻外，别无他法，加之当时驻藏大臣奉清廷之命，严令藏军不准抵抗，他们只好眼睁睁地看着侵略军长驱直入。驻守亚东、帕里的藏军也被迫后撤。如本吉普巴见此情况，即连夜赶至帕里，急派信差去拉萨告急。西藏地方政府得知这些情况后，一面命令藏军和民兵开赴前线布防，一面以三大寺和全藏僧俗民众名义组成的一个11人的代表团，日夜兼程赶赴帕里与英军谈判，以期阻止英军前进。英军一路经帕里向腹地深入，另一路经廓布向乃堆拉地区推进。11月6日两路侵略军于堆纳会合。

鉴于形势十分紧迫，“全藏会议”（注：西藏决定重大问题的组织形式）召开紧急会议，决定再次重申坚决抗击英国侵略军，不惜重大牺牲，誓与佛教之大敌决一死战，号召全藏紧急行动起来，部署各宗部队陆续开往前线，同时，在全藏实行18世纪准噶尔入侵时的征兵制度，组织后备兵源，筹备粮草。各地也执行得坚决、迅速，有的还写了决心书和请战书。虽然这样，当时藏政府内部在“和”与“战”的问题上，仍存在着争议，因而就举行祈祷、诵经等宗教活动。向乃琼护法神问卜，并对“和谈”寄予希望。光绪皇帝也对“帕里失守”的奏折作了批语：“切勿动武，着驻藏大臣同英方议和。”当时三大寺代表、藏政府内部主战官员们，一个个义愤填膺，他们认为，大敌当前，不思调兵遣将、守边御敌，却终日奢谈“和谈”，置自己于有患无备之中，违背全藏大会誓约之行为。于是藏政府开始调动部队，部署抗英兵力，派拉丁色和朗色林二代本的1000余人开赴抗英前线——喜马拉雅山第三峰脚下多庆湖西北的曲米新古一带阻止英军进犯，在春丕防守并修筑防御工事，准备战斗。

英国侵略军因刚到海拔4000多米的高原，气候寒冷，氧气稀少，一时不适应，就寻方用计。一方面提出要同西藏谈判，一

1991 年 5 月，采访吉普·平措次登夫妇

方面设法刺探军情，当得知我方已有严密戒备时，又提出要与我“和谈”。对此，藏政府答应安排人同英人谈判，并指示若谈判破裂，就按原计划，分三路出击。

1904 年 1 月 15 日，英军又提出要同我方直接谈判。当曲米新古藏军前线指挥官拉丁色和朗色林离开阵地接待英军并与之谈判时，英军的步、骑、炮兵已偷偷向我军阵地推进。在谈判进行之时，藏军已被敌人重重包围了。英军谈判代表到来后，首先声称，“既然要议和，为表示诚意，我军先将子弹退出枪膛，也要求贵军指挥官下令将火枪的点火绳熄灭”。英军指挥官还当场命令其部队将子弹退出一发，表示他们已这样做。殊不知，英军一刹那间又将子弹推上了膛，藏军却未发现，并为实行诺言，将土枪点火绳全数熄灭。这样英军谈判代表荣赫鹏既把藏军指挥官拖住，又达到了使藏军无还手武器的目的，就按其事先策划，用机枪开始向藏军疯狂扫射，英军谈判代表也趁机突然拔出手枪向藏军谈判代表开枪，拉丁色代本、朗色林代本、班禅代表康努、如本康萨及三大寺的一名谈判代表当场被打死。站在远处的拉丁少爷的仆人占堆，一见主人中弹倒地，一声怒吼："我们的人被杀了！"拔刀跃起，直冲过去，横劈竖砍，当场杀死英军官兵十余人，自己也壮烈牺牲！

在谈判的另一角，十几名官兵临危不惧，拔刀奋战，以至一齐战死。一时间整个谈判场地和藏军阵地上尸体纵横、鲜血遍地，绝大多数藏军官兵和谈判代表都英勇就义在英军的屠刀下。江孜吉普巴和日喀则登巴两如本也受了重伤，吉普巴是手腿受伤，倒在尸群中。他将计就计装死，等到天黑后同如本登巴一同在士兵的协助下，慢慢爬行，先到了吉普所属鲁西豁卡包扎伤口，并快速派信差，将英军在曲米新古大屠杀的情况报告藏政府，同时，向各路藏军发出通告，要他们快快做好御敌的一切战斗准备。尔后吉普巴同登巴如本一块慢慢走到白朗县吉普所属的邦康豁卡养伤……

讲完他祖父吉普巴的故事后，吉普·平措次登副主席还讲了其他一些抗英故事，如英军在曲米新古大屠杀，藏军杂昌谷地伏击战，乃宁寺大血战，英军紫金寺大浩劫、英军炮轰江孜、进攻拉萨，英军打到拉萨后签订拉萨不平等条约等情况。

抗英战争结束后，藏政府为了表彰在第二次抗英战争中牺牲和做出特殊贡献的英雄，根据功绩分别作了升级、晋爵、奖赏和免税等决定。江孜官员中吉普如本受奖，提升为四品官，分给麦松下属噶登豁卡，有收租和支配权。

根据1904年11月11日签订的《拉萨条约》，江孜、亚东、噶大克开辟为商埠。为办理藏政府与英国之间的商务问题，藏政府在江孜、亚东等地特设了商务总管，委派吉普巴为江孜商务基巧的第一任总管，办公地点设在英国军营附近的冲基林卡，每期任职三年。主要任务是组织藏政府对驻江孜的英国商务代理处人员和部队以及后设的邮电、驿站工作人员的物资，即粮豆、山绵羊、柴火（牛粪）、草、马料、麦麸的供应工作等。藏政府规定江孜宗、日喀则宗、白朗宗、浪卡子宗、南木林宗、定结宗、扎什伦布寺等17个宗豁分别负责提供，上交的各种实物以抵应支的军费赔款，每年向藏政府结账。吉普巴任商务总管时年仅30岁，36岁去世。吉普巴在抗英战场上是英军的对手，还被英军打伤致残，战后又不得不为他们服务，如果不是为了执行公务，这种奇耻大辱真是难以让人忍受。

据说第二任商务总管由僧官担任，江孜第二任僧官是柳霞。

访问中，我们共同回忆了当时翻译的一首抗英诗歌，该诗歌是用30个藏文字母做开头组成，风格独特，描绘了当时民众抗英的各种心态，值得一读，抄于后以供欣赏。

西藏地方政府的指示，
保卫西藏的“乃琼”戡乱神，
到哪儿也难看到。
没有像我这样的——骑象姿态的威严。
不嫌麻烦骑了一匹带三角头似的黑马，
在反常地丢“朵玛”之时①
像鸟毛一样的宗教敌人来到亚东。
军官们像圆月无缺一样出发时，
骑着黑马的戡乱神到哪里去了呢？
外国人进行和平谈判已撤出亚东。
这下无敌是“乃琼”的预示，
敌人却陆续逐渐地进展丢掉了帕里宗。
传统英雄来丁代本牺牲于敌人手中，
原因是敌人到了，还没收到抗战的命令。
英勇的部队败于敌人之时，
像母亲一样的政府仍处于昏迷不醒，
三角头“乃琼”戡乱神那沉默的姿势，
又在“鲁布”② 地方凶地丢“朵玛”之际，
所谓“扎穹”先生的全体官兵部队，

① 朵玛：用糌粑捏的模型，将之投入火中以示诅咒之意。
② 鲁布：地名。

像钻山狐狸一般吃掉了江孜宗。

戴金帽乃琼戡乱神三角头也被欺诳了，

快收起你们用金、银装起来的骄傲吧！你也不过是只会吃的魔鬼。

我们扎林部队收复了江孜宗。

老实的宇妥大少爷像丢了罗布咒糊一样，

三角头乃琼戡乱神像盛满假话的口袋。

大敌当前没果断的战令，

惨无人道的狼一样的英国军队在田地上掘满战壕，

江孜宗再一次失守。

耀武扬威的英国军队，

叫喊连天地侵占了我们的家乡。

写此文时，本应再同吉普·平措次登主席商榷一些细节，可惜，他已离我们而去，假如他真的“在天有灵”，会笑看我们谈话的发表。为了该文章尽善尽美，最近我曾两次长途电话请教了吉普·平措次登的弟弟吉普·顿珠平措，进一步核对了有关情况。

2003 年 12 月 1 日于北京

驻藏钦差大臣张荫棠对西藏报告的批示（抄本）[1]

你们所报告的内容已经知道了，本大臣应该能办的事，为你们西藏人民的事业要积极地办理，但是，这里面有些是可办的，有些是不可办的，又有些因为权力在别人手里，我是办不到的，有些问题因未到时间而应该缓办，等等，这里的各种问题很多。因此，现在就一条条的分别批示如下：

以三大寺为首的“西藏大会”所呈递的报告各条，本大臣是不辞辛苦、不分昼夜地给你们批示，本大臣给你们下交的各项讨论条款，你们政府和三大寺对应讨论之条款，看起来很认真，但实际上是东拉西扯，究竟想怎么办并没有积极讨论后上报，所以把时间拖得很长，这些如各个追查的话，那是耻辱的事情。从现在的情况看，问题是很严重的，应该洗心革面把以往的顾虑、不必要的想法、对事情马虎不认真的做法和态度都消灭干净。汉藏应该团结一致，共同想办法抵抗共同的敌人。再者，不要互相猜疑，互相欺骗，只顾个人的利益，隐瞒实际，说些虚假的话，这些只能得到暂时的快乐。就如把小偷放在自己的门口一样，小偷把东西偷走后，再后悔也是无用处的事。你们应该很好地讨论

---

① 此文原为藏文，由李国柱、吉普·平措次登、加措于1958年夏翻译成汉文。刊登于《西藏地方志》2004年第3期。

各重大问题的处理办法，很快地上报，以便于审查批复。

对呈报第一条的批示：

岗巴宗的边界问题，是这次战争的主要原因之一，西藏人不愿依照光绪十六年所签订之条约中，以支姆支山南、北分水处为界，要依照在乾隆九年所定以啊哦伯山为界，因此就互相争执。在界线尚未分清的时候，光绪二十三年准备以汉藏和外国共同调查并继续讨论答复中，英政府官员福特说：如果要以啊哦伯山为界的话，那么亚东的商场应该放在仁青岗去，并且要承认英、印商人可以随便到帕里去经商，如果能够这样的话，我们可以承认以啊哦伯山为界。可是对英方代表所提出的这些问题，西藏并不同意，因此这次的谈判就停止了。这次福特带兵直到岗巴宗，加岗山和啊哦伯山等的驻防军所住的房屋均被毁坏，所有的驻防也被赶回来了，因而连保护拉萨的安全都没有把握了。你们西藏的官员们曾经和英军重新签订的十条条约，应和光绪十六年所签订条约，同样地遵守。你们已经承认过的以支姆支山分水处为界的界线，现在你们呈述又要以乾隆年间啊哦伯山为界的请求，对此问题，本大臣为了西藏的事情，向他们争领土的愿望是有的，但是，两个国家的界线，应该互相讨论和承认才对。我是不能任意而为的。并且国家弱和国家强的斗争，在没有商谈以前，先要用力量来说服。洋人奸诈、狡猾，他们私自将边界线移动，借故强占别人的土地是非常内行的。英国人借口说加岗一带等土地是属于锡金的，他们曾经筹划了很久想把它夺回去，开始没有阻挡他，所以就长期被他霸占，现在如再去争执的话是很困难的。并且我们现在打了败仗，又订了一些条约，我们要违背这些条约能够去做吗?！如果一点小事情我们不能忍受的话，事情闹大了，岂不是拿着鸡蛋碰石头吗？以前我们所受到的损失，今天还应该看到的。你们西藏的官兵们想要复仇的话，需改变制度。发展自己的力量，训练军队，学习文化，要自己能够站起来的话，其他的民族是不敢再欺负你们的。另外，从春丕到江孜之间的土地，几年以后要和加岗土地一样的，要被人家夺去成为别人手里的。

因此应该冷静地想办法。

对呈报第二条的批示：

亚东、江孜、噶达克三处地方，要选择一个合适的地方建立商场，商场内的国外和国内的商人除了公平地做买卖以外，在商场的外面英国人无论是买的土地和租的土地均不准盖房子。在商场的里面，英国人如占用土地应要和汉藏官员商议，得到承认并决定地租以后，英人才能在指定地方盖房子。同时每年按所规定地租一粒不少地交给汉藏官员。所交租费应用在各商场的道路、兵费、仲裁所需的开支费用。

对呈报第三条的批示：

关于内外双方的人民男女均应该相互依靠受保护，买卖不能随便被对方扣留。有问题可以做协商工作。在条约内详细规定：英国人到西藏传教应该严格制止，不允许他们在西藏传教。

对呈报第四条的批示：

关于呈述彼此双方的犯人互相交换问题，可以做协商工作。在对逃跑的犯人互相交换方面，有些被坏人拐带走的人和拐骗钱财而潜逃的人等要指名。有关私人所损失的东西可互相交换，有关违背国家的问题的事情之类，没有以上这些规矩不行，这是全世界共同的法律。俄国和英国等国家犯了国法的逃跑者可保留。

对呈报第五条的批示：

关于呈述经商方面，只能彼此互相自由做买卖，之外不能强买强卖等问题可以做协商工作。英藏经商方面互欠债等问题，要向两国的商务委员呈述理由，共同审查后公平地做追索工作，真正有债务还不起的，两个国家的委员，没有代为还债的责任。若有商人的物资在运输途中被土匪抢劫的事，应该马上向当地的宗本报告。当地宗本和头人见到报告后应很快地追查，并将被劫物资交还给失主。如查不出来则宗本没有赔偿的责任。

对呈报第六条的批示：

除了商场以外，英国人不准买土地和修建房屋等，和上述所批示的内容一样。

对呈报第七条的批示：

商场建立以后，根据物资的多少，公平地经商，不得强迫买卖，互相有什么临时问题，应及时向商务委员报告并进行调查。各地方的斗、升、合、秤的价格应由买卖者双方做决定。

对呈报第八条的批示：

建立商场，英军的退兵赔偿费两项工作彻底做完后，按照条约英国在帕里、亚东所执行的权利都一定会交还过来的。现在英国人在春丕，他们是为了取赔偿费和协商建立商场的事。地方上的官司问题他们是没有权过问的，汉藏官员可以住在亚东管理民事。英国兵营内的官员们平时支催乌拉（牛马差役），给他们的赔偿费里并没减少，政府也无法发给乌拉（牛马差役）工资。各地方的官员向英国官员再三地协商和提出，叫其更多给民众一些好处，马费多增加些，并要求英国的驻军和商场内的官员，应该规定一定数目等呈述。现在不便于同他们协商。在今后成立巡警机构以后，我们能够负责保他们安全责任以后，就可以提出要英方撤军，亚东到江孜之间英国所建筑的营房等可以和英国协商，我们可以拿钱赎回来。

对呈报第九条批示：

在商场问题上，西藏与外国人打官司时应建立仲裁机关，由该机构共同审理，才符合询政局所规定的法律。

对呈报第十条批示：

协议里边没有包含的不需执行。总之应在江孜派一得力官员，办得好坏与他有关。有些问题边界上可以解决，解决不了的，汉藏官员可到江孜去解决，英国官员不必要到拉萨来。因为我们没有承诺英国人可到拉萨来。但是，中国和法、日、俄、德等国领事馆是迎接居住外国人的地方，这是必要的，没什么坏处。主要是自己的力量强盛起来。近来五大洲开会时也曾这样说：如果一个国家把门关住不对外经商的话，国家是不能强盛的，应该积极努力地保护自己的边疆。因此应想办法委派中国大臣到英法日等国去参观，扩大眼界，同时到尼泊尔、不丹去考察。另一方面去做团结工作。

对呈报第十一条批示：

除汉藏人员外，其他国家不准在西藏开矿。除商场外，英国人不准到其他地方做调查工作，不准打猎，采矿等应严加禁止。

对呈报第十二条批示：

各种小问题，当地官员有及时解决和禁止的权利。

对呈报第十三条批示：

商场的道路由西藏人整修。按照协议英人不准在藏修建铁路。英人可安设商业电台，来往通报商业事宜，这些不执行是不对的。

对呈报第十四条批示：

三处商场现在还没有规定商业税，现也不用商谈。如收商业税时，可用在边界和三处巡警方面。地方上的收入用在地方上是合适的，不准个人私自吞用，也不准用于寺庙上。在亚东，光绪二十年以来，建立商业税朝廷一点也没得到，同时每年贴补几万两银子，你们知道吗？

对呈报第十五条批示：

关于上面已经批示过的乌拉和住处的准备制度应取消，外国人员也就不会再要乌拉了。

对呈报第十六条批示：

江孜等地方不会强迫做生意的，对此英官已承认过，当地汉官和头人，为了西藏人民的利益也应与英官面谈，公平地解决，以免下面的佣人通司（注：翻译）捣鬼。

对呈报第十七条批示：

糌粑是西藏人民的主食。不是因外商购买而上涨。尼泊尔、不丹是大量产米的地方，每年都有大批米运来出卖，并没有运回大批糌粑。现在情况是不是因道路匪情而不能运入，另外是不是因个别商人囤积等原因还不清楚。最近，你们新打的报告里说，政府每年将大批粮食囤积起来。本大臣绝没有想到，你们会办没良心的事情。如真的话就应受砍头的罪。总之，粮食收购价低对农民没有利，粮食售价高对贫苦人也有困难。两者求平衡，因此应作详细调查和追究涨价商人的责任而平衡价格，并应设法保护商业的发展。度量问题，应由商人自愿决定，不许个别囤积。这样做会平衡物价。你们呈述的各宗豁官员及头人做买卖，运输，都是带有强迫性的买卖不需再述了。

对呈报第十八条批示：

木龙年西藏和外国谈判时，没有文字规定，你们政府没有注意受到了损失。这个问题曾向皇帝请示但没有批示，本大臣不清楚待调查后再协商。近年来牦牛尾出口很多，因此喂牛羊的人也会多起来的，对西藏的财产也有好处。现在你们呈述对你们牲畜有妨碍，这方面你们说的都是傻话。不养羊要羊毛，不耕田要粮食，这个问题是无法决定的硬性规定。每户喂羊牛数是剥夺人们财富的想法，现在各种官员应予饲养户以奖励和保护，尤其是要发展经商，另外要购买机器和制造机器不使物资外流，这样会发展财富使国家富强。你们政府派官员去收管是有损人们经商。收管是为了个人的利益，夺人们的财富。你们把粮食囤积起来现在看是确实存在的。你们官员的生活都是人民的血肉，听说你们去教育和扶持老百姓，只为了个人每天过快乐的日子，这种行为已到了极点，还不悔改的话，大清的法律对这种行为是要给以严办，以快人心的。希望积极执行和下令制止。

光绪三十二年（1906 年）十一月二十一日

驻藏钦差大臣张荫棠与西藏大会问答条文（抄本）[①]

皇上派的西藏事务调查大臣张荫棠大人阁下：

三大寺和西藏地方政府的僧侣官员，以及西藏大会，一致申诉事由，最近大臣查问我们的条令，有四种已都作了讨论研究，分别答复如下：

1. 关于英国与西藏打仗问题，驻藏大臣向达赖喇嘛解释过，但达赖喇嘛没向皇上呈述，随便地发起战争，把朝廷抛在后面，应受惩罚。你们噶伦和政府的代本及各种官员，也没有事先很好地把抗英理由申诉，只做些拍马屁的工作，现在战争失败了，老百姓遭受灾难，你们应该被砍头。以往，你们的报告得到过宽大没有？现在皇上无限地恩赐你们，如果你们遵守光绪十六年和光绪二十年所签订的条约，允许“外国在西藏有商业上的往来”的话，不会发生这次的战争。战争打败了，又被迫签订了十条协议，现在你们应该悔改以往的过错，用公正的心，积极做到符合皇上的心意。

答：关于这个问题，两国之间的战争，是前生注定的不可避免的事情。在战争上经验很少，无法阻挡外国侵略，不得不按照

---

① 此文原为藏文由李国柱、吉普·平措次登、加措于1958年夏翻译成汉文。刊登于《西藏地方志》2005年第1期。

他们的心愿签订条约。皇上关照西藏地方小，缺乏对外交往的知识，不处分我们，我们非常感激。以往的倒霉事情，再重复地申诉，本来不敢。为了钦差明了原因，不得不申诉。如光绪二十九年，藏历水兔年有裕钢钦差送交给达赖喇嘛的圣旨，指示关于西藏与外国的问题要和平协商办，曾派汉官何知府、西藏官员冲达（秘书长代表）二人往岗巴宗去谈判。由于外国人用狡猾的方法，因而，返回后，英国有大批军队，越过了亚东关口，到帕里一带。当时又派了藏达、云达两代本和扎什伦布寺的大小僧侣官员，并派去驻防军。扎什伦布寺马嘎（二代本）等在曲米新古受骗，伤亡很严重，超过以往任何时候。根据祖先惯例和“西藏大会”与外方历来所签订的条约，本着皇帝疆土庶民不可抛弃，“西藏大会”决定召集民兵进行抵抗。由于时间关系，没来得及向上报告，以达赖喇嘛为首的全体西藏人民并不是不尊重皇帝的圣旨，并没有先向他们动手。尤其是达赖喇嘛，根本没有策划过军事上的行动等，希望谅解。这次指令也说是宽大，非常感激，以后还有详情报告。

2. 英军到拉萨，因为你们噶伦们和英国私自签订了十条条约，失去了权利和财产，未经请示，应受自己应得的处分。你们所做的事情，皇上没有给你们严厉的处分，你们知道吗？西藏百姓是皇上的佛教百姓，因而西藏官员没有同其他国家签订条约的权力，私自订的条约是没有作用的。（张大臣还作了中英在北京共同重新签订了关于外国在西藏的六条协议等指示。）

答：关于这个问题，皇上为了西藏的利益，重新签订了协议，我们非常感激，这些抄本请赏赐西藏。英军到拉萨后签订协议方面，英国官员给予驻藏裕钦差有八个条文的协议草案，问“西藏大会”是否通过并承认？以后将甘丹赤巴和噶伦，及公众代表等召集到衙门里，在汉藏官员共同集会的地方。英国人说英国皇帝来的指令内容，删改了原来的八条内容，同时又加上了对西藏有害的词句。他们所给条文，我们根本不能接受。钦差是由皇上特派的，领导西藏的代表，因此西藏有什么事情，全凭钦差大臣做主。过去大家都申诉过，如还要我们比这个条约更坏的话无法办理。在布达拉宫签订了协议，盖上了达赖喇嘛的印、噶厦大会公章等。当时参加的有裕钦差为首的汉官和不丹、尼泊尔的代表，在西藏和外国双方等聚会的地方签订的。西藏人以前也好，现在也好，随便签订条约是没有的，望询问裕钦差便知。我们并非把朝廷置于背后，望向皇上转述。

3. 西藏的协议里边规定，在亚东、江孜、噶大克等三处建立商场，这是你们噶伦和西藏全体愿意和承认过的，现在不根据条约做是不行的。建立商场怎样做呢？一方面不丧失主权，同时对商业发展有利。如果不慎重的话，在商业上失败，比打仗失败还危险。现在各国都有商业来往，如我们闭门不对外经商，那么是维持不了的。取消排外思想，如商业发达的话，国家也自然会富强的。筹划军饷，制造武器，军队也会成为有知识有能力的军队。西藏地大人少，贫困的地方多，只靠种田做手工业，商业是否会发展起来呢？现亚东、江孜、噶大克三处，初步建立起了商场，对人民有什么好处和危害，你们是会清楚的。抵制外货，扩大对人民有利事宜，应作出调查和计划，呈报上来以便审核。

答：根据你的指示，我们怎样抵制英商和筹划军饷等，以后继续呈报。

4. 西藏文武大小各种官员和所属管的地方有多少官员，每年薪饷多少，地租收入有多少，寺庙收入多少，各种喇嘛多少等一一地呈报以便审查。

答：关于这个问题，官员名单薪饷庄园有多少，最近与以往呈报的一样，政府所属各宗豁根据所指的条文，以后再调查呈报。

5. 在西藏签订的条约里“在藏建立三处商场，如工作积极英人满意，三年后英兵可撤出春丕”，是有明文规定的，在工作中应做到与条约相符，以免他们钻空子，到那时他们就不得不撤出去。

答：以后怎样应付英人，我们可想尽一切办法。三处商场建立原因，我们过去打过报告。他们在什么地方建立商店盖房，根据钦差意图我们不得不办理，现下令筹划石头木料，明年天暖时召集汉人、英人、藏人共同协商，规范大小地址等确定后马上动工。赔款之款项，应由皇上库内支付。现明年赔款已经付清。商场建立后，英人再无故找麻烦了，万一他们不遵守条约借故生事，再向朝廷申诉情况。请皇上事先警告他们，以免后事发生。

6. 西藏处于英、俄两大国之间，虽然如此，它是中国的领土，外国不敢并吞的。如果有些人说：我们要倾向英国或俄国，都应该被消灭（即杀死）。另外，英、俄两国如在西藏制造内战或挑动脱离祖国，由它们来保护，这也是并吞的阴谋，根本不允许听闻的。皇上扶植西藏已经有两百多年了，从来没有收过一个小铜钱的朝贡，并且还给西藏发了数百万银元。（张大臣还作了“皇上对西藏亲如兄弟、血肉相连，永远不能脱离”等指示。）

答：关于这个问题，藏英战争后，英方说：今后加强团结，西藏的摄政王（甘丹赤巴）或是西藏地方政府的高级贵族，到印度去见他们的摄政王，经商问题，就能得到很快的解决，这对西藏有很大的好处。并且还举了很多故事的例子等等的手段来欺骗。用这些欺骗手段英国人是很内行的。在宗教上也不一样。所以，我们并没有离开皇上领导，西藏是依靠皇上的，没有听英国的话，到它那去。关于俄国方面，我们也是同样不会去依靠他们。今后西藏仍是要寄托皇上，不会寄托任何人的，希望依照以前一样的来关照我们。

7. 西藏在内部力量没有充实之前，对边界问题不用过分的计较，在细小问题上能让步的可让步，应该先向皇上请示后才能做。（张大臣还作了“在拉萨应该很好地辩论，研究各种的法律”等指示。）

答：关于法律方面，遵照指示去讨论，关于发展自己的力量，及重新建军等方面按以下方面的办法去做。

8. 失掉拉萨市及达赖喇嘛的逃走，这是非常耻辱的事，对于参加战争的死伤者的情况，应该画出画来，挂在三大寺的大门口作为纪念，永远不应该忘记。对于和英方所订的条约，在有效期限内，不要去侵犯别人，怎样来防范呢？有的军没用处，不得不学习外国的军事，有枪不能用，不得不购买和制造大炮、枪支。军饷很少，不能发挥军兵的力量。派遣密探和工事没有建筑在合适的地方。军队的兵欠缺射击训练，打得不准，所以就等于人断了双手一样束手待毙。对此情况你们今后应该怎么办呢？（张大臣还作了“要成熟地考虑，申述理由”等指示。）

答：关于这些问题，西藏是佛教区域，以往对军事上没有好经验，并在战前没有准备，突然抵抗敌人，因而就失败了。今后敌人在离我们很近的地方，我们是很不放心的。关于重新建立边防军的问题，在原有前后藏三千名藏军数目的基础上，再补充为一万名军队。在军队的装备上，以前做了一千支步枪射程很短，和敌人的装备相比差得远，并且为数很少。如果要重新扩军是不够的，马上要制造新枪也是无法解决的。敌人诡计多端，突然的侵略是无法预料的。本来不敢说，但是情况是存在的。所以希望大臣转呈皇上，给我们赏赐步枪一万支（弹药要充实）和台枪数支。另外，请大臣在四川调一些造枪的技师来，我们也可以学习。

9. 训练新军筹划军饷，政府全区收入每年真正有多少，支出有多少，不应有的支出有多少。下存多少，过去训练了多少兵。过去西藏没有常备军，临时让民兵自带武器，自带食物，兵吃不饱，打仗是不可能胜利的。（张大臣还作了“如果平时有常备军几千名，有事应战会有很大的好处，你们考虑后呈报”等指示。）

答：政府收入和支出是相抵的，关于剩余问题，以后再打报告。本来说支出都是用在宗教上的，没有什么剩余，差役上的收入不够支出，每年还须动用政府库存。关于新建军队问题，“西藏大会”代表曾见过钦差，有过指示：“每年训四万民兵，十年可训出四十万民兵，再从其中抽出四万，作为常备军，其军饷是不能发给的。”训练时候可按您的指示去完成。但是西藏农户贫困，地方小，大部收入又用在宗教上。军饷不能解决。现有藏军三千名，前藏收入物资多一些，每岗可再抽出两名，后藏收入物资少一些，可每二岗抽一名。各公寺也按岗堆摊派一些，共可抽出五千兵轮流训练，原有和现有可抽出一万名，要学习外国技术训练，都按指示办理。

10. 军饷筹划应先从发展农业生产、发展商业、增加物资方面着手，应开展对外运物资的工作，如羊毛、牛皮、革等，这样对解决军饷有好处。

答：为了军饷开荒等指示，按照您的指示办理。

11. 西藏的金、银、铜、铁、锡、煤，现都在地下还没开采，如让老百姓开采，能抽一个钉子的税的话，也是有好处的，如不这样做，强调神鬼跑了运气，让其他国来开采的话，就没好处了。（张大臣又作了叫我们怎么办的指示。）

答：关于这个问题，过去在山南开采过的，山南等地有金子，开采金子是有习惯的。煤、铜、锡等开采，西藏是没有经验和习惯的。现在外敌很近，我们不能说什么也不搞，但是有很多山上都有殊神，宝贵的雪山很多，但如果去开采，会把地下的气脉搞坏的，对我们是不吉利的。这是我们的认识，过去也有过报告。我们并不是不遵守您的指示，只要有适合的地方能开采一定开采。

12. 英军经占穷、岗多，新修道路直接到春丕后，江孜等一带怎样防守？

答：关于这个问题，我们马上把守关口是有困难的，因军队训练不好，武器不好。现在我们应先训练军队，另一方面和外国先确定国界，建立商场，这样他们会撤出去的，那时看亚东等关口再把守是否可以？

13. 西藏黄教、红教有区别，性质是一样的，应怎样互相团结，全心全意地抵抗外来敌人。

答：关于噶举教派，它是一个单独的教派，其他教派都是为了宗教的发展和团结，都是一样的，互相不会有排斥。不丹如果不被英国侵占的话，同样会和我们团结共同为发展宗教而努力。

14. 西藏和尼泊尔、不丹等，土地是相连的，道路也相连，应互相团结，各自防守自己的土地。

答：关于这个问题，与邻国和睦防止敌人是有好处的。因此西藏、不丹在宗教上是一致的，以往不丹人朝贡，先到拉萨来，原来都是团结的。西藏同尼泊尔有像兄弟一样的感情，在以往的条约内写明过，以后要有什么要谈的再向大臣请示。

15. 尼泊尔虽说土地很小，力量很大，近来他们学习外国军事和创造些新武器，能守住自己国家的土地。在这方面可以模仿他们，马上派噶伦代本去观察。

答：关于这个问题，现在我们一点武装也没有，仅仅光学一点外国训练也没作用，待有了军备武器以后可模仿他们，并且也可长期维持下去。

16. 西藏官员来往时，向老百姓要的马差人差，使百姓增加了负担，应该消除，应交雇马费，对老百姓是有好处的。

答：支差问题不仅是藏政府的官员，还有尼泊尔、不丹、拉达克及蒙古，汉官和各机关用茶换烧柴、炒青稞柴火等，皇上派到拉萨念经所需的差役东西是很多的，如果说都免去，本来对老百姓是很好的，但是原有的制度现在取消是很复杂的，到底如何办，我们提不出来办法。在“西藏大会”代表向大臣送奏折的时候，您曾向他们说“差役问题你们不要愁”的指示我们非常感激。

17. 西藏的法律很坏，有时把人家的财产全部没收，应该按照大清法律进行研究，抛去坏的找好的，重新制定。建立上、中、下三层。仲裁机关委派仲裁掌管法律，根据情况建立不同的仲裁机关，使法律求得一致。

答：关于这个问题，西藏法律是以前王子所定下的法律。杀、偷、伤三种，根据他的轻重给以肉身惩罚，杀人无论是在哪一个国家都应是严重的，只有以命抵命的规矩。但是西藏是佛教地方，如真的杀人凶手愿意以命抵命，如不是故意，可受肉刑，后进行罚款，作为死者费用。另外有些法律根据情节没收，并不是一律同处，这些问题以后您会慢慢明白的。建立仲裁法可待我们研究后答复。

18. 西藏人没知识的很多，应同时推广藏汉文，使所有人都能读能写。

答：关于这个问题，我们动员广大群众，能建立小学的地方按您的指示去办理。

19. 道路不平，行动不便，不利商业发展，有的地方又有土匪出现，应建立巡逻机关，保护商业交通。建在什么地方，如何保护商业来往。

答：关于这个问题，修平道路，防止土匪在所属各宗豁活动，藏政府以前有密令和布告。另外噶厦应下令先告各宗豁应特别下令严禁偷盗行为。巡逻机关问题，如需要建立的话，我们根据情况以后逐步建立。

20. 银行建立对商业工作有很大的方便，对商业也有很大的好处，原来西藏库银都是保存在库内，西藏小银币内很多假币，这样对人民危害很大。今后拉萨可建立总行，康定、江孜、日喀则、多林可建立支行，对商业发展会很有利等。

答：关于这个问题，上述各地建立银行，西藏地区很小，费用都用在宗教上和皇帝念经费用了，没有什么剩余库存，每年都要贷出去，库存不多都是事实。暂时建立银行是没办法的。现在我正在造银币，可停止下来。现另造五钱、七钱五、一两三种，请核准，按过去每一钱重有五分钢，现是金银，应每五分按一钱用。请下令张贴一布告，对今后有好处。

21. 女人应该是道德很好的，在家织布和做些轻事，叫她们出差是不对的。一妻多夫制也是不对，如能这样做，一夫一妇不会找不到人，鳏寡也不会有的。

答：关于这个问题，像"西藏大会"代表见大臣时所说的一样，西藏女人是穷苦的。只有种田支差维持生活，像其他国家女人会手艺的没有，马上要禁止的话是困难的，以后要她们学手艺。一妻多夫的问题，王子有过禁令，以后再抄出公布。

22. 卫生对人是很有益的，每天都要洗头发，居住的房子也要打扫清洁，喝的水也应干净。植树可改变空气，牛马不要喂在房下，对人会有害的。有病应该请医生去医治。上述问题西藏人平常是不注意的，为了保护身体，应建立卫生机关来保护人的生命。

答：关于卫生可按你的指示办理，医疗方面以往有两个医务人员，加日寺内有技术很好的喇嘛50名，他们都经常给人治病，保护人的生命。

23. 没有依靠的瞎子、跛子、老、幼、孤、寡等组织起来学手艺，哑巴学手艺，瞎子学文化，应根据个人情况学技术来维持生活。为了人民的好处，应建一个什么样的慈善机构为好？

答：关于这个问题，西藏是佛教地方，平常给穷人赏赐是很多的，有的下令不准给懒惰青年。如建立慈善机构发粮，恐怕是不能长期维持下去的，怎么办请你指示。

24. 西藏是佛教的地方，都喜欢叫自己的人去当喇嘛，每个寺庙应限制喇嘛数，不是当喇嘛的人越多越好，也合乎宗教事业的发展，同时喇嘛多了对发展人口是有坏处的。但是喇嘛找老婆、生小孩、吃肉，从宗教的根本意义来说是须禁止的，应任其自己去作。喇嘛也可以种田、做生意、当兵，在夜里时可以修道。发扬佛教教义，主要应是人的信仰，而不是表面的行动。日本的宗教空海、利兰，发扬佛教以来，他们国家富强起来了，今后决定应怎样办，你们研究后再申诉办理。

答：关于这个问题，西藏是佛教发展主要地方，因而无论做什么，都应按照宗教之意去办。我们并不是不遵守您的指示，您也不是未来先知者，我们不得不申诉情况。一个人要修仙成佛，主要需抛弃十恶（如杀生……）取十善，是释迦牟尼的指示，尤其是宗喀巴大师再三说过，并在各经典内教导过，守法就是不准讨老婆，以及喇嘛们怎样像保护眼珠一样的保护240条教规。政府有禁令，现如果叫他们自愿讨老婆，佛教就会衰败的，尤其是对皇上的寿命也有危害，因此我们不能接受。喇嘛结婚和限制喇嘛教的规定，我们不是不遵守大臣的指示，请不要多心。大臣是无事不知的，西藏宗教不是衰弱而是在发展，其安全与和平等，都是您关怀所得来的，按您指示我们以后会将一切事情再申述。

光绪三十二年（1906 年）

江孜抗英100周年和珠峰文化节记事

2004年是江孜抗英斗争100周年。西藏自治区党委高度重视，全面部署，在全区广泛开展了以爱国主义教育为主题的江孜抗英斗争100周年纪念活动，包括举行纪念大会、学术研讨会、报告会、英烈纪念碑揭幕祭奠仪式、出版书刊、演出各种文艺节目、举行知识竞赛、修建标志性纪念建筑等，让人民重温那段屈辱与反抗斗争的历史。

西藏自治区邀请法唐同志参加纪念江孜抗英100周年活动，日喀则地委书记宫蒲光同志给我来信，也邀请我参加这一活动。我们俩于2004年9月30日乘机出发，至青海西宁后，二炮基地送我们到格尔木，区党委办公厅接我们到拉萨。途中体验提高标准后的青藏公路，并顺便观看青藏铁路修建情况。10月2日晚12点到拉萨，按说应先休息一两天，但为了与区党委的活动合拍，第二天上午即开始工作。向巴平措主席代表区党委、政府、郭金龙书记、列确常务副书记到法唐同志住地看望了法唐同志。接着参加了自治区抗英领导小组、西藏社科院和区党委政策研究室共同主办的纪念江孜抗英斗争100周年学术研讨会，法唐同志在发言中高度赞扬了自治区党委、政府对江孜抗英斗争100周年纪念活动的充分重视，并阐述了江孜抗英斗争的历史过程和重大意义。10月4日上午参加《江孜县志》首发式，法唐同志在会上发了言。下午法唐向区党委党史办和《西藏军区志》同志代

2004 年，在曲米新古古战场遗址留影

表谈了对该志的看法。10 月 5 日早 8 点出发赴江孜，因沿拉萨河和雅鲁藏布江的拉日段公路整修，只好改行 50 年代的老路，翻两座 5000 多米的旭格拉和东大山，山顶被雪覆盖，阻车约一个多小时，下午两点半到日喀则地委，5 点参观日喀则市容市貌，看“喜格孜”步行街、滨河大道、扎什广场等地。新建筑不少，人行道修得宽大，广场建得不错，看后非常高兴。晚八点三十分看话剧《血染红河谷》。10 月 6 日从日喀则到江孜，上午 9 点，英雄城江孜隆重举行纪念抗英斗争 100 周年群众大会，会场设在宗山脚下，参加会的约万余人。6 日下午即去西藏第二次抗英斗争的第一个战场，也是藏军因受骗受损失最大的战斗地点亚东县堆纳乡曲米新古。下午 4 时举行了曲米新古纪念碑揭幕暨祭奠仪式，约 2000 人参加。法唐同志与康马、亚东两县的农牧民群众在纪念碑前共话百年历史沧桑，盛赞在中国共产党领导下，西藏各条战线，特别是农牧区取得的成就。返回江孜后参加“五路一场”市政工程竣工剪彩仪式。当晚返回日喀则住地。10 月 7 日上午 10 时，参加 2004 珠峰文化节开幕式，领导讲完话后，观看11个县代表队表演的节目，下午在广场看大学生表演。同地委同志见面并参观了日喀则第一小学。晚上看话剧《江孜英灵》。10月8日，到日喀则曲美乡曲美村访问了两家农户，拜访了军分区领导，晚上参加焰火晚会。

参加完江孜抗英斗争100周年系列活动后，10月9日法唐和我到江孜看望老同事、老战友。先后到我土改蹲点的江孜县重孜二乡，法唐曾蹲点的康马县乃尼乡，看望江孜县上层统战人士，邀请基层干部座谈，看望过去的老房东（房东本人已去世，主要是同其子女见面）。之后又去江孜第一小学参观和看抗英烈士跳崖处新建的跳崖烈士纪念碑，听县委介绍县里的远景规划。

参加完日喀则和江孜的活动后，我们于10月11日离开日喀则赴山南地区。利用路过的机会到法唐民主改革时期曾蹲点三个月的“堆乡”（这个乡离不丹较近，在普玛江塘湖畔，海拔5300米，是当时西藏最高的工作点），看望房东和村民，同他们座谈约两个小时。一同前去的有的同志高山反应很大，并担心法唐身体不适，多次催促离开，我们坚持把想了解的事和想说的话基本完成才离开。在去山南途中，因天色较晚，要翻一座大山，路况不好，天黑看不清，车险些出事，平安到山南后，大家紧张的心情才放松。

在山南地区时间虽不长，但在地委安排下，参观了山南新面貌，很受鼓舞。看望了部分干部后，又到山南烈士陵园，看到这些在西藏革命建设事业中包括山南平息叛乱和中印自卫反击作战中牺牲的烈士，心情久久不能平静，眼泪夺眶而出。

10月14日返回拉萨，10月15日自治区党委书记郭金龙看望了法唐同志。郭金龙对法唐同志始终不忘西藏、矢志不渝的精神表示赞赏，为法唐同志多年来对西藏的执著热情和深厚感情表示钦佩。法唐同志十分感谢自治区党委、政府对他此次来藏参加庆祝活动和考察给予的精心照顾和热情接待，对郭书记的看望表示衷心感谢，他说，近年来，以郭金龙书记为班长的自治区党委“一班人”，带领全区270万各族人民经过不懈努力，使西藏的各项事业发生了翻天覆地的变化，西藏人民翻身奔小康之路越走越宽广。

10 月 15 日下午，法唐同志亲切看望了全国政协副主席、自治区政协主席帕巴拉·格列朗杰。还参观了自治区交通厅 50 周年展览，看望自治区党校教职员工，并发表了讲话，观看了农科院各种实验室。看望了市委市政府领导，参观了拉萨拉鲁湿地。晚上登上拉萨电视塔，观看拉萨市夜景。

10 月 16 日上午，应拉萨市委邀请，法唐同志为拉萨市青少年作爱国主义教育报告，拉萨市中、小学生代表，教师代表，公安干警代表，解放军官兵代表，干部职工代表共 3000 多人参加。

下午法唐同志和我在区党委常委、区政协副主席、区统战部部长巴桑顿珠和自治区原政协副主席、统战部部长桑珠陪同下，看望了曾在一起工作过的老同志和统战爱国人士代表 20 人。

10 月 18 日，参观拉萨市第一小学，同市委和教师座谈。

综上所述，我们这次去西藏，在 20 天的时间里，可以说是一个接一个马不停蹄地活动着，是在区党委、政府各级领导和有关部门、单位帮助配合下进行的。新西藏的吸引和我们深厚感情的驱使，是此次西藏之行的重要动力。

2004 年 12 月于北京

向江孜抗英斗争 100 周年献礼

2004 年是西藏江孜抗英斗争 100 周年，西藏自治区党委决定在全区开展大规模的爱国主义教育，为了给这次教育提供一些史料，我特意编辑出版了《西藏江孜：1904 年抗英斗争的历史记忆》一书。书的资料是 1958 年我在西藏江孜分工委政策研究室工作时，调查组整理的《抗英老人访问记》和我们翻译的 80 多份地方政府抗英文件。后因 1959 年西藏上层反动集团发动叛乱，工作重心转移，资料全部封存交江孜分工委档案室，后合并到日喀则地委档案室。1998 年 8 月我去西藏参加调研活动时，路过日喀则，经地委和档案室批准，借阅并复印了这批经我们翻译整理的原始资料。随后，我继续作了些出书准备。

1998 年 9 月 1 日，我在拉萨专门采访了西藏自治区副主席吉普·平措次登（即 1958 年我们共同翻译抗英资料的江孜基巧办事处副主任），一起核对了 1958 年翻译的部分材料并了解当年他祖父参加抗英斗争的情况。2002 年趁当年的研究室组长谢广亭同志（他常住陕西咸阳）来京探亲的机会，酝酿整理出版这批资料。达成共识之后，2003 年，我正式着手整理资料并同中国藏学出版社联系，商量出版事宜。半年多的时间里，我对文稿逐字逐句地整理、修正、核对，邀请时任西藏自治区主席的列确题词（藏汉两种文字），请中国藏学研究中心总干事拉巴平措和法唐同志写序言，选编魏克、王贵、单超同志的几篇抗英方面的文章……经过一年多的努力，这本书终于于2004年9月正式出版了，共166千字，印了2000册。

书的内容主要是介绍1904年抗英战争开始的时间、起因、经过，组织领导和人民抗英情绪，敌人的阴谋诡计，侵略军入藏后的暴行，西藏人民的不屈精神，西藏地方政府的动员令、江孜宗（县）政府上报下达的各种命令、前线指挥的通报及征兵情况等。还有驻藏钦差大臣张荫棠的批示、问答等，还收入了中英两国签订的几个不平等条约，西藏地方政府的几个公告，中华人民共和国和印度共和国有关协定、照会、公报。

这本书能出版，除感谢藏学研究中心领导和责任编辑永红同志大力帮助外，还要特别感谢西藏日喀则地委书记宫蒲光和档案局的梁局长，是他们批准将这些尘封多年的档案从库里拿出来，为现实服务，让我们对这些历史有了更具体的了解。

2004年11月16日上午，在北京人民大会堂西藏厅，由中共中央统战部、全国人大民族委员会、国家民族事务委员会、全国政协民族和宗教委员会、西藏自治区人民政府举办纪念西藏江孜抗英斗争100周年座谈会，会上，全国人大常委会副委员长热地，全国政协副主席、中央统战部部长刘延东，西藏自治区党委副书记土登才旺、中国藏学研究中心总干事拉巴平措、原西藏自治区党委第一书记阴法唐在会上发言。向到会嘉宾赠送的图书中就有我的这本书——《西藏江孜：1904年抗英斗争的历史记忆》。

《西藏日报》2004年10月3日第二版刊登文章介绍了爱国主义教材——《西藏百年风云丛书》中已出版的7本，我编的《西藏江孜：1904年抗英斗争的历史记忆》是其中之一。对书的内容介绍中谈道：百年前西藏人民轰轰烈烈的抗英斗争，作为中国近代史的重要组成部分，已经载入史册。这悲壮的一页，既苦难深重又可歌可泣，同时展现了英勇不屈的爱国精神，值得我们永远铭记。本书记录了半个世纪前对抗英亲历者的采访调查和当年的地方史料，再现了江孜一带百年前抗英斗争的真实情景。

全国政协办的《纵横》以及《西藏党史资料》、《西藏地方志》、《中国西藏》汉英文版等刊物都选登了这本书中的部分文章。

顺便要说的是，2004年5月13日，西藏自治区抗英斗争100周年纪念活动领导小组，组织全区青少年纪念江孜抗英斗争100周年知识竞赛。对象以广大青少年为主，同时欢迎社会各界广泛参与。我看了这天的《西藏日报》后，决定参加这次知识竞赛。我和“老西藏”王惠文同志一块按报纸上提供的参考书目，翻阅了两天书报，按规定做了100道题，将答卷寄往西藏。我在答卷上注明：这次竞赛重点是青少年，我是曾在西藏工作过的退休老人，为了测试自己的知识水平，自愿参加这一活动，请谅解。2004年7月16日《西藏日报》第一版右下角的一篇报道说：我区举行青少年纪念抗英斗争100周年知识竞赛抽奖活动，共回收答卷8246份，参与人员中还有来自党政机关、企事业单位的工作人员、部队官兵、离退休老干部、寺庙僧人等。最后一段特别提到“李国柱参加了竞赛并获特等奖”。这段话对我是莫大的安慰和鼓励。

2004年12月于北京

附录：红岩魂

参观《红岩魂》展览

1996年9月7日，我们重庆江北县莲华学校校友会北京分会的同学，组织参观了中央9个部委及重庆市委在中国历史博物馆联合主办的《红岩魂》展览。为了不错过再次接受爱国主义教育和革命传统教育的机会，大家都表现出了极大的政治热情，积极参加了活动。两位七十多岁的老师也不甘落后。

这次展览内容丰富，有实物、录像，分项目多。校友们克服了参观人多、拥挤、天气炎热等困难，坚持把主要的部分都看完了。参观中有的同学对烈士的豪言壮语和重要遗言做了记录，有的看了烈士的英勇事迹悲痛不已，有的沉浸在烈士的故事中久久不能离去。在《我们没有玷污党的荣誉》的大标题栏目内，大家看到了莲华学校校长王朴烈士的光辉形象，和他在狱中留下的豪言壮语。看到了董事长金永华的遗言：三个应该三个不应该：党有困难时，我捐献是应该的，现在我有工作，再接受政府还款是不应该的；烈属按遗嘱办是应该的，否则是不应该的；继承烈士光荣传统是应该的，要求享受烈士的荣誉是不应该的。校友们在这里久久地停留，反复阅读解说词，默哀，寄托对烈士的哀思、敬仰和感激之情。我们是四五十年代在王朴校长、金永华董事长捐资办学的莲华学校（即志达中学）学习的学生和教职员工，现在北京工作，年龄都是六十岁上下，是今天参观人群中年龄最大的群体。

参观完后，我们就近借中国历史博物馆展厅休息室组织大家座谈。首先宣读了中共重庆市委书记张德邻同志在《红岩魂——白公馆、渣滓洞革命先烈斗争史实展览》1996年8月20日展览开幕式上的讲话，然后请重庆歌乐山革命纪念馆馆长历华同志介绍展览有关情况。座谈中大家一致认为，这次《红岩魂》

在中国历史博物馆前合影

展览内容较过去充实丰富，教育意义深刻，是一部革命人生观教育的好教材，是精神文明的好教材。我也发了言：今年8月29日我曾经来参观了3个小时，重要部分作了记录，1983年在京展览时参观过一次，在重庆白公馆参观过。每参观一次都要受一次教育。这次参观仍感觉学到了新东西，《红岩魂》的展览常办常新。革命先烈们为了实现共产主义理想，不怕抛头颅洒热血，在监狱内外同敌人斗争，用他们的鲜血换来了今天的幸福生活，先烈们生的伟大，死的光荣，他们永远是我们学习的榜样。誓把先烈们为之奋斗的理想事业进行到底。《红岩魂》代代相传。《红岩魂》展览在全国多次展出，使成千上万人领悟了人生真谛，净化了自己的灵魂，塑造了大批英才。今天在市场经济的情况下，人们需要看《红岩魂》的展览，也需要红岩精神来净化自己的灵魂。重庆是我们今天在座同学的家乡，我们为家乡出了红岩精神而骄傲，我们要学习、领会江泽民同志题词上说的“发扬红岩精神，沿着老一辈革命家开创的道路奋勇前进”。我1948年曾在王朴校长、金永华董事长办的江北县复兴场志达中学学习过，当时学校办在农村，老师多数是共产党员，学校的教学方针、方法、内容、图书、音乐课的内容都与社会上的学校不一样，我当时就写了一篇“抓壮丁”的作文，揭露国民党的黑暗。我参加革命后，有今天的成长，与学校的革命熏陶分不开。校长和董事长是有远见卓识的，当年他们冒风险办学，为革命培养了大批人才，今天他们若在天有灵，能看到现在莲华桃李遍全国，一定会感到无比欣慰。就北京校友来说，大家都担负着各方面重要工作，不少同学是某个方面的专家，有自己的专著，有的为国家立过功，算得上栋梁之材。王朴同志不仅自己背叛家庭参加革命，还影响教育其母参加革命，变卖田产1480亩，筹集黄金2000两，支援地下党作为活动经费。这在当时是很不容易的。王朴同志无私无畏的精神和金永华老妈妈为革命无私奉献的精神永远值得我学习敬仰。

中国社会科学院民族研究所原研究员颜其香同志说：王朴校长牺牲时年仅28岁，用他们的牺牲换来了今天革命的胜利，烈士生命虽然短暂，但生的伟大，革命精神永存。王朴校长和金永华董事长捐资办学育才为革命做了贡献，功不可没。我的成长与学校教育是分不开的，“莲华精神”鼓舞着我进步。我们莲花学校的校风正如校歌所唱的“团结文明求实进取勤奋严谨生动活泼”。我们都是在这样的革命学风培养下成长起来的，我们这一代学生身上现在或多或少留下了革命学风的影响。发扬革命学风，让革命学风永放光芒。金永华董事长当时强忍着儿子被杀害的痛苦，振作精神，坚持办学，为革命培养人才，这种精神永远是我们学习的榜样。金永华董事长临终的遗言：三个应该三个不应该，精神确实感人，是一般人难以做到的。我要继承革命遗志，在有生之年贡献余热，为人民做好事。

中国有色金属工业总公司原总经理、全国人大财经委员会委员费子文同志说：1950 年我在重庆看过这个展览，很受教育，今天再次参观展览，特别是看到这么多的青年、少年、学生在参观，他们看得很认真，边看边记，这是我们的希望所在，我们的下一代把这种精神继承下来，说明我们国家有希望。金永华董事长遗言上说的三点是很感人的。狱中革命先烈出狱后要告诫战友的八条意见，也很感人，说明当时的先烈们就想到这些问题，很不容易。这八条意见是：防止领导成员的腐化；加强党内教育和实际斗争的锻炼；不要理想主义，对上级也不要迷信；注意路线问题，不要从右跳到“左”；切勿轻视敌人；重视党员特别是领导干部的经济、恋爱和生活作风问题；严格进行整党整风；惩办叛徒、特务。这些问题现在看起来，也有现实意义。先烈们感受很深刻，这些血的教训，来之不易。他还说这样的展览很好，建议有两种人特别应该来看：（1）孩子、青年、学生；（2）领导，中央领导都应认真参观，受教育，否则就淡化了，讲钱多了，就把精神淡化了。

中央舞蹈学院图书馆原馆长杨仪，一开始发言就激动得说不出话来，眼泪一直淌，他最后说王朴烈士是我的表哥（北京校友中还有两个表姐妹李国柱和李国权），金永华是我的姨妈，他们都很伟大。1949 年 10 月 28 日王朴烈士牺牲时，金永华姨妈为了掩人耳目，一口咬定被枪毙的王朴不是她儿子，弄错了。她一方面强打起精神坚持在学校工作；一方面安排我母亲金永芳前去办理王朴烈士的后事。我母亲赶到重庆大坪刑场认尸时，觉得王朴已变样，分辨不清。从观看手指特点才认出了王朴遗体，唤了一声他的小名——王兰俊，将他睁着的眼睛轻轻合上，当晚入殓安放在农民家，次日下葬。解放后迁入烈士陵园。杨仪还说，王朴烈士牺牲时年仅 28 岁，他生的伟大、死的光荣。他的牺牲换来了今天的幸福生活。他们母子的伟大还表现在为革命培养后代。我们莲华中学，教学质量很高，老师讲课很好，师生关系很密切，老师上课很严肃，下课后与学生打成一片。学校掩护了很多地下党人，经常有不少老师来来去去，不久就听说被捕了。如王岩老师，课教得很好，也被捕了。金永华董事长变卖财产，奉献给地下党的行动很伟大，其实她平时生活非常俭朴。“文革”时受到冲击也没怨言，一心跟着共产党走。1984 年 84 岁高龄实现了她的愿望，加入了伟大的中国共产党。

由于时间和场地的关系，我们的座谈会只进行了一半就停下了，很多同学没得到发言机会，已发言的也还没说完，深表遗憾。我们拟另安排时间，让大家把感受说出来。这本身就是自我教育、互相启发教育的好机会。今后校友会活动要定期进行革命传统教育，让红岩精神、莲华传统永放光芒。我们已将展览全部摄像，便于定期观看受教育。

重庆电视台的同志摄录了我们座谈会时的情景。据说已在重庆电视台播放，母校以及家乡的父老兄弟姐妹们看到录像后定会倍感亲切。我们请子女帮助录了像，我们长期在首都北京工作，很少有机会去母校看望，也没机会到校长、董事长墓前瞻仰扫墓，谨以此文寄托我们的惦念和哀思。

1996 年 9 月 12 日于北京

纪念王朴烈士牺牲50周年

1999年10月16日，莲花中学北京分会的校友们齐聚一堂，为王朴校长、李青林、齐亮、马秀英、王全璋等老师牺牲50周年举行纪念活动。缅怀革命先烈的英雄伟业，继承先烈遗志，以激励我们的斗志，发挥余热，保持晚节，并教育后辈为祖国的繁荣富强做贡献。

会议由王远忠同志主持。在肃立默哀后，我讲话。我讲了此次活动的意义，及母校现状；并着重介绍了今年清明节部分莲花一、二、三班老同学20余人专程回到重庆母校为王朴校长、金永华董事长、杨宜德教务主任扫墓的情况。然后观看此次活动的录像。录像中亲属们的恸哭声感染着在座的每一位校友，大家也一样饱含热泪，沉浸在深深的悲痛和怀念中。随着录像中的追忆活动，又将我们带回了过去的岁月：那难忘的师生情谊，那踏实的学习氛围，那多姿多彩的课余生活——这一段铭刻于心的充满朝气的孩提时代，是我们的宝贵精神财富，它奠定了我们毕生的革命路，忘不了，永远也忘不了！

接着观看了金永华董事长遗骨的安葬仪式及庆祝她老人家九十寿辰的录像。老妈妈高尚的情操、无私的奉献是我们学习的榜样，我们要像老妈妈一样奋斗终生。

录像观看完毕，座谈会开始。李国权首先朗读了她写的一篇文章，题目叫《共和国不会忘记你——怀念我的三表哥王朴烈士》。内容生动，充满激情，使我们看到一个在生活中的王朴校长，更丰富了校长的形象。

王朴烈士遗像

杨仪同志回忆了除王朴校长外，莲华中学其他几位烈士：李青林、齐亮、马秀英、王全璋等老师在校情况，使大家更多了解了学校的光荣历史，进一步增强了学校的凝聚力。

刘德修老师回忆了国民党逃跑后那一段真空时期学校的情况，还风趣地讲述了他抓两个特务的过程。

休息时，大家在楼层平台上合影留念。会议最后在“没有共产党就没有新中国”的歌声中结束。

校友们一致反映举行这样的活动很有意义，每参加一次校友会，就受到一次革命的洗礼，就得到一次心灵的净化。

北京的校友会每年举行一次，活动内容丰富多彩，除学习、联络感情、娱乐外，还注意了政治思想方面的内容，使大家过得有意义，有收获，平日里互相关怀帮助也做得较好，起到了团结教育全体校友的作用。

1999年10月20日于北京

铭　记

1948年春，我和国权妹转入姑妈金永华和表哥王朴在离重庆市一百多里的江北县复兴场（乡）办的志达中学（后恢复为莲华中学）读书，学校设备很简陋，但教课内容、教唱的歌曲、图书、校风同城里不一样，特别新鲜，从图书中看到苏联革命情况，加上老师讲课中的暗示，我们特别羡慕苏联的现实，很喜欢这个学校的气氛和环境。但是，不久王朴校长和几个老师离去，革命图书转移，学校被国民党当局监视，搅乱了学校往日的安宁。

这年秋天，我们无法抵制父亲要求必须转学的决定，姐妹俩转入离家不远的相伯中学就读。初中毕业后，我考入北碚国立女子师范学院附属中学师范部（即高中部），1949年底重庆解放后，从学校参军，在军政大学学习毕业后申请到西藏，在边疆工作20多年，由于交通闭塞与亲人同学失去联系，直至1980年调北京工作后，趁出差、休假机会回重庆，寻找亲人，才找到了姑妈一家。之后，多次前去看望姑妈和表兄妹们，聆听他们讲述革命故事，方知三表哥王朴已为革命光荣牺牲，姑妈过去和解放后对革命事业所做的贡献，包括姑妈一家兄妹对革命所做的贡献，使自己深受教育，他们无私奉献为革命的精神永远是我学习的榜样。1986年5月我带着法唐一块去看望姑妈，参观了她办的“儿童俱乐部”，从丰富的儿童图书，琳琅满目的玩具，孩子们

与王朴烈士的母亲金永华女士合影

玩得兴高采烈的表情与老人家简陋的住处，破旧的床、家具、被褥对比，法唐和同去的秘书都对老人家的精神十分敬佩，连声说“真不简单!”

对校长王朴和董事长金姑妈革命事迹的进一步了解，还是1996年11月22日应邀参加重庆北碚莲华中学举行的王朴烈士英勇就义47周年暨莲华中学建校50周年纪念会活动，从地下党同志介绍、老师们写的纪念文章、参观学校旧址、展览等，以及之后陆续看到的材料，真正领悟到人生的真谛，净化了自己的灵魂，决心永远向他们学习，谱写美好人生。

当前具体能做的事，是积极参加“莲华中学校友会”北京分会的活动。我们北京分会根据母校校友会章程、宗旨，发扬“莲华”革命传统，继承先烈遗志，为振兴中华、建设“四化”而奋斗。“加强校友之间的联系，促进思想、工作交流，增进革命友谊”，“莲华中学校友会”于1989年11月14日建立，根据母校校友会提名，共有35人（其中教师3人和金永芳姑妈），由颜其香、李国柱、杨仪、周成福、杨宗江、王远让等六位同志为联络员，下设五个小组，每个组设一名牵头人。集体活动每年一次，坚持至今，主要交流工作情况、国家大事、母校大事、组织参观有意义的展览、座谈、交流个人的写作、照相等，起初几年每年活动后写简报向母校校友会汇报，后来觉得年年活动基本雷同，就没再写。活动中不成文的要求，强调要加强互助，各组有人过生日要慰问。有同志生病必须看望，如去世后，必须有人代表校友会送终吊唁。如得知母校老师去世信息，必须以北京校友会名义发唁电等。分会成立初期，校友们基本全上班，现在除个别上班或返聘工作外，基本全退休了，但多数身体也不太好，已经去世6人。

2008年于北京

向丰碑致敬

那是八三年五月的一天，
我回到阔别多年的故乡。
参观“白公馆”蒋帮罪证展览现场，
瞻仰缅怀先烈丰功伟绩。
突然从先烈行列里看见您，
尊敬的校长人民的英雄——王朴。
顿时悲喜交加泪如泉涌，
好似一股暖流渗透全身。
心情久久不能平静，
在您的丰碑前不知肃立了多久。
顷刻间桩桩往事涌上心头，
兄妹中您率先觉悟参加共产党，
说服请求母亲金永华变卖家产资助党，
为党设经济据点办公司您把经理当，
办学堂育新人掩护北区工委您任校长，金永华任董事长，
被捕前您叮咛娘，
学校是命根子一定要办下去，
剩下的产业继续变卖交给党，
弟妹要靠党培养不能离开学校（指共产党）。
在狱中坚持斗争续办“挺进报”，

1983 年 5 月参观白公馆留影

与顽敌抗争酷刑面前不低头，
从狱中传遗嘱要娘“一定要和学校在一起”，
赴刑场沿途仍高唱“国际歌”，
高呼“中国共产党万岁！”“毛主席万岁！”……
三十几个春秋逝去。
乾坤更替，神州大地已换人间。
校长啊！您在哪里，
您的音容笑貌深深留在学生的记忆里。

在您光荣就义的年月里，
国家受凌辱，人民遭祸殃，
贫穷饥饿笼罩，祖国遍体鳞伤，
好人受气，正义难伸张，
豺狼当道，革命者四处躲藏。
是党的阳光战胜恶魔，赶走黑暗，

照耀了祖国山河。
人民庆翻身获解放尽享安乐，
革命理想变现实，
先烈们当快慰九泉。
抛头颅洒热血，血没白流，
人民永远把你们记心头。

是您和董事长——金妈妈深谋远虑，
舍富贵弃荣华把困难承担，
为祖国办学育才振兴中华，
济贫穷重人才荟萃英豪。
校舍在农村没有讲究的课堂，
它所有的一切名牌学府也难寻找，
向学生传播革命真理，
进步书刊填满图书室，
禁唱的革命歌曲可以自由飞扬，
——“团结就是力量”“古怪歌”“茶馆小调”。
师生关系近如亲人，
老师呕心沥血育桃李，
乐将青春献山乡。
园丁频繁更替让人费解，
原来学校犹如“避难所”，
老师多是光荣的共产党员，
学校渐渐地引起当局的“关注”，
为应付检查进步书刊已转移，
暂时更换了表面的调子，
难以抹掉幼苗心中的颜色。
就是这些受过革命熏陶的幼苗，
他们敢于诅咒旧社会的天空，
渴望新世界的诞生。

校长啊，就是您的这些学生，
解放后投身革命的行列最早，
现在是栋梁战斗在四化的各个岗位上。
当年园丁的辛勤耕耘，
迎来桃李满天下。

我入学后眼界突然开阔了，
曾写过长篇散文“抓壮丁”痛斥反动派，
离校后曾执笔多次向恶势力开火。
解放后率先参军开始戎马生涯，
自愿申请到边疆保卫国防，
经受住西藏严酷斗争考验，
感谢党的教导，
感谢母校园丁对幼苗的浇灌。

祖国历经十年浩劫受磨难，
经医治后更加健壮富强。
正朝着人类理想的远大目标迈进，
你们为之奋斗终身的事业后继有人，
人类最理想的共产主义一定能实现。
校长啊！您可以含笑九泉了，
请安息吧！

1986年4月20日于北京

我见到了“疯老头”的原型韩子栋

看过电影《烈火中永生》或《红岩》的人，对影片中“疯老头”华子良都会印象深刻，他整天在狱中跑步，不说话，似乎又傻又疯，多年如一日，骗取了敌人的信任，放弃了对他的警惕，最终他越狱成功，为党做了重要贡献。

那是1990年5月30日，接到中央宣传部和国家文物局通知，邀请我参加中国历史博物馆举行的《这座山属于历史》电影专题片首映发行座谈会，从签到簿上他们得知我是王朴烈士的表妹，有几位同志主动和我打招呼，说明他们是某位烈士的亲属，由于人多时间紧，既没多谈，也没多打听。唯独韩子栋同志说他是“华子良”的原型“疯老头”，印象很深，互相交换了名片。但事后互相并没有联系。

时隔几年，1996年6月6日，突然接到贵州省政协电报，称韩子栋同志不幸逝世，我立即给其亲属发了唁电：“贵州省政协转韩子文同志亲属：函闻韩子栋同志不幸逝世，甚悲，请节哀保重。我和子女们要学习他坚忍不拔的革命精神，为建设有中国特色的社会主义而努力奋斗。”不久，又接到贵州省政协寄来的“韩子栋同志生平”一份，介绍称：韩子栋同志1932年参加革命，1933年入党，1934年在北平被国民党逮捕入狱，1947年在重庆白公馆越狱，同年11月与党组织取得联系后即参加土改工作。新中国建立后曾任北京机械厂副厂长……1958年调贵州工作，1985 年离休。1990 年他受中国关心下一代委员会和中国优生优育协会委托，筹办了“小萝卜头少儿教育委员会”，不顾高龄，拖着病弱的身体南来北往，开展革命传统教育。

韩子栋同志 60 年革命生涯中，鞠躬尽瘁，贡献了毕生精力，在狱中，受尽摧残，坚贞不屈，新中国成立后，紧跟党中央，完成了各项任务，离休后继续发挥余热，为革命培养接班人。这样的老革命，永远是我们学习的榜样。遗憾的是，他在世时，没机会听他讲述在狱中同敌人斗争的故事，这一课永远也不补上了。“疯老头”您安息吧！你留给后人的精神财富，会永放光芒的。

2008 年于北京

后　记

我文笔欠佳，从无写书的奢望。直至退休后同进军西藏的姐妹们一起出版了《首批进军西藏的女兵们》一书，才激发了创作的激情，继而整理出版了《西藏江孜：1904 年抗英斗争的历史记忆》。现将在西藏工作期间及之后的零星记忆、片段经历汇集成册，以资纪念。尽管笔墨粗浅，文章所表述的却都是真实的经历和真实的感悟，以及对西藏深深的眷恋之情。

《一个女兵的西藏人生》一书能出版，得感谢来自各方的关心、支持。首先是中国藏学研究中心的领导拉巴平措总干事的关心并亲自作序，中央人民广播电台原副总编张小平同志帮助策划、审稿，还有法唐同志作序和其身边工作人员的帮助及子女的支持。再次一并表示深深的感谢！

本书完稿之际，正值欢庆中华人民共和国成立 60 周年和西藏实行民主改革 50 周年的大喜日子。谨以此书献给伟大的祖国和第二故乡西藏。

李国柱

2009 年 12 月

图书在版编目(CIP)数据

一个女兵的西藏人生/李国柱著. —北京:中国藏学出版社,2010. 3
ISBN 978-7-80253-247-2

Ⅰ. ①一… Ⅱ. ①李… Ⅲ. ①纪实文学-中国-当代 Ⅳ. ①I25

中国版本图书馆 CIP 数据核字(2010)第 035276 号

一个女兵的西藏人生

作　　者　李国柱
出版发行　中国藏学出版社
印　　刷　北京牛山世兴印刷厂
开　　本　640×965 毫米　1/16
印　　张　25.25
印　　数　19001—23000 册
字　　数　342 千
印　　次　2012 年 6 月第 1 版第 3 次印刷
书　　号　ISBN 978-7-80253-247-2/I·96
定　　价　35.00 元

图书若有质量问题,请与本社联系

E-mail:dfhw64892902@126.com　**电话:**010-64892902